苏州大学文学院学术文库

江苏高校优势学科建设工程项目资助

询真问美
文艺学美学研究论集

徐国源　李　勇　王　耘 / 主编

苏州大学出版社
Soochow University Press

图书在版编目（CIP）数据

询真问美：文艺学美学研究论集／徐国源，李勇，王耘主编．—苏州：苏州大学出版社，2020.9
（苏州大学文学院学术文库）
ISBN 978-7-5672-3326-3

Ⅰ.①询… Ⅱ.①徐… ②李… ③王… Ⅲ.①文艺美学-文集 Ⅳ.①I01-53

中国版本图书馆 CIP 数据核字（2020）第 181403 号

书　　名	询真问美——文艺学美学研究论集 XUNZHEN WENMEI——WENYIXUE MEIXUE YANJIU LUNJI
主　　编	徐国源　李　勇　王　耘
责任编辑	刘诗能
装帧设计	刘　俊
出版发行	苏州大学出版社（Soochow University Press）
社　　址	苏州市十梓街 1 号　邮编：215006
网　　址	www.sudapress.com
邮　　箱	sdcbs@suda.edu.cn
印　　装	苏州工业园区美柯乐制版印务有限责任公司
邮购热线	0512-67480030　销售热线　0512-67481020
网店地址	https：//szdxcbs.tmall.com/（天猫旗舰店）
开　　本	700 mm×1 000 mm　1/16　印张：16.5　字数：297 千
版　　次	2020 年 9 月第 1 版
印　　次	2020 年 9 月第 1 次印刷
书　　号	ISBN 978-7-5672-3326-3
定　　价	68.00 元

凡购本社图书发现印装错误，请与本社联系调换。服务热线：0512-67481020

"苏州大学文学院学术文库"系列丛书
学术委员会

主 任
王 尧　曹 炜

委 员
（按姓氏笔画排序）

马亚中　刘祥安　汤哲声　李 勇
季 进　周生杰　徐国源

总 序

苏州，江左名都，吴中腹地，自古便是"书田勤种播"之地。文人雅士为官教谕之暇，总爱闭户于书斋，以留下自己若干卷丹铅示于时贤后人自娱。这种风雅传统至今依然延续在苏州大学文科院系，自其他大学文学院调至苏州大学文学院执教的前辈学者不免感叹"此地著书立说之风甚浓"了。

苏州大学文学院"中国语言文学"为省优势学科，建设的内容之一是高水平学术著作的出版，"苏州大学文学院学术文库"（以下简称"文库"）便是学科建设的成果。出版文库的宗旨是：通过对有限科研资助经费的合理调配使用，进一步全面地展示与总结文学院教师的学术研究成果，以推进和强化学科建设，特别是促进学院新生学术力量的成长——这些目前尚属于"雏鹰"的新生学术力量便是文学院的未来。

文库的组织运行工作自2019年9月启动，第一批文库书籍在三个月内已先后同苏州大学出版社签订了出版协议。由于经费有限，在张罗文库之初，文库学术委员会明确：学术委员会成员的学术成果暂不列入文库出版阵容；首批出版的学术文库向副教授、青年讲师以及刚入职的青年教师倾斜，教授的学术研究成果往后安排。文库的组织出版应该是一项常态工作，每年视经费情况，均会推出一批著作。为贯彻本丛书出版宗旨，扩大我院学术影响，学院将对本丛书中已出版的各种成果加强宣传，推荐评奖，并对获得重大奖项者予以奖励。

为加强对文库出版工作的组织和领导，文库学术委员会设立了初审和复审小组，遴选学术著作。孙宁华、杨旭辉、王建军、吴雨平、王耘和张蕾等参加初审工作，王尧、曹炜、马亚中、汤哲声、刘祥安、季进、徐国源、李勇和周生杰等参加复审工作，袁丽云、陈实、周品等参与了部分具体事务。现在,经学院上下一起努力,文库第一批书籍付梓在即,这无疑是所有参与者心血的结晶。我们希望,借助这个平台,进一步激发文学院教师的科研热情,并为所有研究人员学术成果的及时面世创造条件。

为了文库出版工作的持续顺利运行,为了文学院学术影响力的不断提升,让我们全体同人携起手来!

王尧　曹炜

2020 年 4 月 28 日

目 录

一、文学理论研究

究竟什么是文学理论？
　　——兼论文艺学边界问题　李　勇／003
从文学性到文学生活
　　——文化研究范式中的文艺学基本范畴　李　勇／016
文学言语的私有性
　　——兼对维特根斯坦关于私人语言论断的解析　潘华琴／026
重归自然之径
　　——阿诺德·伯林特环境美学思想研究　潘华琴／037
瞿秋白的知识分子论与"文化领导权"　陈　朗／046
论葛兰西"民族的—人民的"文学观　陈　朗／057
"情动"理论的谱系　刘芊玥／070

二、古代文论·美学研究

唐君毅美学理论的当代价值　侯　敏／091
近代边缘学者胡怀琛诗学的三大创获　侯　敏／104

空为果论
　　——佛教美学的构造前提　　王　耘／113
古代文论之现代转换的出路选择　　王　耘／126

三、文化研究

大众文化对民间文化的继承与改造　　徐国源／143
重建民间审美文化的理论逻辑　　徐国源／150
重审"五四"旧戏论争：编辑策略、历史逻辑与文化焦虑
　　　　张　鑫／162
语词还乡：渡也咏物诗研究的别一"诗意"　　张　鑫／195
历史纪录片的当代性　　邵雯艳／205
戏曲文本的影视重写及其现代阐释　　邵雯艳／213
斯皮瓦克的读法和写法
　　——以《乳房供给者》评论为例　　张春晓／220
反写·立场·语境
　　——后殖民主义研究的知识社会学批判　　张春晓／233
耽美小说和女性阅读空间　　刘芊玥／244

一、文学理论研究

究竟什么是文学理论？
——兼论文艺学边界问题

李 勇

  米勒引用德里达关于文学终结的观点而引出的文艺学边界问题在中国理论界引起强烈反响。这些讨论其实可以分为两个层次，一是对文学的理解，即文学观念层次；还有一个是对于文学理论形态的讨论，即文艺学边界问题。后者又往往是以前者为出发点的。文艺学要不要突破已有的边界，现在的回答是由人们对于文学的不同理解决定的。把文学理解为审美活动的人，认为文艺学的边界不能放得太宽，否则，文艺学也就不再是文艺学了；而把文学理解为文化活动的人，则认为以往的文艺学范围太窄，必须拓宽，这样才能为文艺学带来新的活力。笔者认为，对文学的不同理解历来论争不断，从这个角度来论证文艺学的边界问题也难有新鲜的思路。从文学理论本身的形态入手，则可以将这个问题的讨论引向深入。换言之，我们可以暂不从文学观念入手，而是从对"理论"的理解入手来讨论，先解决究竟什么是"文学理论"这个基本问题，然后再来讨论文艺学的边界该不该拓展。

一、什么是"理论"？

  文学理论也是一种"理论"，那么什么是"理论"？按照雷蒙·威廉斯（Raymond Williams）在《关键词》一书中的考证，英语中的"理论"（theory）一词在 17 世纪时已有了范围很广的含义：一是景象（spectacle），二是沉思中所见（a contemplated sight），三是（观念）谱系［scheme（of ideas）］，四是解释的系统（explanatory scheme）[1]。这四个含义中，第一项"景象"是一个古老的含义，而第四项"解释的系统"则是新的含义，这个含义与"实践"（practice）有关，作为解释系统的理论，其实是"解释实践的观念系统"（a scheme of ideas which explains practice）。由于理论解释实践，所以"理论"与"实践"之间就保持着互动关系。第二个义项是一种投射的观念，相当于深思（speculation），与实践没有必然联系。第三个义项则是关于事物应该是什么样子的一种庞大的观念系统，相当于"主义"（doctrine）和"意识形态"（ideology）。从四个基本含义看，"理论"是一种主体的精神/智力活动。从最基本的"景象"到最复杂的"解释"都发生在主体的主观世界当中。当然主观活动离不开客观对象，但是在"理论"当中，追求主观与客观的关系并非主要的议题。在理论中，重要的议题是作为主观活动的"理论"是否有效，是否有创新——发现了他人没有发现的问题，做出了新的解释。实际上，单就理论与实践的关系而言，理论的意义也不在于去总结实践的规律，因为理论的意义在于解释实践。实践活动中离不开理论，实践是在已有理论的前提下进行的，"理论"则在解释实践时提出超出已有理论（即指导了实践的理论）的新问题，指出实践活动的新的可能性。这种解释当然是以"观念的谱系"为依托的，所以"理论"的含义中，"（观念）谱系"义项与"解释的系统"义项之间存在着内在联系，难以明确区分开来。

理论的各种含义作为主体的精神/智力活动仍然是有所不同的。即使是最基本的"景象"，其形态也有差异，视角不同，观看者的知识背景不同，甚至愿望不同，也会带来"景象"的不同。作为复杂的精神/智力活动的"理论"更是如此。主体完全可以出于不同的目的，采用不同的方式去沉思对象，形成不同的观念谱系，因而也会对实践（或对象）进行不同的解释。在西方，已经形成了三种不同的"理论"形态。第一种是经验主义式的理论，这种理论也被称为实证主义，是在实际可靠的经验材料的基础上所进行的"理论"概括，是一套经过检验的有序的命题体系。第二种是逻辑的推理的理论，这种理论不是以经验材料为基础进行的概括，而是在一个命题的系统中进行的演绎推理。它也是一个命题的体系，只不过这种理论是由逻辑推演出来的，不是由对事实材料的概括得出的。霍克海默认为，这

---

[1] Williams, Raymond. *Keywords: A Vocabulary of Culture and Society*. Oxford: Oxford University Press, 1985, p.316.

种理论在当代的代表是胡塞尔的《逻辑研究》，在这本书中"理论被定义为'一个完整而封闭的科学命题体系'"[1]。第三种可以称为构成式的理论，这种理论不是一整套的命题体系，而是理论的取向或视角。它的目的是提出问题、解决问题，但并不去建立体系，不试图为普遍性问题提供解答。在这种构成式的理论中，"理论最重要的作用之一，就在于使我们能够问出新的问题、不同类型的问题"[2]。

这三种理论形态中，前两种存在着明显的问题。就第一种而言，它的问题首先是陷入了烦琐的材料统计，理论受困于材料，变成对材料的总结。且不说这种总结是否准确合理，单就其范围来说，由于我们不可能穷尽所有的材料，而只能在一个有限的范围内，针对具体的论题进行收集、概括，所得出的理论，其深刻性也会受到影响。能从材料中直接总结出来的理论，往往是直观的、浅显的理论。因为理论深度往往来自对对象的深入剖析，这种剖析不是停留在对材料的收集、考证、统计、概括、归纳上，而要借助于理性的思维，借用于对已有理论观念的深刻把握。就第二种理论而言，它的问题首先在于在封闭的逻辑系统中进行推理，陷入了一个远离现实世界的独立王国。它的逻辑演算可能无懈可击，但却可能在烦琐的论证中迷失方向，变得毫无意义。同时，这种严密的论证还存在着对于现实对象的排斥问题。那些进入不了这个独立王国的事物，可能被忽略不计，或者相反，现实中不存在的逻辑联系又被虚构出来，填补逻辑的缺环。霍克海默（Max Horkheimer）以笛卡尔（R. Descartes）的论述为例，清楚地说明了这种理论的特点与存在的问题：

> 那些演绎推理的长链简单易懂，几何学家利用它们以完成最困难的论证。尽管如此，它们使我想到，人类认识范围内的一切事物很可能是以相同的方式相互联系起来的；只要我们避免把并不如此联系的事物当做真的来接受，只要我们始终保持必要的秩序以便从一个结论推出另一个结论，那就不可能有我们遥不可及

---

[1] [德]霍克海默：《传统理论和批判理论》，见曹卫东编选：《霍克海默集》，渠东、付德根等译，上海远东出版社1997年版，第169页。

[2] [美] C. 卡尔霍恩：《社会理论与公共领域》，见[英]布赖恩·特纳编：《社会理论指南》，李康译，上海人民出版社2003年版，第609页。该文中有关于理论的三种形态的论述，前引霍克海默的观点文中也有论述。

的东西,也不可能有深奥得我们不可发现的东西。"[1]

霍克海默将这两种理论称为传统理论,"注重经验的社会学家与注重理论的社会学家在业已得到充分阐述的理论应该是什么样子这个问题上具有相同的看法"[2]。它们的主要特点是以自然科学的观念与方法来研究人的活动,其理论模式是"纯粹的理论",将理论封闭在一个自足的系统中。此外,包括实证的和逻辑的两种理论形态的传统理论还具有以下几个方面特点:首先,在与对象的关系中,对象是纯然外在于理论的独立的客体,这些客体就像是自然科学中的实验对象一样,被从现实的具体环境中带入了理论的实验室,在理论的王国中被分析、解剖。其次,在理论的目标上,传统理论追求永恒的真理,无论是用经验归纳的方式,还是用逻辑演绎的方式,它们都试图用理论的工具找到一个最终的正确答案。再次,在对主体的认识上,传统理论也将主体看成是超越具体历史环境的抽象的认识主体,一个孤立的自我。他们对于客观对象可以像一面镜子一样进行准确的反映。最后,在对于理论自身的认识上,传统理论也脱离了自身所产生的历史语境,忽略了理论自身可能产生的社会影响。"它不谈论理论在人类生活里意味着什么,而只谈论在由于历史的原因它在其中产生的孤立领域里意味着什么。"[3]

在指出传统理论所存在的各种问题的同时,霍克海默还相应地提出了一种新的理论,这就是"批判理论"。这种形态的理论与前文所说的第三种理论很相近。与传统理论相比,这种新的理论也有相应的一些特点。最重要的一点就是这种理论走出了封闭的自足的系统,采取一种开放的动态的姿态面对现实。具体表现在:首先,在与对象的关系中,批判理论不把对象当成孤立于理论之外的客观存在,而是将对象看成与理论直接相关的一个领域,是理论选择的结果和由人类控制的产物。这些对象已不是纯粹事实。其次,在理论目标上,批判理论并不关心永恒的真理,而是关心人的生活状况是否合理,并试图改善不合理的状况。再次,在对主体的认识上,

---

[1] [法]笛卡尔:《方法谈》,转引自[德]霍克海默:《传统理论和批判理论》,见曹卫东编选:《霍克海默集》,渠东、付德根等译,上海远东出版社1997年版,第168页。

[2] [德]霍克海默:《传统理论和批判理论》,见曹卫东编选:《霍克海默集》,渠东、付德根等译,上海远东出版社1997年版,第170页。

[3] [德]霍克海默:《传统理论和批判理论》,见曹卫东编选:《霍克海默集》,渠东、付德根等译,上海远东出版社1997年版,第174页。

批判理论的主体不是抽象的主体，而是处在与他人、与社会、与自然的关系之中，处在阶级与历史的链条之中。最后，对于理论自身而言，批判理论不把自己看成是与生活无关的纯理论，也不把自己从现实生活的历史语境中分离出来，相反，批判理论主动地参与现实生活。它在揭露传统理论以纯理论面目掩盖自己顺从社会秩序的真实身份的同时，也毫不犹豫地承认自己参与社会生活、改变现实秩序的斗争性质。

霍克海默的"批判理论"为我们认识"理论"提供了重要启示。由于我们关心的是作为一种知识活动的文学理论的边界问题，我们侧重从理论的形态方面来理解"理论"。这种"理论"作为一种知识活动已经打破了客观、准确、科学地认识对象的神话，相反，它只是对对象提出了一个新的解释。同时，更重要的还是它对已成定论、已成常识的以往"理论"提出的质疑和批判。它揭示出一种流行的、被普遍接受的观念形成的历史语境与权力关系，从而将已被自然化的理论历史化，将永恒真理还原到历史变化之中。乔纳森·卡勒（Jonathan Culler）在以米歇尔·福柯（Michel Foucault）和雅克·德里达（Jacques Derrida）的理论为例解释什么是理论时，对"理论"进行了这样的概括："这些例子展示了现代理论的主要趋势，这种趋势是对任何被认为是自然的东西的批评，是要说明那些被认为，或者被指定为自然的事物其实都是历史和文化的产物。"[1] 他总结了"理论"的四个特点："（1）理论是跨学科的——是一种具有超出某一原始学科的作用的话语。（2）理论是分析和话语——它试图找出我们称为性，或语言，或文字，或意义，或主体中包含了些什么。（3）理论是对常识的批评，是对被认定为自然的观念的批评。（4）理论具有反射性，是关于思维的思维，我们用它向文学和其他话语实践中创造意义的范畴提出质疑。"[2] 如果说霍克海默更看重"理论"的社会意义和价值，那么卡勒则是从知识活动的特点来界定理论的，两人对于"理论"的理解可以互相补充，基本倾向则是一致的。对他们的解释进行综合概括，应该可以对"理论"的含义有个明确的回答：作为一种知识活动，理论是在分析的基础上对占统治地位的话语系统所进行的质疑与批判；它跨越学科界限，也对自身进行反思；理论不是对对象的概括总结，而是对实践的解释；理论与以往的传统和实

---

[1]［美］乔纳森·卡勒：《当代学术入门：文学理论》，李平译，辽宁教育出版社1998年版，第15页。

[2]［美］乔纳森·卡勒：《当代学术入门：文学理论》，李平译，辽宁教育出版社1998年版，第16页。

践对象之间都是对话关系。

二、什么是"文学理论"？

"理论的本质是通过对那些前提和假设提出挑战来推翻你认为自己早就明白了的东西，因此理论的结果也是不可观测的。"[1] 如果我们这样来解释"理论"，那么，什么是"文学理论"？

我们认为"文学理论"也是"理论"，是一种与文学有关的知识活动。但是由于我们对于"理论"的理解不同于以往的传统理论，因此，我们所理解的"文学理论"也有了特殊含义。这些特殊含义是由两个方面的关系决定的：一是"理论"与"文学"的互动关系，二是"文学理论"与已有各种流行的或常识性观点（即我们认为自己早就明白了的东西）之间的关系。

就第一种关系看，"理论"与"文学"之间的关系不是自然科学或传统理论中知识话语与客观对象之间的关系。"文学理论"中理论与文学的关系是互动的对话性关系。这种对话关系的基础是对人的存在与活动的创造性探索。理论在本质上是对常识的批判，文学的意义与价值也在这里。文学总是使人们熟悉的东西变得陌生，从而使人们换一种眼光重新审视世界。这两者在精神指向上是一致的，只不过它们分属于不同的话语系统。"文学理论"就是要在此基础上穿越不同话语系统之间的界限，使理论话语与文学话语能达成对话与沟通。这种对话有两个互动的但方向相反的途径。从理论角度看，理论可以在文学领域中得到启示，参与文学领域中对人的存在与活动等普遍问题的讨论，也可以在文学表达方式中找到具有超越文学领域而具有普遍意义的问题。从文学角度看，文学领域中的讨论不仅为理论提供了创新的源泉，而且也使文学理论主动地突破文学的界限（传统的习惯的界限）而进入到理论话语的领域之中，参与到理论领域的讨论之中。因此，文学理论绝不是仅仅研究文学问题或以文学活动为对象，解释文学现象的知识体系，相反，文学理论总是以文学为切入点的理论活动，或者说是将文学问题引申到理论领域，从而打破人们已有的理论观念，参与理论建设的知识活动。

---

[1] [美]乔纳森·卡勒：《当代学术入门：文学理论》，李平译，辽宁教育出版社1998年版，第18页。

就第二种关系看,"文学理论"与已有的各种我们以为自己早已明白的东西之间的关系,是具有批判性质的"文学理论"质疑已有的各种习以为常的观点,这既是文学理论的目标,也是文学理论的功能。"文学理论"与已有理论的这种紧张关系,不仅来自"理论"本身的创造性质,也来自"文学"这个不同于理论的话语系统的特殊性。由于文学与理论分属不同的话语系统,"文学理论"对已有的理论的批判就不是在理论内部所进行的逻辑推理,而是立足于"文学"来看"理论",从理论话语系统外部来分析已有的理论观点产生的历史原因,揭开其神秘的面纱。这就是"去魅"的过程。也正是在这里,福柯的"谱系学"和"考古学"与"文学理论"可以接轨。当"文学理论"对已有的观念进行质疑时,"文学"这个立足点使得文学理论首先并不是对已有理论中所研究的对象提出一个新的解释,而是先对已有理论观念如何产生进行分析,这是一种站在已有理论之外来思考的活动。"文学理论"对已有理论的批判还不止这些,它还以文学的方式解读已有的理论文本,从而形成对已有理论话语的颠覆与解构。任何一个文本都可以有多种解读方式,但如果在已有理论的话语系统内部来讨论理论问题,就难以摆脱已有理论的思维模式。即使可以提出一些新的见解,但是理论话语并未突破,因而很容易陷入封闭的理论系统中,变成笛卡尔式的传统理论。如果以文学的方式解读理论文本或者用理论的方式阅读文学文本,就成为对理论话语的创造性解释,从而使"文学理论"在话语形态上区别于传统的理论。

"文学理论"对传统理论的挑战不仅是对传统的文学观念的挑战,而且也是对支撑这些文学理论体系的理论观念本身的挑战,是对那些用来研究文学的基本理念的挑战。但是"文学理论"也不是完全拒绝已有的所有理论而另起炉灶,建立起一种与已有的理论绝然不同的另一个话语系统。相反,"文学理论"是对已有理论的改造与利用,它仍然可以吸收传统理论为已所用。文学理论所要批判的是被普遍接受为客观规律或绝对真理的权威观念。它要揭示的是:已有的那些无须讨论的前提其实很有讨论的必要。

通过对文学理论特殊性的考察,我们可以说,"文学理论"是以文学为基础而对已被普遍接受的理论观念的批判与质疑。它虽然属于理论话语,却具有特殊的形态。与我们所熟知的文学理论话语相比,这种特殊意义上的"文学理论"特殊在哪里?它已经存在还是只是我们的设想与推论?

"文学理论"的特殊性具体体现在"文学理论"中"文学"的地位上。由于"文学"在"文学理论"中的具体位置的不同,已经形成了至少三种

"文学理论"的具体形态。这不是设想,而是已经存在于我们时代的知识谱系中,并且是我们已经熟知的理论。第一种形态是文学化的理论。在这种"文学理论"中,文学是文学理论的基础,理论家用文学的眼光来审视世界,理论表达也已经文学化。文学的感受、比喻/隐喻的手法、文学语言的质感构成了理论的内在灵魂。瓦尔特·本雅明(Walter Benjamin)的理论是这种文学化的"文学理论"形态的代表,他的理论是以文学感受为内核的理论,这不仅在论文学的文章中,就是在论其他问题的文章中也有表现。他以文学的方式讨论理论问题。请看他在论翻译时的几句话:"真正的翻译是透明的,它不遮盖原著,不挡住原文的光亮,而是让纯语言,因其自身的媒介而得到增强,更加完全地照耀原著。毕竟,这得依靠逐字地翻译原文的句式来达到……因为如果说句子是矗立在原著语言面前的墙,那么逐字逐句的对译便是拱廊。"[1] 应该说这是本雅明的文章中比较符合传统意义上的理论文章规范的一篇,但这些语句中仍然可以看出他的一贯风格,他不是用理论的概念去表达思想,而是用"光亮""照耀""墙""拱廊"这些形象化的表达。这就是文学对理论的渗透。而在《论历史哲学》这样的论文中,我们看到的则是文学感受成了立论的基础和思考的主要方式。本雅明在文章的开头写道:

  传说有一种能和人对弈的机械装置,对手走一步,它就相应地回一步。这个和你下棋的木偶穿着土耳其式服装,嘴里叼着烟斗,端坐在大桌子上的棋盘前。一圈的镜子制造出一种幻觉,似乎从各个方向看,这张桌子都是透明的。实际上,一个象棋高手,驼背小人坐在木偶里面,用绳子牵着木偶的手。我们可以设想这种装置在哲学上的对应物。这个叫做"历史唯物主义"的木偶每次都赢。要是有神学的帮助,它简直可以很轻易地战胜任何一个对手,只是众所周知,今天神学已经枯萎,被排斥在视野之外。[2]

值得注意的是,本雅明在此并不是讨论文学问题,而是讨论历史哲学问题,但是他却是以文学的方式讨论的。理论问题和下棋的故事(寓言?)

---

[1] [德]本雅明:《翻译家的任务》,见孙冰编:《本雅明:作品与画像》,文汇出版社1999年版,第130页。

[2] [德]本雅明:《论历史哲学》,见孙冰编:《本雅明:作品与画像》,文汇出版社1999年版,第135页。

融为一体，笔者把这种文学化的理论视为一种新的文学理论形态。

文学理论的第二种形态是将文学问题提升为理论问题。这种形态的文学理论最接近于传统意义上的文学理论，但又有极大的不同。它是以"文学"为讨论对象的，但其目的不是为了研究文学的客观规律，而是从文学问题的讨论中发现更具普遍意义的理论问题。巴赫金（Mikhail Bakhtin）说："马克思主义的文学史家和文学理论家的主要任务终究不在于把这种非艺术的意识形态要素区分出来，而在于对艺术意识形态要素本身，亦即对文艺作品本身作出社会学的规定。"[1] 分析艺术意识形态要素，就是要将艺术的特殊问题引申到意识形态的普遍领域中，完成文学问题到理论问题的跨越。这种跨越的依据在于文学艺术本身的意识形态性质。巴赫金对这两者之间的关系也做出论述："任何影响文学的外在因素都会在文学中产生纯文学的影响，而且这种影响逐渐地变成文学的下一步发展的决定性的内在因素。而这一内在因素本身逐渐变成其他意识形态范围的外在因素，这些意识形态范围将用自己的内部语言对它作出反应，这一反应本身又将变成文学的外在因素"[2]。当文学理论对这个动态的辩证过程进行研究的时候，首先会关注文学本身的特殊性，关注它不同于其他意识形态的地方。但仅仅关注这些独特性，将其作为孤立的客观的对象进行解剖、分析、总结、概括又是不够的，必须把这些特殊性作为一种意识形态来研究，将其纳入文学之外的更广阔也更具普遍性的领域中，才算是完成了理论的任务，这也就是所谓的"对文艺作品本身作出社会学的规定"。这也正是巴赫金本人可以从陀思妥耶夫斯基的小说中发现复调现象并上升为更具普遍意义的对话理论的原因之所在。

文学理论的第三种形态是直接将文学问题作为理论问题来讨论，或者说是为了解决理论问题而涉及文学问题，在文学中找到解决理论问题的启示。这种形态的文学理论也是一种哲学或其他理论。马丁·海德格尔（Martin Heidegger）对诗与艺术的论述是一个具有代表性的例子。他讨论诗和艺术绝不是为了把它们作为客观对象，总结诗与艺术的客观规律，而是为了解释"存在"问题。存在是超越于主体与客体区分的一种状态，是人活着（Being）的状态。"诗化的语言把存在从寂然中唤醒。作为一种'唤

---

[1] [苏联] П. Н. 梅德维杰夫：《文艺学中的形式主义方法》，见巴赫金：《周边集》，李辉凡等译，河北教育出版社1998年版，第136页。

[2] [苏联] П. Н. 梅德维杰夫：《文艺学中的形式主义方法》，见巴赫金：《周边集》，李辉凡等译，河北教育出版社1998年版，第146页。

起',文学作品是一种行为、一个事件、一种发展过程。"[1] 不仅文学艺术作品所描绘的艺术世界是一种存在的状态,而且,"艺术作品以其自己的方式展现存在物之存在"[2]。因此,在海德格尔看来,诗与艺术都不是客体,而是人的一种本真的存在状态。存在者就应该生活在诗与艺术的世界中。人,诗意地栖居在大地。可见,在海德格尔那里,诗是哲学概念,与传统的文学理论所说的作为一种文学体裁的诗大不相同。文学已走出了它已有的藩篱进入一个更具普遍意义的领域之中。

总之,文学理论是与文学相关的理论,是理论与文学对话构成的知识活动。如果说以文学为基础,用文学的方式思考理论问题,是文学向理论进行了一次内部渗透,改变了理论的面貌,那么将文学问题提升为理论问题,就是理论向文学领域的一次突围,是文学问题彰显理论意义的一次重大转变。而将文学问题直接作为理论问题来考察,则是文学确立自身意义的一次回归,因为文学本来就不应该是一个孤立的领域,它是人的本质的确证。

三、边界还是立场?

探讨了"理论"和"文学理论"的特征之后,所谓的"边界"问题也就迎刃而解了。从历时性角度看,"边界"问题与"理论"的发展阶段有关,设立"边界"是"理论"在启蒙理性支持下的一种自我限定。在此之前的古希腊(特别是苏格拉底之前),"理论"是没有边界的。尼采等人对启蒙理性发起攻击之后,理论的边界就已开始动摇。到了霍克海默和阿多诺明确批判启蒙理性之时,再次形成理论形态的转型。这种转型可以看成是对启蒙理性的背离,也可以看成是理论的批判功能的回归。这次回归又恰恰是在几百年来"理论"被各种学科边界禁锢的前提下展开的,因此,跨越边界成为理论功能回归的一项引人注目的活动。这也是现在的理论与启蒙理性之前的理论的一个显著不同(以前的理论较少受学科边界的束缚)。从共时性的学理层面看,由于我们把理论看成是一种对常识的挑战,理论的成果将在不同学科得到回应,因此,越界(transgression)是理论的

---

[1] [美] R. 玛格欧纳:《文艺现象学》,王岳川、兰菲译,文化艺术出版社1992年版,第79页。

[2] [德] 马丁·海德格尔:《诗·语言·思》,见 [美] R. 玛格欧纳:《文艺现象学》,王岳川、兰菲译,文化艺术出版社1992年版,第78页。

本体特征。理论就意味着跨越边界,我们无法为理论本身设界。就文学理论而言,文学本身也是以越界为特征的。如果文学有使其本身区别于其他文化形态的根本特性(文学性),那么这种特性就应该是越界——跨越已有的各种学科(文化形态)的边界。正如沃尔夫冈·伊瑟尔(Wolfgang Iser)所说:"'横跨'、'逾越'和'侵犯'作为文学之为文学的标志是为一定的语境和历史所决定的行动。"[1] 在伊瑟尔看来,文学可以与其他的学科区别开来。其他学科的认知活动是有局限的,而文学则凭想象和虚构超越了这种局限性。想象和虚构可以在现实世界与非现实世界之间自由活动,可以打破理性划定的各种边界,同时作为人类理解自我的一种方式,想象和虚构也将是无止境的。对人类自我之谜的探寻,离不开虚构与想象。只要这个谜还没有解开,虚构与想象也就会存在,由于虚构与想象一直处于变化莫测的状态,它们的边界也难以划定,以虚构和想象为基础的文学也就无法划定边界。伊瑟尔说:"文学的特殊之处在于,它是虚构与想象两者水乳交融的产物,文学作为媒介的多变性也正是想象与虚构造成。"[2] 同时,虚构与想象也不是不可理喻的,它们在一定的语境和历史背景中可以被理解。当然,随着语境和历史背景的改变,虚构与想象的含义也会改变,在这个意义上,边界也仍然是难以确定的。

由此可见,文学理论无论是从理论本体角度看,还是从文学本体角度看都以突破边界为特征。这个边界,既包括以往文学理论史上形成的学科规训,也包括哲学层面的主观与客观的界限。边界是人为设定的,并非神圣不可侵犯,对于文学理论而言,边界问题并不是它的首要问题。文学理论也不应被所谓边界问题束缚住手脚。前文所概括出来的那三种类型的文学理论也都是直接切入所讨论的问题,而不必为边界的有无和要不要突破的问题再做论证,其中的原因就在于"边界"无法阻挡理论的探寻。

那么,文学理论是否就可以漫无边际、包罗万象了呢?或者换一种提问的方法,如果边界问题不是文学理论的首要问题,那么什么才是文学理论的首要问题——如果它有首要问题的话?文学理论是文学化的理论,是与文学一起思考的理论,是以文学为基础(不是对象)的理论。无论在哪

---

[1] 金惠敏《在虚构与想像中越界——沃尔夫冈·伊瑟尔如是说》(代序),见[德]沃尔夫冈·伊瑟尔:《虚构与想像:文学人类学疆界》,陈定家、汪正龙等译,吉林人民出版社2003年版,代序第7页。

[2] [德]沃尔夫冈·伊瑟尔:《虚构与想像:文学人类学疆界》,陈定家、汪正龙等译,吉林人民出版社2003年版,第6页。

一种意义上，文学理论都需要一个立足点，那就是理论探寻的立场（position）。每一个理论家，每一种理论，其立场可能会有差异，但他们必定都有一个立场。因此，立场是文学理论的首要问题，因为任何文学理论都是从特定的立场出发进行理论探寻的。立场首先决定了理论的对象范围，决定了哪些现象会引起理论家的关注，进入他的视野，从而成为他的研究对象。具体而言，文学作品中的某个主题或片段会引起理论家讨论的兴趣，或把它们当成进行理论发挥的话题，是由他的立场决定的。其次，立场也决定了文学理论的讨论视角。对理论家而言，虽然可以关注同一范围的对象，但讨论的视角会随着立场的不同而有所不同。比如，同样关注主体之间的关系问题，巴赫金的视角和哈贝马斯的视角就很不相同。巴赫金的对话理论是从主体的独立性视角来讨论主体之间关系的，所以，他强调的是主体之间的差异，承认这种差异是对话的前提；而哈贝马斯是从理性重建的视角来讨论主体之间关系的，他强调的是主体之间达成共识的可能性，为此恰恰要"求同存异"，"求同"是其交往理论的目标。因此，我们可以说不同的立场带来不同的文学理论。

但是"立场"又不是不变的，不是一个客观的存在之物。相反，立场总是构成性的（constructed）。因此，立场并不会导致文学理论形成一种固定的边界。立场之所以是构成性的，主要是因为主体的身份（identity）是构成性的。主体不是一个抽象的非历史的范畴，他是在对各种不同身份的认同中表现出其主体性的。而各种不同的身份，都是在特定的文化语境中形成的。主体身份的历史性和具体性，决定了主体身处位置的历史性和具体性。因此，主体的立场也就具有了构成性，是在具体的历史语境中构成的。随着主体在历史文化语境中身处位置的改变，他的立场也就会改变。因此，理论的对象范围和视角也就会改变，从而导致理论本身的改变。理论的这种多变的性质使它可以在不同的知识领域四面出击。

立场对于理论的重要意义还在于它主动地凸显自己，使理论本身的历史性和具体性显现出来。理论被自觉地"立场化"了。这使得新的文学理论不再以客观、公正、科学的面目出现，而是主动地表明理论的政治性。政治性在此是指社会生活和文化知识领域中的各种不平等关系或权力关系，在具体的社会文化语境中所具有的不同的内容。比如，在东西方关系中，对西方霸权的批判是政治性的；在性别关系中，对性别和性取向歧视的批判是政治性的；在社会结构中，为弱势群体争取权利也是政治性的。正是在这个意义上，伊格尔顿才说"文学理论始终是政治的"。他说："……

'纯'文学理论是一种学术神话……文学理论不应该因为是政治的而受到谴责，而应该因为在整体上不明确或意识不到它是政治的而受到谴责——因为盲目性而受到谴责，它们盲目地提出一些学说，想当然地把这些学说作为一种'技巧的''不言而喻的''科学的'或'普遍'的真理，然而对这些学说稍作思考就可以看出它们是在适应并加强某些特定时代特定集团的人的特定兴趣。"[1]当文学理论中的立场被公开以后，文学理论也因此又获得了社会功能，它回到了社会现实的语境中，成为某一种立场的具体言说，而不是以科学的名义，企图去做纯客观的言说。同样，文学理论也从不许诺自己是永远正确的。因为它不承认有一种永远正确的理论，包括这种"不承认"本身也不是永远正确的。将理论探寻引向"是否有一种永远正确的理论"的讨论是危险的，因为它回避了现实中的各种立场的真正交锋。

---

[1] [英]特里·伊格尔顿：《当代西方文学理论》，王逢振译，中国社会科学出版社1988年版，第281页。

从文学性到文学生活

——文化研究范式中的文艺学基本范畴

李 勇

文学研究正面临着范式转型,研究对象、研究方法都在发生着深刻变化。这些变化具体体现在文学研究中基本范畴的变化,因为基本范畴是一种范式的具体体现,也是其基本立足点和基石,范式转变最终落实到基本范畴的转变。换句话说,基本范畴的变化,也是范式转变的实现,否则范式转变很可能仅仅停留在理论设想层面,解决不了实际问题。另外,范式转变是新范式取代旧范式的过程,新的范式不建立起来,也无法去取代老的范式。而新范式就是建立在基本范畴上的。

在文艺学研究中,目前占主流地位的范式仍然是审美主义范式。这个范式中的基本范畴是"文学性"。在文化研究的范式中,基本范畴则是"文学生活"。在审美主义范式向文化研究的范式转变的过程中,"文学性"也必然要被"文学生活"取代。不过在我们做出这样的判断之前,必须要说明:"文学性"范畴的局限性何在?什么是"文学生活"?它为什么可以取代"文学性"而成为文化研究范式中的文艺学的基本范畴?

一、文学性范畴的局限性

"文学性"(literariness)是俄国形式主义者雅各布森提出来的一个重要范畴,指使文学作品成为文学的那些要素。[1] 那么到底是哪些因素可以决

---

[1] 雅各布森在《现代俄罗斯诗歌》一文中指出:"文学性是文学的科学对象,亦即使该作品成其为文学作品的那种内涵。各种科学也都可以利用作为有缺陷的第二手资料的文学文献,但是文学科学必须认定'手法'是它研究唯一的'主角'。"见[爱沙尼亚]扎娜·明茨、伊·切尔诺夫:《俄国形式主义文论选》,王薇生译,郑州大学出版社2005年版,第321页。另,雅各布森在《语言学与诗学》这篇总结性文章中说:"诗学涉及的首要问题是:究竟是什么东西使一段语言表达成为艺术品。由于诗学的主要课题是确定语言艺术同其他艺术以及同其他语言行为之间的区别,所以被誉为文学研究诸科之首。"见赵毅衡编选:《符号学文学论文集》,百花文艺出版社2004年,第170—171页。

定一部作品成为文学作品？雅各布森和其他的俄国形式主义者主要是从语言学的角度来分析的，雅各布森认为是语言的诗性功能，什克洛夫斯基认为是语言的"陌生化"。总之，"文学性"是文学作品中客观存在的要素或语言的独特性。

文学性范畴虽然是20世纪初期才被明确提出来的，但作为一个论述文学本质特性的基本观念却有着很长的历史。在西方文论史上，从古希腊开始就一直存在着针对文学区别于其他文化活动的根本属性的探讨，建立起了"文学性"研究的思想传统。这个传统至少有三个重要的阶段，第一阶段是古希腊罗马时期，在西方文学理论建立之初就开始了对文学的特殊本质的研究，在亚里士多德的《诗学》中，亚氏就尽量区分诗与其他文化形式（比如历史）的不同。这种思想影响西方文学理论达千年之久。第二阶段是启蒙运动及其以后时期，康德为代表的美学家把审美界定为无功利的活动，而文学又恰恰属于美的艺术，因此，文学也就变成了独立于所谓的外在现实的审美真空中的精神活动。第三阶段是19世纪浪漫主义运动中以史达尔夫人为代表的批评家把文学从现实中抽离出来，当成想象的世界，作为批判现代社会的一种超然的领域。从此以后，在唯美主义"为艺术而艺术"口号的鼓动下，在现代主义走向内在体验与感受的艺术实践中，文学作为一个独立的领域也就越发巩固。

当然，在西方的文学理论传统中，也仍然存在着将文学与外在现实紧密相连，从历史—社会—文化角度阐释文学意义的另一个传统。但是这个传统一方面没有否定文学有其自身的审美特性，另一方面也没有拒绝把文学作为一种特殊的对象来研究，从而为"文学性"的范畴留下了存在的空间和前提。

与此同时，"文学性"范畴的形成，也与西方教育制度有着密切的关系。一方面，在19世纪，西方大学中文学课程设置之初，目的是为了提高学生的人文素养，因此，文学教育是精英教育的组成部分，目标是培养高尚的人，培养有教养的知识精英，这就决定了文学教育中的精英主义倾向。这种教育又是以学术研究为支撑的，为这种教育提供知识储备的文学研究也就是精英主义的。另一方面，当时大学教育中的课程也有学理化、实证化的要求，文学教育也不例外，文学教育中文学史的考证、传记研究、社会文化背景研究是科学化的，对于审美特性的研究也同样要求科学化。到20世纪初，俄国形式主义者提出一整套以语言学为基础的"文学性"研究方案时，仍然带有科学主义的烙印。

通过对文学性范畴形成历史的简单回顾，我们可以看出文学性范畴的基本内涵是把文学作为一个客观对象与其他对象区别开来，区别的标准是其审美特性，而这些审美特性又是用科学方法来分析的。

作为审美主义文艺学范式中的首要范畴的"文学性"有哪些局限性呢？第一，文学性是以文学的独立性为前提的。文学性被界定为使一部作品成为文学作品的特性，就是要把文学作品从其他作品中区分出来，同时，也就是把文学从其他文化活动中区分出来，这种区分其实割断了文学与其他文化活动之间的联系，这样的研究使文学走向了封闭。即使最终找到了所谓的"文学性"，这样的文学性有什么意义仍然是值得怀疑的。悖谬的是，研究者所找到的能够判定为"文学性"的那些因素，也许恰恰是一般读者没有察觉的，或者说根本没有意识到其存在的那些因素，结论必然是：要么承认这些因素是在一般读者不知情的情况下神秘地发挥着作用，使读者把那部作品当成了文学作品；要么承认文学性因素只是一些无关紧要的因素，只是少数专业研究者从特定的理论视角（比如语言学）分析出来的因素。第二，把文学性说成是客观地存在于作品中的要素，是一种机械论的观点。符号学和结构主义语言学、后结构主义理论都已证明"纯粹客观"的语言要素是不存在的，作品的意义来自语言系统，而语言系统则是在社会文化历史语境中形成、运转的。作品有意义，不是因为它有什么客观存在的特殊的物理性质，而是因为它被人们在特定的文化语境中进行解读。因此，把文学性说成是客观地存在于作品中的要素就等于排除了人的活动对于文学的意义。第三，"文学性"中包含的审美主义倾向也是狭隘的。我们承认，对文学作品进行审美欣赏的确可以使读者获得审美感受，但是审美的阅读只是一种阅读方式，除此之外，还有社会历史的、道德的、宗教的、政治的等多种解读方式存在。审美的阅读不能取代其他阅读，甚至也不应该成为阅读的中心。审美理论在文学研究中也不应该就天然地占有霸权地位。那种把对文学作品进行审美观照、直觉把握、产生精神共鸣的阅读说成是阅读文学作品唯一正确的方式的观念是一种审美主义的神话。第四，"文学性"范畴中包含着精英主义倾向。"文学性"是建立在文学教育基础之上的范畴，文学教育的目的则是实现人的自我完善，培养完美人格，是引导人超越平庸，走向更高的精神境界的活动。在这种精英与平庸的二元对立中，精英占主导地位，是被追求的目标，平庸的、大众的感受、观念、价值标准都被排斥。其结果是使文学性在走向所谓更高精神境界的途中，也走向偏狭与封闭，在这个封闭的所谓精神领域中孤芳自赏。一方面，它远离了现实的生活,局限在一个"纯艺术"的小圈子中自说自话、自我繁衍,对现实生活漠不关心;另一方面也拒绝了与更大的读者群体的交流与对话,失去了其应有的社会影响力,也失去了被多层次、多角度地阅读与批评,产生多种复杂意义的可能性。第五,"文学性"中隐藏着本质主义思维模式。把"文学性"确定为文学的根本性质,是与其他语言作品、文化文本不同的属性,就是这种本质主义思维。它一方面设定了一个研究的基本目标,就是发现这个本质,这就认定了一定有本质存在。这使得研究活动被这个本质的意向所束缚;另一方面又把这个本质规定为对象本身所拥有的特殊属性,这些属性是固定不变的,超越现实语境也超越时间和历史。比如在俄国形式主义文论中,"文学性"是在文学作品的语言之中,文学语言被认为是一种特殊的语言,这些特殊因素就是客观存在的,不以人的意志为转移的,而全然不顾不同时代的读者对作品的不同理解,甚至也全然不顾有些读者根本没有注意到这些所谓的语言特殊性的存在。

"文学性"范畴存在的这些局限性已经引起了文学研究者的注意,20世纪西方文论中对于"文学性"范畴的具体内涵也进行了修正和补充,试图通过为"文学性"范畴增添一些新内容而使它能更有效、更合理。这些修复工作主要围绕三个方面进行:一是以巴赫金为代表的对话理论,把文学性解释为多种不同的声音在文本中的交织与斗争;二是以穆卡洛夫斯基为代表的审美功能理论,把文学性解释为文本中能引起审美感受的突出特性;三是以托多罗夫为代表的结构主义者,把文学性解释为文学语言系统的结构与规范。这些工作比仅仅把文学性理解为文学作品的语言特殊性有了一定的灵活性,但仍然没有超出审美主义的范式,特别是后两个方面的审美主义特点更明显。巴赫金的理论灵活性更大,但仍然是在文学话语系统中讨论问题,没有完全摆脱审美主义的纠缠。文学文本中的多重声音,也是文学文本区别于其他文本的一个特点,这个特点明显是形式主义印记。

二、文学生活的含义及特点

如果"文学性"范畴存在着重要的局限,那么我们可以找到合适的范畴来克服这些局限吗?我们认为从不同的理论视角可以找到不同的解决问题的途径,比如,从传播学角度,我们可以找到"文学媒介"的范畴;从哲学角度,我们可以找到"人文性"范畴;等等。本文则从文化研究角度来思考这个问题,在文化研究视野中"文学生活"范畴是一个可以解决

"文学性"局限的选择。

那么什么是文学生活？文学生活是生活世界的一个组成部分，也是人在生活世界中的一种生活状态。就构成状况而言，文学生活主要有三个部分，一是文学活动，即文学创作、文学阅读以及文学研究。在这些活动中，人们投入文学之中，进入文学化的生活状态。简单地说，如果人的生命活动是以线性的时间为线索的，那么，人在某个时间段从事文学活动，在这个时间段中他就进入了文学生活。二是文学视角，即文学在人的生活中所占有的地位。人一旦有了文学生活之后，文学就会在他的生命中产生一些影响，影响到他对世界的看法，对人生意义的看法，甚至对具体事物的看法。当他以文学的方式（或从文学的视角）看世界，理解生活世界的意义时，他也就进入了文学生活。三是利用文学作品或使用文学作品中的语句、人物形象来达到非文学的目的等，这些也都属于文学生活。

文学生活范畴的哲学基础是"生活世界"理论。这是现象学哲学家胡塞尔提出的哲学范畴，它揭示的是前科学的世界。[1] 在现代哲学中，作为基础的不以人的意志为转移的外在物质世界不再成为思考的核心，哲学的重心转移到了人生活于其中的生活世界，万物要与人发生联系才有意义，而在这些联系中最基本的联系就是生活联系，这就是那种与人的感性生命相关的生活世界。人在这个世界中从事各种活动，感受着、体验着人的有限生命的意义与价值。因此，生活世界是人存在的世界，也是人的各种活动构成的世界。文学生活也是人的一种生活活动，它既是生活世界的一部分，也体现着人的生活的意义与价值。

更进一步看，哲学意义上的生活世界又有不同的层次。在共时性结构中，生活世界是由三个部分组成的：一是日常生活，即人们满足生存需要而从事的各种日常活动，比如衣食住行、婚丧嫁娶等活动；二是可以操纵可以控制的社会行动，比如政治活动、军事活动、法律活动等与组织机构的运行相关的活动；三是远离这些实际需要的精神性活动，比如科学研究、宗教信仰以及艺术活动，这些活动都有着形而上的追求和指向，引领着人们走向更高的精神境界。但是这种划分具有明显的精英主义倾向，把文学（艺术）看成是高高在上的远离现实生活的精神追求，这对于解释某些精英

---

[1] 胡塞尔说："早在伽利略那里就已经开始以奠基于数学中的观念性的世界来偷偷地替代那个唯一现实的、在感知中被现实地给予的、总能被经验到并且也能够经验到的世界，即我们的日常生活世界了。"见［德］埃德蒙德·胡塞尔著，［德］克劳斯·黑尔德编：《生活世界现象学》，倪梁康、张廷国译，上海译文出版社2002年版，第237页。

文学生活也许有效，但是对于普通大众的文学生活就会失去解释的有效性。

英国文化唯物主义理论家雷蒙·威廉斯对文学艺术的解释消解了这个精英主义倾向。威廉斯是通过对"文化"概念的重新解释来打破精英主义的。他认为文化有三种含义：第一是智慧、精神和美学的一个总的发展过程；第二是某一特定的生活方式，无论它是一个民族的，还是一个时期的，或者一个群体的；第三是智慧，特别是艺术活动的成果和实践，即人们的表意实践活动。这三种定义中第一种是精英主义的定义，与传统精英知识分子（如马修·阿诺德、利维斯等人）把文化看成是人的自我完美和建立美好和谐的社会秩序相一致，是一种精神追求，后两种都与社会生活有关。第二种含义包括旅游、节日、休闲和青年亚文化，第三种含义中除了高雅的经典艺术之外，也包括流行文化，如肥皂剧、流行音乐、漫画和时装等。这些作品都表达了那个时代人们的生活状况、生活经验和感受。在威廉斯看来，"文化由'普通'男女在日常生活中与日常生活的作品和实践相交流过程中创造的，它的定义应该是他们'活生生的经历'"[1]。

威廉斯的理论与生活世界理论之间形成了互补关系。首先，威廉斯所说的文化属于生活世界，两者是一致的，都是由人在现实世界中的活动构成的。其次，威廉斯的理论以人的活生生的经历为核心，对生活世界进行了整合，他用"情感结构"一词来表达这种整合关系。所谓情感结构，就是指"特定群体、阶级或社会所共享的价值。这个词被用来描述一种集体文化无意识与一种意识形态之间相互联系的松散结构"[2]。情感结构表现了一个特定时代人们的生活经验、心理感受和愿望。再次，威廉斯的理论也使得生活世界的三个不同层次之间的关系明确起来。日常生活才是生活世界的核心部分，组织化的社会行为和形而上的精神追求都是以日常生活为基础的，离不开人在日常生活中的感受、愿望、经验和理想。因此，这后两者应该回归到日常生活中，放在日常生活实践经验中来分析、研究和解释。

在生活世界理论和文化唯物主义的基础上，"文学生活"范畴就获得了其基本内涵。首先，文学生活是人在生活世界中的一种生活状态。人生在世，总是在某些时候与文学发生关系，进入文学生活，对于人类群体而言，

---

[1] ［英］约翰·斯道雷：《文化理论与通俗文化导论（第二版）》，杨竹山等译，南京大学出版社2001年版，第58页。

[2] ［英］约翰·斯道雷：《文化理论与通俗文化导论（第二版）》，杨竹山等译，南京大学出版社2001年版，第56页。

文学生活就成为人类生活中不可缺少的一部分，明确了这一点，就为文学研究找到了最基本的合法性。其次，文学生活是人的活生生的经历，是人的一个生活体验。这说明文学生活不是抽象地存在于一个形而上的领域之中，而是人的切身体验，是人全身心投入其中的一种状态。再次，文学生活与其他的生活实践是相互关联的，文学生活中也存在着情感结构，与其他活动一样分享着一个特定时代人们的共同体验与价值。最后，文学生活可区别为不同的类型，但没有高下优劣之分，精英的文学生活与普通大众的文学生活之间有差异，但并不因此就证明精英的文学生活就是高尚的、高级的，大众的文学生活就是平庸的、低级的，作为人的生活体验，活生生的经历，它们是平等的。

明确了"文学生活"的基本含义之后，我们就可以比较容易地找到"文学生活"与"文学性"范畴相比的优越性。首先，文学生活是生活世界的一部分，它意味着人的所有活动都是相互关联的。因此，"文学生活"范畴的建立，理论前提不是去分析文学生活的独特性，而是把文学生活带入一个更大的思考空间。当然，既然我们在生活世界中标识出了"文学生活"这个领域，就要说明它的特殊性。当我们使用文学生活这个范畴时，已潜在地承认了它的特殊性。这个潜在的标准是什么？是什么让我们可以放心地使用文学生活这个范畴？我们认为并没有一个统一不变的标准，只是不同时代的人们按照他们的惯例可以识别出一个"文学"的范围或界限。他们可以按照惯例判断哪些作品是文学作品，应该如何阅读文学作品，如何使用文学作品，从而享受他们的文学生活。另外，对于文学研究而言，文学有一个统一不变的标准是一个伪问题，不仅无法得到一个令人满意的答案，即使找到一个能自圆其说的答案，也还仅仅是为文学研究做了一个准备，真正意义上的文学研究还没有开始。其次，文学生活是一个动态的范畴，它当然不是客观地存在于作品中的某个要素或特点，而是人们的活生生的体验与感受，这些体验与感受甚至也不是由作品的某些特点引起的，而是由人们所生活于其中的文化传统以及现实处境所决定的。再次，文学生活是一个文化社会学的范畴，而不是一个"审美"范畴，它超越了狭隘的审美主义倾向，文学生活范畴所指涉的人的文学生活，并不仅仅具有审美的维度，同时也可以包括哲学、道德、宗教、政治、法律等维度，甚至可以包括影射、造谣、幻想等维度。总之，文学生活是与社会现实生活直接接轨的，而不仅是无功利的处于审美真空中的。最后，文学生活是平等的，不同的文化阶层中的人，其文学生活并没有高低优劣之分，高雅的精英知识分子所从事的自我完善的精神追求并不比普通读者阅读通俗文学更高尚。相反，一个普通读者从一部通俗作品中所获得的知识，可能对其人生观有更深远的影响。另一方面，通俗作品与精英作品中所表现的情感结构，也可能是完全相同的，因为生活在同一个时代的人们所面临的根本问题是一致的。

三、范式转型："文学生活"研究的原因

"文学生活"是一个比"文学性"更具有理论价值的范畴，它比"文学性"更开放，也更能揭示出文学实践的复杂性。单单从这些理由出发，我们似乎已经可以做出选择，文学研究应该从"文学性"走向"文学生活"研究。但是，这种选择仅仅是文学研究中从一个焦点转向又一个焦点吗？或者仅仅是理论视角发生变化之后所产生的策略性调整吗？当然不是。从"文学性"范畴到"文学生活"范畴的转变背后是文学研究理论范式的转型，在更深的层次上则是理论观念本身的转换。这两种不同层次的转换是从"文学性"范畴到"文学生活"范畴转变的原因。

从范式转型的层次来看，"文学性"是审美主义范式中的基本范畴。如前文所述，对"文学性"范畴进行修正和补充，也可以使文学性范畴获得一些新内涵，但是"文学性"范畴存在的局限性来自审美主义范式自身的特点，在这个范式内部进行局部的调整和修补并不能解决问题。因此，要克服那些局限，就要实现范式的转型。范式（Paradigm）本是托马斯·库恩在研究科学革命史时提出的概念，"'范式'的一种意义是综合的，包括一个科学群体所共有的全部承诺；另一种意义则是把其中特别重要的承诺抽出来，成为前者的一个子集"[1]。"科学群体所共有的全部承诺"主要指科学研究中一个特定的领域或阶段在研究对象、基本范畴、前提假设、基本命题和论证方法等方面都会形成一个完整的体系或模式。随着研究的深入，这个范式走向成熟，其内在的矛盾也逐渐暴露出来，最终会突破这个范式，研究者会找到新的对象，提出新的范畴，建立新的前提假设，提出新的基本命题，运用新的论证方法，从而形成新的范式。

"文学性"属于审美主义范式，而"文学生活"则属于文化研究范式。

---

[1]［美］托马斯·库恩：《必要的张力——科学的传统和变革论文选》，范岱年、纪树立等译，北京大学出版社2004年版，第288页。

从"文学性"到"文学生活"转换的背后就是从审美主义范式到文化研究范式的转换。从研究对象来说，审美主义范式的研究对象是文学的审美特性，而文化研究范式中的对象则是人在生活世界中的文学实践；从基本范畴来说，审美主义的基本范畴是"文学性"，而文化研究范式的基本范畴是"文学生活"；从前提假设来说，审美主义范式的前提是文学的自足性，文化研究范式的前提是文学的开放性（或现世性）；从基本命题来说，审美主义范式的基本命题是文学是一种超功利的审美活动，而文化研究范式的基本命题是文学是生活世界的一部分；从论证方法来看，审美主义遵循的是本质主义，把文学作为有先验本质的客观对象，而文化研究范式遵循的是反本质主义的文化社会学，把文学看成一种社会生活中的表意实践，阐释文学生活对于那个特定时代中特定人群的特定意义。

那么，文学研究中为什么会发生审美主义范式向文化研究范式的转型呢？除了我们已经提到的审美主义范式所存在的那些局限性之外，还有三个重要原因。一是在审美主义范式内部，如果从以审美为中心的现代文学观念在19世纪建立开始算起，经过一个多世纪的努力，特别是20世纪文学性问题成为研究的核心以来，审美主义范式已经走向了成熟与封闭，换言之，这种范式已经走向了它的尽头。二是19世纪后期以来，大众文化的繁荣产生了对经典文学观念的冲击，并在社会生活中占有越来越重要的地位，成为几代民众生活中的重要部分，这使得它在文学研究中的地位也得到提升，从被批判走向了被赞扬。大众文化在文学研究中起到了推动文学研究范式变化的作用。三是相关的学术条件已经具备。文化研究本身是一种跨学科的研究，在20世纪文学研究中，各种学科不断介入文学研究，为文化研究提供了条件。这是一方面。另一方面，哲学领域中生活世界的理论以及文化理论的建设，为文化研究奠定了基础。由此，文学研究中出现文化研究范式已成为一个现实的选择。当然，这也不排除其他范式存在的可能。

在更深的理论观念层次上，从文学性到文学生活的转变是理论本身变化的要求。文艺学（文学研究）是以理论形态出现的，理论在传统的意义上是以抽象的语言来揭示规律或本质的一套思想体系，是对实践经验的概括、总结和提升。这种理论观念在总结概括实践经验之时也有一套先在的理论规范，即所谓的纯理论，因此，这种传统理论逃不出本质主义的封闭圈，它先预设了一个客观存在的本质规律，把揭示客观对象中已经存在的规律作为自己的任务，而揭示的方法又是用一套已有的理论话语去概括实践经验。审美主义范式就是这样的理论，它先预设了文学的本质规律，然后用文学性等范畴来揭示这些规律。文学性被设定为客观的研究对象，等待着研究者用一套理论去解剖。

这种理论是以启蒙运动以后建立起来的科学理性为基本模型的，是自然科学方法的推广运用。因此，这种理论可以称为现代理论。但是到了20世纪以后，这种理论观念受到了挑战，理论不再是对客观对象的解剖，也不是对本质规律的概括与总结，而是与对象的对话。理论就是对人们习以为常的观念的突破，特别是在人文社会研究领域，一方面，理论突破已有的学科界限，在不同的领域突破原有的规范束缚；另一方面理论本身也不再以客观、公正、价值中立自居，而是公开承认其本身的价值立场，从而使理论表现出了灵活性、开放性、未完成性与对话性等特点。因此，这种理论也具有后现代的特征。文化研究范式的文学理论就是这种后现代的理论形态。对文学生活的研究，其实就是要通过体验文学生活来使文学理论实现与文学生活的对话。或者，从文学生活的活生生经历出发，对已有的文学理论体系发出挑战，消解其中的本质主义观念。

为什么理论形态从现代向后现代转换就会导致文学研究中审美主义范式向文化研究范式转换？这当然是因为后现代理论形态与文化研究之间存在着内在的一致性。首先，文化研究范式中将文学生活作为首要的范畴，就使得文学研究消解了"客观对象"，文学研究不再是解剖客观对象了，而是体验文学生活，并用这些文学生活体验突破已有的理论话语。其次，文化研究范式对文学生活的研究也使得文学研究消解了本质主义思维方式，使文学研究回到"本质"之前的生活体验之中。再次，文化研究关注文学生活的多样性，比如对精英与大众的文学生活一视同仁，消解了以往文学研究中的封闭性和单一性。最后，文化研究强调文学生活的变化性，这也为后现代理论的变化性找到了直接的源泉，在文学生活无限生动的变化领域，后现代的理论获得了动力，为理论提供了无尽的视角和话题。在这样一个超越现代理论规范控制的领域，文学生活和理论一起发动"造反"。

当然，我们仍然承认，文化研究范式不是后现代理论形态的唯一表现，选择会有很多，但文化研究是目前已经启动的新范式中较为成功的一个例子。

文学言语的私有性
——兼对维特根斯坦关于私人语言论断的解析

潘华琴

受现代语言学的影响,从语言的角度研究文学的实验(从形式主义到结构主义)似乎并没有为文学带来太多前进的动力,相反,科学化的研究方法与目的将文学简化为一堆可拆卸组装的结构与零件。尽管如此,从语言通向文学的这扇大门似乎不应就此关闭。因为,语言并非仅是现代语言学对象化的语言,也不仅是一套由习惯形成的规则与结构,它还具有生命。正如杜夫海纳所言,由规则和结构组成的语言只是语言构成的中间地带,在它的下面与上面分别存在一个语言的漩涡,他将其命名为"次语言"和"超语言"[1]。语言的这两个构成部分与个体的生命活动,特别是个体生命的心灵世界与精神领域密切相关。也正是这一点启发我们从文学言语的私有性角度揭秘文学与人、文学与个体生命之间隐秘关联的奥妙。如在《超越语言》一书中,鲁枢元教授将文学创作动机之萌动、文学文本产生与接受的整个文学过程理解为一种言语活动,并将文学言语的重要特性概括为"个体性、心灵性、创化性",并从文艺心理学、语言发生学以及阐释学等角度探讨文学言语与个体生命的关联,探讨文学言语的内在性与私有性的问题。尽管维特根斯坦在其哲学建构中断言,心灵世界是语言之外的世界,对此,我们只能保持沉默;用于描述心灵世界的私人感觉的语言是私人语言,是不应该,也不可能存在的。但在文艺学领域观照维特根斯坦的这一论证却有可能揭示出文学言语私有性的实质所在:个体生命得以冲破类的局限,获得本真存在的一种方式,即个体生命的私人感觉之外化,具体表现为个体生命私人感觉的个人化表达。

---

[1] [法] 米盖尔·杜夫海纳:《美学与哲学》,孙非译,中国社会科学出版社1985年版,第79页。

文学言语的私有性
——兼对维特根斯坦关于私人语言论断的解析

一、维特根斯坦的私人语言不可能性之论证

维特根斯坦关于"私人语言"的论证开始于《哲学研究》243节,原文如下:

> 可是,是否也能想像这样一种语言:一个人用这种语言写下或说出他的内心体验——他的感觉、心情等等——供他私人使用?——唔,难道我们不能用我们的普通语言做这些事情吗?——但这不是我的意思。我的意思是这种语言的词应当指只有说话者才能知道的东西;指他直接的私人感觉。因此,其他人不能理解这种语言。[1]

从维特根斯坦的原文中,我们至少可以概括出"私人语言"的两个基本特征:首先,私人语言指称或表达个人的内在经验,即私人感觉的语言;其次,由于私人感觉只有自己知道,他人无法知道,用于表达私人感觉的语言只能是私人的,无法为他人理解,不能参与交流。别人无法知道我疼或头晕或其他什么感觉。囿于以上特征,维特根斯坦明确指出,那些可以被翻译成公共语言的密码语言和个人的内心独白等语言表达方式都不属于私人语言。按照他的语言观,这些语言应是语言共同体中语言游戏的一种范例。

从上文中,我们同样可以领悟到私人语言存在的哲学前提,这也正是维特根斯坦论证私人语言不可能性的原因和突破口。私人语言是指称私人感觉的语言,是一种私人指称定义。这一命题就蕴含了私人语言得以产生并存在的两个必备条件。

其一,存在一个与外在世界相分离的、独立的内心世界,即笛卡尔式的身心二元分立的形而上学世界观。心灵与身体是相互独立的实体,心灵不依赖于身体(外在行为),只能通过内省的方法才能接近,因此存在一种无须表达、不为他人理解的私人语言。因为心灵活动只属于个人,每个人所表达的心灵活动也是不同的,所以,用于表达心灵活动的语言只能是私

---

[1] [奥]维特根斯坦著、涂纪亮主编:《维特根斯坦全集 8 哲学研究》,涂纪亮译,河北教育出版社2003年版,第123页。

人的。每个人都无法进入他人的心灵，因此无法判断自己的感觉与他人的感觉有相似性，因而用于表达私人感觉的私人语言是无法交流的。维特根斯坦认为正是这种身心二元分立的哲学思维方式导致了一系列的哲学困惑，使得人们总要抛开眼前的现实生活而去寻找深藏在现象背后的所谓的意义或本质，形成一种生活总在别处的茫然与焦虑。他试图以自己的分析的哲学行为主义的方式调和这种身心二元分立。他承认心理现象的存在，也即承认私人感觉的存在，并用公式的形式说明了心理现象对每个人来说都是一种"内在之物"，"内在之物的确就是感觉+思想+想象+心情+意图等等"[1]，它是隐藏的，但它并不是独立于身体的实体。由此可见，维特根斯坦对"私人语言"的不可能性的论证目的，是从根本上否定哲学上的心理主义和主客二分的本质主义知识论倾向。

私人语言得以存在的第二个必备条件与语词意义的产生有关。将语词的意义等同于名称所指称的对象的指称论，以及将语词的意义等同于与语词相联系的观念的观念论，都为私人语言的产生提供了可能性，因而也成为维特根斯坦论证私人语言不可能性的出发点。指称论者认为，名称是通过指示或指称外部世界中的事物或事实而具有意义，一个名称的意义就是它所指示或指称的对象，也就是说，名称和对象之间存在着相应的关系，一个名称代表、指示或指称它的对象。维特根斯坦认为，正是这种意义理论让人们习惯用语词指代一个实体，在面对"我疼痛"这样的句子时，也习惯性地将"疼痛"想象成一个与外在物质相似的实体性存在，因而认为外在的物质世界之外，还存在一个独立的心理世界，从而造成了语言运用以及哲学概念上的混乱。

意义理论的另一种观点——观念论由于和身心二元分立的哲学观一脉相承，更成为维特根斯坦批驳的对象。观念论是洛克及其追随者所主张的一种意义理论。它认为一个语词的意义就在于与这个语词相联系的观念。一个人使用语词来使他的观念外在化，如果他所使用的语词能在别人心中唤起与他自己的观念相同的观念，他对语词的使用就是合适的。一个语词的意义就在于这个语词在听者的脑海里产生一个联想的心象。语词的意义要靠语词在说话者或听话者心中所引起的心理过程来解释，心理过程就是我们在使用语词时所指的事物。对此，维特根斯坦首先用"甲壳虫"的例

---

[1] [奥]维特根斯坦著、涂纪亮主编：《维特根斯坦全集 10 关于心理学哲学的最后著作 论确实性》，涂纪亮、张金言译，河北教育出版社 2003 年版，第 185 页。

子来说明，语词所代表的观念在语言游戏中是没有意义的。他形象地用一个不能打开给别人观看的盒子来比拟个人的内心世界，用盒子里的甲虫来表示私人感觉。说话者 A 说，盒子里是一只甲虫；说话者 B 也说，他的盒子里是一只甲虫，但两个盒子里的甲虫是否是同一事物，这一点对 A 和 B 的语言活动并无影响，甚至，盒子里可能都是空的。[1] 其次，维特根斯坦认为，语词所代表的观念对自己和他人来说都是不确定的，因为它们没有判断的标准，故有其不可教授性。对于个人来说，他也无法确定这个感觉和上一次的感觉是否完全一致，因为记忆本身是不确定的；对于他人来说，语词所代表的观念或感觉是否正是他人在使用该语词时所有的感觉，这一点也是值得怀疑的，因此，在这样的基础上产生的语言是不可能成为公共语言用于交流的。再次，观念论认为对语词意义的理解是一种心理体验过程，是语词在使用者心中唤起的联想。但维特根斯坦否认对语词的理解是一种心理的体验，而强调对语词的理解是通过语词的指令完成相应的动作，"应用仍然是理解的一个标准"。[2] 理解语言是与遵循社会规则和掌握技巧联系在一起的。后期维特根斯坦引入"用途说"来说明自己的意义理论，提出著名的哲学命题：词的意义在于用法，既批驳了将意义等同于指称对象的指称论，又否定了将意义与心理观念混为一谈的观念论。

二、维特根斯坦反对"私人语言"之实质

可以说，维特根斯坦对私人语言不可能性论证的哲学原因与意图是明确的，论证逻辑是合理的，论证结果也是可信的，但如果我们跳出语言分析哲学的框架，从文学言语或个体生命哲学的角度来看这个论证，是否能发现其不同含义呢？

首先，维特根斯坦是在何种境况下思考私人语言问题的。维特根斯坦原文中的一句插入语"用我们平常的语言我们不就能这样做吗？"倒是启发我们做这样的设想：我们，或者维特根斯坦是在何种境况下思考私人语言问题的。是浸淫在语言的氛围中思考私人语言，还是在语言的真空状态下思考私人语言？就像鱼儿想知道水是应它所需而出现的还是本来就存在的，

---

[1]［奥］维特根斯坦著、涂纪亮主编：《维特根斯坦全集 8 哲学研究》，涂纪亮译，河北教育出版社 2003 年版，第 139 页。

[2]［奥］维特根斯坦著、涂纪亮主编：《维特根斯坦全集 8 哲学研究》，涂纪亮译，河北教育出版社 2003 年版，第 82 页。

那它应该在水里思考这个问题,还是跳出水面思考这个问题呢?如果是第二种情况,在不存在语言的情况下考虑私人感觉的表达问题,可能形成一种私人语言向公共语言转化的过程。因为人是社会性存在,公共语言的形成是存在的基础。但维特根斯坦在批驳观念论的意义理论时已明确指出,在身心二元分立的哲学基础上产生的私人语言不可能演化成公共语言的概念。这一点是令人信服的。如果是第一种情况,即我们是如何用平常的语言来表达私人感觉的,对私人语言不可能性的论证就成为私人感觉的表达方式问题。语言是现存的、公有的,如何用它来表达私人感觉,方法可以有多种,公共的或个人化的表达方式,都应该被看作语言的一种运用方式而被接受。维特根斯坦的语言游戏说就试图实现这一目的,但并不完全成功。

原因之一,语言游戏说过多地强调了语言共同体的规则与共性,而忽视了私人感觉的个体性特征。维特根斯坦在否认存在一个独立于外在世界的心灵实体之后,重新考虑了"内在之物"与外在行为的关系,认为内在的过程一定会以某种外在的行为为标志显现出来。通过这些外在的行为标志,我们可以知道一个人心中的内在之物。"我们按照他的行为、他的话语、他的思维能力构造一幅关于他心中想些什么的图画。"[1] 而对这种外在的行为标志的理解与运用就是一种语言游戏,是在语言共同体中对规则与社会习俗的遵守,而不是某个人的私人活动。"一种游戏,一种语言,一条规则,就是一种制度。"[2] "人们所说的事情是真的或者是假的,人们在所使用的语言上取得意见一致。这不是意见上的一致,而是生活形式上的一致。"[3] 私人感觉的表达并不依赖于指代观念的私人语言,而是在"人类共同的行为方式"下对外在行为达成某种一致的认同感,从而达到主体间的相互理解与交流。与人的情感、情绪等生命活动有关的私人感觉被置于习俗、惯例的筛子上过滤,符合公共语言游戏规则的私人感觉得到了表达并被理解,不符合的便被筛出,那我们能否怀疑,每个人的"内在之物"都是共性与个性的组合,但由于语言的公共性,我们仅选择了私人感觉中符

---

[1] [奥] 维特根斯坦著、涂纪亮主编:《维特根斯坦全集9 心理学哲学评论》,涂纪亮译,河北教育出版社2003年版,第436—437页。

[2] [奥] 维特根斯坦著、涂纪亮主编:《维特根斯坦全集7 论数学的基础》,徐友渔、涂纪亮译,河北教育出版社2003年版,第254页。

[3] [奥] 维特根斯坦著、涂纪亮主编:《维特根斯坦全集8 哲学研究》,涂纪亮译,河北教育出版社2003年版,第123页。

合人类共性的部分，而舍弃了个性部分呢？我们能否质疑，维特根斯坦在论证私人语言的不可能性的同时，也顺带废除了私人感觉的个性部分以及私人感觉个人化表达的权利呢？如果是这样，个性部分是否就应用公共语言的个人化表达来保存呢？

原因之二，语言游戏说的相关规则，如，词的意义在于词的用法，对语言的理解就意味着按照语言的指令完成相应的行动等，将对意义的阐释和理解这种与个体生命密切相关的活动局限在语言的语法层面，从而将私人感觉表达问题简化为在"人类共同的行为方式"下对个人外在行为标志的认同与理解。维特根斯坦在反对私人语言后，提出了语言游戏说，并将语言游戏与生活形式联系起来，说明语言游戏的多样性，以及不同语言游戏之间的家族相似性。但有一点可以确定，在每一种类的语言游戏中，语词的意义是确定的、单一的，因为语词的意义与个体体验无关，它只与语词的使用有关。"一个表达式的意义是通过我们对它的使用而被表征的。意义不是一种与表达式相伴出现的心理现象。"[1] "应用仍然是理解的一个标准。"[2] 维特根斯坦曾用"拿一朵红色的花来"为例子来论证对语言的理解与语言在心中所引起的心理意象及内心体验无关，因为有无内心体验和心理意象并不影响听者按照语言的指令完成行动，以表明对语言的理解与运用。但我们同样可以假设有两个听者同时同地（不说同一语境，因为语境往往包括听者的内心状况）接受"拿一朵红色的花来"这个指令。他们都按照指令完成了任务，按照维特根斯坦的语言理解的标准，我们可以说他们都准确地理解了这句话。那事态就这样结束了？语言所引起的后效就这么简单利落？设想其中一个听者由于在幼年期亲临过车祸，"红"对他来说意味着死亡、混乱、恐怖、警车的啸叫、人的哭泣等一系列内在情绪或外在行为表现，他怀着所有这些内心感受完成了指令，"红"的意义还仅仅限于他选择了一朵红花而没有拿紫色花朵吗？在现代阐释学的词典中，"理解"已经不再是对于身外之物的认同，理解成了人类自身存在的一面镜子，成了人的存在展示的过程，成了人的历史存在的方式。在文学艺术领域，"体验"一词更是突出了艺术创作中主体的存在。维特根斯坦语言理论中的这种简化行为对他个人的理论体系是合理的，甚至是必要的，但对个体生

---

[1] [奥] 维特根斯坦著、涂纪亮主编：《维特根斯坦全集 6 蓝皮书 一种哲学考察（褐皮书）》，涂纪亮译，河北教育出版社 2003 年版，第 87 页

[2] [奥] 维特根斯坦著、涂纪亮主编：《维特根斯坦全集 8 哲学研究》，涂纪亮译，河北教育出版社 2003 年版，第 82 页。

命的存在来说却是不公允的。海德格尔说:"现实的语言的生命在于多样性。把生动活跃的语词转换成单义的机械地确定的符号条例的呆板性,这是语言的死亡和生活的凝固和萎缩。"[1] 尚杰在《归隐之路——20世纪法国哲学的踪迹》一书中也说,作者"已说的"和"要说的"不是一回事。"德里达从对福柯著作的阅读中发现了福柯未说的,或误说的。我把他理解为从'显'(作者的话语和文本)中读出'隐'。这样的阅读就不仅仅是对作者的还原和接受,而是一种创造,故称其为'危险的增补性'。"[2]

维特根斯坦强调对行为的描述,忽视感受;强调对语词的使用,忽视体验的做法并非偶然,它源自一种分析的理性主义精神。正如意大利思想家维柯所说,理性主义的知识论是有局限性的,忽视了人的活动和创造。[3] 维特根斯坦没有忽略人的活动,他将语言看作人的生命活动,一种生活形式,想象一种语言就是想象一种生活;但他忽略了人的创造,特别是处于大脑黑箱中不为人知的创造阶段。"因为我们对隐藏起来的东西毫无兴趣"[4],"我的语言的界限意谓我的世界的界限"[5],维特根斯坦在反对私人语言的同时,将个体生命纳入了语言共同体中的语言游戏的网络,被诸多的规则牵制、约束,不免使人担心语词的使用主体的命运将何去何从。正如张志扬在《语言空间——张志扬学术自选集》一书中提及的,"维特根斯坦否认了'私人语言'……但它给人造成了一种错觉,或者是人的误解,似乎语言或语言的公共性与个人无缘"[6]。言下之意,维特根斯坦的语言游戏似乎并不能完全有效地表达私人感觉,因此个体存在并不能在语言游戏的规则中获得其意义。

三、私人感觉如何表达?

那么,私人感觉如何才能有效完整地得到表达呢?或者说作为个体存

---

[1] [德]马丁·海德格尔:《尼采》(上卷),孙周兴译,商务印书馆2002年版,第168—169页。

[2] 尚杰:《归隐之路——20世纪法国哲学的踪迹》,江苏人民出版社2008年版,第110页。

[3] 任厚奎等:《西方哲学概论》,四川大学出版社1988年版,第540页。

[4] [奥]维特根斯坦著、涂纪亮主编:《维特根斯坦全集8 哲学研究》,涂纪亮译,河北教育出版社2003年版,第71页。

[5] [奥]维特根斯坦著、涂纪亮主编:《维特根斯坦全集1 逻辑哲学论以及其他》,陈启伟译,河北教育出版社2003年版,第245页。

[6] 张志扬:《语言空间——张志扬学术自选集》,福建教育出版社2000年版,第66页。

在的经验自我如何跳出类的共性限制，获得自身的生存权利与意义呢？生命哲学和本体论语言观都暗示：文学言语提供了一条可能的途径，它不仅允许个体生命将私人感觉作个人化的表达，而且语言本身还因此充满了生命活力。

将海德格尔语言观与后期维特根斯坦的语言游戏说相比较，我们将发现两者间有趣的异同点。两者同样都把语言作为哲学研究的起点和终点，都赋予语言本体论的地位，认为语言是人类的生命活动，但海德格尔强调的是此在通过语言进行个体生命的呈现和相互交融；而维特根斯坦强调的是个体带着语言共同体的规则之镣铐的群舞。海德格尔追根溯源，指出原语言的本质是交流、谈话，是事物自我呈现的方式。认为文学语言是诗的语言，是原语言的替身。文学语言在一定程度上体现了语言的最初形态，能以语言的方式呈现事物的本真面目。维特根斯坦强调的"用途说"则表明，对语言的理解只能在使用和接受语言中遵循其规则。相比之下，个体生命在海德格尔的语言之家中享有更多的自由，在维特根斯坦的语言共同体中却有太多的顾忌，偶尔的任性之举都有可能被斥为不符合规则而被逐出游戏之列，语言可能演化成一种权利，判定个体是否具有存在的意义。对疯癫病人的态度与处置方式，在福柯眼里，是由于这些人违反了语言的规则而被逐出了游戏的行列。在韩少功的《马桥词典》中，"发歌"与万玉也遭遇了相似的命运。"发歌"是一种民谣，更是一种语言艺术，不仅是马桥地区婚丧嫁娶的风俗习惯，也是当地人表达爱情、宣泄情感的手段和娱乐方式，更是当地民众的一种生存态度。它的存在是与马桥人的生命密切相关的。当政府要求用"发歌"的形式来歌颂钉耙、锄头与拖拉机时，"发歌"被另一种语言规则替代，失去了它原有的生命活力，"发歌"之王万玉也因拒绝遵守新的语言规则而被生活拒之门外，抑郁而终。《马桥词典》用非常规语言——文学言语的方式阐释了作者个人对语言命题的理解。他以马桥方言为例，说明"共同的语言"只是人类一个遥远的目标。"共同的语言"在某种意义上暗合了"权威"和"文化传统"的意思，是集体对个人的抹杀，是常规对个性的禁锢。"我们就必须对交流保持警觉和抗拒，在妥协中守护自己某种顽强的表达——这正是一种良性交流的前提。这就意味着，人们在说话的时候，如果可能的话，每个人都需要一本自己特有的词典。"[1] 词是有生命的。它的生命来自它的使用者一生的悲欢离合、荣辱沉

---

[1] 韩少功：《马桥词典》，上海文艺出版社1997年版，第352页。

浮、生老病死，来自他们的性格与情感，来自他们对生命的体验与对生活的态度。

个体的命运在语言共同体中总是渺小薄弱的，超出常规的语言却是个体显现自身活力的途径。个人按照公共语言规则的表达只是常人熟知的，在海德格尔看来只是一种"沉沦式的闲谈"。只有在突破语言规则的束缚之后，个人才能超越语言的界限，将原本沉默隐蔽的世界显现出来。

生命哲学将语言与个体的经验、意向、直觉相联系，认为文学语言是传达直觉感受的最佳途径。绵延是柏格森哲学的中心术语。绵延是持续运动、变化的过程，是实在本身。生命冲动是绵延和运动的本质，是一切事物持续运动的创造力。理性不能把握生命冲动，而直觉可以。艺术家的创作是通过直觉来再现生命的运动。由于柏格森持传统工具论语言观，认为语言是概念化的，属于理性范畴，所以语言不能表达描述深层自我，即绵延。他说，"语言是一组抽象符号的集，不能表达'精神会诊'时感受到的生命的灵魂搏动"[1]。但他对文学语言却非常重视。他说，一位诗人使用语言的方式实际上违反了语言的标准用法，其目的是把自己的直觉感受传送给读者。直觉感受根本不能交流，但一位伟大的艺术家的作品近似地表达这种感受。当我们试图向其他人传达语言自身不能表达的某种感受时，我们也摆脱不了语言的限制，但我们仍能用语言去引起各种暗示、隐喻或强烈的审美意象，以唤醒其他人的直觉能力。这种用语言表达自我或生命绵延的意图也是生命冲动的本质，是人类获取自由的努力。法尔克在《维特根斯坦与诗歌》一文中也指出，在想象性文学领域，维特根斯坦对私人语言不可能性的论证局限性明显地体现出来了：诗歌里有一种很明显的共识，即词并不是按照约定的规则使用。词的意思并不取决于它的实际用途，而是取决于它的可能用途。因为除了自己亲身体验或发现，还有什么能向我们展示现实中潜在并且需要实现的可能性呢？[2]

现象学美学家杜夫海纳也认为在审美体验和艺术创作时，个人感觉是不可缺少的因素，对语言进行创造性的个人化使用是个人感觉的表达方式。在论述"审美经验"时，杜夫海纳竭力讴歌感性，强调美是感性的完善。"美的对象所表现的意义，既不受逻辑的检验，也不受实践的检验；它所需

---

[1] [波兰] 拉·科拉柯夫斯基：《柏格森》，牟斌译，中国社会科学出版社1991年版，第48页。

[2] 参见法尔克：《维特根斯坦与诗歌》，见威瑟斯布恩等著，张志林、程志敏选编：《多维视界中的维特根斯坦》，郝亿春、李云飞等译，华东师范大学出版社2005年版。

文学言语的私有性
——兼对维特根斯坦关于私人语言论断的解析

要的只是被情感感觉到存在和迫切而已。"[1] 他认为，艺术并不像语言[2]，可以有一个统一的规则，它更像话语，是对规则的一种个人化的创新。

在艺术或文学领域里，或者说在感性而非理性或科学精神占主导地位的世界里，私人感觉似乎可找到恰当的存在方式和表达形式，它就是富有创造性的文学语言。因为，写作或文学创作，在某种程度上，是个体生命遁入异域以逃避习惯，重新获得生命意义的方式。这种对习惯（表现为维特根斯坦的"生活形式""世界图式"，索绪尔的语法规则与结构，福柯的"知识型构"等）的突围体现在文学语言上便是对语言规则的背叛。尼采认为，对于每一个人而言，除了通过写他自己的语言和描述他自己的目标来赋予他自己的生活意义外，没有别的选择。这一点罗蒂表示同意。罗蒂说："我们通过讲述我们自己的故事来创造我们自己。"[3] 在韩少功的《马桥词典》中，马桥人就是通过自己的语言勾勒了自己的生活与历史。

《马桥词典》是一部用语言写语言的小说，马桥人的语言成为小说的主题。读者，甚至小说作者，都是通过解读马桥人的语言才真正认识马桥人的。这种语言不是传统的传达思想的工具，也不是维特根斯坦的语言共同体中的一种语言游戏，因为这种语言的意义不仅限于马桥人将其作为交流、行动的规则，它还与马桥人的历史、生命、情感密切联系。《马桥词典》是一部马桥人的生命词典。读懂他们的语言，就是体会了他们的生命历程：他们对生、死，对权威，对疯癫，对革命的理解与接纳的态度。在这个意义上，马桥方言是马桥人的私人感觉的个人化表达，是他们独特的生命存在。公共语言，作为马桥词典的词条注释，不过是进入马桥人的生命轨迹的一种尝试。如，马桥人用"醒"字表示愚蠢，用"梦婆"表示疯癫的做法都违背了公共语言的使用规则，一度给外来者带来不小的困惑。但一旦将这些词语与马桥人的生命历程相联系时，我们会为马桥人看待这些问题的独特眼光而惊讶，更令人惊讶的是，我们会发现马桥人对疯癫的看法与福柯对疯癫的态度有着多么惊人的相似。

---

[1] [法]米盖尔·杜夫海纳：《美学与哲学》，孙非译，中国社会科学出版社1985年版，第20页。

[2] 这里的"语言"是索绪尔关于语言/言语分类意义上的语言，即有着特定规则的符号体系。杜夫海纳反对"艺术是语言"这一思想，认为艺术更像言语，是对语言规则的个性化使用。详见杜夫海纳的《美学与哲学》。

[3] [美]撒穆尔·伊诺克·斯通普夫、詹姆斯·菲泽：《西方哲学史（第七版）》，丁三东等译，邓晓芒校，中华书局2005年版，第718页。

结 论

  要想完成个体生命的自我呈现，实现个体生命完整的生存意义，个体生命的私人经验，即私人感觉是不可或缺的存在部分。但维特根斯坦在废除了私人语言之后，提出的"语言游戏"却无法有效地表达私人感觉，个体生命在维特根斯坦的"语言共同体"中是一种不完整的存在，个体生命间呈现一种归闭式的隔膜，我们只能期待文学言语为我们打开通向个体生命之流的大门。这也正是我们谈到文学言语私有性的目的所在。

  （本文原载《人文杂志》2007年3期，人大复印报刊资料《文艺理论》2007年第9期全文转载）

重归自然之径
——阿诺德·伯林特环境美学思想研究

潘华琴

"现实作为一个整体,也愈益被我们视为一种美学的建构。"[1] 这是德国美学家沃尔夫冈·韦尔施对当今世界的美学阐释,同时它也是一种警示,提醒我们重新思考有关"审美"、美学学科的地位与功能等问题。在这样一个审美泛化的时代,康德式的无功利静观式美学传统显然无法阐释当代社会的审美实践,因此,"重构"美学成为一件势在必行的事。美国环境美学家阿诺德·伯林特(Arnold Berleant)亦是顺应了这种思想潮流,其特殊性却在于他重构美学的方法和宗旨。"环境"(environment)、"审美知觉"(aesthetic perception)、"身体化"(embodiment)、"环境连续性"(environmental continuity)是解读其美学思想的主要关键词,其中"审美知觉"和"身体化"是他建构"介入"式环境美学的出发点和途径,而"环境""环境连续性"则可被看作审美实践在超越了主客二分的静观式美学传统之后达到了新的审美完善状态的表述。

一

尽管伯林特在自己的理论著述中以批判性立场谈论梅洛-庞蒂的身体理论,但他的"审美知觉"和"身体化"概念仍需借助梅洛-庞蒂的知觉首要性信念才能得到充分的阐释。在梅洛-庞蒂看来,知觉是前意识和前主题化的,即是在生命伊始,人类经由身体朝向所在世界的自由而自然的态度和行为。因此,在梅洛-庞蒂的知觉现象学中,身体成为其理论建构的出发点,

---

[1] [德]沃尔夫冈·韦尔施:《重构美学》,陆扬、张岩冰译,上海译文出版社 2006 年版,第 4 页。

它是人类认识的前提条件，也是意义形成的核心。在此，身体指的就是物质性、生理性身体，而不具备任何形而上的特质，梅洛-庞蒂重视的是身体的知觉系统和感官功能。他认为，只有当我们假定身体、感官这些前反思的器官是不可信任的认识论器官时，我们才被迫放弃物质的存在，转向支持观念的存在、概念的存在。在《知觉的首要地位及其哲学结论》中，他所做的就是：在不否认人类文明早已习以为常的观念世界和文化世界的前提下，重新回到前反思的知觉世界，即人类和世界的原初的关联性，从而超越人类思维模式中的传统：身心分裂和人与世界的分裂。

梅洛-庞蒂在强调"知觉的首要性"时将"身体"带回人类的存在场域和认知活动，解决了身—心的二元分裂，形成人类新的自我——"肉身"（flesh），以区别于"身体"（body）这一隐含着二元对立色彩的概念。这为伯林特的"介入"式环境美学建构提供了极富启发性的理论依据。在建构环境美学之前，伯林特首先重构艺术美学。他首先强调知觉在审美实践中的首要性地位，即审美经验是建立在知觉之上的。其次，借助于知觉系统的延伸，他将身体带入艺术审美。他认为知觉并不仅仅指传统的静观美学中所推崇的知觉能力：听觉和视觉。他强调包括嗅觉、触觉、味觉、运动知觉等在内的整个的身体联觉。在他看来，艺术欣赏并非远距离的静观，而是身体进入艺术并相互交流的身体化过程，并以绘画、音乐和舞蹈为例说明艺术创作和欣赏中身体的参与。[1] 在重构艺术美学时，伯林特借助身体的知觉性，一反康德的艺术自律观，突破了艺术审美中的主客二分，在"介入性"的审美体验中实现了艺术与欣赏者的审美融合，这就为他的环境美学建构打下了基础。

在伯林特看来，环境美学的宗旨在于重新考量人与世界的关系，因此传统的自然审美观和传统的艺术审美一样，极具误导性。"鉴赏自然并不是一个观看外部景观的问题。实际上，它根本就不只是一个观看的问题。"[2] 留出公园或景观区，重视其审美价值，这种指向环境的价值的态度，类似于针对艺术的传统态度，体现了人类与环境的分离，而这既未被哲学性地发现，又是科学性的错误，而且，这也带来了灾难性的后果。[3] 正是在重

---

[1] Berleant, Arnold. Aesthetic embodiment, an essay from www.Autograff.com/berleant.

[2] ［美］阿诺德·伯林特主编：《环境与艺术：环境美学的多维视角》，刘悦笛等译，重庆出版社2007年版，第13页。

[3] 参见［美］阿诺德·柏林特主编：《环境与艺术：环境美学的多维视角》，刘悦笛等译，重庆出版社2007年版，第13页。

构艺术美学的基础上,伯林特提出了环境鉴赏应该如同艺术鉴赏一样,运用我们的知觉能力,身体性地介入环境。环境经验就是一种身体化审美。他说:"就像我们参与到一部展开的小说,生活在富有活力的美妙的乐音中,或者进入一幅画的景观中那样,如果我们与环境的身体性结合能在活跃的知觉中融为一体,它就成为审美的了。当审美介入达到最强烈最完全状态时,审美介入就完全实现了我们称之为美的价值。身体的美学是环境的美学……审美鉴赏,和所有经验一样,是身体的介入,一个努力延伸并实现知觉和意义可能性的审美的身体。一个在美学意义上令人满意的环境就是我们能在其中实现这些可能性的环境。"[1] 由此可见,伯林特环境美学一方面强调人类的身体知觉能力,将审美价值判断,即消极价值、积极价值的判断依据建立在知觉感受基础上,从而将美归结为知觉差异,而美育则应是对知觉敏锐性的培育;另一方面,它着重阐释蕴含着人与自然之间的新型关系的"环境"概念,即"能在其中实现这些可能性的环境",伯林特称其为"环境连续体"。

如果说梅洛-庞蒂提出的我的"肉身"概念是在身与心的二元分裂弥合后形成一个新的自我的统一体,那么世界的"肉身"概念就是梅洛-庞蒂试图弥合人与世界之断裂的努力。他以"触"与"被触""延伸""交叉"等概念来描绘身体与世界的融合,进而提出世界的"肉身"是包容并消除了主体与客体、本质与现象、内在与外在、存在与虚无等一切对立元素的巨大场域,是一个完全充满着的场域。在这个意义上,梅洛-庞蒂说宇宙是一个巨大的肉身,所有的存在,包括人的肉身在内都是这同一肉身的部分。但伯林特认为,梅洛-庞蒂的概念如"触"与"被触""延伸""交叉"存在两方面的问题:首先,无论在认识论和实践论上,梅洛-庞蒂似乎都将身体当作度量世界的出发点和尺度,而伯林特却认为身体不具备这样静态的确定性。相反,身体是动态的、受多种因素影响的被建构物。针对梅洛-庞蒂的"肉身"概念,伯林特提出"身体化"概念。其次,伯林特认为这些概念都暗示着另一种意义的分离,因而提出"环境连续性"概念以取代梅洛-庞蒂的"延伸"和"交叉",重新阐释人与世界的融合状态。

其实,伯林特和梅洛-庞蒂的根本差异在于:梅洛-庞蒂的知觉理论旨在追溯到前反思世界的状况,以及对这种世界的认识,他承认存在其他形态

---

[1] Berleant, Arnold. *Living in the Landscape: Toward an Aesthetics of Environment*. Lawrence: University Press of Kansas, 1997: pp.110-111.

的世界,如理想世界和文化世界;而伯林特在接受了梅洛-庞蒂的知觉首要性信念之后,直接走向了文化世界的层面,并在这一层面重新界定"环境""身体"概念。对伯林特来说,世界即环境,而且是文化环境。身体不是物理性和生理性的静态固定物,而是由文化环境建构的,是"环境化的身体",或称为"文化环境的身体化",我们拥有的不是身体,而是形形色色的身体化。"身体化"区别于"身体"和"肉身",暗示出人在环境中存在和环境作为人在其中生存的场域的动态交互性。伯林特的"环境"概念解释了知觉世界构成物的文化性,但人与环境之关系仍是以梅洛-庞蒂的世界的肉身为基础建立起来的。

二

"哲学的全部功能应该是在我们生命的特定的时刻改善你和我的生活。"[1] 伯林特的环境美学建构的价值正在于此。当他将人解读为文化环境的身体化时,他放弃了人在世界中的主人翁姿态,强调了人与环境的共存性和连续性。这就启发我们从新的立场思考人与自然的关系。

对"自然"的理解决定了人与自然的关系,人对待自然的态度和方式。自生态运动伊始,无论是西方还是国内的生态批评理论建构都将批判的矛头指向传统的笛卡尔式认识论框架,认为正是主体与客体、感性与理性的二元论认知模式致使人类远离自然,将自然看作外在于人类存在的对象性客体,人类主体为了满足自身的需求与欲望,不断地对自然进行利用和开发。因此,寻找新的立场,重新认识自然,认识人与自然的关系,既成为生态批评理论建构的基础,也成为生态批评实践的现实目标。

深层生态学所秉持的生态整体论就是这样一种尝试。它强调,人和其他生物一样,都是地球生态系统的组成部分,与其他组成部分相互依存、相互关联。它关注非人类生物的内在价值,倡导人类的自我实现必须超越传统的人类精神领域,走向与非人类存在物的整体认同。生态整体论在观念上起着警示和引导作用,但在实践中,人类应该如何在怀着对自然的敬畏,将自身消融于自然的同时,依然保存自身的内在意志和特性?对这一问题,生态整体论却不能提供令人信服的答案。因此,在生态整体论立场

---

[1] [美] 撒穆尔·伊诺克·斯通普夫、詹姆斯·菲泽:《西方哲学史(第七版)》,丁三东等译,邓晓芒校,中华书局2005年版,第584页。

上产生的"生态中心主义"在某种程度上与"人类中心主义"有着相似的认知基础,因为它并没有超越笛卡尔式的认知模式,并没有真正弥合人与自然之间的分离,它所做的不过是在人与自然的两个极点中,从"人"的一端走向了另一端,倡导了另外一种逻各斯中心主义。正如有些生态批评者所说,"我们必须清楚,导致深层生态哲学陷入困境的根本原因在于,它的整体论观念与整体论意义不相协调。也就是说,现有的深层生态哲学思想中的整体论系统是建立在传统的对立统一矛盾论的基础上的,它基本上没有经历过系统更新,如今,却要突然担负起深层生态哲学立场本身对与本体论体系的全部依赖,成为深层生态哲学的理论根基,那么,冲突也便在所难免"[1]。

另一种为生态批评提供新的认识论立场的观点也有着类似的症结。中国传统哲学中的自然观,如道家的"天人合一"思想,虽然具备了"先天的整体论与化生论",强调人与自然的整体性,但更多地倾向于人对自然规律的顺应关系,面对自然,人应"无为而无不为",而自然,则"自其然尔",其预设的理论前提是:自然为道,凌驾人类之上,无论是"静观"还是"顿悟",在某种程度上,人介入自然的行为仍然被看作是对自然的损害。

以这两种立场为代表的新的认知方式,虽然在理论的内在逻辑演绎上都强调人与自然的融合,即认同人类这个物种以及人类行为内在于自然生态系统,是其不可分割的一部分,但在理论运用的现实层面上都走向了分离,在捍卫自然的神圣地位的同时,有意无意地抗拒着自然中的"人化"现象。自然,这个有着自身发展规律和内在价值的自足的存在,以"荒野"的姿态悍然屹立在人类的面前,索要自身的权利,质疑人类行为的正当性,致使生态保护和人类文明的发展成为一对看似永不可化解的矛盾。人与自然的二元对立,在被修补弥合的过程中,改头换面,以另一种方式重新出现,阻碍着人与自然走向和谐统一的道路。重构人与自然的关系,实现人在地球上的诗意栖居,是生活在被称为生态时代的21世纪人的最高愿望,但如何弥合横亘在人与自然之间的鸿沟,实现这一理想的存在状态,则是我们理论建构和批评实践必须面对的根本性问题。

---

[1] 王耘:《复杂性生态哲学》,社会科学文献出版社2008年版,第43页。

三

伯林特在其环境美学建构中提出的"环境""环境连续体"概念作为一种新的审美完善状态的描述，首先在观念上取消了"无人"自然的存在，为人进入自然提供了理论依据。伯林特重新界定了"自然"与"环境"两个概念，坚持用"环境"概念替换"自然"概念，认为不存在没有人的自然，环境就是"人化"的自然。就像他反对远距离的静观式艺术审美一样，他认为，那些认为自然世界如果没有人类的介入将永远美丽的观点虽然吸引人，但却太过简单、太情绪化了。他认为，如果没有人类的存在就没有对美的欣赏，也没有对价值的判断。他的整个环境美学建构都是以身体知觉为基础，从人的审美经验出发的。他说："就像拉斯金所描述的那样，未受人类干扰的自然总是美的。只有当人类干预了自然进程，问题才产生了。但问题是，不仅对自然世界，就算是特定的美的领域，人类的存在都是不可回避的。美的意识以及由此而来的审美满足感都是以知觉经验、人的存在为基础的。"[1] 他强调，未受人类干扰的自然，只是人类史前的状态，只能存在于我们的想象中。事实上，自然和人类活动并不分离而是同一领域。这种人类与自然的相互依存性意识，不仅是伯林特的美学理论的基本前提，也成为人们重新认知自然、认知世界的新立场。因此，他将"自然"重新阐释为"环境"，以区别于传统二元论认知框架下的自然，激发人们以新的方式重新思考人类与自然的关系。"这种认知的变化也促使人们寻找新的能够反映自然的美学维度的概念以及思考人类在环境美学中所处的位置。用'环境'替代'自然'，不仅是术语的变化，更是人类认知方式的改变。"[2]

首先，他提出"环境"概念，并用"环境"替代"自然"，其目的是为了强调在审美中没有外在于人的客体式的自然，只有"生活中被体验着的自然"，即环境。"环境"概念让我们看到，自然有可能放弃神圣孤傲的"荒野"姿态，转变成一个允许人类进入，甚至在其中生活得富有亲和力的"环境"。"环境"一词，无论在东方还是西方的现代语境中，都有着强烈的二元论色彩，它被解读为：围绕着某一主体，并对该主体产生某些影响的

---

[1] Berleant, Arnold. *Living in the Landscape*: *Toward an Aesthetics of Environment*. Lawrence: University Press of Kansas, 1997: p. 60.

[2] Berleant, Arnold. *Living in the Landscape*: *Toward an Aesthetics of Environment*. Lawrence: University Press of Kansas, 1997: p. 29.

所有外在事物，即客体。正是"环境"一词的现代含义阻碍着人们对伯林特"环境"概念的理解。如果我们仍然从二元论的认知立场出发，将伯林特的"环境"解读为外在于人类存在的客观环境，那伯林特"人化"自然的行为将被当作"人类中心主义"的表现而遭受极为严厉的批评。如布雷迪（Emily Brady）一方面承认伯林特的自然观对于发展一种真正的环境审美是非常重要的，但又认为假设人与自然的一体会导致我们不尊重自然整体和生态系统，"导致自然被人类主体据为己有"[1]。但正像伯林特自己意识到的那样，"很多环境含义都有着这样的暗示：对象及其所处的环境在不同程度上密切结合，但最终还是相互区分且分离的"[2]，伯林特的"环境"概念，和梅洛-庞蒂的世界的肉身一样，都是对这种分离的超越，其价值就是努力在人类与自然的二元分离间搭建桥梁，让人类进入自然并与其和谐相处。他曾强调，在"环境美学"这一术语的使用中，他用的是 Aesthetics of Environment 而不是 Aesthetics of the Environment，就是不愿意把"环境"当作一个外在于人类的客体。因此，在伯林特的理论建构中，"环境"不再被当作外在的物质环境，而是"人类和其他事物共同畅游其间的中介物"[3]，一个统一的场域，一个"自然—文化生态系统"。

其次，伯林特以"身体化"概念为途径，将环境美学建构为介入性美学，在某种程度上提供了人类在实践意义上进入自然的可能性。

"环境连续性"由身处环境中的"身体"，即"身体化"体现出来。对梅洛-庞蒂和伯林特而言，正是身体，将我们从内在意识的抽象、单一的概念性世界带回活生生的经验世界，建立起人类与环境之间的相互关系。这不仅弥补了由身—心分裂导致的人与自然的疏离，更呈现了人与自然的新型关系——连续性。在这一点上，伯林特的"身体化"至少在两方面是具有启发性的：其一，它致力于破除人们在二元分离的认知框架下，由于身体的不在场而导致的对抽象概念的迷信。"审美性的身体，作为感觉体验的接收者和生发者，不是静止的或被动的……通过身体的独特到场，原先只在艺术体验中实现的感觉的强度和集中在审美身体化过程中实现了，这是

---

[1] 杨文臣：《当代西方环境美学研究》，山东大学博士学位论文，2010年。

[2] Berleant, Arnold. *Living in the Landscape: Toward an Aesthetics of Environment*. Lawrence: University Press of Kansas, 1997: p. 30.

[3] Berleant, Arnold. *Sensibility and Sense*. Lawrence: Imprint Academic, Charlottesville, USA, 2010, p. 117.

人的最完整的状态。"[1] 无论是借助艺术表现以完成事物的"身体化",还是通过身体的积极到场,经由身体生发的感知能力得到集中并强化,人类存在的完整性才不至于在抽象的概念或其他利益追求中被销蚀。"生态危机""环境危害"的真实性才不会消解在这些术语的抽象性中,显得与人们的日常生活毫无关联。其二,"身体化"开创了人类由抽象重回具象的可能性途径,在人与自然的关系中则表现为"介入"性的环境体验。因此,在他本人对"城市化"问题的论述中,他直面现实,从环境的连续性特征出发,探讨城市环境作为"自然-文化生态系统"应如何"在一种扩散的相互性中,为促进所参与机体的幸福而努力保持系统的动态平衡"[2]。面对同样的问题,生态批评者则可能认为,城市化在某种程度上都是人类世界向自然界的入侵,都是对自然生态系统的损害,这种担忧常常令生态批评者在飞速发展的城市化进程面前扼腕叹息,却又束手无措。但伯林特的环境概念,即环境作为"自然—文化生态系统"所消解的正是这种人与自然不可逾越的沟壑,经由身体,他将自然与人纳入审美的领地,让两者握手言和,相互融合。

  正是在"身体化"的理论支撑下,伯林特从存在论的高度思考生态批评所关注的"还乡"情结,指出人类对"家园"的渴望并不是浪漫主义的幻想,也不是试图逃离后工业时代日常存在中冷酷现实的"思乡病",而是对身体与环境的疏离所造成的身份缺失的焦虑,"还乡"的欲望既是对身体与环境连续性的渴望,也是对存在完整性的欲求。他用"地方"(place)一词来指称这种环境连续性的完善状态,"地方感"是积极的环境体验的完美之境。在其中,人类自我得到确认。在个人与地方之间有"一种相互性,一种人与地方的相互作用,给人以归属感。这种归属感不仅仅是一种情感上的联系。地方是我们居住的特定的环境……是我们以此为生(生活其中)的环境。在其完美状态,地方就成为身体和环境的和谐统一体。就像梅洛-庞蒂可能会说的,地方是作为我的肉身的世界,是我像爱自己的身体一样爱着的身体。……地方是我们的肉身、我们的世界、我们自己。这样的环境就是我们的地方,它越是完善,它就越成为我们自身"[3]。

---

  [1] Berleant, Arnold. Aesthetic embodiment, essay from www.Autograff.com/berleant.
  [2] Berleant, Arnold. *Sensibility and Sense*. Lawrence: Imprint Academic, Charlottesville, USA, 2010, p. 117.
  [3] Berleant, Arnold. *Living in the Landscape: Toward an Aesthetics of Environment*. Lawrence: University Press of Kansas, 1997: p. 109.

"环境连续性"内在地激励我们不断地"寻找"家园,寻找人与环境和谐统一的完善境况。但环境的连续性特征也经常迫使我们"逃离",因为连续性并不仅仅是身体与环境和谐统一的标记,在面对敌对的环境时,连续性仍然存在,正是这一特性使得"恶的环境所带有的不可见的束缚可能比物质性的限制更具黏着力,因为我们无论身在何处,我们都随身携带着这种束缚。无论我们居住的世界是怎样的肉身,它都是我们的肉身"[1]。可能正是这个原因,"无处安身"的漂泊感才成为我们时代的通病,自然生态系统的失衡才成为导致人类精神生态危机的直接原因。

伯林特的环境美学将自然阐释为"环境连续体",它不再是不应受到干扰的外在之物,通过身体,我们进入环境,环境进入我们的日常生活,并建构我们的身体,它既能让我们在其中实现自我认同,又可能导致人类的自我束缚或迷失。正是在这个意义上,我们才能更好地理解这样的警示:我们对自然所做的,就是对人类自身所做的。

结 论

无论是形而上的理论建构,还是对自然写作的关注,抑或是以反对和质疑工业文明、技术理性和科学主义为导向的社会文化批评,生态批评作为一种理论流派,其宗旨是明确的:重新衡量人类在自然中的位置,实现人与自然和谐相处的理想。经过多年的理论发展和批评实践,生态批评的各种观点已日趋成熟,但对如何重建人与自然的关系这一根本性问题,答案却显得含糊而游移。伯林特以身体知觉为纽带的"环境连续体"和"身体化"的美学思想,不仅在理论上试图矫正笛卡尔式的二元认知框架,更在实践中为我们重回自然,实现人与自然的融合搭建了桥梁。

(本文原载《苏州大学学报》2016 年 6 期)

---

[1] Berleant, Arnold. *Living in the Landscape*: *Toward an Aesthetics of Environment*. Lawrence: University Press of Kansas,1997:p. 109.

瞿秋白的知识分子论与"文化领导权"

陈 朗

瞿秋白关于知识分子特性的分析，是从五四时期的知识分子论向毛泽东的知识分子论的一个重要过渡阶段，奠定了中国无产阶级制定知识分子政策的思想基础。其论述的中心是：立足于文化革命，夺取文化战线上的领导权，实现无产阶级的整体革命目标。这就引起了人们的另一个理论兴趣，瞿秋白（1899—1935）作为中共领导人的活动时代，恰好与意共领导人葛兰西（1891—1937）的活动时代相仿佛，后者提出了著名的"文化领导权"思想，产生了广泛的影响力。那么，瞿秋白呢？其实，他也同样探讨了"文化领导权"问题，为建立无产阶级文化、创建无产阶级的知识分子理论做出了贡献。尽管其中也有片面性，但仍然值得我们重视。

一

瞿秋白是一位出身于封建士绅家庭的文人政治家。当其投身革命时，如何摆脱自身的文化身份成为其思想的焦虑所在。所以，一开始他就对知识分子及知识本身采取了严厉的批判态度。早在五四时期，瞿秋白就以相当激进的方式论述知识分子问题，认为："中国的知识阶层就是向来自命为劳心者治人的一班人。只要看一看《儒林外史》，就知道从明太祖以制艺取士以来，一般读书人，为社会所尊敬的程度了。"[1] 这表明，在中国，知识分子已经在封建制度的选择中成为高高在上的人群，与体力劳动者相对立，与统治阶级沆瀣一气。尤其是瞿秋白受到空想社会主义者浦鲁东的"财产是赃物"观点的影响，认为"知识就是赃物，财产私有制下所产生出来的

---

[1] 瞿秋白：《中国知识阶级的家庭》，见《瞿秋白文集　政治理论编》第一卷，人民出版社1987年版，第14页。

罪恶"[1]。瞿秋白坚持人人共有财产、共有知识的大同主张，视拥有知识与拥有财产一样，都是对他人的剥夺。瞿秋白甚至设计了破除知识私有的计划：其一，改变人生观，抛弃一切为"我"的观念，既不盲从名人，也不标新立异；其二，去掉为求知识而求知识的观念，去实行泛劳动主义；其三，改革文字，让人们易于接受知识。[2] 这种空想社会主义的知识观，一直存在于瞿秋白的知识分子论述中。

既然一开始就将知识分子置于劳动人民的对立面，将知识当作罪恶，当瞿秋白的阶级分析思想成熟时，他强调知识分子的阶级属性也就十分自然。他指出："一，是社会的阶级，医生、律师、教员、教授、大学生、工程师、官雇的普通职员等，所谓的自由职业者。既不是资产阶级，又不是无产阶级，亦不是出产的小农手工业者，然而在政治经济上的地位，无确定的立足地，以社会心理而论，大半都有小资产阶级性。二是思想的流派，非阶级的，非职业的（伊凡诺夫腊和摩尼克明所著《俄国社会思想史》亦有此定义）。凡是一国社会，必有其思想的机关，此处所言知识阶级即指此而言，一社会中指导思想往文化进程而去，永为新的美的善的灯塔，就是此知识阶级。所以，资产阶级社会，无产阶级社会，甚至于贵族阶级社会，都可以有知识阶级。以思想方面而论，他必是革命的，而往往因'思想者'的特性，自然而然倾向于个性主义。前者在革命中以社会环境而定，或为革命的，或为反革命的，全依当时阶级的经济利益之接受而转。后者在革命中永久突显而为先驱，实在此处已非阶级性而成个性。"[3] 此处关于知识分子的定义，指其属于小资产阶级范畴。虽然瞿秋白也认为知识分子具有进行思想领域工作的特性，不过这也只是为某一特定阶级服务的工作属性。尽管在瞿秋白看来，中国知识分子可以分为两类："它一部分是士绅阶级的，是以议员、政客为职业的旧的知识阶级，他们是'社会赘疣'；另一部分是经受'欧风美雨'熏陶的'学校的教职员，银行的簿记生，电报电话汽船火车的职员，以及最新鲜的青年学生，是新经济机体的活力，正在膨

---

[1] 瞿秋白：《知识是赃物》，见《瞿秋白文集 政治理论编》第一卷，人民出版社1987年版，第46页。

[2] 瞿秋白：《知识是赃物》，见《瞿秋白文集 政治理论编》第一卷，人民出版社1987年版，第44页。

[3] 瞿秋白：《知识阶级与劳农国家》，见《瞿秋白文集 政治理论编》第一卷，人民出版社1987年版，第363—364页。

胀发展，——这是新的知识阶级'。"[1] 不过，这只是承认现代新型知识分子有走向革命的潜力与愿望，可它们仍然只是革命所争取的力量而非革命所依赖的力量。

瞿秋白揭示小资产阶级的不可靠性，如容易想入非非、不愿彻底斗争、动摇、不相信群众等，也是贬抑知识分子。他说："小资产阶级，甚至于最激进的小资产阶级，在民权革命之后所希望的，所预先想象的并不是阶级斗争，而是'一般幸福和安宁'（例如衣食住行样样齐全，或者'预防贫富战争'而空想一些一劳永逸的计划）；而无产阶级的方法是绝对和肃清一切中世纪的封建残余，并且并不是为什么和平安乐的天堂，而是为着廊清阶级斗争的道路，使阶级斗争能得到最广泛最自由的发展。小资产阶级对于社会主义革命的想望——如果革命始终是不可避免的了——那就更加是一些阶级和平的梦想。他们本是只想尽可能的用和平手段达到所谓高尚理想的目的。而无产阶级却认为社会主义革命和无产阶级专政，只是阶级斗争变更了自己的形式，这种斗争——镇压和消灭一切种种资本主义阶级的残余和根源，还要继续一定的时间，一直到一切阶级分别的完全消灭。"又说："资产阶级以及小资产阶级的思想家，尤其是中国，往往极端的怀疑'愚昧和守旧'的群众，而只相信杰出的个人，进步的光明的英雄和圣贤，以为只有他们才能教育群众，能够超越凡俗，把这世界领导到天堂里去。"[2] 在批判党内的错误路线时，瞿秋白也是将其视为小资产阶级的代表，用"发狂的小资产阶级""小资产阶级的幻想""小资产阶级的拼命主义""小资产阶级的害怕心理"[3] 等加以描述，可见小资产阶级的劣根性与革命是水火不容的。所以，虽然瞿秋白也承认小资产阶级中的一部分可以参加革命[4]，但因小资产阶级自身性质决定了他们在革命的过程中是

---

[1] 陈铁健：《瞿秋白传》，红旗出版社2009年版，第109页。

[2] 瞿秋白：《马克思主义与中国革命》，见《瞿秋白文集 政治理论编》第7卷，人民出版社1991年版，第590—591页。

[3] 瞿秋白：《在中共中央政治局扩大会议上的报告》，见《瞿秋白文集 政治理论编》第7卷，人民出版社1991年版，第98、106页。

[4] 参见《文艺理论家的普列哈诺夫》，见《瞿秋白文集 文学编》第4卷，人民文学出版社1986年版，第68页。瞿秋白指出："各种孟塞维克的派别，都否认农民小资产阶级群众的革命的可能性。"又见《社会主义运动在中国》，《瞿秋白文集 政治理论编》第1卷，人民出版社1987年版，第295页。瞿秋白指出："学生作为新兴资产阶级和资产阶级知识分子的年轻一代，在不久的将来将在国家的政治生活中起重大作用。"这段话虽然不是瞿秋白的直接论证，但也间接肯定了知识分子的革命性作用。

摇摆不定的，甚至会损害革命进程，所以，用这样的观点来看知识分子——哪怕是看新型的现代知识分子，他们也只能成为革命进程中的摇摆不定者。

当瞿秋白对于知识分子的小资产阶级定性演化为知识分子政策时，决定了革命对于知识分子既迎又拒，迎其加入革命队伍，为革命添加一份力量；拒其为革命添乱，即知识分子会用自己的思想来影响革命进程，甚至扰乱革命进程。这就使得革命阵营时时保持着对于知识分子的高度的甚至不必要的警惕，从而不能更加深刻认识知识分子的革命性及其在文化创造上的先进性。

二

与此相应，瞿秋白在构建"普洛文学"的理想图景时，再次质疑与批判了小资产阶级知识分子。

瞿秋白曾有"普洛文艺""无产阶级文学""革命的大众文艺"等不同提法，究其实质，可用"文艺大众化"来概括。瞿秋白认为，大众文艺在塑造普通工人、农民和城市贫民的世界观、人生观等方面具有重要作用，因为他们的知识水平不高，欣赏通俗流行的大众文艺是他们精神生活的重要内容，《七侠五义》、连环画、《火烧红莲寺》等通俗小说、电影等对他们的精神世界具有重要的影响作用和建设功能。因此，要清除封建主义、市民主义、资产阶级思想等对普通民众心理的影响，建立无产阶级的世界观、人生观和革命精神，就必须借助大众文艺通俗易懂、受众面广泛、易于接受的优点来建设"革命的大众文艺"，这样，如何利用大众文艺传达革命思想以实现无产阶级的革命任务，也就成为"争取文艺革命领导的具体任务"[1]。

然而，"普洛文艺"的创造却存在诸多制约因素。在题材和内容上，新文学的题材狭隘、内容苍白，往往局限于知识分子的小圈子，"只是限于知识分子的自我描写"，自恋、失恋、三角恋、家庭内部的各种冲突等，充斥着小资产阶级的"罗曼蒂克"。在语言上，虽然五四时期的文学革命提倡白话，反对文言，用白话写作，但此时文学作品的语言并不是大众化的语言

---

[1] 瞿秋白：《欧化文艺》，见《瞿秋白文集　文学编》第 1 卷，人民文学出版社 1985 年版，第 492 页。

表达方式。"中国的现代文还没有成就","文学的白话,白话的文学都还没有着落"[1],群众还生活在精神的荒漠里。

在瞿秋白看来,新文学不能实现大众化的根源,在于小资产阶级作家的态度,在于知识分子脱离群众,"最主要的原因,自然是普洛文学运动还没有跳出知识分子的'研究会'的阶段,还只是知识分子的小团体,而不是群众的运动。这些革命的知识分子——小资产阶级,还没有决心走进工人阶级的队伍,还自己以为是大众的教师,而根本不肯向'大众去学习'。因此,他们口头上赞成'大众化',而事实上反对'大众化',抵制'大众化'"[2]。在此,瞿秋白也表达了对于作家态度的重视:"文艺上反映着现实的时候,作家没有可能不表示一种立场的态度。他的每一个字眼里,都会包含着憎恶或是玩赏,冷淡或是热烈的态度……他是在可惜,是在感动,是在号召,是在责备,总之,他必然地抱着一种态度。"[3]作家的倾向性无处不在,文学反映现实的客观真实与作家的主观情感是可以统一的。"文艺的反映,简单明了地说句痛快话罢,这也包含着文学家所表示的对于社会现象的态度。高尔基自己说:艺术家观察着人们的内心世界——心理——表现给人看他的伟大和卑劣,他的理智的力量和他兽性的力量。这里,他明白的说出来,艺术家首先要有点儿分辨伟大和卑劣、理智和兽性的力量。这是要从一定的立场——阶级的立场去分辨的。"[4]瞿秋白主张从阶级立场去分辨作家的倾向性,并进一步强调阶级立场对文艺创作的重要性:"知识分子脱离群众的态度,蔑视群众的态度","必须完全铲除",知识分子"要磨炼自己,要有非常巨大的毅力,去克服一切种种'异己的'意识以至最微细的'异己的'情感,然后才能从'异己的'阶级里完全跳出来,而在无产阶级的革命队伍里站稳自己的脚步"[5]。因此,他号召作家们要"去观察,了解,体验那工人和贫农的生活和斗争,真正能够同着他们感受到另外一个天地。要知道:单是有无产阶级的思想是不够的,还要会像无产阶级一样的去感觉"[6]。

无产阶级自身能够建设大众文艺吗?瞿秋白对此并不乐观。他曾分析

---

[1] 瞿秋白:《文艺杂著·荒漠里》,见《瞿秋白文集》(二),人民文学出版社1953年版,第230、232页。
[2] 瞿秋白:《瞿秋白文集》(二),人民文学出版社1953年版,第875页。
[3] 瞿秋白:《瞿秋白文集》(二),人民文学出版社1953年版,第1720页。
[4] 瞿秋白:《瞿秋白文集》(二),人民文学出版社1953年版,第1719、1721页。
[5] 瞿秋白:《瞿秋白文集 政治理论编》第7卷,人民出版社1991年版,第721页。
[6] 瞿秋白:《瞿秋白文集》(二),人民文学出版社1953年版,第872—873页。

中国无产阶级的现状和前景："中国无产阶级的大多数是由农民组成的，至于工人的数目则很少。……大多数中国工人是手工业者。"手工业工人的状况是非常可怜的，他们所受的压榨不仅来自中国资本家，还来自外国资本家。他们一般每天工作12小时以上，工资却少得可怜。他们的知识水平也很低。农民的状况更加凄惨。"中国的无产阶级（工人和农民）至今还没有组织起来进行斗争。尽管中国无产阶级所处的条件非常可怕，但他还没有觉醒，为什么？因为，中国的无产阶级没有认识，没有组织。"[1] 在这样的生存状况中，无产阶级很难凭借自己的能力，发出自己的文学之声。

因此，建设大众文艺的重任，就落到了从其他阶级转化的知识分子的肩头。但是对于他们是否能够担此重任，则是备受争议的。比较流行的看法是知识分子外在于他们的表现对象，原因在于他们的阶级属性和精英身份使得他们不能真正体验大众的生活。所以说，从其他阶级转化而来的知识分子仍然无法充当无产阶级的代言人。瞿秋白曾经形象地用"红萝卜"来打比方，用"皮红"而"肉白"来暗示那些表面上是无产阶级文学，而精神实质仍然体现了小资产阶级价值观的文学作品，"外面的皮是红的，里面的肉是白的。它的皮的红，正是为着肉的白而红的"[2]。

不可否认，出身剥削阶级、资产阶级、小资产阶级的知识分子，成长背景注定了他们与劳动人民的情感和思想可能会存在着一定的隔膜，但这并不意味着体验不了劳动人民的情感和思想，创造不出表现人民情感和思想的作品。阶级性并不是唯一的划分情感界限的分水岭。在精神和情感世界的内部存在着不同领域和层次。在某些领域和层次中，情感和道德的体验是可以共通的。具有较高文化修养的人，性格中也有不失天真的一面，对待生活的某些方面仍然会抱有淳朴的情感；哲学家或批评家，也会有着朴素的思维方式，也会有用良知支配意见的时刻。歌德谈过对于诗歌统一性的看法："诗只有一种，也就是纯正的和真实的诗，其他则都为其近似物和表面现象。农民所得到的诗的天赋也和骑士一样好。关键只是在于，是否每个人都能把握住他的状况，并且按其身份地位对待它。这样，最简单的境况也能获得最大的优势。因此，即使是那些具有高尚地位和受过良好

---

[1] 瞿秋白：《瞿秋白文集　政治理论编》第1卷，人民文学出版社1987年版，第173页。
[2] 瞿秋白：《瞿秋白文集　政治理论编》第1卷，人民文学出版社1987年版，第407页。

教育的人，倘若他们要赋诗的话，大多也是在淳朴中寻求自然。"[1] 可是，处于激烈阶级斗争状态中的瞿秋白，哪里能够认识到这个问题，他也不愿承认这个问题。他继认定知识分子具有阶级斗争上的软弱性以后，认定知识分子不具有创造"普洛文艺"的权利，其实限制了"普洛文艺"的创造途径及创造质量。事实证明，瞿秋白关于知识分子的见解，在开创"普洛文艺"的阶段具有推动作用，但并没有带给"普洛文艺"更好的创造前景。

三

整体地讲，瞿秋白将知识分子与"普洛文艺"的论述结合在一起，等于强调知识分子不是创造革命文学的实施者。因此，从无产阶级既要进行阶级革命又要进行文化革命的角度看，知识分子也就不是文化革命的主体。瞿秋白的论述，指向一个更加根本的问题，即进行文化革命，也只有在无产阶级的领导下才是可能的、合法的。这一论述的本质，就是人们所说的文化领导权到底应当掌握在哪个阶级手中的问题。在无产阶级的阶级革命中要解决这个首要的问题，在无产阶级所推行的文化革命中也要解决这个首要问题。

从理论上看，文化领导权的概念源自葛兰西的理论创新。葛兰西指出："一个社会集团的霸权地位表现在以下两个方面：即'统治'和'智识与道德的领导权'。一个社会集团统治着它往往会'清除'或者甚至以武力来制服的敌对集团，他领导着同类和结盟的集团。一个社会集团能够也必须在赢得政权之前开始行使'领导权'（这是赢得政权的首要条件之一）；当它行使政权的时候就最终成了统治者，但它即使是牢牢地掌握了政权，也必须继续以往的领导。"[2] 又说："温和派的政策清楚地表明，甚至在掌握政权之前可能也必然存在着霸权活动，而且为了行使有效的领导权，就不应该单单指望政权所赋予的物质力量。"接着说："温和派是以什么形式和通过什么手段成功地建立了他们的智识、道德和政治霸权机构呢？是那些可以称得上是'开明的'形式和手段，换句话说，就是通过个人的，'分子

---

[1] 转引自［意］贝内代托·克罗奇：《美学或艺术和语言哲学》，黄文捷译，百花文艺出版社2009年版，第229页。

[2]［意］安东尼奥·葛兰西：《狱中札记》，曹雷雨等译，中国社会科学出版社2000年版，第38页。

的'、'私营的'企业（不是通过在实际的、有组织的行为之前根据计划而制定的党纲）。"[1] 其要义在于：无产阶级在进行暴力革命夺取政权的过程中，需要同步进行文化革命，夺取文化上的领导权。没有建立这样的文化领导权，就无法为革命创造舆论并真正实现夺取并巩固政权的革命目标。葛兰西的高明之处在于揭示了这两个革命过程的表现形式是有区别的，暴力革命依靠强力与镇压，而文化革命则依靠个人化的、和风细雨般的、逐渐深入的感染与转化，因此，拥有并行使文化领导权，是一种有别于暴力革命的新的温和的革命方式。葛兰西还为此指明了不是由知识分子来行使这个文化领导权，而是由无产阶级来行使这个文化领导权，从而使得暴力革命与文化革命的领导权都牢牢地掌握在无产阶级的手上。所以，他提出了自己的知识分子观，强调应从社会关系中去看知识分子，而非抽象地、本质地去看知识分子，他说："在我看来，最普遍的方法上的错误是在知识分子活动的本质上去寻求区别的标准，而非从关系体系的整体中去寻找，这些活动（以及体现这些活动的知识分子）正是以此在社会关系的总体中占有一席之地的。"[2] 所以，没有什么独立的知识分子阶层，只有属于这一阶级或那一阶级的"有机知识分子"："每个新阶级随自身一道创造出来并在自身发展过程中进一步加以完善的'有机的'知识分子，大多数都是新的阶级所彰显的新型社会中部分基本活动的'专业人员'。"[3] 葛兰西批判知识分子脱离了人民与民族事业，主张知识分子转移到无产阶级这一方面来，而无产阶级通过转移过来的这些"专业人员"，实现对于文化领导权的实际拥有，并通过文化上的革命，实现对于民众的思想领导与占有。

瞿秋白亦持相同观点，他强调："真正的平民只是无产阶级，真正的文化只是无产阶级的文化。"[4] 而无产阶级文学中绝对不同于以往文学的是，"无产阶级的文学能够各方面的最深刻的最充分的最高限度的去认识社会现

---

[1] [意] 安东尼奥·葛兰西：《狱中札记》，曹雷雨等译，中国社会科学出版社2000年版，第39页。

[2] [意] 安东尼奥·葛兰西：《狱中札记》，曹雷雨等译，中国社会科学出版社2000年版，第3—4页。

[3] [意] 安东尼奥·葛兰西：《狱中札记》，曹雷雨等译，中国社会科学出版社2000年版，第2页。

[4] 瞿秋白：《赤俄新文艺时代的第一燕》，见《瞿秋白文集 文学编》第2卷，人民文学出版社1986年版，第250页。

实,真正深入改造世界的过程,以及这个过程之中所有的矛盾和困难"[1]。所以,他主张,只有接受无产阶级的领导,文学创造才能够获得发展。"凡是离开无产阶级,离开共产主义的思想的作家,不论他以前的天才和文学技术是怎样,都在衰落下去,都在艺术上也退步下去。"[2] 瞿秋白借助于苏联文学经验,强调无产阶级文化领导权的重要性:"普洛文艺已经在世界文学史上开辟了一个新的时代:现在不是几个个别的工人作家走进了'艺术之宫';而是社会主义的政治经济改造新的文艺,新式的文艺家,向着艺术的真正群众化发展。现在不是简单地描写工农生活的文艺就可以自称普洛文学,和贵族的资产阶级的文艺对抗,而是普洛文艺开辟了完全克服贵族资产阶级文艺的前途。现在已经不是研究讨论普洛文学理论的初期,还容忍着很多方面的错误,而是已经肯定了马列主义文艺的总路线,反对资产阶级和小资产阶级的种种反动动摇模糊的倾向,而展开文艺之中的无产阶级领导权的斗争。"[3] 因此,他在论及中国现代文学发展时,通过三种不同文学的分析,揭示知识分子的软弱性并突出无产阶级行使文化领导权的必要性与重要性。瞿秋白指出:传统的地主资产阶级的文艺是用他们的人生观来腐蚀大众、进行奴隶教育的,中国的劳动民众还过着"中世纪式的文化生活","劳动民众对于生活的认识,对于社会现象的观察,总之,他们的宇宙观和人生观,差不多极大部分是从这种反动的大众文艺里面得来的"。这是应当被彻底打倒的文艺。"五四"以来的新文艺虽然不是反人民的,却严重脱离人民群众,"新式的绅士和平民之间,没有共同的语言。既然这样,那么,无论革命文学的内容是多么好,只要这种作品是用绅士的言语写的,那就和平民群众没有关系。'五四'的新文化运动因此差不多对于民众没有影响。反对孔教等等……在民众之中还只是实际革命斗争的教训,还并没有文艺斗争里的辅助的力量"。所以,"五四"文学也是应当否定的。瞿秋白认为,现在应当提出"革命的大众文艺"主张,"这是要来一个无产阶级领导之下的文艺复兴运动,无产阶级领导之下的文化革命和文学革命"。"要用劳动群众自己的语言,针对着劳动群众实际生活里所需

---

[1] 瞿秋白:《斯大林和文学》,见《瞿秋白文集 文学编》第2卷,人民文学出版社1986年版,第265页。

[2] 瞿秋白:《苏联文学的新阶段》,见《瞿秋白文集 文学编》第2卷,人民文学出版社1986年版,第282页。

[3] 瞿秋白:《苏联文学的新的阶段》,见《瞿秋白文集 文学编》第2卷,人民文学出版社1986年版,第294页。

要答复的一切问题，去创造革命的大众文艺，在这个过程之中，去完成劳动民众的文学革命，造成劳动民众的文学的言语。"[1] 如此看来，只有无产阶级的大众文艺，才是为劳动民众服务的，才是值得提倡的。

瞿秋白与葛兰西关于无产阶级文化领导权的认识及实施策略大体相同。首先，认识到文化对于民众与革命的重要性，因而必须夺取文化领导权。其次，必须由无产阶级来领导革命文化与文学的创造，因为无产阶级是最革命因而也是最先进的阶级，其他阶级包括知识分子都不具备这个资格。再次，要吸收一般知识分子的参加，但知识分子必须转变自己的世界观与人生观，变成无产阶级的"有机知识分子"，与无产阶级取同样的立场与同样的步伐。最后，要以民众能够接受的方式进行创作，并以能够帮助民众进行革命的效果来加以检验。所以，瞿秋白依据马列理论，借鉴苏联经验，结合中国现实，提出了自己的文化领导权思想，这对帮助革命更加广泛地推进与取得胜利，是产生过积极影响的。

但是，瞿秋白的知识分子观也包含不可忽略的片面性，主要表现在不能辩证地认识知识分子作为群体的独特作用，因而具有去智化倾向，这是不利于革命在夺取政权及执政后建设远高于过去阶段的文化成就的。葛兰西提出"人人都是知识分子"，消解了知识分子的独特性。瞿秋白强调通过"文字革命"来颠覆"五四"的"文学革命"，要以拼音文字代替传统汉字，试图使工农大众在一夜之间就能文化暴富，与知识分子处于同一文化水平上，以此来创造属于大众的文艺，也是消解知识分子的独特性。不可否认，无论是葛兰西还是瞿秋白，这样的设想都体现了"左倾幼稚病"。特别是将知识分子的文化水平拉平到工农水准之上，这不是在创造文化，而是在降低文化。其实，从工农与知识分子作为两个群体的身份差异角度来看，如果说工农代表着革命的主导力量，并不能说他们同样自然而然地代表着文化的主导力量，因为他们要想成为文化的创造主体，只能在精深、全面与完整掌握文化传统的基础上才能具备这个资格，具有这种能力。所以，无产阶级要夺取文化上的领导权，不是以降低知识分子的地位来实现自己的意图。相反，应该吸收知识分子，并以尊重知识为前提，普及教育，全面提高工农大众的文化水平，服从文化创造的规律，只有这样才具备自身的合法性并能够实施这种合法性。我们认为，说"人人都是知识分子"，

---

[1] 瞿秋白：《大众文艺的问题》，见《瞿秋白文集 文学编》第3卷，人民文学出版社1989年版，第12—13页。

应当是说人人都应成为像知识分子那样的知识者,而非认为知识分子应像工农那样只要拥有一些知识就可以了。"无产阶级的有机知识分子"指的不是知识分子成为工农就成了有机知识分子,而是指知识分子在无产阶级革命之中掌握了全部人类文化并代表文化发展方向才能称为有机知识分子。

瞿秋白的思想具有相当浓重的乌托邦色彩,在祛魅知识分子的过程中,压抑了知识分子参与社会发展进程的积极领导作用。这运用于当时,不利于左翼文学的健康发展;传之于今天,不利于整个社会向更高文化阶段攀升。正是缘于此,我们要研究与反思瞿秋白的知识分子论,探寻其发生脉络,概述其具体内容,评价其得失。

论葛兰西"民族的—人民的"文学观

陈 朗

葛兰西的思想是大众文化研究的重要理论资源,不少研究者用葛兰西理论来解析大众文化,实际上在葛兰西那里,精英文化与大众文化之间的界限预先就被取消了,取而代之的,即总体上的文化观,其中蕴含的是一种普遍的人道主义。这里的人道主义不是带着知识分子的优越感与所谓的孤独感居高临下地关怀,而是立足于民族的现实,站在人民的立场上,经过深入思考后表达和提出自己的态度和主张。"民族的—人民的"文学便承载了这样的观念和功能,葛兰西创造性地提出了"民族的—人民的"文学思想,打破了精英阶层对文学的垄断,大众的审美意识被隆重地推向了历史舞台。在葛兰西的文学思想中,影响最大的是他提出的"民族的—人民的"(national‐popular)文学观,它是葛兰西文学思想的核心所在,又与葛兰西的政治思想紧密结合在一起,其理论基础和现实针对性均极为显著。

一、"民族的—人民的"文学的内涵

葛兰西所讨论的"民族的—人民的"文学,并不是一般的文学现象,而是针对特定的时代和地域来探讨文学命题的。所谓特定的地域,指的就是意大利民族;特定的时代,即意大利自成立之初就一直存在的问题。这些问题的产生背后有其复杂的社会、政治、历史、文化成因。因此,葛兰西其实是透过这些文学现象发现其背后隐藏的社会问题,同时对这些社会问题又开出了文学的药方,这便是"民族的—人民的"文学。"民族的—人民的"文学已经超出了纯粹文学的范围,体现出强大的社会功能和政治意义;它既是文学的形式,又是文学的内容;既是所指,又是能指;既是途径和方法,又是目标和思想;既是一种认识论,又是一种方法论。

"民族的—人民的"文学观,核心即"人民性"。葛兰西的"民族的—人民的"文学理论中的"一定的群众",指的是在历史发展的一定阶段的

"民族—人民",即特定的意大利的社会文化背景下的人民群众。葛兰西说:"新文学需要把自己的根子扎在实实在在的人民文化的 humus(法语:沃土)之中;人民文化有着自己的风格、自己的倾向和诚然是落后的、传统的道德和世界观。"[1] 因此,葛兰西的"民族的—人民的"文学观是针对特定历史时期、特定背景的文学理论,不仅对文学的文学性有所要求,还要求它承载更多思想、道德以及教育方面的功能。前者是根本,而后者的实现并不是生硬的表现,必须是作品内部最深沉情感的自然表露。这些内容构成了"人民性"的主要内涵。

"民族的—人民的"文学,其本身在思想上和技术上都应含有引起老百姓欣赏兴趣的因素。为此,葛兰西还专门分析了老百姓感兴趣的具体内容和因素,即民族的人民的文学中的"有趣的因素"。这些"有趣的因素"体现出老百姓的情感和世界观,它们是民族文化建设的重要内容。葛兰西认为,文学中"有趣的因素"不只是纯粹的艺术因素,更多地属于道德、文化因素,它们最容易激发老百姓的兴趣——这里的"老百姓"是相对于知识分子而言。一部作品作为一种艺术,有趣可看作是其艺术特征之一,但一部作品能够激发人们兴趣的因素却不仅于此。"这些有趣的因素随着时间、文化条件和个人的气质而异。"[2] 为此,葛兰西归纳出文学作品中一些持久的典型的因素。

葛兰西认为,人民赞赏与否成为一部作品是否成为"民族的—人民的"文学的关键甚至决定性因素,而要达到被人民赞赏的效果就要充分考虑作品中的思想和道德内容。这是因为,人民只有对作家作品赞赏,才会成为他们的读者。读者不仅仅指购买文学作品的人,而且他们需要对作品抱着赞赏的态度。读者在这里是一个集体,一个表示人民的集合名词,人民代表了整个民族的审美倾向。民族和人民的关系是统一的。如果文学不是人民的文学,那么它就不是民族的文学。赞赏在这里体现的是一个民族与他的作家之间整个关系的总和。文学作品对于普通老百姓来说,现实意义往往大于审美意义,他们在心理上往往倾向于把作品中的人物当作现实人物。因此,他们喜欢某部文学作品,实际上是喜欢作品中的人物。因此,作品所承载的思想和道德内容对于他们来说,起着相当重要的作用。

同时,对人民赞赏的强调也打破了精英文学和通俗文学之间的隔阂,

---

[1] [意] 葛兰西:《论文学》,吕同六译,人民文学出版社 1983 年版,第 17—18 页。
[2] [意] 葛兰西:《论文学》,吕同六译,人民文学出版社 1983 年版,第 35 页。

实现了不同文学作品之间的相互转化关系。这是因为,人民对作品的赞赏,是对作家创作的最大的鼓励。只有受到人民赞赏的文学,才称得上人民的文学。文学只有在赞赏的环境中才能得到发展。赞赏是作家和群众之间联系的纽带。民族的人民的文学之所以成为民族的人民的文学,那是源自群众的赞赏。从这个意义上讲,大众文学和精英文学之间并没有明确的分界线,都可以因为群众的赞赏而纳入"民族的—人民的"文学的范围之中。如大仲马的作品《基度山伯爵》本身就是一部通俗文学作品,而他的《三个火枪手》最初也是通过报刊连载的方式发表的,受到广大读者的喜爱和推崇,这并不妨碍大仲马成为优秀的作家。"要知道巴尔扎克著作中也有许多来自报纸副刊连载小说中的东西。"[1] "维克多·雨果《悲惨世界》是受欧仁·苏《巴黎的秘密》及其成就的影响而写作的。"[2] "从文化的角度看,陀思妥耶夫斯基的小说渊源于欧仁·苏式的连载小说。"[3]

而这一切综合起来,就进一步增加了文学中的"人民性"。葛兰西认为,老百姓从自己的兴趣出发,对自己感兴趣的人物进行不断重塑,将这些人物现实化,从而满足他们的幻想和愿望。这样的作品往往更具有"民族的—人民的"文学的价值。因此,老百姓在某种程度上通过塑造人物来表达自己的理想和情感,他们的兴趣和需要成为文学人物获得持久生命力的动力所在。文学作品中的人物在他们的眼里,已经不再是一种文学形象,而是成为历史人物,也就是真实存在的人物。他们就像关注现实人物一样关注这些人物的全部身世。正因为他们对这些人物的关注超过了对具体的文学作品的关注,所以常常会出现某个典型人物在最初的作品中已经死去,但在续传里又复活了,接下来他的故事又不断地用新的材料来继续,经久不衰;貌似雷同的主人公被不同的小说所混淆,民间的说书人在一个人物身上加上了许多人物的故事,以此博得民众的喜爱。人们把想象的世界看作现实的世界,因为这个世界满足了他们的幻想,给予他们精神上的满足感。时至今日,这种方法还在继续沿用,并且受到大众的欢迎。一些家喻户晓的文学形象已经脱离了原有作品中的故事情节,甚至人物性格都发生了很大的变化,他们出现在一些新的故事或者文艺体裁当中,身上积聚了一些新的个性。对于观众来说,他们已经成为熟悉的老朋友,在他们

---

[1] [意]朱塞佩·费奥里:《葛兰西传》,吴高译,人民出版社1983年版,第400页。
[2] [意]葛兰西:《论文学》,吕同六译,人民文学出版社1983年版,第158页。
[3] [意]葛兰西:《论文学》,吕同六译,人民文学出版社1983年版,第157页。

的身上倾注了几代人的情感，而在以他们为角色的作品中，故事情节以及表达方式的变化，人物性格设置的变化，体现了不同时期、不同时代人们的精神需求和审美趣味的变化，同样可以作为文化史的研究对象。

二、强调"民族的—人民的"文学的内在缘由

葛兰西为何会如此强调"民族的—人民的"文学？这包含了两方面原因：一方面，与葛兰西对语言学的关注息息相关。由于葛兰西出生在南意大利的撒丁岛，这使得他敏锐地注意到统一的标准意大利语更多代表的是工业发达的北意大利的精英阶层，而贫穷的南意大利则遭到了忽视。这引起了他对地方文化和官方文化之间关系的反思。换句话说，正是"南方问题"（southern question）促使葛兰西提出"民族的—人民的"文学这一概念。[1] 另一方面，这又与19世纪30年代以来意大利缺乏反映人民情感和愿望的文学作品这一客观现实相关。葛兰西指出，虽然在许多语言里，"民族的"和"人民的"这两个词是同义词，或者说词义几乎相同，但在意大利二者的含义却是不同的："在意大利，民族的这一概念就其思想内容来说，含义极其狭隘，至少说它不等同于人民的这一概念。"[2] "民族的"指的是意大利本民族。意大利的文学和人民的文学是两个不同的概念。在意大利，所谓民族的文学并不是人民的文学。在葛兰西看来，意大利这个民族根本不存在人民的文学，即意大利的文学缺乏人民性。

葛兰西以报纸刊登连载小说为例对其原因进行了分析，指出传统的知识分子与人民之间远远疏离这一客观存在的社会现实。在20世纪30年代的意大利，报纸是最主要的新闻娱乐的传播媒介。一些连载小说刊登在报纸上，获得了广大老百姓的欢迎。有些连载小说甚至成为经典著作，如《基度山伯爵》等。于是报纸主办者总是千方百计寻找那些能够受到读者欢迎、能够拥有稳定持久的读者群的小说，连载小说成为报纸吸引老百姓的筹码，成为推销报纸的主要手段。可是当时，1930年的意大利报纸却连续刊登了大仲马的《基度山伯爵》《约瑟·巴尔萨莫》和保罗·封特奈的《母亲的痛苦》。诚然，这些都是法国优秀的文学作品，但距当时的意大利已相隔了一个世纪。为什么会出现这种情况？这种情况说明了什么？葛兰西对此进行

---

[1] Jones, S. J. *Antonio Gramsci*. London：Routledge, 2006：pp. 35-37.
[2] [意] 葛兰西：《论文学》，吕同六译，人民文学出版社1983年版，第49页。

了深入分析。他认为，老百姓之所以喜欢读连载小说，是因为他们需要有一种文学来满足自身的需要，这种文学能够真实地反映他们的生活和情感需要，丰富他们的生活甚至满足他们的幻想，给他们的精神以娱乐、安慰和教育，这样的文学才是人民的文学。可是，在当时的意大利却不存在这样的文学。葛兰西说："无论是文学的人民性，还是本国创造的'人民的'文学，现在确确实实是不存在的；因为'作家'缺少同'人民'一致的世界观。换句话说，作家既未想人民所想，喜人民所喜，也没有肩负起'民族教育者'的使命，他们从前不曾、现在也没有给自己提出体验人民的情感，跟人民的情感融为一体，从而培育人民的思想感情的任务。"[1] 葛兰西认为，意大利之所以缺乏人民的文学，究其原因是因为意大利的知识分子脱离人民。

葛兰西在这里所指的知识分子是传统的知识分子。在葛兰西看来，传统的知识分子只有和人民联系在一起，组成思想上和精神上的共同的民族统一体，才能成为有机知识分子，才能承担起自己作为知识分子应该具有的职能。在意大利，知识分子不是人民的组成部分，而是吊在半空中，远远地脱离人民。知识分子不是来自人民，即使偶尔有人出身于人民，他们也和人民毫无联系，整个所谓有教养的阶层与其精神活动，完全脱离了人民。他们不了解人民，不懂得人民的愿望和疾苦，不理解人民内心深处隐蔽的感情和愿望，他们根本没有担当其应该承担的职能。因此，"在意大利不存在一个思想上和精神上的民族共同体，也不存在等级制的、更毋庸说平等的民族统一体"[2]。"这是由于意大利的知识阶层远远脱离人民，也就是远远脱离民族，他们同等级制度的传统有着千丝万缕的联系；迄今为止还不曾有过一个强有力、自上而下的人民政治运动或民族运动，来打碎这个等级制的传统。"[3] 这就是意大利的社会现实，其影响不仅体现在文学创作上，而且渗透到整个民族的人民的文化当中去，包括戏剧、历史、科学等。意大利人民在思想和精神上不能和本国的知识分子联系在一起，他们便选择了外国作家。人民热衷于外国作品，因为本国的知识分子对人民来说，比外国知识分子更加陌生。

这一客观的社会文艺状况及其所引致的焦虑情绪，引起了意大利知识

---

[1] [意] 葛兰西：《论文学》，吕同六译，人民文学出版社1983年版，第47页。
[2] [意] 葛兰西：《论文学》，吕同六译，人民文学出版社1983年版，第50页。
[3] [意] 葛兰西：《论文学》，吕同六译，人民文学出版社1983年版，第49页。

界和文艺界的注意。在 1933 年前后的意大利文艺界，关于艺术与生活之关系的争论又掀起了热潮。不少作家、文艺评论家针对艺术脱离生活的问题展开了热烈的争论。这种争论的爆发其实源于人们的心理感受，源于人们自己的言论与行动之间的矛盾所产生的焦虑，他们因为自身信念和现实的格格不入而感到不安。对于这些争论，葛兰西觉得令人厌倦而且认为不会有任何结果，并对这种情况出现的原因进行了多方面分析。

葛兰西从意大利本身历史形成的角度，分析了意大利文艺界所存在的上述问题。从历史角度看，从意大利本身历史形成的角度看，早在意大利国家形成之前，意大利缺乏"民族的—人民的"文学的情况就已经存在了。因为意大利国家在形成之前一直处于分裂状态，直到 19 世纪中期，意大利地区还存在多个国家，而且大部分地区和邦国受外国控制。资本主义经济的发展使统一被提上日程，同时又为统一创造了客观条件。撒丁王国担负起了统一的任务，通过一系列的战争，到 1861 年意大利北部、南部基本统一，意大利王国宣告成立，1870 年最终完成统一大业。意大利特殊的历史进程使得其政治上的民族统一也相应完成得比较迟缓，这自然会影响到民族、国家在思想和精神方面的统一，并由此造成意大利缺乏人民的文学这一现实。

葛兰西还提到了语言方面的问题。语言也是产生这一问题的一个诱因。由于历史和政治的原因，意大利国内一直存在多种方言，而且彼此差异很大。民族统一运动的迟缓使得语言问题也同样成为长期没有解决的历史问题。不过，葛兰西特别指出，语言问题并非造成意大利文学缺乏人民性的根本原因。准确地说，这不是原因，而是后果，是民族统一问题外在的表现形式之一。这种表现形式并不是绝对不可缺少的。在葛兰西看来，语言不统一固然是意大利文学缺乏人民性的一个原因，但在诸多原因中，它不是最主要的。

葛兰西认为，上述情况的存在，其最根本的原因在于意大利知识分子的社会地位。在葛兰西看来，意大利文学缺乏人民性最直接的原因是意大利社会的客观现实本身，以及与这种现实相联系的意大利知识分子的社会经济地位。从意大利社会的成分来看，绝大多数的知识分子都隶属于农村资产阶级，只有在广大农民群众受到无情的压榨时，知识分子的经济地位才能得到相应的保障。如果知识分子把他们的言论转变成具体行动，采取彻底的革命性行动，那就意味着彻底地摧毁了他们自己的经济基础。这是一个残酷的却又无法回避的现实。经济基础是一个阶级赖以生存的根基，这就决定了意大利的知识分子无法从根本上改变社会现实，完成真正的"民族的—人民的"统一。

葛兰西认为，意大利的上述情况已经引起了人们的注意，这里的"人们"指的是意大利绝大多数的知识分子。葛兰西是这样分析的：今天的时代不同于以往，人们认识客观现实的能力正在不断提高，人们会以更加真诚和公正的态度去看待和理解现实，尽管这种态度来源于广泛传播甚至可能是空洞虚假的反资产阶级精神。但至少人们能够认识到真正的"民族的—人民的"统一尚未实现，这是一个民族和国家的致命弱点。他们希望建立真正的"民族的—人民的"统一，即使通过外来的或者教育的手段，即使这只是他们的一厢情愿。知识分子其实已经清醒地意识到了这个问题，并且抱有坚定的信念想要改变这样的现实。但是为何却迟迟没有做到，或者说没有达到足够的力度？原因之一是他们以为民族民主的革命已经完成了，即1870年资产阶级与封建势力妥协，建立了统一的意大利王国。既然如此，那就不需要再采取任何改变社会现状的革命性的、根本性的行动，只要成立一些所谓的组织、做一些教育工作就可以了。而实际上，从广义的角度来说，整个生活就是辩证法，就是战斗，因而也就是革命，任何时候都不能放弃改变的意志和诉诸行动的彻底。这样的言论在当时的社会现实中，可谓是振聋发聩的。

三、文学与道德标准的统一

葛兰西并未以"人民性"来否定文学作品的文学性。文学作品究其本质在于它的文学性，这是它的根本所在，失去了文学性，文学作品很容易被工具化，从而失去其自身的美学意义。正是其内在的艺术价值和魅力吸引着读者去阅读，阅读文学作品是一种审美活动，读者在审美的过程中获得了审美的愉悦感。文学作品要成为人民的文学，首先要具备文学性，这样才能感染人民，获得人民的喜爱，进而具有人民性。

具有人民性的作品仅有"美"是不够的，还需要一定的思想和道德内容，充分和完美地反映一定群众内心深处的愿望。这里的"人民"或"群众"，只是一个相对笼统、空泛的概念，这样称呼是为了标明他们在社会中的地位，正是这种特定的社会地位导致他们在精神和文艺上遭受到长期的忽视。从这个意义上讲，人民性和阶级性是紧密联系在一起的。这样称呼并不等于无视和漠视每一个个体活生生的存在和具体的不同的需求。文学的人民性就已体现在对这些需求的满足里,这就对文学形式和内容的多元化提出了更高的要求。人民包含了若干阶层和个体,每一阶层有他们特定的需求,每个个体有他们各自的需求,即使是最没有文化教养和最不文明的阶层,他们也有精神上的需要,他们的需要也要得到相应的满足。这是一种人道主义。"民族的—人民的"文学归根结底就是人道主义的召唤。这是社会安定和发展的重要因素,更是知识分子义不容辞的使命,是整个民族灵魂精神的中流砥柱。

葛兰西将人民群众的精神需要与文学作品本身的思想性和艺术性结合起来,要求作品蕴含作家本人的真情实感,并将这种真情实感与人民群众的理想、情趣和道德观念等需求结合起来,满足他们的精神需求。在葛兰西看来,这样的"人民性"是真正的人道主义的体现,也是建构整个民族精神和文化的关键所在。强大的实践力量和切实的人道主义关怀,是葛兰西文学思想与部分西方马克思主义美学区别开来的根本特征,也是与众多文学思想之间存在显著区别的标志所在。

葛兰西认为,文学如果受到群众的欢迎,最主要的原因是作品中的文化、政治和道德等因素,审美因素倒是其次。从阅读动机来看,普通老百姓阅读一部作品的动机一般来说不是出于满足审美的需求,而是受实际动机的驱使。对于老百姓来说,哪些因素对他们更具吸引力呢?通常他们在第一次阅读时,很少产生美感的冲动。这在戏剧中表现得尤为突出。这里的戏剧主要指的是戏剧的舞台表演。观众在欣赏戏剧表演时,直接感受到情感、生理方面的因素;即使感受到美感的冲动,那也归功于导演和演员的舞台表演,而不是文学剧本。再比如欧仁·苏的小说,葛兰西认为其审美价值并不高,却受到了老百姓的欢迎,原因何在?"'第一次阅读'仅仅留下纯粹或几乎纯粹'文化的'或内容方面的印象,'老百姓'是第一次阅读的读者,他们通常不持批判态度,作品中多半以矫揉造作和随心所欲方式反映出来的普通的思想使他们共鸣和感动。"[1]

在葛兰西看来,一部作品最能引起人民群众的欣赏兴趣的是道德因素和技术因素。对于老百姓而言,激发兴趣最持久的因素是道德的兴趣。这不是具体的道德内容,而是道德范畴内的意义,道德评判是老百姓在生活中最感兴趣的话题之一,大多数老百姓在阅读作品时,倾向于把作品中的人物当作现实人物来理解。因此道德的内容自然成为激发他们兴趣的首要

---

[1] [意]葛兰西:《论文学》,吕同六译,人民文学出版社1983年版,第157页。

因素。技术因素也是激发读者兴趣的重要因素。"与此密切相关的是某种特殊意义上的技术因素，即以最直接和最富有戏剧性的方式使人领悟小说、长诗和戏剧的道德内容、道德冲突；由此便有戏剧中的剧场效果，小说中的主要情节纠葛。"[1] 也就是说，在作品中使用各种技巧来吸引观众，这些技巧从艺术的角度来说不具备多少艺术价值，在文学史上无足轻重，但是，从文化的意义上看，它们与文化史关系密切，值得重视。

葛兰西一向强调作品内容对人民群众的重要性，而轻视作品形式在引起老百姓欣赏兴趣方面的作用。实际上，当时报刊连载小说在意大利颇受广大民众欢迎，很大程度上是因为这种商业性连载所形成的悬念，而葛兰西曾对此进行批判，认为商业性连载作品，"它的'有趣的'成分不是'真挚的'、'内在的'成分，无法同艺术观和谐地融合，它是呆板地从外界搜寻得来，作为保证'一鸣惊人'的成分，用巧妙的方法炮制而成"[2]。这方面因素被葛兰西忽略了，甚至还受到了葛兰西的批判。当时，一份文艺刊物刊出的一篇文章提出这样的观点：连载小说是人民美学的一种文学样式，即连载小说这种形式是人民喜爱的样式。葛兰西认为这种观点是错误的。人民喜欢什么类型的文学，最主要的取决于作品的内容而不是形式。如果他们感兴趣的内容有哪位作家描绘出来，他们便会对这位作家表示赞赏。"人民群众对待自己的文学最突出的态度之一在于：作者的姓名和个性对于他们全是无关紧要的，重要的是人物的个性。"[3] 葛兰西在形式和内容的关系中是侧重于内容的。但是，就连载小说本身的形式而言，的确有其吸引群众的因素。因为连载需要吸引读者保持阅读的兴趣，所以在情节和篇幅的设置、技巧的运用、语言的通俗性等方面，都要考虑到读者的兴趣和口味。它们往往情节曲折生动，语言通俗易懂，一些小说常常在每一期的最后留下悬念，激起读者继续追看的欲望。这些特点可以说是连载小说的形式所带来的，在某种程度上也是商业性的原因所造成的。当然，囿于对文学作品认识的某些缺陷，葛兰西对文学作品的表现样式等还存在一定的不准确之处，忽视报刊连载和商业化运动在文学作品成为"民族的—人民的"文学过程中的作用，这一点也是需要指出的。

---

[1] [意] 葛兰西：《论文学》，吕同六译，人民文学出版社1983年版，第35页。
[2] [意] 葛兰西：《论文学》，吕同六译，人民文学出版社1983年版，第35页。
[3] [意] 葛兰西：《论文学》，吕同六译，人民文学出版社1983年版，第165页。

四、作者的态度

葛兰西指出,文学的人民性除了作品所包含的思想内容外,还包含作者的态度。在人民性的上述界定中,葛兰西认为作家在文学作品中所流露出的态度,对于一部文学作品能否成为"民族的—人民的"作品至关重要,为此,葛兰西对作家的态度问题进行了专门论述。在葛兰西看来,作家的态度决定了文学作品内容的根本性意义。意大利当时的作家创作之所以普遍失败,其根本原因即在于他们在作品中的态度是冷漠无情的,没有反映或表现出人民的需求和愿望。一个作家对于生活、对于环境、对于作品中的人物、对于人民都会持有自己的态度,这些态度体现了作家本人的价值观、世界观和立场。有时候他并没有明确地表现,但一切创作都有倾向性,这种倾向性会存在明显与不明显的差别。这些态度和立场总会在作品的字里行间不经意地有所流露,始终如盐在水般存在于作品之中。而一部作品如果能够称之为人民的文学,作者在作品中流露的态度也是至关重要的。

葛兰西认为,对于作品内容来说,作家和整整一代人对环境的态度具有根本的意义。不过,把内容仅仅理解成对环境的选择是远远不够的,还应该包括作家对人物、对平民百姓的态度,正是这些态度决定了作品的意义,决定了整个一代人和一个时代的文化。葛兰西在一篇评论中提道,很多作家在描写环境时冷漠无情,从而暴露出自己道德上和精神上的贫瘠,暴露出自己非历史主义的弱点。作家对生活的认识和态度如何,决定了他如何塑造人物形象。葛兰西说:"事实上,'一代又一代'的作家试图以冷漠无情的态度选择描写的环境,从而暴露出自己的非历史主义的弱点和道德、精神上的贫瘠,这难道不是屡屡发生的情况吗?再者,把内容单单理解成对一定的环境的选择,是不够的。对'内容'来说,带有根本意义的乃是作家和整个一代人对这个环境的态度。唯独这态度决定整个一代人和一个时代的文化,并进而决定文化的风格。"[1] 因此,在作家的创作中,起决定作用的甚至并不是人物本身,而是作家对这些人物和环境的态度。

葛兰西以一些作家为例,剖析了作家态度对于作品内容的决定性影响。比如,他认为在曼佐尼的作品中,感受到他对平民人物缺乏深沉的内在的爱,看到的是天主教的父道主义和隐含的戏谑。虽然不时流露出的戏谑使

---

[1] [意] 葛兰西:《论文学》,吕同六译,人民文学出版社1983年版,第44页。

作者对待人物的态度显得生动灵活，但是天主教的父道主义肤浅空洞的道德义务感始终主宰着作者的态度，使得作品对平民人物缺乏发自内心的真实、自然的爱与关怀。与此相比较的是托尔斯泰，葛兰西对托尔斯泰作品中流露的对人民的态度赞赏有加。"托尔斯泰的鲜明特色在于，人民淳朴天然的智慧，即使是在着墨不多的描写中流露出来的，也闪耀着光芒，主宰着有教养人的精神危机。这正是托尔斯泰的宗教最出色的地方。他'从民主的立场'理解《福音书》，即根据它的原本的真谛来理解。曼佐尼则相反，他受到反宗教改革运动的影响，他的基督教在冉森教派的贵族态度和耶稣会式的对待人民的父道主义之间摇摆不定。"[1] 曼佐尼是意大利妇孺皆知的作家，他的长篇小说《约婚夫妇》描写了一对平民青年男女的爱情故事，是广受意大利人民喜爱的文学作品。葛兰西对其中流露的作家态度的评论可谓一针见血，但总体评论也未免过于主观。

葛兰西又举了维尔加的例子。维尔加在作品中则体现了真实主义的态度，表现出"冷静的、科学的和照相式的恬淡无情"[2]。之所以是这种态度，植根于作者合理地遵循着真实主义的原则。从这些比较和论述中，我们不难看出，葛兰西显然更倾向于维尔加的写作态度，即他更倡导作家应客观地观察生活，真实地不加粉饰地在作品中予以再现，努力揭示人物和环境的关系，使作品的科学文献价值和艺术审美价值兼而有之。

葛兰西还以作家的态度为标准对当时的意大利作家群进行了分类。在谈到意大利的作家时，葛兰西将之分成两类，一类是世俗作家，一类是教会作家。之所以这样分类，是因为长期以来，在意大利，世俗文化和教会文化是在群众中影响最深远的文化，同时也是两种相对立的文化。这两种文化一直都在与对方在群众中的影响做斗争。它们在同时影响并争取着群众。与这两种文化相对应的，是世俗作家和教会作家。在葛兰西看来，这两类作家的态度都是失败的，因为他们的态度表明他们对人民大众关心的、感兴趣的东西无动于衷。

首先看世俗作家。葛兰西所说的世俗文化是现代意大利的资产阶级文化。在他看来，世俗作家无疑是失败的。因为他们无法摧毁自身赖以生存的经济基础，仍然将自我禁锢于极端陈旧的、等级森严的世界中，无力做出革命性的强有力的行动来打破意大利等级制的传统。由于他们自身的自

---

[1] [意] 葛兰西：《论文学》，吕同六译，人民文学出版社1983年版，第96—97页。
[2] [意] 葛兰西：《论文学》，吕同六译，人民文学出版社1983年版，第45页。

私，没有意识到革命的迫切性，因而他们不能代表整个世俗文化，他们的创作也缺乏人道主义关怀。民族需要真正的人道主义，需要建立真正的"民族的—人民的"文化来满足人民的需要，这样的需求迫在眉睫，可是世俗作家却无力建立这样的人道主义。而一些法国通俗作家之所以倍受意大利人民欢迎，往往是因为他们的作品或多或少地体现出现代的人道主义。

同样，葛兰西认为教会作家的创作实践也没有获得成功。教会文化在当时对人民群众的影响深入而又广泛，教会文人的作品在人民群众中广为流传，但是这并不能归功于教会文学的力量。这可以从外因和内因两个方面分析。外因是，教会组织数量众多且拥有强大的权力，宗教仪式举行频繁，教会作品就在这些仪式上，作为礼品广为赠送。人们阅读这些作品，不是主体主动的文学审美活动，而是作为传教对象的宗教活动，是在被动地遵守指令，履行义务。内因是，宗教在某种意义上也可以作为主体情感的寄托，作为人们在世俗遭受苦难的精神慰藉，这是群众阅读宗教作品的内在原因。这说明教会文化在人民群众中有广泛的影响不是来自教会作品本身内在的价值和力量，不是来自其文学或者思想的魅力，因而也不能证明教会作家的成功。教会文人写的作品却充满了说教，味同嚼蜡，因而无法吸引广大群众。

葛兰西将人民群众的精神需要与文学作品本身的思想性和艺术性结合起来，要求作品蕴含作家本人的真情实感，并将这种真情实感与人民群众的理想、情趣和道德观念等需求结合起来，满足他们的精神需求。在葛兰西看来，这样的"人民性"是真正的人道主义的体现，也是建构整个民族精神和文化的关键所在。强大的实践力量和切实的人道主义关怀，是葛兰西文学思想与部分西方马克思主义美学区别开来的根本特征，也是与众多文学思想之间存在显著区别的标志所在。

总而言之，葛兰西的文学观，不拘泥于一般的文学类型。"民族的—人民的"文学不单纯是一种文学类型，它已经超越了文学自身的范畴，具备了多重意义，体现出强大的社会功能。它是葛兰西立足于意大利特定的社会、历史、文化背景，针对意大利当时客观存在的文学创作的现实情况所开的一剂药方。他在分析意大利本国作品不能受到人民群众的欢迎这一客观现实的基础上，指出了意大利知识分子在创作过程所具有的种种缺陷，指出了世俗文学和教会文学的诸多失败之处，在此基础上对人民性的内涵进行了界定，将之作为民族精神和现代人道主义建设的重要内容，突出作家的态度在创作过程和文学作品中的重要作用，以及人民群众的赞赏与否对一部作品成功与否的重要性。正是民族的现实、知识分子和群众的关系，构成了"民族的—人民的"文学的历史与现实的基础。

  需要说明的是，葛兰西的这些观点也遭到了许多批判，总结起来包括两个方面：第一，他对民族性的批判不够充分，而且他经常会不自觉地采用标准意大利语会比方言更好的这种预设。第二，一些学者认为葛兰西的这一理论过于空泛，他没有提出行之有效的操作方法。弗格斯说："一旦不同势力和运动之间达成一致，建立起统一体，那还如何分散为竞争性的小利益集团呢？"[1] 的确，尽管葛兰西认为必须尊重不同团体的趣味和倾向性，但他并没有在著作中提出明晰的机制和系统来解释和而不同如何可能。尽管如此，"民族的—人民的"文学思想的积极意义是不容抹杀的，其中包含的知识分子、民众、文学之间的互动关系，文学与社会学、心理学、民俗学等学科的结合和相互包容，可为我们当今的文学创作和研究、文化研究以及社会主义核心价值体系建设等提供借鉴。

---

[1] Forgacs, D. 'National-Popular: Genealogy of a Concept' in S. During (ed.) The Cultural Studies Reader, Routledge, 1993, p. 189.

"情动"理论的谱系

刘芊玥

近二十年以来,"情动"理论(affect theory)日益成为中西方关注的焦点。许多人文科学和社会科学的学者已经开始探索情动理论,将之作为理解经验领域(包括身体的经验)的一条道路,这是超越当时基于修辞学和符号学主导范式的另一种范式。一些消极的形容词在学术研究领域频繁出现,比如"创伤""忧郁""无常""残酷"等,这些词汇作为一种新的文化现象,体现出"911"之后西方社会的一种普遍忧患意识。它延伸出一种疑惑甚至是质问,其矛头是新自由主义下的当代秩序。在这样的背景下,当代性正脱离现代性的话语范式,朝向一种更加短暂、临时和模棱两可的状态。"情动"理论正是在这样一种质问式的写作背景下展开的。

"情动"(affect)作为一个哲学概念始于斯宾诺莎(Baruch de Spinoza),后由德勒兹(Gilles Deleuze)和瓜塔里(Félix Guattari)将其发展成为有关主体性生成的重要概念。在《伦理学》中,斯宾诺莎将"情动"视为主动或被动的身体感触,即身体之间的互动过程,这种互动会增进或减退身体活动的力量,亦对情感的变化产生作用。斯宾诺莎提出的问题要测度的不是事物的各种状态,也不是去给出好坏高低强弱的标准,他感兴趣的是由一种状态到另一状态的运动和转化,由强到弱或反之的动态,并根据所能受到的影响与所能改变的幅度来定义身体是什么。他将之称为"情动"[1]。德勒兹在其关于斯宾诺莎的著作中,着重阐释了这个概念,并在《资本主

---

[1] affect(拉丁语 affectus)为斯宾诺莎使用的哲学概念。在斯宾诺莎的用语中,affectus 既是心灵的也是身体的状态,是一个名词,也是一个动词。它与感觉(feelings)和情绪(emotions)相关但不等同于后两者。贺麟在《伦理学》(斯宾诺莎著,商务印书馆 1983 年版)中译为"情绪"和"情感";管震湖在《笛卡尔和理性主义》([法]罗狄-刘易斯著,商务印书馆 1997 年版)里译为"感受"。姜宇辉在《资本主义与精神分裂(卷2):千高原》([法]德勒兹、[法]加塔利著,上海书店出版社 2010 年版)中将其译为"情状",后改译为"情—调",均不甚理想。后来汪民安和姜宇辉在"生产"系列书刊中集体将其称为"情动"。Affect 不仅是一种情感表达,还强调一种力的增溢或减损状态,且关注身体、情感和潜在性之间的关系,其本身是流变的、动态的。

义与精神分裂（卷2）：千高原》中对其进行了创造性的解释。受德勒兹的启发，当今一大批理论家对此概念进行研究，并借助它解释一些文化现象，以至于当代的文化、艺术、思想、政治等领域出现了所谓的"情动转向"（affective turn），这成为很重要的理论现象，也是一种新的理论上的景观。

在欧美和澳洲的思想界，对于情动理论的研究大致可以分成哲学本体论意义上的情动理论和女性主义情动理论。前者以斯宾诺莎、德勒兹和马苏米（Brian Massumi）为代表，后者以汤姆金斯、塞奇维克（Eve Kosofsky Sedgwick）、贝兰特（Lauren Berlant）等人为代表。这两条脉络以马苏米为节点，常常相互交织和使用。其间还伴随着一个非常重要的枢纽人物，霍尔曾经的学生和助手、美国文化研究界最具影响力的学者劳伦斯·格罗斯伯格（Lawrence Grossberg），带动了文化理论中对情动理论进行研究的生生不息的力量。

一、斯宾诺莎的先驱意义：情动的起源和性质

"情动"研究的源头，即有关情动本体论研究的开端，是从荷兰哲学家巴鲁赫·斯宾诺莎开始的，他的思想是当代大多数学者研究这一领域的源头。"情动"是斯宾诺莎哲学体系里的一个概念，正如斯宾诺莎在他的《伦理学》第二部分和第三部分里讨论的那样，"情动"是一种身心痛感觉、情绪相关联的状态。

那么，当我们回到其源头，"情动"何以作为一个问题在斯宾诺莎处被谈论？在《伦理学》中，斯宾诺莎提出他进行情动研究的动机缘于他认为，情动是来自不适当的观念，是人生软弱无能和变化无常的原因，但它不应该被归结为人性的缺陷，因为这些情绪和自然万物一样，都出于自然的必然和力量，因此情动也有其确切原因和性质，并且可以被理解且值得我们去重视。与笛卡尔试图通过提出一些伦理原则来改良这些缺陷不同，在斯宾诺莎看来，没有任何东西是源于自然和人的缺陷，也没有一个人真正了解情动的性质，它的分类以及应对它的方法。因此，他决定借用笛卡尔的几何学研究法来反笛卡尔，采纳几何学方法和对数学自明性的信念来考察情动的本性和力量，以及心灵如何可以克制情感，这是斯宾诺莎在《伦理学》中的任务。

在《伦理学》第三部分"论情动的起源和性质"这一章中，斯宾诺莎首先区分了何为"整全原因"（adequate cause）和"部分原因"（partial cause)、何为"主动"和"被动"这两个厘定。"心灵具有整全的观念时便主动,具有不整全的观念时就被动,心灵拥有愈多不整全的观念,就愈容易陷入激情(passion),反之,愈能自主。"[1] 在他看来,如果我们是事情的整全原因,即如果发生在我们身上和身边的事情,都是来自我们自身的本性,只借助我们自己就能明晰地了解此物,那么我们可以称之为主动的;如果我们是事情的非整全原因,如果发生在我们身上或身边的事,我们只是部分的原因,我们则被称为被动的。在第三部分的第三个定义中,首次出现了斯宾诺莎对于情动的界定:"我将情动理解为身体的应变,会使身体活动的力量增强或减弱、滋益或受限,同时也理解为这些应变的观念。"[2] 在斯宾诺莎这里,他强调情动首先是一种身体的状态,并是其观念。"观念"在这里强调的是,身体的行动经过心灵的确认,才称其为"情动",心灵的确认是前提之一,情动仅指人类的情动。也正是在此意义上,斯宾诺莎开始了对于人类的48种情动的考察和探讨。

斯宾诺莎对于"情动"的探讨,主要分为三种基本类型:快乐(joy)、痛苦(sorrow)和欲望(desire)。这是三种基本情动。其他情动诸如惊异、轻蔑、爱、恨、偏好、厌恶、敬爱、嘲笑、希望、恐惧、信心、失望等,皆源于这三者。这三种基本的情动类型在斯宾诺莎看来,都是在人作为被动者的情境下产生的,就人作为主动者而言。其中,当心灵由较小完满的情感过渡到较大完满的情感,称之为"快乐";当情感由较大完满的情感过渡到较小完满的情感,称之为"痛苦"。他把"欲望"肯定为人的本质,因为在他看来,人的本质是被设想为会因为任何应变而注定去做某些事,欲望就是意识到偏好本身的偏好,而因为人的本质是受决定去做能促进其自我保存的事,所以说,偏好就是人的本质。[3] 而"快乐"和"痛苦"则是所有情动的基础,因为所有的情动都以快乐和痛苦为条件,所有的情动中都包含着快乐或不快乐。斯宾诺莎以几何学的方式将这些"情动"推衍而出,却不对它们的伦理价值做出评判。他对人类的三种基本情动和由此而来的诸种重要情动给予详细的列举和考察。在他看来,所有的情动都没有善恶之分,虽然我们在很多情况下会被外物所扰,徘徊动摇,担心自己的前途命运,然而每个人的一切都由情动所掌控,困于相反情动的人不知道

---

[1] Spinoza, B. *Ethics*. Trans. W. H. White. Hertfords:Wordsworth Editions, 2001, p.100.
[2] Spinoza, B. *Ethics*. Trans. W. H. White. Hertfords:Wordsworth Editions, 2001, p.98.
[3] Spinoza, B. *Ethics*. Trans. W. H. White. Hertfords:Wordsworth Editions, 2001, p.146.

自己想要什么，没有解脱之道，但不受任何情动所动的人则更容易处处摇摆。[1] 斯宾诺莎在这里主要论述的是主要的心灵矛盾，而非一切心灵矛盾。一切情动都是不完美的，但不能因而说它们是坏的。

在此基础上，斯宾诺莎提出了他的"心物平行"说，并以此来观照情动。哈特（Michael Hard）曾说，斯宾诺莎使得我们"每次考量心灵之思考的力量的时候，我们必须同时尝试着去辨识身体的行动的力量，是如何与心灵之思考的力量对应的……这一点很重要，就其同时标示着心灵与身体的当下状态而言，情动横跨于这一关系之上……从而使得我们不断提出身心关系的问题"[2]。在斯宾诺莎看来，心灵思考的力量平行于身体之行动的力量，然而心灵不能决定身体，身体也不能决定心灵，两者是两个封闭的系统，彼此不相来往，它们是两套平行的对应关系。所以，如果说笛卡尔把身与心作为两个分离的实体，那么到了斯宾诺莎这里，他认为只有"神"这一个唯一且无限的实体，身和心不过是一个实体的不同表现模式，前者遵循物理性的因果律，后者遵循的是感觉、记忆和概念的法则。而两者之所以看似有关联和一致性，是因为两者都被一个实体所据定和影响着。在《伦理学》里，斯宾诺莎并没有完全解决身和心的关系问题，但却将其作为一个问题提了出来。尽管随着后世弗洛伊德、拉康等精神分析学家及其临床实验的兴起所带来的挑战，对斯宾诺莎的身和心的问题的探讨一直持续到了当代学术界。他用一种科学理性几何学的方式对人类的诸种情动做严密的考察和分析，洞悉它们的永恒状况和性质，这在思想史和学术史上都是第一次。

通过此说明，斯宾诺莎将"情动"与被动联系在一起，从而在事实上给予其消极的评估。后来很多当代研究情动理论的学者对斯宾诺莎赋予消极色彩的"情动"进行了拓展，如有的学者认为斯宾诺莎对于情动"尚未到达"（not yet）的描述是作为一个"希望的承诺"（promise）而存在。在此方面最直率的作品是英国女性主义者、文化理论的研究者艾哈迈德（Sara Ahmed）的《幸福的承诺》，英国文化政治地理学者安德森（Ben Anderson）的《生成和希望：朝向一种情动的理论》，美国从事文学、文化理论和批判理论研究的女性主义学者贝兰特的《残酷的乐观》。也有很多学者认为这种 not yet 是一种永远的不确定和没有最终的保证，它也可能会更糟，因此是作

---

[1] Spinoza, B. *Ethics*. Trans. W. H. White. Hertfords: Wordsworth Editions, 2001, p. 103.
[2] Negri Antonio and Hardt Michael. Value and affect. *Boundary* 2, 1999, Vol. 26, No. 2.

为一种"威胁"而存在。如格罗斯伯格在讨论"被接收的"（received）现代性和可替代性、共存的现代性时强调了这样的一种状态；马苏米在《未来的情动起源》里借助美国政治上的一系列行动提出了"威胁"这一观念；克拉夫（Patricia Clough）在她有关资本和物质的情动能力纠葛的分析中也反映出相似的观点。[1] 因此，情动是一种"希望"，抑或是一种"威胁"，就这本身而言是当代学术界争论的一个议题。

和上述相关的是，斯宾诺莎在他对情动的界定中，还在本体论的意义上界定了情动的"善"与"恶"的品质："所谓善是指一切的快乐，和一切足以增进快乐的东西而言，特别是指能够满足愿望的任何东西而言。所谓恶是指一切痛苦，特别是一切足以阻碍愿望的东西而言。……我们并不是因为判定一物是好的，然后才去欲求它，反之，乃是因为我们的欲求义务，我们才说它是好的。"[2] 后来研究情动的学者也自然而然地将情动分为"负面情动"（bad affect）的黑暗叙述和"正面情动"（good affect）的优雅叙述，前者使人们能够掌握和控制各种邪恶的结果，后者意味着情感理论在政治上积极的影响。尽管这两种叙述常常证明了：主体比我们想象的更容易受到影响。学界也有理论上的"情动转向"是一种本体论上的转向的论说。这一切的影响自斯宾诺莎提出"情动"这一命题时便伴随而来。

二、德勒兹的遗产：情动与观念的生成

德勒兹是从斯宾诺莎过渡到马苏米的理论桥梁和殿军人物。"情动"（affect）和"情状"（affection）变得引人注目是在法国哲学家吉尔·德勒兹和费利克斯·瓜塔里合写的《资本主义与精神分裂（卷2）：千高原》之后。在一篇名为《德勒兹在万塞讷的斯宾诺莎课程（1978—1981）记录——1978年1月24日情动与观念》的授课稿，以及他在1993年出版的《批判与诊断》里，德勒兹先后重点谈论了有关"情动"的概念评述。在"情动"的谱系上，德勒兹的贡献主要有三个：首先，他明确区分了"情动"和"情状"，以"强度"（intensity）的概念取消了斯宾诺莎有关身体/心灵二分的观念；其次，他将斯宾诺莎专指人类的情动增加了非人的维度，

---

[1] Clough, Patricia. eds. *The Affective Turn*: *Theorizing the Social*. Durham: Duke University Press, 2007, pp. 206-225.

[2] Spinoza, B. *Ethics*. Trans. W. H. White. Hertfords: Wordsworth Editions, 2001, pp. 119-120.

使其开始脱离了斯宾诺莎意义上经过心灵确认的情动；再次，还将"情动"的概念拉入他的"流变—生成"理论体系里，重点阐发了他有关"积极情动"的理解。

德勒兹首先批评了斯宾诺莎《伦理学》诸多版本的法文译本中错误的译法，即在斯宾诺莎用拉丁文写成的《伦理学》原文里，没有对 affectio 和 affectus 做出区分，而将其都翻译成了 affection。他明确指出，斯宾诺莎用了这两个不同的词在他的哲学著作中是基于一定的理据，在法文中，有明确的对应词，用 affection 译 affectio，以 affect 译 affectus，前者是"情状"，后者是"情动"。为了探讨情动，德勒兹先从对于"何为一个观念"的界定说起，他认为，观念是"一种表象某物的思想样式"，究其表象某物而言，被视作具有一种客观现实，比如三角形的观念就是对三角形进行表象的思想样式。这是区分"观念"和"情动"的出发点。要先存在一个被希望者的观念、被爱者的观念，但是希望和爱本身是不表象任何东西的，希望和爱属于不表象任何对象的思维样式，它们是"情动"，观念总是先于情动的。这是德勒兹对于观念和情动做出的区分，也是他对于情动的第一次界定。同时他指出，这种观念在具有一种客观现实以外，还拥有一种形式现实，这个形式现实就是"它自身就是某物"。在"所有观念都是某物"的基础上，他再现了斯宾诺莎意义上"观念总是彼此相继的"观点，即一个观念总是接续着另一个观念，与其说我们拥有观念，不如说观念在我们之中显示自身。这里出现了德勒兹增加的另一维度，斯宾诺莎强调的是观念本身的相互接续，而德勒兹强调的是这种相互接续本身对"我"的影响，也就是说，"在我之中不断变化的某种机制"，与观念自身的接续不同，这是一种"存在之力"（force of existing），或者"行动之力"（the power of acting）。这种"存在之力"会因为相遇到的某物给予"我"的观念的"某种等级的现实性或完备性"[1] 的不同而得以增强或减弱。这样一种力的增强或减弱，在德勒兹看来就是"情动"。"affectus 就是存在之力的连续变化，而此种变化为某人所拥有的观念所界定。"[2] 后来在《批判与诊断》里，德勒兹再

---

[1] 在斯宾诺莎和德勒兹看来，观念不仅具有一种客观现实，同时还具有一种形式现实。观念现实是指一种表象性的思想样式，形式现实是指观念自身就是某物，比如三角形的客观现实是表象三角形的观念，而三角形观念自身就是某物。斯宾诺莎通常将观念的此种形式现实界定为观念自身所具有的某种等级（degree）的现实性或完备性。

[2] Deluze, Gilles. Lecture transcripts on Spinoza's Concept of Affect（1978—1981），an essay from：www.webdeleuze.com.

次强调了"情状不仅仅是一个物体(body)对我的身体所起的即刻的影响,而且也会对我自己的绵延(duration)产生影响——快乐或痛苦,高兴或悲伤——也产生着作用。从一个状态转化到另一个状态的,是过渡,是生成,是上升,是降落,是力量(power)的连续不断的变化"。因此,我们将之称之为"情动"更为确切,而不再是"情状"。[1] 这样,他就把"情动"与"情状"区分开了,前者指身体的存在之力的增强或减弱,这种经过内心确认了的身体的变化;后者指与实体相对,不能独立存在,要依靠另一个东西才能存在。所谓情动,德勒兹更强调的是介于两种状态之间的差异性绵延,而非某一种单一的状态,是一种状态到另一种状态的持续变化。由此,情动表现的"不是被影响、被改变与被触动之后的身体,而是影响、改变、触动、本身成为身体,身体就是能影响与被影响的行动力与存在力",通过情动,身体成为差异的保证,"我有一具差异于他人的身体,因为我有独特的动静快慢改变,而情动就是这个独特改变的表现"。[2]

还有一点需要提及的是,在斯宾诺莎的概念里,"情状"是指"存在于他物之中,并借由他物而能被设想的事物"[3];而在德勒兹的语境下,"情状"却增生了另一种不同的含义,它是"一个物体在承受另外一个物体作用时的状态,是一个效果"[4]。在万塞纳的课程里,德勒兹不断地强调物体间的"相遇",强调物体间的混合与相互作用,强调身体的相遇产生的或愉快或不愉快的情动转变,从而为他重点引申的两点做准备:一是,"我们只能认识自身,而我们对外部物体/身体的认识只能经由它们在我们自己身上所施加的情状"[5],从而"情状—观念"是一个不充分的观念,因为它对相互作用或混合的原因一无所知,人又如何能脱离由我们的行动能力的增强或减弱所构成的被动情动呢?二是,德勒兹在这里提出了哲学史上的一个根本性的问题:既然每一个人都具有承受情动的力量,那么一个身体能做什么?"我不停地穿越着这些行动能力之流变,通过我所拥有的情状—观念,我不停地追随着情动的连续流变之线,以至于在每个时刻,我的承受

---

[1] Deluze, Gilles. *Essays Critical and Clinical*. Trans. Daniel W. Smith and Michael A. Greco. London: Verso, 1998.

[2] 杨凯麟:《分裂分析德勒兹》,河南大学出版社2017年版,第103页。

[3] Spinoza, B. *Ethics*. Trans. W. H. White. Hertfords: Wordsworth Editions, 2001, p. 103.

[4] Spinoza, B. *Ethics*. Trans. W. H. White. Hertfords: Wordsworth Editions, 2001, p. 103.

[5] Deluze, Gilles. Lecture transcripts on Spinoza's Concept of Affect (1978—1981), an essay from: www.webdeleuze.com.

情动的力量都得以完全实现和实施。"[1] 在这里,一种承受情动的力量,成为一种强度或是一种强度的阈限。德勒兹以强度的方式来界定人的本质,即一个在生活中承受情动能力的极限。

至此,德勒兹将情动置入整个哲学史来思考,也正是在此意义上,他提出了对于积极情动的思考。德勒兹明确区分了悲苦情动和令人愉悦的积极情动。在他看来,悲苦情动会削弱一个人的行动能力,同时意味着个体处于一种与自身不合的有害的关系中。在这种关系里,人无法到达对"共同概念"(common notions)的认识,即个人无法对施加悲苦的物体/身体和你自己的身体所共享之物形成一个共同概念,也即对两个身体或两个灵魂所共享之物的概念。因而,"悲苦不会令人明智","对死念念不忘是世间最卑贱的事情"。悲苦的情动削弱个体的行动能力,愉悦的情动与个体之间彼此构成,"一个小愉悦顿时使我们进入一个具体的观念世界,它肃清了悲苦的情动或那些处于挣扎之中的事物,而所有这些都构成了一个连续流变的一部分。但同时,这个愉悦还推动我们进一步逾越了连续流变,它使我们至少拥有了一种掌握共同概念的潜能"[2]。也就是说,愉悦的情动使得我们形成对于施加与被施加情动的身体所共有之物的观念,这种认识有可能失败,但当成功之时,我们会变得明智。情动在这里不仅是一种非常积极,且极具有潜能的所在,德勒兹更将其视为"生命的劳作",并把它上升到人生的本体论的高度。他不止一次提到,"如果我们知道整个宇宙的所有关系结合于何种秩序中,就能够界定整个宇宙的承受情动的能力……如何你将整个世界化为一个单一的身体,你真正拥有了一种承受情动的普遍能力:上帝,作为整个宇宙的原因,本质上具有一种承受情动的普遍能力"[3]。至此,我们才进入对于原因的分析,进入一种充分的观念之中,也就是德勒兹所说的"哲学"之中。在这里,唯一重要的事情的是对于生命的沉思,并将其作为生活的方式。在此,死亡仅仅是作为身体某一部分的有害遭遇来体验的。德勒兹在这个地方对于"衰老"的讨论格外动人,他说令他着迷的恰恰是当一个人衰老之际,当他的行动能力趋于衰弱的时候,一个身

---

[1] Deluze, Gilles. Lecture transcripts on Spinoza's Concept of Affect (1978—1981), an essay from: www.webdeleuze.com.

[2] Deluze, Gilles. Lecture transcripts on Spinoza's Concept of Affect (1978—1981), an essay from: www.webdeleuze.com.

[3] Deluze, Gilles. Lecture transcripts on Spinoza's Concept of Affect (1978—1981), an essay from: www.webdeleuze.com.

体可以做什么？他首先提到两类人：一类人是不接受和恐惧衰老的事实，年华逝去却依然扮成年轻人的样子；另一类人是太快衰老，少年老成，装扮成老者，这在他看来是另外一种成为小丑的方式。德勒兹说，无论是迟于衰老，还是过于衰老，都是一件可笑又可悲的事情，因为无法正面面对正在衰老的事实。所以他说，"懂得如何变老是达到这样一个阶段，在其中，共同概念会令你理解为何一些事物或身体与你自己的身体不相合，于是必然要去发现一种新的优雅，岁月凝练的优雅，其要义是不再执著"。这是一种对于死亡的洞察和对于生命的沉思，最大限度地推动着个体向自身所能承受的情动的强度前行、跌落，找到最高的强度和最低的强度之间的阈限，也是诞生与死亡之间的阈限。德勒兹把斯宾诺莎的体系里存在的三种观念，也称为三种类型的知识（connaissance），如果说"情状—观念"（无因之果的表象）是第一种类型知识，"共同概念—观念"（上升到对原因的理解，它所呈现的是对所有身体或诸多身体来说的共同之物，它是一个普适性的观念）是第二种知识，那么"本质—观念"便是第三类知识。在这第三类知识里，德勒兹区分了"共同概念"与"本质"，认为虽然"我的关系及特征性关系表达了我的本质"，但两者不是一回事，因为后者是"力量的一种等级"，是一种强度之力量，"无论如何，我们都无法脱离我的特异本质、上帝的特异本质和外在物体的特异本质中的一方去认识另一方"。德勒兹将斯宾诺莎所谓的"本质"命名为一种强度之量，并将这第三个领域——本质的世界理解为一个强度的世界，借此来界定情动，积极情动或至福（beatitude），也即"自发情动"（auto-affect）在其中找到自己的位置。

德勒兹对于情动的讨论是他从对斯宾诺莎伦理学的阐释中自然引申出来的。他之所以如此重视解释和发挥这个概念和问题域，一方面是因为情动本身在斯宾诺莎的研究中就构成了一个既重要又困难的问题，重要是说这关系到如何真正从斯宾诺莎的形而上学的研究，包括对实体一元论、实体的属性关系等的研究和阐发的有效进展，过渡到本身理应也是斯宾诺莎本人旨归的实践哲学维度。在这个维度上，德勒兹会把斯宾诺莎理解为尼采的前驱——对无意识的发现、用好坏代替善恶、贬斥痛苦情感等。困难之处在于这一过渡并不那么容易，症结在于从斯宾诺莎的《伦理学》第三部分出于讨论作为身体情状的情动，并引向人的奴役与自由的主题开始集中使用的"情动"概念本身，引起了诸如"被动情动向主动情动如何过渡"以及内部细分和向外涉及的一系列问题。实际上，在这个环节，主动情动的获得与真观念的获得最终变成了一体两面的问题。因而，也可以说，斯宾诺莎所谓"三种知识"之间如何过渡也相应地会在这个"情动"的问题结构上得到解释，甚至不是简单地解释澄清，而更加是一种"再问题化"。德勒兹在斯宾诺莎的例子上用了切实的体系性的哲学史重构方法，示范了关于起初确实是来自斯宾诺莎的情动概念的一种"解辖域"运动。

另一方面，除了"情动"以外，德勒兹还创造了很多其他概念，对于他本人而言，"情动"并不是凭自身就比其他那些概念更加殊胜的，用结构主义已经充分强调了的一个标准：系统的要素除了它本身的系统性为之所标示的关系，并没有别的意义。所以德勒兹看似在说很多东西，创造和使用很多术语、概念，其中包括"情动"，但他从来都是在不断尝试调适让它们能够在一个具体的文本中行得通，他调适斯宾诺莎的文本，引起了"情动"的主题，他自己后来也把这个概念调适到自己的体系里。这个运动在德勒兹的文本中是足够激烈和持久的。在这一视角下，"情动"这个词（它的解辖域运动）可以被视为体系性嬗变的一个效应。

三、《情动的自治》与情动理论的纽结点

在德勒兹之后，《资本主义与精神分裂（卷2）：千高原》英语学界的翻译者马苏米在他使用的术语笔记里，给予在卷集中论及的"情动"如下的定义：

> 情动（affect）/情状（affection），这些词都不能代表一个人的感觉（在德勒兹和瓜塔里那里是"情绪"）。L'affect（affectus）是一种能够影响和受到影响的能力（ability），这是和身体的一种体验状态到另一种状态相对应的一种非个人的强度（prepersonal intensity），意味着身体的行动能力的增强或减少。L'affection（affection）视每一个这样的状态是被影响的身体和发挥影响功能的身体之间的相遇，这里的身体在最广泛的意义上包括心灵或理想的身体。[1]

马苏米对于情动的界定，强调它是一种能够产生影响，也能接受影响

---

[1] Deluze, Gilles & Felix Guattari. A Thousand Plateaus: Capitalism and Schizophrenia. Translated and Foreword by Brian Massumi. Minneapolis: University of Minnesota Press, 1987, p. xvi.

的能力，是一种中间状态，是一种"力"或"强度"。在著名的《情动的自治》一文以及随后出版的著作《虚拟的寓言》里，马苏米对"强度"做了进一步的延伸，他于"情动"的理解是同常用的另一个术语相关联的，即"虚拟（virtual）"。具体而言，他认为情动是："实际中的虚拟与虚拟中的实际同时互相参与，一方从另一方中出现，又回到另一方中。情动就是从实际事物的角度出发看去的这种两面性，在其感知和认知中表达出来。"[1]在马苏米的理论体系里，"情动的自治"和对虚拟的理解息息相关，而虚拟与人类感知到的外部刺激相连。为了更好地引入虚拟的概念，马苏米描述了一个实验研究的例子，这个研究检测的是儿童对同一部影片的三个版本的不同感知和反应。例子讲的是德国电视台拍过一个短片故事——一个实验，故事讲的是一个人在屋顶花园上堆了一个雪人，午后阳光里雪人开始融化，他看着不忍心，把雪人移到了山间阴凉处然后与之告别的故事。然后有研究小组把这个片子制作成三个版本：无声版、增加了事实说明的事实版、在关键转折点上加了表达场景情绪的情绪版。然后这三个版本被拿去给一组九岁的孩子看，让他们回忆看到了什么，并根据"愉快"的程度打分。结果最愉快的版本是无声版；排名中间的是情绪版，最容易被记住；得分最低的总是事实版，也最记不清楚。但当这些孩子被要求按照"高兴—悲伤"（happy‐sad）和"快乐—不悦"（pleasant‐unpleasant）来评价影片里的一个个单独场景的时候，更令人奇怪的事情发生了，悲伤（sad）的场景被认为最有快感（pleasant），越悲伤，越快乐。"事实版诱导出最高层面的情绪唤醒，即便它是最令人不悦的，得到的是为时最短的印象。"事实让孩子们心跳得更快，呼吸变得更重，也让他们皮肤阻抗下降。马苏米评价道，这个实验唯一积极的结论是强调了在图像接受中引发感情东西的首要性。马苏米认为人类接收图像（即外部刺激）至少发生在两个层面：形式/内容，效果/强度。形式/内容与象征秩序有关，因此人们能通过自己的体验去理解他们在这个层面上的感知。相反，在强度/效果这个层面身体对外在刺激的感知是"一个非意识的、永不会成为意识的自主残留"[2]，它与任何可以变成叙事的可能性不再相关，马苏米把它解释为"叙事的非定域化"（narratively delocalized）。形式/内容和强度/效果层之间的关系是被

---

[1] Brain Massumi. The Autonomy of affect. Cultural Critique, No. 31. The Politics of Systems and Environments, Part 2 (Autumn, 1995)：p. 96.

[2] Brain Massumi. The Autonomy of affect. Cultural Critique, No. 31. The Politics of Systems and Environments, Part 2 (Autumn, 1995), p. 85.

修改和修改者的关系，后者是隐形的；只有通过考察强度/效果在形式/内容层面上留下的痕迹，我们才能感受到它的存在。强度不产生意义，但是可以改变它们，"它是一种悬置状态，存在中断和瓦解的潜能"。它在我们试图锁定或描述它的时候消失，但是改变了我们生产出来的叙述。对于马苏米来说，这种对"强度"的强调，其实是对"情动"的强调。他以强度来界定情动，在此出现了情动和情绪（emotion）的根本的区分。在他看来，情绪是个人的，属于自我的领域；而情动是外在或超出自我的，是在主体间发生的一个现象。这意味着一个人可以是情绪的，但一个东西不能称之为情绪的；同时一个东西可以被表达情动，如礼物等，但是一个人很难这样，除非他变成一种对象化的存在，最极端的形式是视觉图像——被物质化。情动的魅惑产生于主体间的空间里人与物之间的相遇，所以当马苏米在后发现情动存在于事物里的时候便不足为奇："情动是虚拟的联觉视角，它们定着于（功能上受限于）实际存在，特别是具体体现了它们的事物……实际地存在着的有结构的事物，生活在逃脱了它们的东西之内，也通过它们而存在。事物的自治是情动的自治。"[1]

将强度作为界定情动的本质界定，这是马苏米对于德勒兹的继承，同时他走得更远。如果说在斯宾诺莎那里，情动只发生在有心灵的主体之间，要经过心灵的确认，那么到了马苏米这里，他对之进行了一种将其"物质化"的强调和处理。对于情动的理解，加之显而易见的德勒兹的影响，这些都使得马苏米采取了一种相当激进的反人文主义的写作立场。他认为，为了准确地描述和阐释情动在社会过程中所占的结构和构造作用，学者们应该彻底放弃以人类为中心的对社会现实的理解。这个社会现实是对一个复杂的集合的理解，这个集合不仅包括人类，还包括非人类。就马苏米而言，这些可以产生情动、压制人类意识理性、塑造人类身体和心灵的多种可能性的东西，是社会过程的复杂性得以概念化的关键，这个复杂的社会进程包含着各种无法解释的以主体和意识形态为中心的理性主义理论。

马苏米从情动的定义、情动之于感觉和情绪的不同入手，用了大量的笔墨细致地剥开了生命体在萌芽状态时内含的诸多形式，讲事物即情动发展的前阶段以及它的亚稳定性和非地方性关联。他论述情动像硬币般的两面：它同时参与现实和虚拟性，并在其感知和认知中显示出来。然后他着

---

[1] Brain Massumi. The Autonomy of affect. Cultural Critique, No. 31. The Politics of Systems and Environments, Part 2 (Autumn, 1995), pp. 86-87.

重强调,"情动的自治"是在它对虚拟性的参与中敞开的,从虚拟的观察角度出发,视觉隐喻被小心谨慎地使用,因为情动是联觉的,它暗示着诸种感觉彼此参与:对生命体潜在的交流的衡量标准是,"它拥有将一种感觉模式的效果转化为其他效果的能力"。正因为对情动的自治,或者毋宁说是对情动在虚拟中的参与的强调,马苏米越来越关注情动在政治文化里的运用,比如他写诞生于未来的情动现实,再现和分析美国自"9·11"以后对于诸多尚未发生,且没有足够的真实依据的事件采取真实的政治和军事行动的行为,探讨关于威胁的政治本体论。与此同时,他对情动的研究日益走向一种对于情动政治的探讨。在马苏米看来,意识无法理解身体对于外界刺激的情动反应,这种对理性的处理情动的无能,在后现代时代变成了一种政治资源。

马苏米是非常具有学术个性的学者,他的个性在于他从科学领域所借来的那些"硬词",犀利而又让人文学科感到惊奇。情动理论把当时对认知中心主义的不满和对结构主义、后结构主义的不满结合了起来,所以在很长一段时间内,马苏米的作品得到了很多学科强烈的关注并获得传播。如果说马苏米是深受他翻译的德勒兹著作的影响,从斯宾诺莎和德勒兹处获得启发,他不仅"反"人文主义立场,还将科学的术语成功地融入人文学科的写作之中,扩大了人文学科研究的多种可能性,那么塞奇维克则是从汤姆金斯的心理学角度将她对情动的关注引入到性别研究和身体研究中,奠定了情动理论研究的基础。马苏米和塞奇维克两个人直接开启了日后情动理论研究的两个分支——斯宾诺莎—德勒兹—马苏米在本体论上开启的道路和自塞奇维克以后的女权主义情动理论研究。这两条脉络以马苏米为节点,又常常相互交织和使用,逐渐融合进一个系统里。

四、塞奇维克与女性主义情动批判

在马苏米的理论开始产生影响力的同时,也即在《情动的自治》发表的同一年,塞奇维克在1995年发表了一篇影响深远的文章《控制论世界的羞耻》,借以在西方打开了持续至今,长达二十多年之久的"情动转向"的风潮。女性主义情动理论肇始于塞奇维克,它的蔚然成风在某种意义上来说,深受德勒兹的影响,同时又融入了这些学者过往的研究脉络。同时还要提及的是,在女性主义情动理论发展变化的过程中,已经有不少学者诸如塞奇维克、萨拉·艾哈迈德、劳伦·贝兰特开辟出了一条和德勒兹不同的对于情动研究的路径。

情动理论对于女性主义研究来说或许并不是特别新鲜，因为有关感觉、情感的研究已经塑造了女性主义理论和政治实践，以及它们与日常生活的关系。这一理论的出现不再与强烈的以女权运动为基础的女性主义相关，而是更专注于具体的学术问题和制度变革。这种理论化知识的学术研究的核心是感觉，包括情感类型在内的领域，以及情绪历史的复杂叙述、私人与公共领域之间的关系，还有内在性、主体性和亲密生活的建构。这一代的女性主义学者没有为寻找和恢复被忽略的女权主义而倍加努力，而是强调小说的流行和诋毁文化类型的社会力量，并且受到后结构主义理论特别是福柯的影响，强调性别而不是女性。女性主义情动理论强调经常在文本和读者的强烈的情感体验中被贩卖的女性文体的社会力量并不总是女性主义的，它关系到巩固和维持中产阶级的权力，促进帝国主义、民族主义和种族主义的议程。因而在某种程度上可以说，"情动"理论的转向在一定意义上意味着女性主义研究内部的转型，两者是交融共生的。

塞奇维克是女性主义情动理论的先驱和代表，她是在美国和朱迪斯·巴特勒（Judith Butler）齐名的性和性别研究专家。她早期致力于性别研究和对酷儿理论的开拓，突破性的代表作为《男人之间》和《密柜认识论》，尤其是前者，对英国和美国文学史上的一系列文学文本进行解读，来提示同性的社会欲望恰恰是通过异性恋来表达的，在"情欲三角"当中，以女性为中介来隐藏男性之间的同性情欲，通过交换女性来稳固他们的同性利益，即我们所谓传统的异性恋结构其实是以女性为交易媒介的男—男关系，以及这一传统结构与同性恋结构之间的博弈关系。性和性别是塞奇维克早期研究的重点，在1991年她身患乳腺癌，以此为转折点，加之对于青少年同性恋者的关注，她以自身的经历和身体经验开始转向了对"情动"领域的研究，并在同一个时期对心理学家汤姆金斯进行挖掘，将对"羞耻"（shame）等情动的研究作为她后期的有关酷儿、身体的学术研究的重心。汤姆金斯是当代情动理论的先驱，他出生于1911年，终身奉献给了心理学的研究。在40年间他完成了长达四卷本的文集《情动的想象意识》，这个著作是汤姆金斯对心理学理论长期存在的问题的回答。汤姆金斯认为情动或情绪主要有三种类型：积极的、中立的和消极的。积极的情动包括高兴、趣味、兴奋；中立的情动指惊讶；消极的情动包括生气、恐惧和恶心。根据这个理论，当把积极的情动效果发挥到最大、消极的情动效果缩小到最小，可达到心理健康的目的。理解他的情动理论的一个关键因素是，情动是对来自外部刺激,尤其是来自脑部刺激的不自觉的反应,行为受情动影响通常是自动的和没有目的意识的。人们的一般情动趋向是到尽量唤起积极的情动的情境里去,而避开产生消极情动的情况。心理学上情动理论的一个目标是避免大脑发射给情动的这种自发反应,当这种种情动被理解的时候,才有可能改进心理治疗的效果。这个理论转移了自20世纪以来的主导心理学理论的弗洛伊德式的心理学和斯金纳的行为主义。在这个理论之前,心理学界多用弗洛伊德的驱动理论来解释动机,而汤姆金斯认为,是情动而不是本能冲动在驱动着人们。他还描述了情动在人类经验中的作用,探讨了积极情动和消极情动的起源和发展,为情感研究开辟出一条新的道路。他尤其试图去理解害怕、愤怒这些激情,去呈现出它们的整体面目,他努力试图通过分析情动的进展来解释个体或通过分析一种文化的情动的发展来解释人格的发展。汤姆金斯的学说在卷帙浩繁的学术理论里不久便被掩盖,在他去世后的几年中,塞奇维克由于自身的遭遇开始关注自己身体和疼痛的体验,开始聚焦把身体不仅作为一种物质去审视,也作为一个体验的主体;同时,她对汤姆金斯的工作,尤其是他的情动理论进行了重新挖掘并将其运用到文学、文化领域中去,对过往的研究进行创造性的拓展,这非常鲜明地体现在她后期对于"羞耻"等情动的探讨中。

塞奇维克论述"羞耻"有两个方面非常引人注目而又使人深受启发。一是她试图讲出羞耻和主客体的关系;二是阐述羞耻和身份认同的关系。在羞耻和主客体的关系方面,塞奇维克举了一个操演(述行行为)的例子,她用了一个和奥斯汀在婚礼上的"我愿意"的词——"(你)不要脸!(Shame on you!)"。但是和奥斯汀第一人称述行不同,塞奇维克一直强调要脱离第一人称中心的知识论框架而转向情动研究,因此她在这里的主语以第二人称开始。"我"是被隐藏的,是随着这句话的说出才被召唤出来的,在赋予别人羞耻感的过程中隐藏了自己的主体能动性,是"借着说明它的操演意图来获得自己的操演力,也就是赋予别人羞辱"[1]。同时,因为缺少明确的动词,第一人称在这里便处于一种不确定的、延宕的状态,因为不知道这个主体究竟是一个单数抑或是复数,是出于过去、现在抑或是将来的状态,是能动性还是被动性?这些都可能被质疑,而不能被相信。在谈论身份认同方面,塞奇维克从《如何将孩子教成同性恋》的时候,就

---

[1] [美]伊芙·科索夫斯基·塞奇维克:《情动与酷儿操演》,金宜蓁、涂懿美译,何春蕤校订,《性/别研究》第三、第四期合刊《酷儿:理论与政治》专号,1998年。

谈及了社会的医疗体系、教育体系以及公共体系对于青少年同性恋在精神和身体上的压制,以及主流女同性恋和男同性恋对于青少年同性恋的忽视。"羞耻"的感觉在年少时便伴随而生。塞奇维克在这里也指各种被社会视为不稳定又异常的酷儿,"羞耻"的污名和绝望的无力感相伴而生。"羞耻"是塞奇维克提出用来对应"酷儿"一词的历史内涵,假如"酷儿"是个在政治上有力的名词——实际上它也是——那绝不是因为它可以挣脱童年时的羞辱场景,而是因为它把那种羞辱的场景当作一种近乎取之不尽的能量转换来源[1]。但塞奇维克认为,羞辱不仅干扰着身份认同,同时还在建构着身份认同,它不是一个孤立的和内在的心理结构,而是与其他情动一样,是"一种存在于不同人身上或不同文化当中的自由元素,它附着于身体的某个区域、某类感官系统或某种行为举止,并持续不断地强化或改变几乎所有事情的意义"[2]。塞奇维克在这里的富有启发性的思考在于她从这个点上轻轻荡开,从同性恋群体、酷儿群体扩展到整个受到权力压迫的群体,如种族、性别、亚文化等,她举例说,那些想要解决或消除个人或群体羞耻的策略和口号将终归失败,如"黑即是美""同志自豪"等,这些口号并不能进一步让这个个体和群体的羞耻感在每个人的心理上有所减少,因为这种羞耻感不是简单地附加到身体本身,而是它参与了身份的建构和认同。

从塞奇维克生前出的最后一本书《触摸感受:情动、教学和操演》中可以看出,汤姆金斯的情动理论对于她后期的转型产生了关键性的影响,使她开始远离早年迷恋的有关"衣橱"或"密柜"的认识论危机,转向以身体体验、感情和亲密研究为特征的现象学的路径。在塞奇维克看来,情动理论提供了一个描述人类多样性体验的非常有用的词汇。她和汤姆金斯都赞同理解是一种扩展的可能性,而不是一种消灭可能性的方式。在《触摸感受》中,塞奇维克首先要阐述清楚的一个问题便是:什么是"感受"(feeling),它如何被触摸到?但是在某种意义上,这个"什么"是超出可以清晰表达的范畴的。可是有一件事情塞奇维克知道,尽管触碰感情很难得到清晰表达,但是它有"纹理"(texture)和"似乎存在于纹理和情感之

---

[1] [美]伊芙·科索夫斯基·塞奇维克:《情动与酷儿操演》,金宜蓁、涂懿美译,何春蕤校订,《性/别研究》第三、第四期合刊《酷儿:理论与政治》专号,1998年。

[2] 杨洁:《那一个文学理论家"酷儿"——管窥伊芙·科索夫斯基·塞芝维克》,《时代文学(下半月)》,2010年第9期。

间的一种亲密"[1]。塞奇维克的写作是细腻、创新、令人愉悦的，但同时也是疯狂的，因为如果不努力理解她在试图做什么，便很难赶上她的思考速度。塞奇维克在书里表达了很多她自己的情感体验，从病痛到偏执的精神分裂和不断修整的教育学，从酷儿理论到文学分析，她提供的体验是一个复杂而又在急速旋转的情感状态。她似乎急于摆脱其他而只处理一个情感框架，但是这个问题或那个问题的边缘因没有克制住而破裂了，于是将读者再次扔回混乱之中。正如她自己说的，"我至少想要在这里（通过亨利·詹姆斯的文本来论述耻辱、戏剧性和酷儿操演）提供一个同性恋理论，但是我没有，也不想"[2]，并坚持认为自己这本书的目的仅仅设计感受的物质性、性、耻辱、教育学和哀悼，以及不提供任何概念的确定理论。在这本书里，塞奇维克梳理了羞愧和酷儿理论的关系，用她的话说，"羞耻感的原型……类似于一个洪水即将形成的时刻，一个具有爆发性和破坏性的时刻，一个身份的通道里——构成了情感认同的交流"[3]。就这种意义而言，情感是超越表达的，但具有讽刺意义的是，大部分有关酷儿理论的讨论是完全忽略情感状态的，因为它根深蒂固地定义着什么是酷儿，而不是什么像酷儿。正如塞奇维克强调的，酷儿和激进的政治不再有关，实际上，当"酷儿"这个词被大众流行文化接受的时候，它便丧失了原有的意义，酷儿以前意味着激进的政治和因为其特立独行不被社会所容纳。当酷儿告诉直男直女们什么是酷儿、酷儿有哪些行为举止的时候，"酷儿"就变得不再有意义。这是对酷儿原始意涵的完全的颠覆。

继《控制论世界的羞耻》后，以青少年同性恋为研究对象的专题论文《情动与酷儿操演》集中了塞奇维克后期"情动转向"的主要思想。从她晚年出版的《触摸感受》中的理论观点来看，这个时期塞奇维克对于情动理论的思考已经相当成熟。在弗洛伊德、拉康、福柯、斯特劳斯、德里达以后，在后结构主义和女权主义以后，她思虑的是理论该如何发展？她不仅重新探索了感觉、情绪、情动的重要性，同时认为汤姆金斯开辟了一条理论的科学主义道路，使得理论变得不那么铁板一块，并同时开启了女性主

---

[1] Sedgwick, Eve Kosofsky. *Touching Feeling*: *Affect*, *Pedagogy*. *Performativity*. Durham, N.C.: Duke University Press, 2003, p. 17.

[2] Sedgwick, Eve Kosofsky. *Touching Feeling*: *Affect*, *Pedagogy*, *Performativity*. Durham, N.C.: Duke University Press, 2003, p. 61.

[3] Sedgwick, Eve Kosofsky. *Touching Feeling*: *Affect*, *Pedagogy*. *Performativity*. Durham, N.C.: Duke University Press, 2003, p. 36.

义"情动"理论研究的分支。

玛尔塔（Marta Figlerowicz）在《情动理论档案》中说，当然没有一个关于情动理论的单一定义，情动理论在它的每一个化身中构建了人文学科和生物学或神经科学的桥梁。另一方面，这篇文章回顾了克尔凯郭尔和斯宾诺莎，刷新了我们关于主体的定义。一些情动理论为"负面"的情动如羞愧、悲伤或孤独的疗效价值作出辩护，它强调"丑陋的感情"不仅是自我认知的来源，更是社会批判的源泉。情动理论可以是与社会学的偶然相遇，可以成为文学研究新的研究主题，可以是没有尽头的精神分析，不疏漏却也不关心是否会达到一个稳定的结果。情动理论也可以拒绝精神分析，努力使感情和感觉为自己发出声音。从问题意识上来讲，情动理论带有学者强烈的个人生命印迹，很多学者在论述情动理论具体运用的结论的时候，不仅用到了各种案例，还结合了深刻的个人身体的经验。当现代哲学基于认识论框架下的身体研究无法满足女性主义研究视角时，情动理论的研究恰逢其时成为女性主义研究的一个重要趋势。作为近十年来女性主义研究的重要趋势，女性主义情动理论的发展经历了一系列不同甚至是相斥的运动与变革。文本研究的退烧是情动理论在学界兴起的开始，"它代表了对于情绪、感受与情动之间之异同的高度关切，并试图将这种关切置于学术考察之中"[1]。科学研究对于"客观"的偏爱在这个趋势中受到挑战，而这个挑战本身亦成为对情动之经验与理论研究兴趣的复苏。除了塞奇维克以外，众多女性主义者与理论家如贝兰特、艾哈迈德在酷儿和女性主义研究中发展了情动这个概念，尤其是体现在其对前瞻性的乌托邦式的欲望和感觉如"耻辱""快乐"的变革潜力的重要探索上，对情动理论研究的发展产生过巨大的影响。这些论著着力于个体的情动经历与社会环境对情动的调试。这种研究倾向加剧了情动理论与政治、文化、经济研究的整合，并逐渐形成"社会情动"，从而使得"情动"成为更可靠的反映个体与人际关系之真相的来源。

当然，女性主义者对于"情动转向"的运用也留有警惕之心。兹维特科维奇（Ann Cvetkovich）对于"情动转向"一词的使用颇为谨慎。"情动转向一词与我来说并不陌生，因这个词似乎意味着某种新的研究，而事实上，公共情动项目上多年以来已经获得了相关的成果，亦如它成功地在理

---

[1] Cvetkovich, Ann. *Depressing a Public Feeling*. Durham & London: Duke University Press, 2012, p. 131.

论与实践上塑造了它与日常生活的关系。"[1] 从事情感研究和媒体研究的人类学家、芝加哥大学人类学教授马扎雷拉（William T. S. Mazzarella）在他的论文《情动何益》里询问情感可以做什么，美国文学理论家和政治学家哈特教授也写了一篇同名文章《情感对什么有益》来对此进行追问。这些论文不再探究情动是什么，转而去研究情动本身能做什么。思想理论界在情动理论研究上摸索了二十多年，对于情动是什么这样的追问依然会持有异常谨慎的态度，因为这个问题不是那么容易回答的。"情动"理论为我们思考文化理论里情感的政治性提供了一个很好的来源，同时这种思考还暗示了现在人文科学和社会科学里情感的传统性和它的本体论承诺其实是一种强烈的理论化诉求，它或许比它所展示的更有争议性。

（本文原载《文艺理论研究》2016 年第 6 期）

---

[1] Cvetkovich, Ann. *Depressing a Public Feeling*. Durham & London：Duke University Press, 2012, p. 131.

二、古代文论·美学研究

唐君毅美学理论的当代价值[1]

侯 敏

一、新儒家唐君毅美学的谱系

对于中国现代知识分子来说，20世纪是一个风雷激荡、乾坤再造、忧患与希望共存、血泪与欢乐同在、悲愤与思考交织、挫折与成就俱有的世纪。唐氏美学思想的生成与展开，与20世纪中国社会与文化的转换历程以及知识分子的精神脉动保持着密切联系，呈现出特有的思想风采。

近代以降，中国内忧外患，一些具有正义感、爱国心的知识分子，"上感国变，中伤种族，下哀生民"（康有为语），均以各自可能的方式探寻着救亡图存的文化革新之路。此时的"西学东渐"或文化转型，已从原来所偏重的文化器物层面，进而转向政治制度层面和文化观念层面。从思想史的角度看，中国近现代以三大思想流派的此消彼长为基本构成。激进主义以中断传统对接现代，依赖政治和思想的激情，去表达其价值信念，构成中国近现代最强劲的精神维度和思想主潮。但它不善于精心推敲其中的学理可靠性和思维缜密性。自由主义一翼，则以西学的直接输入为前提条件，直率地认同自由思想，表达对现世社会自由的强烈企求。尽管思想的这一支流未能汇成强旺的态势，但其思想的魅力具有煽动性。守成主义是现代中国思潮稳健的一脉，尤其是现代新儒家，重视传统文化与儒学的接纳与传播，企图接续先秦儒家与宋明儒家的文化血脉，致力于儒学的现代化与新传统主义的文化建构，以重建民族魂、回应现代性的挑战为核心。这正是守成主义后来赢得尊重与赞誉的原因。

杰出的哲学家总是钩稽探索，开拓发展。唐君毅承认自己是在"保守"

---

[1] 本文是国家社科基金项目"唐君毅与现代中国美学研究"（项目编号：12BZX084）结项成果的一个章节。

中国文化，他曾写道："此保守之根源，乃在人之当下，对于其生命所依所根之过去、历史，及本原所在，有一强度而兼深度之自觉。人有此自觉之强度与深度之增加，即必然由孝父母而及于敬祖宗，由尊师长而敬学术文化，以及由古至今之圣贤；而我若为华夏子孙，则虽海枯石烂，亦不忘其本。由是而我之生命存在之意义与价值，即与数千载之中华民族、历史文化、古今圣贤，如血肉之不可分。我生命之悠久，于是乎在；我生命之博厚，于是乎存；而我乃为一纵贯古今、顶天立地之大人、真我。"[1]在唐君毅看来，人之生命依其真正的现实而存在，这种真正的现实即人存在于其中的民族文化。而我之所以为人为我，也就是成为一个真正的生命存在，皆依赖于我之文化心灵的自觉。

按学术谱系来说，唐君毅是现代新儒家第二代的主要代表人物之一。而在守成主义的新儒家集群中，唐君毅受梁漱溟、熊十力等前辈的思想影响，同时与钱穆、方东美等交游密切，更与牟宗三、徐复观等同辈学者切磋学问，并驾齐驱。我们不妨稍微回顾一下唐君毅与新儒家诸公的学术姻缘。

梁漱溟、熊十力是现代新儒家文化哲学的发轫者。1921年梁漱溟出版了现代新儒学的奠基之作——《东西方文化及其哲学》，在中、西、印三大文化系统中论述世界文化的结构、特点及归趋。他推崇中国文化路径，尤其是孔子的生命思想。紧随其后，熊十力致力于现代新儒家哲学体系的建构，1932年出版的《新唯识论》文言本，融儒家的仁心本体论、大易的宇宙论与佛教的唯识论于一体。1944年熊十力出版《新唯识论》语体本，更是以儒、道思想融佛学之见解，发挥《周易》的"翕辟成变"说，极富新儒学的原创精神。唐君毅服膺新儒家前辈的"返本开新"的趣赴，坚信中华儒学文化传统具有普遍意义，而且这种意义的真理性思想因子，不因时代的流迁而丧失，其间的"人文睿智""生存智慧"与"生存策略"，诚属"恒常之道"。唐君毅推崇梁漱溟、熊十力这两位前辈学人，从他们那里汲取了文化哲学与人生美学的要义与学养，尤其是接续了熊十力的"心学"哲学美学的范式。

钱穆、方东美是现代新儒家的资深学者，年长于唐氏，但唐氏又分别与他们是同事。在中央大学期间唐君毅先是方东美的学生，后来留校成为方东美先生的同事，共同教授并培养哲学系的青年学子。方东美曾经留学

---

[1] 唐君毅：《中华人文与当今世界》（一），广西师范大学出版社2005年版，第14页。

美国，熟悉西方哲学，后来的治学重心转向中国哲学，著有《科学哲学与人生》《哲学三慧》《中国人的人生观》《中国哲学之精神及其发展》等，推崇先秦原始儒家哲学，浚发中国哲学智慧，畅发三慧互补之旨，向往完美境界，憧憬于哲学发展的未来。唐君毅在中国哲学史、美学史研究方面，与方东美先生是志同道合的。在香港新亚书院办学期间，唐氏又是钱穆先生的搭档和同事。钱穆作为历史学家与思想史家，著有《中国文化史》《现代学术论衡》《朱子学术》等，秉承孔子、朱子兼容汲取各家思想的精神，把中华文化予以发扬、光大。唐君毅与钱穆的共同之处，是对以儒学为主干的中华民族文化充满"同情与敬意"，在传统儒学所谓"花果飘零"的年代，以中国人文主义为宗旨，从中国哲学特有的思维方式和传统文化的独特语境出发，全面、系统地分析其形成和演变，准确、科学地解释和把握其内涵和特点，使其形成具有中国民族特色的传统美学思想理论体系。

牟宗三、徐复观是现代新儒家的主力军，也是唐君毅的儒学道友。牟宗三著有《认识心之批判》《道德的理想主义》《才性与玄理》《心体与性体》《智的直觉与中国哲学》《圆善论》等，抉发中国哲学的睿智。徐复观著有《中国人性论史（先秦篇）》《两汉思想史》《中国思想史论》《中国艺术精神》《中国文学论集》等，从新的时代和历史的高度，用现代的眼光对传统哲学美学中的命题、学说、概念、范畴和话语体系进行了新的阐述和创造性的发挥。作为同辈人，唐君毅与他们多有交往，探讨问题，切磋学问，相互砥砺。唐君毅与他们的共同之处是：哲学上以传统"心性"的"内圣"，开出"新外王"（科学与民主），为学注重中西文化、哲学、道德伦理学与文学的比较研究与融通，主张发扬以儒学为核心的中华文化的价值系统，祈望实现现代新儒学意义上的中华文化精神的重建。美学上是注重中国美学范畴与观念的阐发，在真善美三者合一的学说框架中阐释中国美学。

"圣代复元古，垂衣贵清真。群才属休明，乘运共跃鳞。文质相炳焕，众星罗秋旻。"李白这首描写诗坛隆盛的诗歌，可以用来形容现代新儒家群体的精神风貌。现代新儒家的美学思想与理念，在20世纪中国人文社会科学领域，显得丰富而深刻。它濬发中华民族文化的精神旨趣与思想资源，追躅圣贤的文脉，建构了一个"返本开新"的思想范式。作为20世纪30年代中国文化进程中成长起来的新儒学理论家，唐君毅在早期就确立了美学建构的宏观思想模式，采取守成主义文化立场，但不保守僵化，而是把时代的理想和文化目标转换为自身学术前提。唐氏美学着力建构审美文化的"中国模式",从理论上祛除近代以来以西方话语(模式)穿凿附会中国传统美学资源的学术弊端,立足于中国的文化背景与思维传统,从纵横两方面展现出中华美学思想的发展经纬和独特风貌。

　　与前辈梁漱溟、熊十力的学术旨趣趋同,唐君毅敢于以"中"化"西",建构话语,但他更能展开中西哲学的观照,彰显中华美学的特殊性、差异性、相对性的审美理论和个性特点,突出中国本土审美文化在世界的地位。唐君毅美学活动的宗旨是构建一种"境界形上学的美学"。学界一些维护中国传统的学者大多否弃形而上学,而唐君毅与现代新儒家独具慧眼,主张重建形上学。熊十力提出默识与思辨的结合,牟宗三把哲学分为"实有形上学"与"境界形上学"。所谓"实有形上学",即希腊式的存有论或本体论,这一类的"形上哲学体系",经康德、黑格尔的发挥,已经登峰造极。所谓"境界形上学",即带有诗性智慧的哲学思考,注重反思与体悟。唐君毅看到,中国哲学与美学,主要不是认识论意义上的理论学说,它本身的生命意识与艺术精华决定了境界形上学之进路。西方哲学美学主要是以科学认识论为主轴,所以西方哲学美学主要是认识论的理路。而中国哲学美学的主流属于诗性智慧的"心性哲学美学",道德因素与美学因素包裹在一体,构成中国心性的哲学美学。以儒家思想为主体的华夏传统美学,其悠久的历史根源来自非酒神型的礼乐文化传统。中国文化注重人生,提倡修养,崇尚境界。孔子的乐论、庄子的逍遥、魏晋的风度、禅宗的空灵,衍生出"韵""神""品""妙"等美学范畴,从不同的角度表明人生的最高阶段是"审美境界"。但仅仅停留在直觉感悟的阶段,是不能适应现代人文科学的。今日如何重建"形上学"的学术文化,这涉及冯友兰所说的"逻辑思辨"("正的方法")与"直觉体验"("负的方法")的融通互动与相辅相成。唐君毅追求的是"智的直觉",即"境界形上的美学"方法与路径。

　　作为受过西方哲学影响的现代学者,唐君毅的哲学思想还以一种类似于西方思辨哲学的语言与风格道出,其哲学观念的推衍与导出,颇具有现代性。在《中国文化之精神价值》一书的"自序(述本书缘起)"中,他自标其著述之体例说:"在中国文化之哲学概念方面,则恒随文加以分疏,其涉及哲学问题深处者,如关于性与天道方面者,皆以西哲之胜义为较论之据。势不能不引申触类,发古人之所未发……吾书辞繁不杀,又喜用西方式之造句,以曲达一义,然中心观念在吾心中,实至简易。唯当今之世,简易者不加以界画敷陈,多方烘托,则干枯而无生命,人不易得所持循。"[1] 这段话说明了他的哲学思想为什么要用西方哲学的学理形式说之,以及他秉持的"新瓶装旧酒"的风格。

唐氏美学理论是从哲学的高度提出问题,如"何谓美的本质"和"美从何来"。唐君毅的美学理论具有"广泛而宽博"的特点。唐君毅不但对于中国哲学的道、气、性、理、仁、心等抽象概念有着深刻的了解,而且对于中国观念与观念的连接、观念在具体生活场域的浮显,以及观念与具体的人文活动的关联,都有精湛的理论体认。这些都有助其美学话语之建构。唐君毅的美学思想,始终重视从中国古典美学精神中去发掘奥秘。他继承和发展了中国古典美学思想,其"悠游之美""美的境界""心性之美"等概念和理论是建基于对中国美学思想和艺术精神的透彻研究和把握上的。唐君毅的美学理论的现代建构是在古今结合、中西沟通的情境中进行的。

哲学美学活动作为思想文化传承的重要方式之一,应当承担这样几项使命:一是意义建构,二是价值传承,三是文化批判。前两项,唐君毅厥功甚伟;后一项他做得似有不足。当然,唐氏美学也就不是完美无缺。唐君毅是道德理想主义者。道德理想主义者的一个最大的毛病,是以思想伦理的原则法则替代历史进化的法则。此种学者对一切问题总是试图以激发人们的正心诚意,即借心灵的德性力量使其获得解决。但人以头脑思想,毕竟要靠脚走路。正如墨子刻所说:"唐君毅也和其他新儒家一样,完全根据个人的道德状况规定社会的精神基础,而不关心这种自我实现的过程怎样转为变革社会的外在努力。"[2] 在哲学内涵上,唐氏关于"内圣"方面强调甚多,而对"外王"措意不够。在美学祈向上,唐君毅试图融汇中西智慧,建构理想道德主义的美学王国,由此不免会出现如道德精神与艺术自主的矛盾,美学的本土性(特殊性)与全球化(普遍性)的矛盾。

笔者以为,唐君毅的美学理论存在着两个局限,一是针砭文化激进主义的反传统思想偏颇,自身理论出现偏至。他着力强调中国美学传统的价值传承与意义建构,这是可以理解的,但缺乏应有的对传统文化的批判意识。二是几乎把民族个性等同于理论成就的创造性,产生了混淆。他把美学的本土性与遗存性等同于美学的经典性与教条性,未能时时注意甄别中

---

[1] 唐君毅:《中国文化之精神价值》,广西师范大学出版社2005年版,第5页。
[2] [美]墨子刻:《摆脱困境——新儒学与中国政治文化的演进》,颜世安、高华、黄东兰译,江苏人民出版社1990年版,第217页。

国古典文化是否完全适用于现代美学场域及其范式变革。需要说明的是，文化传统的价值功能，虽然对当代学术拥有不可忽视的影响力和塑造力，然而我们又不能让传统牵着鼻子走。我们必须通过反思、选择、批判，抛弃其中失去了价值的东西，对有价值的成分进行改造和转化，从而为今天的理论建构服务。还有，在哲学美学表述方式上，唐君毅的一部分论文看起来很富哲学味，但带有玄学的色彩，这是因为其哲学思考未能完全与现实的文艺实践结合起来。在某种程度上，唐氏美学思维呈现崇论闳议的严凝之气。

唐氏美学理论的局限，也说明了这样一个道理：人们总是走在通往真理的途中，而且由于思想总是一定条件下的产物，它总是这样那样受这些条件所限制。任何真理都是相对的，而不是绝对的、终极的。这不仅因为事物的性质是多层次的、复杂的，人们的认识只不过是主体对丰富的个体对象的相对把握而已，所以，即使是历史上的经典学说，也只是人们对真理永恒的追求过程中的一个环节。先贤既有闪光点，又有局限性。我们不应该期望从他们那里得到圆满、最终的答案，他们的价值在于启发我们面对当前去思考未来。唐君毅晚年在写给香港《人文双周刊》的一篇文章中引用了陆象山与朱熹唱和的一首诗：墟墓兴衰宗庙钦，斯人千古不磨心。涓流积至沧溟水，拳石崇成泰华岑。易简工夫终久大，支离事业竟浮沉。欲知自下升高处，真伪须先辨只今。唐氏以此对《人文双周刊》提出希望，旨在弘扬中国人文之光辉。现代中国美学是在中国本土文化与外来文化的交流、碰撞与融合中前行的。当代中国美学任重道远。这是因为百年来中国美学所面对的问题与挑战，尚未真正得到解决，有的刚刚开始，有的处在混沌之中，有的误入歧途，需要在 21 世纪乃至更远的未来去加以调整和完成。唐君毅美学理论的价值，在于发扬我们民族文化的优势的同时，又有目的地吸收西方文化的长处，综合创造，返本开新。

二、当代中国美学的建构路径

从美学活动性质看，唐君毅的美学理论是一种"大美学"。这种诗、思、史融合的"大美学"思维能够沟通历史、现在与未来。"深于文者，必敛气而蓄势。"（林纾：《春觉斋论文》）唐君毅之所以在现代中国美学建构方面取得重要的实绩，是因为他能背靠本土的文化经验和学理背景，立足于意义建构和价值建构。对古代文论、美学的概念、范畴的内涵进行清理与现代阐发,是很重要的工作,它是实现中国文论、美学话语创生的关键。从问题意识出发来研究中国古代文论和美学,把它们作为一种理论资源,进行现代阐发,则可视为在做话语创生的前期工作。在中国现代美学范式建构方面,唐君毅立足中国文论、美学的自身精神取向,内化西方理论范式,是值得珍视的。

1950年代初唐君毅在《中国文化之精神价值》的"自序"中,周览、洞察现代中国学术情势,表达了撰述的原委和胸襟:"至对中国文化问题,则十年来见诸师友之作,如熊十力先生、牟宗三先生之论中国哲学,钱宾四、蒙文通先生之论中国历史之进化与传统政治,梁漱溟先生、刘咸炘先生之论中国社会与伦理,方东美先生、宗白华先生论中国人生命情调与美感,程兆熊、李源澄、邓子琴先生之论中国农业与文化及中国典制礼俗,及其他时贤之著,皆以为可助吾民族精神之自觉。较清末民初诸老先生及新文化运动时,流传至今流俗之论,复乎尚已。"[1]唐氏肯定民初以来那些文史大家的学术实绩。

检视现代中国美学史,我们发现,20世纪初中国美学在中外文化碰撞中从古典美学形态向现代美学形态转化,"就美学形态而言,我们可以这样指称:美学的原生形态、美学的次生形态、美学的再生形态。中国传统的美学思想与西方美学思想皆可以称为美学的原生形态,中国知识分子对西方美学的介绍与述评则可称为美学的次生形态,那么中国知识分子运用西方美学观念解释中国传统美学而获得的成果则可称为美学的再生形态。我们以为,美学的再生形态在中国现代美学中最富有原创性和最有思想史的意义"[2]。真正意义上的中西美学会通式的思想建构,并非是简单的"移花接木"之术,而是在讲究学问、义理和辞章的基础上取得新的创获。

现代中国建构美学体系的努力,在20世纪初,由王国维、梁启超、蔡元培发凡起例。王国维的《文学小言》《人间词话》《论哲学家与美术家之天职》和《古雅之在美学上之位置》以及其他一系列文艺美学论文,表现出吸纳西方学术思想与本民族的传统文艺美学思想相结合的举措。梁启超的《美术与生活》《中国韵文里头所表现的情感》等论文,茹古涵今,指事类情。他从早期的功利主义者变为一个超功利主义者,运用新的美学观点研究、批评中国文学史,发表了系列精彩的美学见解,其"审美趣味"说,

---

[1] 唐君毅:《中国文化之精神价值》,广西师范大学出版社2005年版,第3页。
[2] 杨平:《康德与中国现代美学思想》,东方出版社2002年版,第3页。

很有独到之处，并且产生了重要的影响。蔡元培提出"以美育代宗教"，20年代在北京大学开设了美学概论课程，并且撰写《美学通论》教材（只可惜没能完成全稿，只写了两章）。在二三十年代，吕澂、陈望道、李安宅、范寿康等学者，相继撰写出多部题为美学、美学概论、美学纲要之类的专著。他们借鉴了西方美学家（特别是立普斯等人）的思想而建立自己的美学主张，他们对"美的特殊性""美的形式原理""艺术的制作与欣赏"做出了说明。虽然有的方面稍嫌浅泛，显露出照搬或挪用的痕迹，但总体上在不断追求完善的过程中系统地勾画出这门学科的基本特色及其方法原理。

学术研究系统化模式也促进了中国文艺批评与文论的体系化研究。1927年，陈中凡的《中国文学批评史》作为"文学丛书"第一种由上海中华书局出版，这是中国人自己撰写的首部批评史著作，标志着中国文学批评史这门学科的诞生。到三四十年代，朱自清的《诗言志辨》，郭绍虞、朱东润、罗根泽三人先后撰写的《中国文学批评史》，取外来的观念，与中国固有的材料互相参照，进行系统的学术梳理，为日后建立中国古典文论与美学思想体系奠定了基础。

从20世纪20年代到40年代，美学研究卓著者要数朱光潜。他融合中西、贯通古今，翻译介绍、评论发挥，撰写并出版了《谈美》《诗论》《文艺心理学》等，表现出精深、成熟的美学见解。朱光潜在1926年就提出建设中国文学批评史的设想："我们把研究西方文学所得的教训，用来在中国文学上开辟新境，终就总会是中国文学起一大变化的。……受西方文学洗礼以后，我国文学变化之重要的方向当为批评研究，在这个方面，借助于他山之石的更要具体些，更可捉摸些。尤其重要的是把批评看作一种专门的学问，中国学者本亦甚重批评。我们第一步工作应该是把诸家批评学说从书牍札记、诗话及其著作中摘出，如《论语》中孔子论诗，《荀子·赋篇》、《礼记·乐记》、子夏《诗序》之类，搜集起来，成一种批评论文丛书，于是再研究各时代各作者对于文学见解之重要倾向如何，其影响创作如何，成一种中国文学批评史。"[1] 可以看出，朱光潜较早意识到古代文论的现代转化和西方文论的中国化问题。从体系结构和论述方法来看，朱光潜美学研究主要是理论的引介、概念的嫁接，以及现代性与民族性统合的美学视野。在30年代出版的《文艺心理学》中，朱光潜成功地对"美感经验"和"文艺与道德"的关系进行了阐释，其美感论实质包含了双重的理

---

[1] 朱光潜：《中国文学上未开辟的领土》，《东方杂志》1926年第23卷第11号。

论内涵：从基本概念看，它以克罗齐的"形象的直觉"为起点，融入布洛的"距离说"，以强调自觉的审美态度；融入利普斯的"移情说"和谷鲁斯的"内模仿说"，以展开物我之间的交感与共鸣，从而把美感经验描述为一个有机动态的心理过程。然而在对这一理论进行阐释时，朱光潜又以中国美学为参照系，"移花接木"，融入了中国古代美学中的意象论、虚静说和物感说等观念，从而使这一美感学说成为具有跨国度和跨文化的双重互补性的理论结构。尽管朱光潜的美感论以西方美学为主要内容，但并非以西方概念为垄断，基本做到了中西融通、中西互补。

而另一位现代美学大师宗白华，走的是对中国艺术美学进行综合研究的途径。他是在中国传统文化熏陶下成长起来的，对儒释道都有深入的把握，对中国传统艺术有深切的体验和高卓的鉴赏眼光。同时，他与朱光潜一样有着出国留学的经历，对西方文化也有娴熟的理解。因此，他在三四十年代所作的中西美学、中西艺术的比较研究，撰写的《中西画法所表现的空间意识》（1936）、《中国艺术意境之诞生》（1943）、《论艺术的空灵与充实》（1943）等论文，认识深刻，见解独到。宗白华对中国文化的"美丽精神""晋人之美"，对中国美学的"意境的层构""舞"等范畴进行了深湛的探讨。宗白华同时发现，相比较中西美学的有关思想，中国古典美学的"静照"理论更具有独辟的思想深度。在中国古典美学里，"静照"是一个容纳了生命运动内容的审美范畴，它的最大成就在于将审美过程看成是自得、自由的生成过程，是文人画家内在生命与外在物象生命的交相感应。它不像西方美学的"静观"理论绝对强调人与世界的隔绝，而是"静故了群动"，其中有灵气往来，在无所欲求中寻得对象生命的光辉。正是在这种"静照"中，中国美学家"向外发现了自然，向内发现了自己的深情"，具有人格美的韵致。宗白华对中国美学建构本身的形态特点及其基本理论模式的追求有一个相当清晰的把握，其"美学散步"推崇中国传统的"绚烂之极归于平淡"的审美观点。

也许是"英雄所见略同"。早在20世纪30年代唐君毅就提出并着手进行古代文论、美学的现代转化的设想与实践了。他认为，美学研究必须聚焦于"中国式之心灵之模型"，标出"中国人之心灵或生命内涵之各种性向的构成之理论形式"，这样的研究，"不仅限于了解何类文学为中国所特重，且能了解中国文学中所表现之中国式的美感种类，中国文学表现美感之方式，中国文学特殊之哲学的意义体裁，中国文学特殊之象征法之哲学意义……而可重建一种中国文学理论之体系。"[1] 唐君毅所做的工作是：继承中国优秀的人文精神传统，对中国美学的重要思想资源，予以传承、盘活和创造性转化。唐氏对于中国哲学美学的理解，既包含着本土文化的自觉意识，又显示了西学的渗透和影响，是真正的中国作风和中国气派。

纵观百年中国现代美学立场，始终是在不断探索西方美学和中国美学以及艺术传统相结合中向前发展的。如何接受西方美学的影响并使之与中国传统美学相交融，是中国现代美学建设需要解决的一个主要问题。由于中西美学在理论形态和范畴、话语及表达方式上都存在明显的差异，因此，在两者的观照中，如何使双方互相沟通，在观点、概念、范畴上彼此产生关联，同时又保持各自的特色和优点，在融合、互补中进行新的理论创造，成为实践中的一个难题。就中国传统文论、美学中的术语而言，它产生于自足的农业社会，不少已很难适应现代社会的需要，刘勰的《文心雕龙》虽有一定的体系，但它所运用的术语与现代文艺美学之间仍有殊异。新的思想、新的理论需要新的话语来表达，要完全从古代文论、美学中发掘纯粹的本土文论来诠释今天的文学现象是不现实的，我们只能继承和吸收古代文论、美学的某些精神内涵，并通过现代阐释将其转化为具有当代意义的观念。

值得欣喜的是，一些当代美学界学人在这方面已经取得一些成就。

自20世纪80年代以来，李泽厚的美学思想与他的哲学构架密切相关。主体性实践哲学和人类本体论，使他的美学思想具备了宽广的文化哲学深度，在《美的历程》《华夏美学》中，李泽厚提出了"审美积淀"问题，他认为中国美学的着眼点更多不是对象、实体，而是功能、关系、韵味。中国古典美学的范畴、规律和原则大多是动能性的，它们作为矛盾结构，强调得更多的是对立面之间的渗透与协调，而不是对立面的排斥与冲突；作为反映，强调得更多的是内在生命意志的表达，而不是模拟的忠实、再现的可信；作为情感强调得更多的是情理结合，情感中潜藏着智慧以及得到现实人生的和谐和满足，而不是非理性的迷狂或超世间的信念；作为形象，强调得更多的是情感的优美（阴柔）或壮美（阳刚），而不是宿命的恐惧或悲剧的崇高。中国文化心理结构中的儒道之所以能互补，根本原因在于它们二者都起源于非酒神型的远古传统。道家追求"逍遥游"，偏向"人的自然化"；儒家讲究"天行健"，强调"自然的人化"，二者恰好对立又补

---

[1] 唐君毅：《中国哲学思想之比较研究集》，正中书局1943年版，第210页。

充。李泽厚从生命感性与艺术审美的角度探讨了中国人的生命情调和美感特征。后来在《美学四讲》等著作中，李泽厚提出了"美在深情""建立新感性"以及"悦耳悦目""悦心悦意""悦志悦神"等美学概念与命题，其美学话语洋溢着超越美学的文化思考和形上智慧。文学艺术为何具有这种塑造人性和新感性的重大作用？李泽厚认为，这是由于文学艺术是一个自由的园地，是理性难以掌控的园地，"把艺术和审美与陶冶性情、塑造文化心理结构（亦即建立心理本体）联系起来，就可以为发展美学开拓一条新路"[1]。李泽厚的着眼点是运用西方美学观念和方法阐释中国传统美学范畴的经典成果，以推动中国传统美学思想的基础和创新，实现创造性转化。

三、唐君毅美学的当代效应

新千年以来，一些当代哲学家涉足美学领域，令人刮目相看。张世英提出"审美—超越—自由"的美学观，认为艺术性、诗意不在于再现现成的有限存在，也不在于再现普遍性概念，而在于由现成的有限的存在出发，通过想象，引发和表现一个意蕴无穷的新世界。从主客关系到超主客关系，从典型说到显隐说，从重思维到重想象，从重普遍本质到重具体现实，乃是当今美学与艺术哲学的新方向。从中西对话、古今对话的美学角度，张世英指出，中国古典诗歌在显现中写出隐蔽方面，在运用无穷的想象力方面，以及在有关这类古典诗的理论方面，实可与海德格尔所代表的艺术哲学互相辉映，刘勰《文心雕龙·隐秀篇》云"情在词外曰'隐'，状溢目前曰'秀'"，所讲的隐与秀，其实就是讲隐蔽与显现的关系，海德格尔艺术哲学中的显隐说未尝不可以译为隐秀说而不失原意。文学艺术必具诗意，诗意的妙处就在于从"目前"的（在场的）东西想象到"词外"的（不在场）东西，令人感到"语少意足，有无穷之味"[2]。把中国"隐秀说"和中国古典诗词同西方现当代艺术哲学联系起来看，则虽古旧亦有新意，值得我们加以重视并做出新的诠释。

与此同时，张立文提出"和合艺术哲学论纲"，紧扣中华传统的"和合之美"，从立境、立象和立理，达情、达性和达命，爱艺、爱道和爱和等层

---

[1] 李泽厚：《美学四讲》，见《李泽厚十年集》第一卷，安徽文艺出版社1994年版，第447页。

[2] 张世英：《审美意识：超越有限》，《北京大学学报（哲学社会科学版）》，2000年第1期。

面加以论证，以达"大和至乐"境界。张立文的"和合艺术哲学"是基于和合学五大化解原理如何才能流行起来而创建的形上论域。和合艺术哲学诞生的契机，在于和解和合生存世界所面临的"无路"困境，以及和合意义世界所出现的价值冲突和意义危机。和合艺术哲学昭示了这样一个道理：艺术领悟世界的方式是和合创造性的，即通过创造和合可能世界来融摄现实世界；艺术创作的本质样式是虚拟，一切艺术作品与其精神世界，都是借助符号手段与感性质料虚拟出来的。和合艺术哲学是超越现实性的虚拟性美学，只有超越才能创造，创造是和合艺术哲学的生命智慧，创造是主体自由精神的生命智慧的实现。当和合艺术哲学超拔和爱之道境及"大和至乐"的和境，便从艺术体验世界升华为艺术超验世界，"这是一个艺术创造主体与艺术欣赏主体心灵世界完全敞开、晶莹透澈的状态，是一种道不可道、名不可名的超越名言的玄之又玄的意蕴和境界"[1]。在这艺术的形而上意蕴里，物我两忘，体用不二，和合艺术将永葆其青春的辉煌。

　　以上当代学者的美学学术研究，其研究途径、研究方法和理论话语，具有探索性和开拓性。在某种程度上，是对唐君毅等前辈学人"返本开新"美学历程的赓续。

　　独立思考是人文社会科学的基本要求，是理论活动的主要方式。学术研究是创造性劳动，离开了独立思考与综合创造很难有真知灼见。毋庸讳言，我们今天的美学研究存在浮泛之风与技术化倾向。如何发掘和总结中国美学的诗学精神和诗性智慧，对当代美学本体理论的建设来说，无疑是十分重要的问题。古代文论、美学的现代转化问题已经讨论好些年了，但是还有人对此命题持怀疑态度，认为古代文论、美学是古代历史与时代的产物，是不可能实现现代转化的，还有人认为古代文论、美学的现代转化充其量不过是一个古为今用的"利用"问题。如何看待古代文论、美学的现代转化这一命题呢？唐君毅美学理论也许对当今美学建设具有启迪：突破"泊来"观念，寻找"自身话语"，建设中国自己的美学理论体系。

　　当代中国美学建构，需要戒拒无根的美学。无根的美学是模仿化的、"去中国化"的美学。中国当代文论和美学一度出现了失语症，归根结底是在全球化的浪潮中迷失了自己的文化精神和话语空间。我们可以把这种倾向称为"离根倾向"。思想出自亲切体会之言，方能不同稗贩之论。反思中国现代文论、美学从术语到观点，从观点到体系，基本上不是国人的原创，

---

[1] 张立文：《和合艺术哲学论纲》，《文史哲》，2002年第6期，第39—46页。

而是从域外（苏联和欧美）文论、美学中搬运过来的。我们是用别人的话语和思想来建构自己的理论，正如有的学者的感叹：近百年来，中国人一直在追踪外国人的理论与批评，忙于学习、把握外国人的新说。唯西方文论马首是瞻，结果我们患了严重的"失语症"。不会用自己流畅的话语来言说，忽视了中国传统文论，当然不可能建立起当代民族文论的话语体系。"失语"的深层次原因是"失根"，即丧失了中国文化和传统文论之"根"。古人云："知古不知今，谓之陆沉；知今不知古，谓之盲瞽。"（王充）这说明没有根源性与原创性，就没有现代性与世界性。古人又云"善艺树者，必壅以美壤，以时沃灌"（韩愈）。这说明根深才能树茂，根深才能蒂固。遵循这样的思路，古代文论、美学的现代转化就要立足传统，又要面向现代。立足传统，才不会失去"根"；面向现代，才能有生机。唐君毅美学以中国审美理想为学术基点，有选择地利用西方的学术理论，植根于中国的审美——艺术实践，以我为主，以"中"化"西"，确立美学的"中国身份"。这样，中国美学的建构，就不至于显得漂浮无根了。

结　语

自20世纪30年代开始，唐君毅就致力于对中国传统文化价值的弘扬与对西方哲学的借鉴，也因而成为现代中国思想史上影响很大的"新儒家"的代表人物之一。他既赓续中国传统，"照着讲"，又参鉴西学，"接着讲"，因此，他在建构中国特色的学术这个中心之下，把握两个基本点，即"返本"和"开新"，两者互为支撑，缺一不可。在"返本"与"开新"之间，唐君毅的美学具有"尚通"的特点。学识渊博而深入浅出，话语讲述稳健而不激切，范畴分析精细而不烦琐，理论表述理性而不艰涩，论点阐释必结合历史与实例分析，追根溯源之后又有抽象的提升。唐氏美学的意义在于，从境界形上学的高度，研究中国古典文艺作品和审美经验，对中国传统美学思想范畴进行新的阐发，裨益于我们寻找真正符合现代美学建构的内在精神本质，建构出有中国特色的文论、美学体系。

近代边缘学者胡怀琛诗学的三大创获

侯 敏

清末民初的"西学东渐",重塑了中国知识分子的治学格局。一批近代学人努力探索,昌明国粹,融化新知,建构学理。胡怀琛就是这样一位自觉自明的近代学者。他在西学的感召和国学的滋润下,努力拓展学术空间,绵延诗学传统,蜚声学界,卓有建树。

胡怀琛(1886—1938),字寄尘,安徽泾县人。自小熟读"四书五经",七岁能做诗。1898年入上海南洋公学就读,毕业后在沪上开始了文化学术生涯。曾任《神州日报》编辑,1910年与胞兄胡朴安一起加入南社。胡怀琛性情儒雅,腹笥渊然,笔力遒劲,著述颇丰。曾与柳亚子共同主持《警报》《太平洋报》笔政。1916年起执教沪上多所大学,先后在沪江大学、中国公学、持志大学等校担任教授。1932年被聘为上海通志馆编撰。胡怀琛孜孜矻矻地为学术而奋斗,从诗学解析走向文化演绎,治学以文学为主,兼及美学、经学、史学、子学、地方志、目录学、考据学、佛学、民俗学等学科,著述达150多种。在这里,我们主要揭示胡怀琛在诗学方面的贡献。

一、以诗话沟通中西

《海天诗话》是胡怀琛早年的诗学著作,1913年由上海广益书局作为"古今文艺丛书"之一出版。此书虽然采用旧诗话的形式谈文论艺,却能汲古求新、以新润旧,在古代诗话的"旧瓶"中装入了"新酒",显示出近代诗学的新质。《海天诗话》具有三个特点:

一是"东张西望"的诗学对照研究。古典中国诗学到了甲午战争以后,场域发生了变化,在原有文化的基础上,出现了两个新的参照系,即东洋(日本)和西洋(欧美)。处于传统与现代之交的胡怀琛,不免"东张""西望"。1895年以后,欧美的文学作品被陆续译介到中国,如南社成员苏曼殊的《文学因缘》《潮音》，马君武的《新文学》，就是用文言来译介欧美文学的。饱读中国诗书的胡怀琛没有排斥新潮的西方诗文，而是满怀热情，予以观照和接纳。他说："欧西之诗，设思措词，别是一境。译而求之，失其神矣。然能文者撷取其意，锻炼而出之，是合于吾诗范围，亦吟坛之创格，而诗学之别裁也。"[1] 胡怀琛留意欧西文学作品、西方诗人名言逸事。同时，他也关注来自东瀛的日本作家的汉诗作品，品赏其中的精品力作。西洋与东洋的诗篇，成了胡怀琛写作诗话的参照系。正如他本人所言"作《海天诗话》，所采辑皆东瀛、欧西之诗，吾国人诗纪海外事者亦隶焉"[2]。虽说在胡怀琛之前，晚清学者俞樾编选过《东瀛诗选》，并对150多位日本诗人的生平和诗歌风格进行了介绍，但多半是蜻蜓点水，语焉不详。胡怀琛的《海天诗话》则全面详尽得多，能做到阐述点评，有感而发。既赓续了"可资谈助"的古代诗话的传统，又汲取了"可为他山之石"的域外诗论的新知。中外诗学元素在《海天诗话》的文本中相遇与汇合，打开了一片新天地。

中国诗话源远流长，北宋欧阳修的《六一诗话》开启以诗话形式诠释诗文之先河。从此，诗话这只神采飞扬的"蝴蝶"，飞舞在中国诗学的天空，宋元明清之际涌现出成百上千部诗话，蔚为大观。但古代诗话作者的视线都未能超越本土，缺少"他者"的参照系进行权衡比较。而身逢近代中外文化之交的胡怀琛，以敏锐的感悟，在更大的空间放飞了这只蝴蝶，让它穿越海天，飞翔世界。近代中国诗话的域外视野和世界观念由此滋长。

二是"耽思旁讯"的诗学评论研究。胡怀琛能从本土文化与异域文化的比较中，发现与解答文学问题，论证和阐释诗学命题。例如，胡怀琛把英国诗人弥尔顿与中国古代作家左丘明进行比较，指出两者相同之处，都是晚年失明，坚持创作；不同之处是，前者口授其女儿完成作品，而后者没有这样的福分。在此基础上，胡氏总结出中西文学的发展规律："文人多厄，中西一辙。"他还把英国诗人拜伦与中国诗人李白进行比较，指出两者在各自民族文学史上地位相当，可有一比。[3] 胡氏称赞德国诗人海涅的抒

---

[1] 胡怀琛：《海天诗话》，见张寅彭主编，王培军等校点《民国诗话丛编》（五），上海书店出版社2002年版，第303页。

[2] 胡怀琛：《海天诗话》，见张寅彭主编，王培军等校点《民国诗话丛编》（五），上海书店出版社2002年版，第304页。

[3] 胡怀琛：《海天诗话》，见张寅彭主编，王培军等校点《民国诗话丛编》（五），上海书店出版社2002年版，第308页。

情长诗感人至深，诗篇风格凄婉哀艳，颇有艺术感染力。

至于日本汉诗，胡氏认为日本人学做汉诗，善为绝句，律诗多不工。只有少数诗人，例如远藤瑞云，所作的几首律诗可谓"佳构"，神波即山的"桥市人归垂柳雨，寺楼春倚落花风"七律诗句"风韵甚佳"。但是，与中国古典诗歌的深厚沉郁的意味、博雅闳丽的境界相比，日本汉诗中的风云月露之华辞，虽能排遣情怀，却略显浮薄。

中西诗歌的比较，胡怀琛运用的是平行研究的方法，而他对中日诗歌的比较，则运用了影响研究的方法。这是由于不同的文学交流情形所决定的。在19世纪以前中西诗学基本上隔绝，交往性的影响甚少，适宜进行平行研究，而中国古典诗歌在唐代就辐射到了日本，故可开展中日诗歌的影响研究。

三是"形散神不散"的诗话学理研究。就学术形态而言，中国传统诗话大多是辨句法、备古今、纪盛德、录异事、正讹误。日本学者青木正儿的《中国文学概论》，把诗话归纳为"品评作品""记载关于作品之故实""论文学之体""讲说文学之理论"四类。他认为在这四类诗话之中，品评作品属于批评类，论述文体属于作法类，记载故实属于记事类，讲说文学理论则属于文论类。以此标准衡量，中国古代诗话集中于前三类。言下之意，即是中国诗学主要体现为发散性思维引领之下的"诗化"话语，不具理论逻辑。胡怀琛在《海天诗话》中承认中国诗学的模糊性和不确定性，但他重申中国诗话既有丰富的诗歌材料，又不缺乏诗歌的整体思考与理论总结。中外诗歌具有可比性。各民族诗歌具有自身的风格与特色，双方可以取长补短，相互借鉴。"既得金矿，尤当知锻炼。不然，金自为金，何益于我哉。"[1] 中外诗歌可在比较视域中进行研究。他山之石，可以攻玉。关键是要消化吸收。

近代中国社会与文学，处于从传统到现代化的转型之中，进取的胆力和调适的智慧，驱动文学的生命之轮。先驱者与才子们都为之奉献着心力与才情。《海天诗话》的特色是"旧瓶装新酒"，即在传统诗话的形式中增添了新的视域与质素。《海天诗话》出版后，近代学者潘兰史称赞此著"重译欧西，取材东士诗说之创格，前人所未睹者也"，而且题诗一首："君为

---

[1] 胡怀琛：《海天诗话》，见张寅彭主编，王培军等校点《民国诗话丛编》（五），上海书店出版社2002年版，第309页。

广大教化主,重评估庐作正声。看掣鲸鲵东海上,五洲大地拓诗城。"[1] 显然,《海天诗话》是中国近代诗学研究由封闭走向开放、由传统走向现代的尝试。胡怀琛考察世界之大势,洞悉诗学之义理,远撷泰西之良规,近挹海东之余韵,以诗话的方式,说诗论理。由此,《海天诗话》遥契中国古代诗话传统,近接俞樾《东瀛诗选·序言》之话语。胡怀琛所做工作的意义,不仅在于较早运用比较的方法审视、研究中外诗作,更在于为开展跨文化研究,促使"世界观念"的形成,迈出了可贵的一步。

二、中国诗史之精解

悠久的中国古代诗歌历史,为后人提供了可供鉴赏与研究的诗学资源。胡怀琛借此进入一个广袤而深邃的诗学世界,进入一个值得他探寻的文化诗学的原创世界。在中国古代诗歌、诗人、诗史的研究领域,胡氏用力甚勤,著作颇多,其代表作《中国八大诗人》,广涉而精导,详悉而湛思,具有诸多鲜明的学术特色。

1. 选择精当,条理分明。胡怀琛从浩瀚的诗海中,选择了"最心折者八家",即屈原、陶渊明、李白、杜甫、白居易、苏东坡、陆游、王渔洋。这些诗人都是漫长的中国诗歌时空里的巨星。胡氏考探其生活环境,论析其诗作特色,梳理其风格流派。研究方法独具匠心,对屈原、陶渊明、李白三家的研究,胡氏绝不重复前人和别人,而是深入辨析,提出一得之见。其中对苏东坡、陆游、王渔洋三家,胡氏揭橥其特质,挑明其价值。胡氏的诗人论,能以一当十,以少总多,所涵盖的诗学空间相当广阔。

2. 深心卓识,迥越时流。在诗学研究过程中,胡氏尽力发掘诗人的创作特色,对诗人的诗性智慧和生命情调都有独到的发现。例如,他认为,陆游的从军言志诗篇,激烈豪宕,"其意固然可取,然终未免说大话罢",陆游诗歌的特色在于写实,这是陆游间接从杜甫学来的。陆游最好的诗篇,是"描写乡村闲居乐趣"的。例如,《春雨绝句》:"千点猩红蜀海棠,谁怜雨里作啼妆。杀风景处君知否?正伴邻翁救麦忙。"这样的诗篇可算是乡村生活的写真,也可算是社会风俗史。再如:"红颗带芒收晚稻,绿苞和叶摘新橙""蚕如黑蚁桑生后,秧似青针水满时""荒陂船护鸭,断岸笛呼牛""稻陂正满初投种,蚕子方生未忌人"等,生动细腻地描写了乡村情景。胡

---

[1] 曼昭、胡朴安:《南社诗话两种》,中国人民大学出版社1997年版,第102页。

怀琛指出："像这样的诗，放翁以外，确不多见。惟普通选本，于放翁这样的诗，多删去不选，所以人家越发不知道。梁任公说，陶渊明以后的诗人，描写田园生活，不能写到真际。却不曾知道陆放翁，有这样的诗。"[1] 如此诗评，不落窠臼，不人云亦云，直探诗人的真谛。

3. 考镜源流，辨章学术。在疏通诗史的过程中，胡怀琛穷思力索，探骊得珠。近代学界对清代诗人王渔洋的诗作颇有微词，认为王渔洋鼓吹"神韵说"，诗篇才力薄弱。胡氏却不以为然，以为王渔洋的诗篇，笔墨之外，自具性情；登览之余，别有寄托，深得《诗经》"比兴"之旨，可算是《诗经》的嫡传。何以下此结论？胡怀琛的理由有三：一是性情。王渔洋是个富于感情的人，感物成吟，有一往情深之慨，却又不流于轻佻艳冶。二是时代。王渔洋生于明末，明亡时他的年纪尚小，与其他的遗民诗人不同；而他又目睹了朝代兴亡，和生长在乾嘉以后的诗人不同。这样，王渔洋的诗，既避免了遗民诗过于激烈的局限，也摆脱了乾嘉以后诗过于平庸的毛病，只有王渔洋，恰在这中间，既不是言之无物，又不是怨诽而乱。王渔洋的诗，往往感时伤事，却又低回往复，含蓄蕴藉，怨而不怒。三是谱系。王渔洋籍贯山东，齐鲁大地的温柔敦厚之风作为原型遗传下来，给他以熏染。"王渔洋的诗，是《诗经》的嫡传，可得以当得正宗而无愧。"[2] 这番分析，合情合理，所得结论也是水到渠成。

近代诗学领域，有"尊唐派"与"崇宋派"之分，两派彼此攻讦。对于唐诗与宋诗之间的优劣，胡怀琛怀有平心之论："宋诗如西洋油画，善刻画；唐诗如中国水墨山水，善写意。黄山谷诗曰：'江流画平沙，分派如迴笔'，油画也。韦苏州诗曰：'归棹洛阳人，残钟广陵树'，水墨山水也。"[3] 胡氏此论公允妥帖。他是根据唐诗、宋诗的诗歌基质与风格来揭示其本真风貌的。这种对诗歌品质的把握、审美的概括，实非平庸之辈能为。由此可见，胡怀琛合诗学、诗史、诗品三者于一炉共冶，叙源流、品高第，言作法，故能持论精确，立说解颐。胡氏诗论既有诗人文脉的提挈与梳理，又有作品的列举与品鉴，更有诗艺的归缕与演绎。胡怀琛致力于探寻中国八大诗人及其一脉相承的艺术精神，在对研究对象的辩证把握基础上，彰显艺术内蕴，凸现逸兴雄采。

---

[1] 胡怀琛：《中国八大诗人》，中华书局2010年版，第79页。
[2] 胡怀琛：《中国八大诗人》，中华书局2010年版，第101页。
[3] 曼昭、胡朴安：《南社诗话两种》，中国人民大学出版社1997年版，第125页。

三、新旧诗歌之融通

近代中国，新旧交杂，学者处在文学观念的转换期。胡怀琛在"古典"与"现代"的交叉地带，思考现代诗学问题。柳亚子赞曰："寄尘则少年英俊，方有志于经世之务，出其余绪，作为小诗，清新俊逸，朗朗可诵，视世之途棘以为工者，复乎异矣。"[1] 良好的诗歌修养使胡怀琛对新旧诗歌的内容和形式有着深切的体认。

在"五四"新文学的发轫期，胡怀琛的安徽同乡胡适，出版了新诗创作成果《尝试集》。诗集刚刚问世，胡怀琛撰文批评胡适诗作技艺层面的问题，并热心为胡适改诗。他列出胡适诗集中的 7 首诗作，从具体的修辞角度指瑕揭疵，包括词句的准确、诗行的齐整、音节的谐和等问题，并帮对方进行修改。譬如，将《蝴蝶》中的"也无心上天"一句，改为"无心再上天"，理由是修改后"读起来觉得音节和谐"。而对《小诗》一首，更作了较大的修改。胡适的原诗是这样的："也想不相思/可免相思苦/几次细思量/情愿相思苦"。胡怀琛则修改为"也要不相思/可免相思恼/几度细思量/还是相思好"，理由是原诗"读起来很不顺口，所以要改"。胡怀琛的"改诗"举动，引起了文坛的一场论争。此时，胡适正欲争取新诗的合法性，张扬文学革命的成果。胡怀琛的举动在胡适看来是"不合时宜"，况且南京"学衡派"人士胡先骕已著文炮轰胡适的白话诗作及其文学革命观。胡怀琛介入新诗领域，不客气地"指瑕"，不免让胡适感到难堪。因此，胡适在一封回信中说胡怀琛"完全不懂我的'新诗'"[2]。胡适在《尝试集》再版序言的自序中，还不点名地将胡怀琛归为"守旧的批评家"。两人的关系弄得有点僵。

今天看来，胡适误会了胡怀琛的意思，"守旧"的帽子戴在胡怀琛的头上，也属冤枉。胡怀琛并不是一味反对新诗创作。他不像"学衡派"的胡先骕那样从学派斗争的角度"发难"，而是个人就新诗的不足之处，从提升新诗创作质量方面，提出自己的善意批评。在那篇批评文章开头，胡怀琛声称"我所讨论的，是诗的好不好问题，并不是文言和白话的问题，也不

---

[1] 柳亚子：《胡寄尘诗序》，见陈伯海主编：《历代唐诗论评选》，河北大学出版社 2003 年版，第 1061 页。

[2] 胡怀琛：《〈尝试集〉批评与讨论》，上海泰东图书局 1923 年版，第 46 页。

是新体与旧体的问题"[1]。为展现自己的新诗创作成果,他于1921年3月出版《大江集》,题名"模范的新派诗"。这种踌躇满志、睥睨天下的举动,在当时文坛激起了一阵风波。

然而,胡怀琛他终究是学者。以本色待人、以学术处事,十分重视这场"诗学论争",收集相关文章、书信,编成《〈尝试集〉批评与讨论》一书,交由上海泰东书局印行(1922年)。一些后续的讨论,则被他编成另一册《诗学讨论集》于1934年由上海新文化书社出版。这样,保存了"五四"时期有关诗歌大讨论的珍贵资料。在诗歌建设方面,胡怀琛不急不随,辩证地看待旧体诗与新诗的问题:旧体诗历史悠久,体式典丽,但失之乖僻;新诗之长,在于社会实在的写真,但短处是参差不齐,无音节。现代诗坛的问题是,雅道沦缺,渐乖典则,争驰新巧,意浅而烦冗,文匿而无彩。因此,现代汉诗要"合新旧诗体之长而去其短"。胡怀琛理解新诗的发生机制,且重视旧诗的存在价值,希冀新诗能够独辟新界而蕴涵古声,此种心志是非常明显的。

新诗的论争过后,为了探讨诗歌的创作规律,胡怀琛陆续撰写、出版了《诗歌学ABC》《诗人生活》《新诗概说》和《诗的作法》等小册子。尤其在《诗的作法》(商务印书馆,1925年)中系统地阐发了诗歌创作的观念。他认为胡适倡导诗歌形式的革命,要求诗人从格律严整的传统诗歌形式中解放出来,符合文体变革的潮流。但新诗不可能与传统诗学完全决裂。音调的和谐、诗行的整齐,依然适用于新诗。新诗的出路在于新旧兼容、文质结合,以避免直率浅露。

作为诗歌研究者,胡怀琛具有清醒的文化自觉和价值判断:"诗就是真情的自然流露,而成为自然的音节。不过这种真情自然流露出来时,我们如何用符号把它记录在纸上,也要有适当的方法。有了这种适当的方法,至少可以帮那自然流露的真情,使它成为一种有价值的作品。"[2] 如此看法,深中肯綮。"先器识而后文艺"是胡怀琛的诗学信条。出于写好现代汉诗的考虑,胡怀琛提出"四戒"说:一戒"诗贼"(偷取他人的诗句,占为己有),二戒"诗奴"(只能因袭模仿,不能创造),三戒"诗匠"(只有小聪明,缺乏大智慧),四戒"诗优"(专作应酬诗,一味媚俗)。[3] 这些看

---

[1] 胡怀琛:《〈尝试集〉批评与讨论》,上海泰东图书局1923年版,第46页。
[2] 胡怀琛:《中国八大诗人·诗的作法》,中华书局2010年版,第130页。
[3] 胡怀琛:《中国八大诗人·诗的作法》,中华书局2010年版,第172页。

法，针砭精警，发人深省，是对一般滥调者的当头棒喝。胡氏认为，诗歌是典雅的艺术创造，追求风骨，始拔流俗。在《诗的作法》的末尾，胡怀琛还开列了中国传统诗话的目录，共一百种之多，以供作诗者和研诗者参考之用，显示出一种"返本开新"之用意。

在诗学活动中，胡怀琛苦心深造，旨在建立一种典雅的风规意绪。他既以精通旧文学而自居，又以创作"新诗/白话诗"相标榜，试图以跨越新旧的姿态纵横文坛，却没有得到新文学界的认可。其中原因，可能是他与"鸳鸯蝴蝶派"的文人走得太近，且以一副新旧兼通的面目对新文化派人士提出忠告。新文学群体并不买账，似乎将他当作一个在新旧之间"骑墙"的人物。但是，"南社"好友柳亚子对胡怀琛非常欣赏，称胡怀琛的诗作"味在酸咸外，功在新旧中"[1]。

结　语

如果说胡怀琛是民国时期的学术"达人"，恐怕不为过。从学术实绩看，他一生编撰、出版的著作达152种之多，约1 500余万字。这些著作操觚谈艺，洋洋洒洒，才或深浅，时洒文囿。

胡怀琛诗学研究特点是博、达、雅。所谓"博"，是指他沟通"四部之学"，坚守人文学科通才立场，展开文化学术研究。20世纪二三十年代是胡怀琛著述的高产期，几乎每年都有二三本著作问世。例如，《中国诗学通评》（大东书局，1923年）、《诗学讨论集》（晓星书局，1924年）、《中国八大诗人》（商务印书馆，1925年）、《中国民歌研究》（商务印书馆，1925年）、《中国文学辨证》（商务印书馆，1930年）、《中国文学史略》（商务印书馆，1931年）、《中国文学的过去与未来》（世界书局，1931年）、《中国小说研究》（商务印书馆，1933年）、《中国小说的起源与演变》（正东书局，1934年）等。所谓"达"，是指他正面承担起为往圣继绝学，赓续中国学术内在精神血脉，使之与现代境况贯通整合的重任。例如，他著有《孔子》《老子学辨》《国学概论》《中国文学通评》等。所谓"雅"是指他聚焦于中国古代诗人及其诗性智慧，采撷英华，发其雄深，显其雅健。例如，他著有《诗人生活》《陶渊明生活》《李白生活》《东坡生活》等，彰显了中国古代诗人的审美人生，内容贯串整个中国诗歌发展历程，厥功甚伟，

---

[1] 郑逸梅：《南社丛谈：历史与人物》，中华书局2006年版，第265页。

嘉惠学林。

与那些醉心"西化"的知识分子不同，胡怀琛既有"吞吐中西"的素养，又有"独立书斋啸晚风"的禀赋，故其著述能够研讨义理之精微，辨析古今之异同。与那些沉溺守旧、饾饤考据的学究不同，胡怀琛绝非掉书袋的学问家，其著作形态、研究方式，逐步实现了由传统向现代的转型。他以心态的自主性、批评的学理性、文字的流畅性为追求目标，迈向大气包举的成熟与坚实。他以有限的个体，追寻无限的学术，神游六合，思贯古今，不断去发现学术真谛。

在近现代学术园地，胡怀琛是笔耕不辍的"苦行僧"。作为著作等身的人文学者，胡怀琛留给后人的，不仅有繁多的著述，还有峻洁的人格。1937年8月13日"淞沪战役"爆发，胡怀琛处境艰难，寓所遭到日寇炮袭。国难家毁，使他忧愤深重，染疾不愈，于次年溘然而逝，年仅52岁。斯人虽逝，大作犹存。胡氏的著作，除民国初期各大书局出版者外，其胞兄胡朴安还整理其遗稿，汇刊于《朴学斋丛书》，共15种。但这些文本大多尘封于历史的深处。现在，胡怀琛著作的一些单行本虽由中华书局出版，令人欣慰，但仍有众多的著作未能再版重现，有遗珠之憾。笔者以为，出版界如能在精选的基础上，推出一套胡怀琛文集或作品系列，必能让世人领略胡氏的学术风采，裨益于今日学界。

空为果论

——佛教美学的构造前提

王　耘

空乃佛教思想之重心，它是佛教美学立论的基点。在空的美学意涵尚未被挖掘、探究之前，构造佛教美学的各种努力终究无法落实。空作为理论范畴，就其原始佛学中的本义而言，并不与"美"相关而彼此呼应——"以空为美"是佛教美学对待空可能产生的歧义而预设的"态度"哲学，遮蔽了构造佛教美学的前因。事实上，如果说佛教美学是可以被构造的，空在这一构造过程中具有实质性意义，那么，空这一概念本身就必须经历历史的变衍，成为一个不断生长着的变动的范畴。本文旨在描述，空的果位化是佛教美学得以构造的逻辑、历史前提。

一、空：从因到果

作为原始佛教范畴，空是因果论的产物。在因果的锁链上，空的属性为因。[1]空在因位上，是不需要艺术的。尤袤《全唐诗话》中记录过一则

---

[1]　在因果律的现实利用上，人们更倾向于信赖事物简易而单一的"成因"。徐献忠《水品全秩·瀑布》："瀑字从水从暴，盖有深义也。予尝揽瀑水上源，皆泒流会合处，出口有峻壁，始垂挂为瀑，未有单源只流，如此者源多则流杂，非佳品可知。"［徐献忠：《水品全秩》卷上，《馔史》（及其他四种），丛书集成初编（1476），中华书局1991年版，第10-11页］什么样的水是佳品，是好水？是池水，是井水，还是泉水，以及是哪里的池水、井水、泉水暂且不论，总归不会是瀑布之水。为什么？来由不清楚，成因过于多元而复杂——源流不清楚、不单纯，如何保证瀑布之水中不携带腐梗、热毒、滓浊之物？！人之于事物的选择往往以历史源流的清晰和纯粹为前提，固有其合理的基础。万物皆有其现实的当下形态，亦有其过去的记忆、未来的憧憬。面对现实，追本溯源，往往是中国古人典型的思维模式。文震亨《长物志·葡萄》曰："一名越桃，一名林兰，俗名栀子，古称禅友，出自西域，宜种佛室中。其花不宜近嗅，有微细虫入人鼻孔，斋阁可无种也。"［文震亨：《长物志》卷二，丛书集成初编（1508），中华书局1985年版，第11页］葡萄是由西域而来的产物，西域，隐藏着关于葡萄历史的记忆。如果不是因为来自西域，葡萄还能够成为"禅友"，还能够被种植在"佛室"中吗？！就当下而言，虫子跑到鼻孔里去，恐怕是文震亨近嗅葡萄现实的深刻记忆。

"裴休"的故事:"休会昌中官于钟陵,请运至郡,以所解一篇示之师,不顾曰:若形于纸墨,何有吾宗?休问其故,曰:上乘之印,唯是一心,更无别法,心体一空,万缘俱寂,如大日轮升于虚空,其中照耀,静无纤尘,证之者无新旧,无浅深,说之者不立义解,不开户牖,直下便是,动念即乖。"[1] 连文字都不需要,连纸墨都不需要,还需要什么艺术?!艺术总是有形式有行迹,有动念有义解的,艺术如何可能定义或描述"空"?!"空"在本义上是一个否定性范畴,不是需要什么的问题,而是要把需要解构掉。从某种程度上来说,裴休不过是话头,在这则故事中,他存在的意义仅仅是为了引发解构他自己的动机。印度因果论之本义,即在于此否定,这与以肯定为目的的源流论迥异。《顺正理论·辩本事品第一之二》中有一句话非常关键,其曰:"一切因缘于果生位,皆有用故。"[2] 此论洵是。从某种意义上来说,果是第一要素,要于因果——如果无用,如果无果,因缘根本无所谓存在的合法性——这是一种典型的现实主义的、实用主义的逻辑。正因为如此,四大种的关键是造色,有大用的造色。如果不能造色呢?那便不能当作大种。所以,在《顺正理论》中,虚空是被"大种"概念排除出去的,原因很简单,虚空无法造色。

　　虚空由否定转而为肯定的关键在于其因性与果位的转换,笔者以为,《俱舍论》完成了这一转换。《分别根品第二之二》曰:"有情皆成择灭,决定无有成就虚空,故于虚空不言有得,以得无故非得亦无,宗明得非得相翻而立故,诸有得者亦有非得,义准可知。"[3] 世亲讲得很清楚,我们讨论的是有情生命。凡有情之生命必是择灭的,寂灭与否暂且不谈,有情生命起码是有待于拣择的。那么,虚空可以通过拣择而有所获得有所成就吗?"决定无有",不可获得,不可成就。逻辑的拐点在于,得与非得的"相翻而立"!在世亲看来,未得与已得是自相续非他相续,而非非相续的,由此一切有情无不成就非择灭者。这意味着,得与非得不可别释,其相关性、连续性已经抹消了二者之间的质性差异。由于这一逻辑的反转,"诸有得者亦有非得",虚空"决定无有"的难题迎刃而解。所以,世亲之所以能够完成这一转换,其逻辑的前提正是把虚空果位化了。虚空曾经是什么?虚空

---

[1] 尤袤:《全唐诗话》,丛书集成初编(2556),中华书局1985年版,第65页。
[2] 众贤:《阿毗达磨顺正理论》,玄奘译,见《大正新修大藏经》第二十九卷(毗昙部),财团法人佛陀教育基金会出版部1990年版,第335页下。
[3] 世亲:《阿毗达磨俱舍论》卷第四,玄奘译,见《大正新修大藏经》第二十九卷(毗昙部),财团法人佛陀教育基金会出版部1990年版,第22页上。

曾经是禅修的潜因、条件，乃至背景。虚空现在是什么？虚空现在是建立在得与非得同一化之后之上非非相续的结果。

事实上，佛教之"空"的观念原本就是在不断发展的。东初《般若部系观》指出："空的思想，只能作为分析的作用，不能作为理智的建设。佛弟子中努力于理智建设的，为智慧第一的舍利弗，是故舍利弗常出座说法，以显般若智慧。次为阿难、富楼那、目犍连、大迦叶等，赞说般若。"[1] 作为原始佛教的出发点，"空"的本义在于分析，但分析的结果无法建设，理智、理论体系的建设事实上是在原始佛教之后，经过一代代的般若弘传的步骤完成的。五百比丘、三十比丘尼、六十优婆塞、三十优婆夷，包括须菩提、舍利弗，都为小乘般若学的建构做出了实绩。依据如是实绩，大乘菩萨说才是可以想象的。这种发展究竟意味着什么？因果的果论化。黄公伟《漫论〈般若〉思想之本质与〈般若波罗蜜〉的功德观》中有句话说："佛陀说法性说般若，是从'因位'说离相；佛陀说法华涅槃，是从'果位'证性空。"[2] 初有法住，后有涅槃；禅定的修智，不代表，而必然要走向解脱的圆觉。所谓般若之"空"的建设，其重点正在于由因而果，果的瓜熟蒂落。空是一种终点，一种法的终点。《妙法莲华经·药草喻品第五》在描述如来之"一相一味之法"时说："所谓解脱相离相灭相，究竟涅槃常寂灭相，终归于空。"[3] "终归于空"，也即以"空"为究竟，这种皈依，是相归于法，而不是相归于境，尤其不是归于实体性经验的现实场域。根据《大宝积经·三律仪会第一之三》的记述，如来曾把沙门婆罗门法譬喻为虚空，其曰："虚空之法，终不念言我是虚空，如是迦叶，沙门婆罗门者，终不自谓我是沙门是婆罗门，是故诸法亦不自谓是作沙门，婆罗门法，沙门法者不作不除，是为沙门及婆罗门。"[4] 这段话的重点在于四个字："不作不除"，它直陈了一种命名以及除名的赘述。我是沙门吗？我过去是沙门，现在是沙门，未来是沙门？重要吗？不重要，因为我是或不是，都在我与沙门之间建立了一种系表关系，我被命名，继而再否定、灭除这一

---

[1] 东初：《般若部系观》，见张曼涛主编：《现代佛教学术丛刊㊺（第5辑·5）·般若思想研究》，大乘文化出版社1979年版，第73页。

[2] 黄公伟：《漫论〈般若〉思想之本质〈般若波罗蜜〉的功德观》，见张曼涛主编：《现代佛教学术丛刊㊺（第5辑·5）·般若思想研究》，大乘文化出版社1979年版，第113页。

[3] 《妙法莲华经》卷第三，鸠摩罗什译，见《大正新修大藏经》第九卷（法华部、华严部），财团法人佛陀教育基金会出版部1990年版，第19页下。

[4] 《大宝积经》卷第三，菩提流志译，见《大正新修大藏经》第十一卷（宝积部），财团法人佛陀教育基金会出版部1990年版，第13页中。

命名，皆为枉然，乃赘述。换句话说，无论我是或不是虚空，我与虚空都存有一种我与他者的对立之举，被彼此对象化了。虚空是一种结果，不需要先在的"作"，预设，也不需要后来的"除"，解构——虚空就是虚空。所以，我是不是虚空，是不需要言说的；我所要做的，只是接受这一事实——我抑或非我，皈依于虚空。

二、佛性与空

《佛性论·辩相分第四中无差别品第十》中有句话说，"一切诸法，未分析时，是名为有，若分析竟，乃名为空"[1]。此言甚好！空是什么？空是分析的结果。分析不是分别，而直抵体性；分析未竟，亦无所谓空。空作为分析的结果，是对于思维的要求，尤其是对于思维程度的要求——分析的究竟，是得到空的保证。龙树学的特色，依据印顺《空之探究》的总结，为"依无自性来阐明缘起与空的一致性，而《阿含经》的一切依缘起，《般若经》（等）的一切法皆空，得到了贯通，而达成'缘起即空'的定论"[2]。这其中的重点，在于"无自性"。龙树正是以"无自性"为基点，链接了"缘起"与"空"这两个概念，使二者密合。为什么"缘起"能够与"空"密合？因为缘起即众缘生起，既然生命由众缘和合而生起，那么自性也便无法成立；一旦自性被瓦解，空也便是自性被瓦解之后无自性的结果——空不碍缘起，而空无自性。值得注意的是，"缘起即空"这一命题实际上贯穿着因果的逻辑，"缘起"为因，"空"为结果，"无自性"恰恰是这一因果锁链的"中介"。一方面，这一逻辑是单向的，若反置，则会把哲学的命题改为美学的命题——空仅仅是一种结果——化果为因，先有空而后有缘起，会使空作为一种已然的现成的期待视野弥散在求真的主体自我的诉求里。"空即缘起"，不需要证明，只能留给审美。另一方面，"缘起"为有为，"涅槃"为无为，龙树的逻辑贯彻了有为与无为这两个极点——因空无自性，缘起即生，缘起即灭，"缘起即空"的结构恰恰是建立在"果论"上的，这意味着，龙树之空不可避免地与审美存在着内在的隐性关联。

---

[1] 天亲菩萨：《佛性论》卷第四，真谛译，见《大正新修大藏经》第三十一卷（瑜伽部），财团法人佛陀教育基金会出版部1990年版，第812页中。

[2] 印顺：《空之探究》，见《印顺法师佛学著作全集》第十八卷，中华书局2009年版，第204页。

空为果论
—— 佛教美学的构造前提

佛性作为主体性，之所以有可能与空建立联系，其基础正在于对佛性之果的设定。佛性即是佛性，与空何干？与美何缘？牟宗三《佛性与般若》曰："以中道第一义空为佛性既是就涅槃法身说，则是以佛果为佛性。此佛性是佛之体段义。就众生说，众生亦可具此佛之体段。但虽具而未显，则即将佛果转为因地而曰佛性，此即'正因佛性'一词之所以立。"[1] 何谓"正因佛性"？所谓"正因"不是因本然的抉择，因何正之有，取决于它是由果转化而来的，它先验地是就涅槃法身而言的佛果。以佛果为佛性，正如同以种子为食粮。潜在的"危险"在于，主体因未来的成果而有自在的愉悦，这愉悦中既饱含着审美成分，亦消磨了意志的力量。这一"危险"长久地浸润在"佛性即是如来""见佛性者即见佛"的涅槃语境里，现世也便愈发美好，而惰性也便理所应当。正因为如此，正因佛性可以有另一种喻象，"虚空"。牟宗三便提到过荆溪曾把虚空分为邪计虚空和正解虚空，"邪计虚空非佛性喻，正解虚空是无，非内非外，非三世摄，便一切处"[2]。在这里，重点不在于是否预留出虚空与佛性对应的余地，而在于佛性一旦被以果之色调，便不可避免地带有空灵的审美意境。在《入楞伽经》中，如来藏是可以作为对象出现的。《罗婆那王劝请品第一》末句曰："法与非法唯是分别，由分别故不能舍离，但更增长一切虚妄不得寂灭。寂灭者所谓一缘，一缘者是最胜三昧，从此能生自证圣智，以如来藏而为境界。"[3] 识别识别，如果不能转识成智，所识者即为分别，无论如何增长，亦不得三昧。这不一定是唯识学八识一系的特殊界定，而可谓之大乘基底、通设。以此为前提，寂灭是一，是无分别——如斯无分别非总相，非整全之相，而只强调对分别的超越，强调无分别的一体性。由此而来，圣智是自证的，其对象恰为如来藏。圣智何以为圣？为什么要以如来藏而非整个世界为自证的对象？这是一化，一体化的结果。有了这个"一"，才有所谓一即一切。此一，可谓至高的本体，抽象的果实，其名相，相应于如来藏。八识与九识、阿赖耶与阿摩罗，但称始终，实则是后起的分类结果。吕澂明言："以阿梨耶识自性清净心为佛性。这种说法并非涅槃师说，而是后来的地论师和更后一些的摄论师提出的。"[4] 这其中，摄论之真谛，无疑起到了决定

---

[1] 牟宗三：《佛性与般若》，吉林出版集团有限责任公司2010年版，第162页。
[2] 牟宗三：《心体与性体》，上海古籍出版社1999年版，第201页。
[3] 《大乘入楞伽经》卷第一，实叉难陀译，《大正新修大藏经》第十六卷（经集部），财团法人佛陀教育基金会出版部1990年版，第590页中。
[4] 吕澂：《吕澂佛学论著选集》（五），齐鲁书社1991年版，第2621页。

性作用。牟宗三便提道,"智者当时无此分别,盖真谛传《摄论》即搅合不清故。顺《摄论》本身而言,本自是阿赖耶系统,即智者所谓'黎耶依持'。但顺真谛之增益解释,如解性赖耶,如如来藏自性清净心,如第九庵摩罗识,则又当是如来藏系统(真心系统),即智者所谓'真如依持'"[1]。赖耶与真常,其区别不在于增益,而在于预设。阿赖耶识本然蕴涵着转识成智的经历,它不回避矛盾,它本身就是复杂的混合体;如来藏心则不同,从八识到九识的转换在本质上是先有所提取,继而把所提取的部分,也即自性清净确立为理论前提的过程。八识系统所展示的是现象带有不可知意味的程序性运作;九识的预设非但没有继续贯彻如是运作,反倒提前终止了如是运作——它预先把转识成智的智果抽离出来,且用智慧之果来预置自我与生活。这样一来,崇拜的意味被转化为审美——自我见证自性清净心既定的应当的自然的萌发之美、成长之美、成熟之美。[2]

三、由生而证之美:空作为果的哲学

由生向证的转换,是果的哲学最为重要的逻辑预设;没有这一预设,果的哲学是无法成立的。《顺正理论·辩差别品第二之九》曰:"择灭于道,非所生果,是所证果。道于择灭非能生因,是能证因。故道与灭,更互相对。"[3] 此的论也!所谓择灭,即人通过拣择而实现寂灭,这对于道来说究竟意味着什么?是谋求生因吗?非也,乃证明也。择灭之于道,不是推导性的生成关系,不是种子与果实的关系,而是,仅仅是一种证明。这就像

---

[1] 牟宗三:《佛性与般若》,吉林出版集团有限责任公司2010年版,第507页。
[2] "境"作为佛学理论范畴,其所指往往饱含着目标的结果的意义。如吕澄《印度佛学源流略讲》第六讲"晚期大乘佛学"讲述《现观庄严论》时,便提及现观亲证之"八品"乃是据于"以境行果"之次序安排而来的。"所谓'境',就是一般所说的佛智的全体内容,共分三类:(一)一切种智,(二)道相智,(三)一切智。这一佛智的全体,就构成为修行的最后目标,也就是所谓境。"(吕澄:《吕澄佛学论著选集》(四),齐鲁书社1991年版,第2299页)"境"在价值论上就承担着佛智之"果"——"境"不只是对象,不只是场域,而就是结果,作为实践之目标的结果。之于果论,《中论》"观因果品第二十"有一段极好的偈语:"果不空不生,果不空不灭,以果不空故,不生亦不灭。果空故不生,果空故不灭,以果是空故,不生亦不灭。"[龙树造:《中论》卷第三,青目释,鸠摩罗什译,见《大正新修大藏经》第三十卷(中观部·瑜伽部),财团法人佛陀教育基金会出版部1990年版,第27页]果不空,无生灭,果是空,亦无生灭,这一逻辑与其说昭示了果的永恒性,不如说揭橥了果是如何可能架设于空与不空的般若智慧之上超越因果的。此时此刻,此一超越了因果的果确实不是相待的,而是绝待的,不是相对的,而是绝对的。

[3] 众贤:《阿毗达磨顺正理论》,玄奘译,见《大正新修大藏经》第二十九卷(毗昙部),财团法人佛陀教育基金会出版部1990年版,第428页下。

"看破红尘"的道理，看破不看破，红尘都在那里，红尘并不会因为你看或不看而被破或不被破。这么说，并不意味着你看不看得破红尘是你自己的事情，而只意味着看破红尘本身是之于佛法的证明。换句话说，就主体而言，看破红尘并不是要塑造出一个红尘被看破之后的世界，那么，看破红尘又能怎样呢？不能怎样，因为不想怎样，看破红尘只是在证明这红尘世界是可以并应当被看破的。如斯证明性的逻辑并不能涵盖所有佛法，但却是果的哲学得以树立的关键。果不是生得的，而是证得的。当人的主体性不表现在催生或摧毁一个世界，而表现在证明这世界本然的样子时，其之于世界的关系，也便更趋近于审美。"证"的逻辑是否能够开出"得"的结果？答案是肯定的。《庄严经论·明信品第十一》曾描述"罪"如何出离的七种方法，就第七种言，"七者性得，谓见谛时细罪无体，由证法空法尔所得"[1]。其中便包含了由证而得的过程。所以，"得"并不只是生起的结果、认知的结果，同样是证明的结果。理想的开化，因证而明。空必有待于取，而何谓善取何谓恶取，善取恰为恶取的反面，这在《瑜伽师地论》中是有明确界定的，《本地分中菩萨地第十五初持瑜伽处真实义品第四》中指出，恶取空即就空而空，止于空，善取空则能够"于空法性能以正慧妙善通达，如是随顺证成道理"[2]。善恶的区别，即在于空背后的所谓道理是否存有——空不能生成这个道理，但可以证成这个道理——空是一种证明，明即成。

  人到底要证明什么？证明转变。一般以为，转为因，变为果，转为形式，变为内容，实况比这种假设复杂得多。《成唯识论》开卷首偈便提及转变问题，对"变"有过明解。其曰："变谓识体转似二分，相见俱依自证起故，依斯二分施设我法，彼二离此无所依故。或复内识转似外境，我法分别熏习力故，诸识生时变似我法，此我法相虽在内识而由分别似外境现。"[3] 事实上，转变转变，转与变是很难拆分，紧密相连的，转即变，变即转。一方面，且不提四分，三分之相见自证并不是平行关系，并不是123或ABC的关系，而是相分与见分同时依据于自证分而来——有了如斯相见，

---

[1] 无著：《大乘庄严经论》卷第四，波罗颇蜜多罗译，见《大正新修大藏经》第三十一卷（瑜伽部），财团法人佛陀教育基金会出版部1990年版，第610页上。

[2] 弥勒菩萨：《瑜伽师地论》卷第三十六，玄奘译，见《大正新修大藏经》第三十卷（中观部·瑜伽部），财团法人佛陀教育基金会出版部1990年编，第498页上。

[3] 护法菩萨等：《成唯识论》卷第一，玄奘译，见《大正新修大藏经》第三十一卷（瑜伽部），财团法人佛陀教育基金会出版部1990年版，第1页上—中。

才有所谓我法。其重点在于,"识体转似二分"的"转似"。二分怎么来的?转似而来,通过转而来,不以真法面目而来,以似法面目而来,这就是变。另一方面,我法可以培养可以延展可以增殖吗?由分别由熏习而渐,诸识亦可变似我法。此重点亦在于,"内识转似外境"的"转似"。借助上句可知,外境实为内识"变"现之果。这意味着,外境皆为虚幻,而内识的"转变"正是其浮现的渊源。合而论之,抽象地来看,究竟什么是转变?一方面,转变之间没有层序,没有因转而变的假设。无所谓单纯的本能的轮转,轮转总是有目的的;亦不包含不涉及轮转的升华,升华不是拾级而上的进阶,而是循环轮转。是故,转变,是一体化之概念。另一方面,转变的总体目的在于呈现。既知似法,为什么还要转变二分、外境?因为需要彰显。这种彰显不仅是要彰显二分与外境的存在,更是要彰显二分以及内识与外境之间类似于生命性的相互作用、相互依存、相互转变。这正如转识成智之逻辑的前半段,如何转识?一言以蔽之,呈现这个世界的本质。这个世界的本质是什么?固然可以用遍计执用依他起来解释,而笔者以为,这个世界的本质正是轮转,正是生死之间的变现——生死是媒介,轮回是主题。这个世界是"活"的,它正在转变,恒久不歇。那么,人到底要证明什么?证明这个世界的本质。在价值论上,空理不是终点,生命是终点。[1] 牟宗三《心体与性体》即言:"嘉言懿行,圣教量,若不消融于觉性中以证其为真为实,这一切很可能都只是些杂念,凭念转念,实只是以念引念,永无了期,就是一时不执着于依他起,证得了圆成实,亦只是了解了一个空理,与自家生命之清澈仍不相干。"[2] 牟宗三此言,起码隐含着两方面的含义。一方面,智觉生命是需要证实的,不被证实的生命很有可能是杂芜的、弥散的,所以生命需要证实,智觉生命尤其需要证实;另一方面,更为重要的是,空理不是止境,而是起点,生命终究是清澈朗然的,如果生命无法清澈朗然起来,那么证实空理也就没有了目标和意义。结合

---

[1] 马永卿:《懒真子·谥法褒贬》:"谥之曰灵,盖有二义。谥法曰:德之精明曰灵;又曰:乱而不损曰灵。若周灵王卫灵公,是美谥也;若楚灵王汉灵帝,是恶谥也。庄子曰:灵公之为灵也久矣,此褒之也;汉赞曰:灵帝之为灵也优哉,此贬之也。故曰此一字兼美恶两义。"[马永卿:《懒真子》卷之二,丛书集成初编(0285),中华书局1985年版,第16页]抛开褒贬之色彩不谈,把两义合并为一义,那么所谓"灵",也就是德之精明乱而不损,约略可以换一词来总括,即活力——明即无遮,乱又是有限度的。主体之所以呈现为或"明"或"乱",正在于其主体自身的活力及其活力导致的两面性、复杂性。换句话说,如果单从道德维度上来谈,"灵"的范围过于宽泛而无法确指;假若综合生命现量去理解,"灵"则是生命主体涌现出其主体性特质的证明。

[2] 牟宗三:《心体与性体》,上海古籍出版社1999年版,第504页。

空为果论
——佛教美学的构造前提

这两方面的含义来看，新儒家的思路莫不是将空的哲学思辨推向人生的审美意境。

在中国美学思想史的发展历程上，空恰恰是在不断地演变为一种果的证明。沈括《梦溪笔谈·书画》曰："李成画山上亭馆及楼塔之类，皆仰画飞檐，其说以为自下望上，如人平地望塔檐间，见其榱桷，此论非也。大都山水之法，盖以大观小，如人观假山耳，若同真山之法，以下望上，只合见一重山，岂可重重悉见，兼不应见其溪谷间事。又如屋舍，亦不应见其中庭及后巷中事，若人在东立，则山西便合是远境，人在西立，则山东却合是远境，似此如何成画?!李君盖不知以大观小之法，其间折高折远，自有妙理，岂在掀屋角也?!"[1] 此论甚要！沈括所言之"以大观小"，用今天的美学术语来说，即"散点透视"。李成"自下望上"，类似于"焦点透视"；沈括非之，实则是在以"散点透视"的心之知见超越"焦点透视"眼前的泥实。不过，这不是我们要说的重点。重点是"空"！审美主体以内在之心领受世界，所领受的不只是世界是一个整体，一份角度变幻的整全；在此基础之上还有，世界是一种空，一种角度所无法概括、勾勒的流行之空。一个人可以用眼睛看到多侧面之物象，如峰峦叠嶂的群山，但一个人更应当用心感受那溪谷间的灵动；一个人可以用身体丈量东西南北之屋舍，如鳞次栉比的广厦，但一个人更应当用心体悟那中庭、后巷深邃的空洞。"散"或许是一种态度，"聚"或许是一种选择，但"空"才有可能真正成就一种艺术的灵魂与意境。赵彦卫《云麓漫钞》："萧条淡泊，此难画之意，画者得之，览者未必识也。故飞走迟速，意浅之物易见，而闲和严静，趣远之心难形。若乃高下向背远近重复，此画工之艺耳，非精鉴者之事也。"[2] 宋代画论的精神诉求，业已不是形神所能概括的，与抽象的带有本体论意味的形神有别之论相比，它更接近于一种审美意境的描摹、向往与徜徉，更要求着一种主体之心在深度体验中所获得的趣味——萧条、淡泊、悠远、宁静，如斯趣味叠合于一处，往往可以得到一个词：空灵。魏了翁《鹤山渠阳经外杂抄》："欧公诗：后世苟不公，至今无圣贤。后山亦云：若无天下议，美恶并成空。"[3] 此处所引后山之"美恶并成空"句，实际上

---

[1] 沈括：《梦溪笔谈》（二），丛书集成初编（0282），中华书局 1985 年版，第 108—109 页。
[2] 赵彦卫：《云麓漫钞》（二），丛书集成初编（0298），中华书局 1985 年版，第 401—402 页。
[3] 魏了翁：《鹤山渠阳经外杂抄》卷一，丛书集成初编（0312），中华书局 1985 年版，第 2 页。

来自陈师道《丞相温公挽词三首·其一》，故"天下"所议，并非诗才，而其中之"空"，亦是人生体验空无所有、空无所谓的含义。这种空究竟意味着什么？气韵。不仅是谢赫，宋代陈善《扪虱新话》亦云："文章以气韵为主，气韵不足，虽有辞藻，要非佳作也。"[1] 可见，气韵是中国艺术美学理论之通设。葛洪亦有过鱼筌之喻，其《抱朴子外篇·尚博》曰："筌可以弃而鱼未获，则不得无筌；文可以废而道未行，则不得无文。"[2] 可见，葛洪之于筌、之于文的积极意义，还是报以肯定的。此文又可见于其"文行"篇[3]，实指文气。中国古人并不向往苦行。张翀《浑然子·高洁》条讲过一位林先生的故事，其庐失火，里人怜悯他，葺庐并给以器物，没想到林先生反而不快乐，说他本无一物，有了一物，即丧失其本有。"于是徙于深山之中，就岩石而栖，种苜蓿而食，终其身，不求于世焉。浑然子曰：若林先生者，可谓处困，而能不失其本有者乎?！"[4] 我抛弃了这个世界和这个世界抛弃了我，在某种程度上是同义的——或"求"或"不求"于世，我与世界的紧张都业已建立了。苦行恰恰不能成为"高洁"。人本有自然之性，与把自己封闭在自然环境中毫无关系。明人张翀，显然秉持着庄禅淡泊而重生的道释逻辑。[5] 这也就如同王文禄在《海沂子》中所说的："至圣而后无内外，无动静也，是故明觉自然，而有为应迹。"[6] "后"字关键，所谓"明觉自然"，实是在果论上而言的，实是在审美的意义上而言的流动的气韵。

唐枢《杂问录》："佛老却向虚无寂灭去，便从断桥绝路，如何得个超升？"[7] 旨向带有经验性的价值，目的论的设定是理论被选择的现实依据；人究竟要不要彼岸世界，或许不是一个问题，但人究竟要一个怎样的彼岸

---

[1] 陈善：《扪虱新话》（一），丛书集成初编（0310），中华书局1985年版，第1页。

[2] 葛洪：《抱朴子外篇》卷三十二，丛书集成初编（0567），中华书局1985年版，第639—640页。

[3] 葛洪：《抱朴子外篇》卷四十五，丛书集成初编（0569），中华书局1985年版，第753页。

[4] 张翀：《浑然子》，丛书集成初编（0606），中华书局1985年版，第11—12页。

[5] 陈继儒《岩栖幽事》曰："《易》之妙处在画，王弼谈理，开宋人谈象数之门，《易》遂成一部有端有倪之书，可叹也！"[陈继儒：《岩栖幽事》《卧游录》（及其他四种），丛书集成初编（0687），中华书局1985年版，第3页]《易》作为画，作为"平面"经验，只需要静观，而不必辨名析理、追本溯源，但它如通过象数这一中介，诉求于端倪，被归列为实有于事物之上的道德性本体，这便是陈继儒之于明前《易》之沿革的总结。从另一种角度上来讲，《易》在原初的意义上只是一种审美的结果，继而被哲学化了，也就理所应当地回到美学。

[6] 王文禄：《海沂子》卷二，丛书集成初编（0606），中华书局1985年版，第8页。

[7] 唐枢：《杂问录》，丛书集成初编（0608），中华书局1991年版，第13页。

世界，却依托于一种具体的归属感；彼岸即此岸的优势在于，它不仅撤销了等待审判的虚无感、紧迫感，还把超越性的想象直接寄寓在了实际的审美意境里。焦竑《支谈》："无念有二义，以念为苦，欲加除灭者，是小乘法；即念而无念，一念顿圆者，是摩诃衍法。永明云：见性之时，性本离念，非有念而可除；观物之际，物本无形，非有物而可遣。故云：离念之智，等虚空界。"[1] 在焦竑看来，简言之，小乘法是要把已经拟定的苦念灭除；大乘法则无所谓苦念的预设，而是要离念，呈现本无的虚空境界。这样一来，"空"便更多地成了一种结果——"空"的动词性否定含义因"无"而分散、脱落了，"空"作为无念之结果，更多地具有了沉浸于"此"的审美意义，而非践行解构之过程、动作。[2] 宋元以来，艺术理论之间的互释现象已极为普遍，如范梈《木天禁语·气象》曰："诗之气象，犹字画然，长短肥瘦，清浊雅俗，皆在人性中流出，出得八法，便成妙染而洗吾旧态也。此赵松雪翁与中峰和尚述者，道良之语也。"[3] 故而所谓诗学、书学、画学，彼此通常是可以相互挪用、印证的。李调元以文章为造化，深谙起承转合之律，在具体谈到"起"时，他说过这么一句话："徐文长曰：冷水浇背，陡然一惊，便是兴观群怨之副本。唯能于虚空中卒然而起，是谓妙起。"[4] 所谓"起"，用李调元的话来说，并不是来自经验性的现实世界，亦非源乎主体自我的内心世界，为什么？因为这是一个文本的世界，文本的世界"起"于"虚空"。那么什么是"虚空"？"虚空"究竟是经验的、先验的还是超验的，没有讲；究竟是我心的、我性的还是我情

---

[1] 焦竑：《支谈》（中），丛书集成初编（0608），中华书局1991年版，第7页。

[2] 老子素来把"道之为物"的恍惚窈冥之状描述为"孔德之容"，而这样一种描述事实上是很容易用佛学来解释的。焦竑《笔乘》便曰："昧者乃谓恍惚窈冥之中真有一物者。夫恍惚窈冥，则无中边之谓也，而物奚丽乎？况有居，必有去，又何以亘古今而常存乎？然则曷谓阅众甫也？甫，始也，人执众有为有，而不能玄会于徼妙之间者，未尝阅其始耳。阅众有之始，则知未始有始，知未始有始，则众有皆众妙，而其为恍惚窈冥也一矣，是所以知众有即真空者，以能阅而知之故也。释氏多以观门示人悟入，老子之言岂复异此。故阅众始，则前际空，观其徼，则后际空，万物并作观其复，则当处空，一念归根，三际永断，而要以能得得之，学者诚有意乎知常也，则必自此始矣。"[焦竑：《老子翼》卷二，丛书集成初编（0541），中华书局1985年版，第49页] 焦竑把老子的观照归为"空"的前际、后际、当处，并继而用一而三、三而一的逻辑来重组这种导源于"无"之"空"果，是一种支离，是一种臆造；但他把此一恍惚窈冥的状态与"空"联系起来的思路，是值得注意的。事实上，"众有"如何可能被视为"真空"，最为重要的一环即如何理解并还原所谓恍惚窈冥之"无"的状态。笔者以为，恍惚窈冥之"无"走不到真有一物的"昧"那里去，但其本身的确可以用"空"来想象和落实。

[3] 范梈：《木天禁语》，丛书集成初编（2612），中华书局1985年版，第11页。

[4] 李调元：《诗话》卷上，丛书集成初编（2597），中华书局1985年版，第3页。

的，不说；就是"虚空"。因此，"虚空"是一种境界，这种境界是无法归因的，它只是一种结果，而这种结果正是文本猝然促发跃起的条件。华严固无"空境"的称谓，却有"了境"的讲法。唐译《华严经·佛不思议法品第三十三之二》曰："了境空寂，不生妄想，无所依无所作，不住诸相，永断分别，本性清净，舍离一切攀缘忆念，于一切法，常无违净，住于实际，离欲清净，入真法界。"[1] 此处所谓"了境"之"了"，显然是就"成果"而言的，乃所得之清净。值得注意的是，如是所成之果，与空有密切关联，可称之为慧的应现，与究竟平行。换句话说，了境即空境。所谓"度量"，是经常会被名词化的，而这个名词，通常与"境"有关，如释齐己《风骚旨格》中的《度量》："应有冥心者，还寻此境来。"[2] 此思性之境，便是冥心度量的"果实"。"景"同样是诗歌创作的必要元素，诗必对"景"而作。曾季貍《艇斋诗话》："东湖论作诗喜对景能赋，必有是景，然后有是句，若无是景而作，即谓之脱空诗，不足贵也。"[3] 无景而作，乃"桶底脱"——"空"一定不是"原因"，而是"结果"——景在创作过程中是不可或缺的。严羽《沧浪诗话》："大抵禅道惟在妙悟，诗道亦在妙悟……惟悟乃为当行，乃为本色。"[4] 严羽的"妙悟说"，由此而成。作为主体的理会，"悟"原本只是严羽从禅道中借来的行为概念，最终成了他诗学理论中最具影响力的基础范畴。然而，事实上，严羽本人意不在此。"悟"只是他叙述的前提，他表达的意图，是要理清"悟"无论是在禅道中，还是在诗道中，皆有层级。"悟"是有深浅、有分限的，有"透彻之悟"，有"一知半解之悟"，正如诗在历史长河中前后有别。换句话说，所谓"妙悟"只是未来的境界的假设，而不是普遍的已有的现实，从某种程度上来说，"妙悟"更类似于一个目的论范畴，相当于一种结果。胡仔《苕溪渔隐丛话前集》辑《诗眼》云："识文章者，当如禅家有悟门，夫法门百千差别，要须自一转语悟入，如古人文章，直须先悟得一处，乃可通其他妙处。向因读子厚晨诣超师院读禅经时一段，至诚洁清之意，参然在前，真源了无取，妄迹世所逐，微言异可冥，缮性何由熟，真妄以尽佛理，言

---

[1]《大方广佛华严经》卷第四十七，实叉难陀译，见《大正新修大藏经》第十卷（华严部），财团法人佛陀教育基金会出版部1990年版，第249页下。

[2] 释齐己：《风骚旨格》，丛书集成初编（2612），中华书局1985年版，第7页。

[3] 曾季貍：《艇斋诗话》，丛书集成初编（2558），中华书局1985年版，第3页。

[4] 严羽：《沧浪诗话》，丛书集成初编（2571），中华书局1985年版，第2页。

行以尽薰修，此外亦无词矣。"[1] 由此，起码可知三点：第一，唐代诗人悟禅的结果，可以柳宗元为代表；诗中蕴涵禅意，亦是柳宗元诗作的灵魂。第二，悟可以分为阶段，先由一处，后及其他；先后之间，以"通"完成。第三，"一转语"，是悟门当口；借助一转之诗语言，即可开启佛理薰修之全界。这意味着，艺术语言之能够践履直觉世间的期许，不仅受到过佛理支持，同样得到了来自美学史家的"内部"认可。

(本文原载《文艺理论研究》2017 年第 1 期)

---

[1] 胡仔：《苕溪渔隐丛话前集》卷十九，丛书集成初编（2561），中华书局 1985 年版，第 121 页。

古代文论之现代转换的出路选择[1]

王 耘

一、从建构到解构

20世纪80年代规划体系性话语的冲动如蓬勃的青春,激发着人们建构世界的绮丽想象,同样影响着古代文论的研究。体系之如何可能已不再是问题,问题是,如何完成体系的建构。陈良运用五个范畴勾勒出中国古代表现性诗学的轮廓,这五个范畴分别是:志、情、形、境、神。他认为,中国古代诗学的体系可描述为,"发端于言'志',重在表现内心;演进于'情'与'形',注意了'感性显现',虽有'模仿''再现'而没有改变'表现'的发展方向;'境界'说出,'神似'说加入,'表现'向高层次、高水平发展。构成这一理论体系的各个组成部分,按它们出现的次序,后一个与前一个都有着深刻的内在联系,是融合而不是排斥、否定前一个(西方艺术理论中'表现'说出现之后,便否定、抛弃传统的'模仿''再现'说),这就使整个理论体系的内部处于相对稳定状态,又相辅相成地不断向前发展而臻至完善"[2]。何其宏大的构想!当陈良运在文末为中国古代诗学的炫目华彩能够笑傲世界文化之林而赞叹自豪的时刻,他内心充满的是发现中国古代诗学体系"初成"的幸福感、成就感和满足感。在他的世界里,一首青春之歌正在被谱写,恰逢一个尽情展露情感的历史性时刻。当80年代的知识分子多在咀嚼现实及其记忆的苦楚,隐痛"寻根"时,陈良运带着激情与欢乐,带着美好的希冀,围绕着古代诗学的"世界"吟唱起来——于如斯重建话语体系的黄金时代,古代文论的研究业已开始寻求一种整体感,甚至整齐感。张少康实乃此番浪潮的弄潮儿之一。他谈《诗

---

[1] 本文为国家社科基金重点项目"新时期文艺理论建设与文艺批评研究"(12AZD012)的阶段性成果。

[2] 陈良运:《中国古代诗歌理论的一个轮廓》,《文学遗产》,1985年第1期。

品》，重在对锺嵘文学思想之研究，对锺嵘的理解，带有强大的统摄成分。"锺嵘的文学思想，主要表现在四个方面，可以用八个字来表述，这就是：感情、自然、风骨、滋味。"[1] 如是判断，既恢宏，又壮阔，且方正、齐整。据此，他总结出，"摇荡性情"——锺嵘诗歌评论中的感情论；"自然英旨"——锺嵘诗歌评论中的自然论；"建安风力"——锺嵘诗歌评论中的风骨论；"味之者无极，闻之者动心"——锺嵘诗歌评论中的滋味论。锺嵘的诗歌理论被"体系化"了，成为一种周严而缜密的"系统论"，即便感情、自然、风骨、滋味这四个概念并不完全处于同一种逻辑层次。类似表述不可避免地沾染了80年代人文复兴的色彩。

体系化的诉求在80年代是一种理论的"激越"。体系，往往有着既定的意涵，它时常被替换为另一个词：整体。古代文论有体系性吗？这一问题被转换为，古代文论有整体性吗？有。既然有整体性，那么，也就有了体系性——古代文论即便蕴含着丰富的个人经验，但它仍可被当作整体来看待，古代诗学因此具备体系性。这在当时，是一种合理的普遍的逻辑推理[2]。王思焜指出："我们认为'鲜有系统的理论著作'不等于古代文论本身没有系统性，没有固有的理论体系。我们说理论体系特别像古代文论这样以悠久的历史传统和无比丰富的遗产积累为基础的理论体系不一定甚至不可能由一部或几部古代文论理论著作来体现、一个或几个古代文学理论家来完成，它可以而且应该是众多个体和集体的共同创造。这个理论阐述了一个理论问题，那个理论阐述了另一个理论问题；这个理论家探索了一个侧面，那个理论家探索了另一个侧面；这样众多的理论家的见解合起来就可能比较完整全面。"[3] 这一推理的"问题"出在，由谁来整合？由谁来承担整合这个理论家和那个理论家，这一时期的理论和那一时期的理论的职责？整合的主体站在整体论的角度去完成这一工作的时候，作为个体经验的原始理论是否仍旧是自洽、自适的？换句话说，当人们企图把历史整合起来的时候，无论历史的对象是什么，无论这种行为是否成功，一个俨然强大的主体已经在80年代站立起来，它向往自由、开天辟地，同时裹挟着作为主人本能的权力情结、欲望冲动。

80年代的文化"建构"之风直至90年代仍"一脉相承"。祁志祥于

---

[1] 张少康：《论锺嵘的文学思想》，《文艺理论研究》，1981年第4期。

[2] 鲍昌：《为建设开放的、发展的、自我调节的马克思主义文艺理论体系而努力》，《文论报》，1986年8月21日。

[3] 王思焜：《古代文论研究应注意理论整体性》，《文艺理论研究》，1986年第4期。

1992年撰文《古典文论方法论的文化阐释》指出："古典文论方法论是丰富多彩的，但从主导方面说，它们可概括为训诂、折中、类比、原始表末、以少总多、形象比喻六种方法。其中，训诂用于名言概念的阐释，折中用于矛盾关系的分析，类比用于因果关系的推理，原始表末用于历史发展的观照，以少总多和形象比喻见于思想感受的表达。它们在不同功能上发挥作用，从而构成了一个互补的独立自足的方法论系统。"[1] 为什么是此六法而非彼六法乃古代文论方法论之主导力量，此六法彼此间的逻辑关系是什么，除此之外的次要方法有哪些？该文并未做出说明——逻辑中俨然预设了某种先在而前定的和谐，它为研究者带来了心理上的安全感和表述的欲望。

90年代人们开始对古代文论研究本身的弊端进行反省，反省的肇始，并非出于古代文论研究者"本土"阵营的内部自律，而是来自异域日本的别样考察。日本学者在某种程度上对中国大陆学者理论先行，理论大于考证，只注重"形象工程"，好大喜功草率了事的研究方法和态度提出了严肃批评。清水凯夫即可为一例。时任日本立命馆大学文学部教授的清水凯夫就《诗品》是否以"滋味说"为中心这一议题对80年代以来中国大陆学者的一致论断提出了质疑。在他看来，20世纪中国大陆学者对《诗品》的研究可分为第一时期（1926—1949）、第二时期（1950—1979）、第三时期（1980—），而第三时期吸收了前两时期的成果。直接论述"滋味说"的论文，据清水凯夫当时的统计，出自吴调公（1963）、李传龙（1979）、高起学（1980）、武显璋（1980）、陈建森（1982）、郁源（1983）、丁捷（1984）、王之望（1985）、齐鲁青（1985）、蒋祖怡（1985）、王小刚（1987）、蔡育曙（1987）、李天道（1989）、韩进廉（1990）、李艇（1990）、姜小青（1991）。在这些数据里，清水凯夫检索的对象不仅包括了处于学术核心的《文学评论》《文史哲》，还指向了相对显得边缘的《河池师专学报》《牡丹江师院学报》和《喀什师范学院学报》，足可见他对于中国大陆学界有着细腻而全面的了解。在他看来，"一般地说，中国的古典文学研究往往过分重视逻辑上的合理性，疏忽对事物本身的考证。在上述涉笔'滋味说'的论文中，这种倾向也很突出，普遍重视理论而轻视考证。几乎所有上述论文都是首先举出《诗品》序中对齐梁诗坛的非难性批判为根据规定锺嵘《诗品》是一部力图矫正齐梁不良文学风气的战斗的诗歌评

---

[1] 祁志祥：《古典文论方法论的文化阐释》，《文艺理论研究》，1992年第5期。

论著作。正因为这个规定是以《诗品》的内证为可靠根据,所以在逻辑上是没有多大问题的,但是对齐梁颓风不作详细的分析,看到对不良诗风之一的'玄言诗'的批判:'理过其辞,淡乎寡味',就断定'滋味'乃至'诗味'是矫正颓风的中心旗帜,即钟嵘的批评标准和创作原理,不能不说这也太缺乏考证了"[1]。依据清水凯夫的意见,所谓《诗品》的"批判",必须落实到曹植、刘桢的个人风格层面,以及任昉、沈约的流派倾向上去理解,而不能仅仅停留于概括出一种笼统的"玄言诗"概念。从文本入手,自细节处求实证以获真知的态度对90年代乃至此后的古代文论学界来说,无疑是一支清醒剂,它使得哲学从来都"大于"历史的当代学者思考历史的本来面目和本能力量的同时,开始重新省察古代文论是否存在某种更"切实"的研究路径。而与此形成呼应的是张伯伟对海外《诗品》研究的引介。张伯伟曾横向比较并介绍海外学人对《诗品》的研究成就,这其中就包括日本学者。据张伯伟考察,日本文坛对《诗品》的袭作、仿作就有空海的《文镜秘府论》、滋野朝臣贞主的《经过集序》、纪淑望的《古今和歌集序》、藤原公任的《九品和歌》、大江匡房的《江谈抄》等,至江户时代(1603—1867),《诗品》的刻本已有中西淡渊校订本、《吟窗杂录》本,近藤元粹编"萤雪轩丛书"中也有所收录。20世纪以来,关于《诗品》的校勘、注译、评论更加丰富。朝鲜亦是如此。因此,张伯伟认为:"不难看出,《诗品》一书不仅在历史上对日本、朝鲜的文学理论影响甚大,而且《诗品》研究到现在也已成为一门世界性的学问。今后国内的《诗品》研究,需要了解和吸收海外学者的研究成果,这也是促进古代文学理论研究的一项不可缺少的工作。"[2] 在这方面,亦有诸如韩国学者李钟汉对韩国研究六朝文论之历史与现状的主动介绍。[3] 一方面有国外学者的直面批判,另一方面有大陆学者的开放视野,促使古代文论的研究终于有可能具有自我清醒、批判,自我开敞、接纳的胸襟与气度。

以《文心雕龙》为例,《文心雕龙》的文化背景问题并不是一则新鲜话题,其宗儒抑或崇佛,早在元人钱惟善、清人李家瑞那里就争论不休。20世纪80年代初,这一话题卷土重来。马宏山曾撰文《〈文心雕龙〉之"道"辨》(《哲学研究》,1997年第7期)、《论〈文心雕龙〉的纲》(《中国社会

---

[1] [日] 清水凯夫:《〈诗品〉是否以"滋味说"为中心——对近年来中国〈诗品〉研究的商榷》,《文学遗产》,1993年第4期。

[2] 张伯伟:《钟嵘〈诗品〉在域外的影响及研究》,《文学遗产》,1993年第4期。

[3] 李钟汉:《韩国研究六朝文论的历史与现状》,《文学遗产》,1993年第4期。

科学》,1980年第5期)、《刘勰前后期思想"存在原则分歧"吗?》(《历史研究》,1980年第5期)以坚称刘勰崇佛说。为此,程天祐、孟二冬做出了旗帜鲜明的回应,主张刘勰宗儒的观点。如何回应?程、孟的切入点是马宏山所提到的贯彻于刘勰思想中的具体范畴,如"神理""自然""太极""玄圣"等,他们指出,此类范畴并非专属于佛教所有,而早在佛教征服中土之前便已然有所潜伏乃至流行。值得注意的是,程、孟在反驳马宏山的过程中,就范畴的重新解读而言,开始介入了把范畴放归历史长河中的做法。例如在谈到"神理"这一概念时,程、孟不仅提到了早于宗炳二百多年的曹植,与宗炳同时代的谢灵运、王融,还提到了明人伍谦甫,清人王夫之、钱大昕、姚鼐等。[1] 学术观点从来没有绝然的是非对错,但这种在历史线索中,在理论的前后观照中深入分析的方法无疑提高了80年代古代文论的思考深度,是核于史实的历史观的积极反映,为90年代解构大一统的中心话语模式埋下了伏笔。在此基础上,人们逐渐把对历史的宏大叙事还原为文本个案的举证和梳理同样反映在对《文心雕龙》之具体范畴的理解中。郁沉在《〈文心雕龙〉"风骨"诸家说辨正》一文中搜集了历来关于"风骨"的诸家解释不下十余种,并做出了立场鲜明的批判。他认为,诸家之说研究的方法和角度或出自人物品评,或出自理论体系,或出自《文心雕龙》全书,或出自同时代及前后时代的艺术批评;而他所要做的是把"风骨"还原到《风骨》篇,在单篇中去理解。这种方法极类似于一种文本细读的符号学方法,规避了范畴滥用、误用、措置以及过度诠释的可能性。在此基础上,他指出,"'风骨'就是作品情与理结合所产生的一种动人的艺术力量。若分而言之,'风'侧重于情的感染力,'骨'侧重于理的说服力"[2]。这一观点的创见在于具体指明了"骨"包含着对事义、对安排事义、对文辞的要求,兼顾了义理与文理;同时指出,"风骨"指涉文辞构造,但不指涉辞藻修饰,是与"文采"相等位而统一的范畴。这样一来,关于"风骨"的理解也便因词而就,因篇而成,更原始,更准确。

90年代末,企图构建中国古代文论体系宏大框架的"野心"逐步让位于具体理论话题乃至理论范畴的细节研究,是一种不可遏制的潮流。陈伯海说:"我们这一辈学人一般都经受过现代文论和西方文论的熏陶,眼界为

---

[1] 程天祐、孟二冬:《〈文心雕龙〉之"神理"辨——与马宏山同志商榷》,《文学遗产》,1982年第3期。

[2] 郁沉:《〈文心雕龙〉"风骨"诸家说辨正》,《文艺理论研究》,1986年第6期。

其拘限,一出手便容易借取现成的模式为套式,于是古文论自身的特色便泯灭,只剩下一个'放之四海而皆准'的西方文论的范式。据我看来,综合而又要保持民族传统的特色,当从古代文论特定的范畴、命题和论证方法入手,逐步上升到一些理论专题、文体门类以至总体结构。"[1]"踩点""抓眼儿",捋出理论的线头,在中国古代文论研究客观的效应上,所造成的恰恰是一种对于理论原始文化形态的回归和对于宏观理论建构诉求的解构。这样一种态度,以历史的眼光回溯地看,最终出现于20世纪末、21世纪初。

二、开放性

古代文论如何进行现代转换,比要不要进行现代转换,作为一种理论话题具有更强大的后发优势、吸引力与活力。20世纪末21世纪初,古代文论进行现代转换的合法性逐渐成为学界共识,其方法论的探讨便成为人们热议的话题。怎么转?究竟应当怎样进行转换?一种新的思路出现在我们眼前,即开放性的系统观。此思路之所以"新",是因为固有的观念往往把古代文论看作是一种不可分解的"整体",一种话语疆界必须得以守持的封闭性体系——它在那里,岿然不动,不可挪移。而"今天",陈伯海提出,要"打破这样的格局,重新激发起传统中可能孕育的生机,只有让古文论走出自己的小圈子,面向时代,面向世界,在古今中外的双向观照和双向阐释中建立自己通向和进入外部世界的新的生长点,以创造自身变革的条件。一句话,变原有的封闭体系为开放体系,在开放中逐步实现传统的推陈出新,这就是我对'现代转换'的基本解释,也是我所认定的古文论现代转换应取的朝向"[2]。陈伯海提出了这种现代转换的三个基本环节:比较、分解、综合,他希望通过这三种模式来打通古今中外的界限,把古代文论解放出来,真正介入到文化比较的对话与创造中。在笔者看来,陈伯海的贡献正在于他的开放性视野,无论比较、分解,还是综合,跨越性、敞开性、多元化的思维正在随着一个开放时代的到来而成为时代的文化主流,陈伯海从他的角度发现并预言了这种话语模式的到来,为古代文论之

---

[1] 陈伯海、黄霖、曹旭:《中国古代文论研究的民族性与现代转换问题——二十世纪中国古代文论研究三人谈》,《文学遗产》,1998年第3期。

[2] 陈伯海:《"变则通,通则久"——论中国古代文论的现代转换》,《文学遗产》,2000年第1期。

现代转换找到了一条值得人们去客观地思考它并落实它的可靠途径。

　　世纪之交，关于古代文论的思考渐趋成熟，学界对于古代文论研究之取向已有基本的界定。党圣元指出："我们今天提出中国古代文论现代转化这一命题之意义又何在呢？笔者以为，这一命题的提出具有其特定的学术文化思想方面的价值目标，即重新建构当代中国文学理论体系，实现文论话语的本土化。它是文论界同仁在当前文化学术思想背景下认真地反思本世纪以来我国文学理论发展演变的历史，着眼于当代中国文学理论学科建设之未来而提出来的，因此可以说它是置身于当前多元化文化学术思想氛围中的当代中国文论面对种种价值可能而所能作出的一种最具有文化理性精神、最能体现理论学术的自主性的价值选择。"[1] 党圣元对当代中国本土化的文学理论体系之建构充满了信心，他相信，作为文化课题，这一理论建构的希冀一定会达到预期目的。虽然党圣元本人并未给出如此宏大之梦想具体的路线图和时间表，但我们却可以看到世纪之交，深植于人们内心的一个关键词：多元。[2] 这是一个多元的世界，一个包容的世界，一个差异的世界，人们接受碰撞，理解变异，对对话充满向往，因而，这也就是一个开放的世界。在这样一种世界观下，建构不再是权力施展的"前哨"，不再是意识形态的"替身"，而带有某种个人之生命性的抒写基调，它使得人们重新怀想一个依稀可辨的语词："百花齐放"。

　　仍旧以《文心雕龙》为例，此前，为《文心雕龙》各篇定基调的思考层出不穷，杨明把《乐府》篇的中心思想理解为，"是慨叹周代雅乐一去不复，俗乐却一代一代甚嚣尘上。篇中对西汉乐府和三祖乐歌，都是在这样的思想背景上加以论述的，是从一个特殊的视角进行评论的。因此，不能单从《乐府》篇论定刘勰的文学思想，必须与其他篇合而观之，比较其间异同，并分析其异同发生的原因，才能较为正确"[3]。杨明并未为《乐府》篇寻找元范畴，却为之找出元话题。从雅俗的变化所呈现的历史来看，杨明似乎在告诉人们，刘勰正在面对的甚至是更为抽象的概念：时间。不仅如此，杨明的如是操作方法同时强调了整部文献各篇章之间的有机关联以及它们共同产生的背景，这便切实地为从整体上探讨《文心雕龙》的文化

---

[1] 党圣元：《传统文论范畴体系之现代阐释及其方法论问题》，《文艺研究》，1998年第3期。

[2] 张海明：《二十一世纪的中国古代文论研究》，《文艺报》，1999年4月13日；蒲震元：《进一步做好古代文论的现代价值转化工作》，《文艺研究》，1999年第4期。

[3] 杨明：《释〈文心雕龙·乐府〉中的几个问题——兼谈刘勰的思想方法》，《文学遗产》，2000年第1期。

语境提供了深入思考的途径。

1993年3月18日，由徐公持主持，《文学遗产》编辑部曾经专门就如何建构文学史学进行过一次探讨。在这次会议上，王筱芸指出："尽管我们对已有的文学史著还有诸多的不满意，但近年的变化是明显的，这突出表现在多元性、理论性、泛形性以及个性化等方面。如果只有一种标准、一种模式，就不可能有泛形性。"[1] 面对弗洛伊德，面对萨特，面对卡尔·波普尔，面对卡西尔，面对贝塔朗菲……在20世纪80年代之后，当90年代的学者有了如此之多的选择和面对的时候，他们对于真理的多元性已了然于胸。破除对单一理性的顶礼膜拜，以一种开放的心态来解决具体的知识问题，为90年代的学术研究奠定了积极的话语环境。

20世纪80年代末，以多维的角度立体观照对象，考察古代文论，在某些学者那里，已成为理论发展的支点。在这一层面上，谭帆之《对古代文论研究思维的思索》一文显得尤为重要。谭帆指出："在方法的更新和思维意向的拓宽中，首先应该辨析对象实体的思维特征，从而在适应和配合的前提下，以多维的思维方式来观照多层次的古代文论。也许，在这种观念的指导下，我们对古代文论的抉发将更为准确更少失误。"[2] 谭帆在该文中显示出自己对于古代文论依据所谓社会学之方法来研究的"习俗"的不满，他认为，古代文论的研究必须具有"当代意识"，不可因循把古代文论的教条与特定的社会生活联系起来的"老路"。那么，如何更新？"当代意识"的生长点在哪里？思维，古代文论中所体现的思维的模式和特征，探掘思维模式及其特征而非与社会生活的简单对应，是谭帆认定的"革命之路"。而且，这一"豁口"又是在多维立体的空间中实现的，它要求这主体、客体、主客之间三维架构的"三极对位"。谭帆这一观念出现于80年代末之历史背景中，弥足珍贵。笔者以为，"以多维的思维方式来观照多层次的古代文论"，几乎是一个直到今天——21世纪初才逐步显现出其巨大生命力的理论预设和结果。换句话说，谭帆的这一观念是有前瞻性的，当他把古代文论的发展归结为某种特殊的思维方式的历史性延伸时，他也便在一定程度上保证了古代文论研究的"真实"和"自足"。

例如，为什么对于"风骨"的解读会有如此之多的歧义？童庆炳曾撰文专门就此现象指出，这多半是由于解读者的方法、角度不同造成的结果：

---

[1] 跃进：《关于文学史学若干问题的思考》（座谈会纪要），《文学遗产》，1993年第4期。
[2] 谭帆：《对古代文论研究思维的思索》，《文艺理论研究》，1987年第2期。

研究风骨,是以《风骨》篇为依据还是以《风骨》以外的章节来"主证";是以某几句为基础还是以全篇来贯通;视之为独立范畴还是《体性》篇的发挥补充;这一范畴是受到了人物品评的影响还是另有其衷;它需要从刘勰的文学理论体系来探讨还是孤立研究;等等。这实际上给了我们一种思考,即在本体解释学乃至接受美学的意义上统观,解读"风骨"实属新时期以来古代文论学者展示自我解读方式乃至其各自知识结构的平台。每个人都有每个人的历史,每个人都有每个人的"风骨"。我们看到,时值20世纪末,在童庆炳那里,他的理论结果里仍"饱含"着黑格尔的意味:"黑格尔的外层相当于刘勰所说的文辞——骨,内层相当于刘勰所说的文意——风。"[1] 虽然童庆炳继而指出,刘勰与黑格尔有不同——不仅重目的,也重过程——但这套解读的话语体系是"先验"的、既定的。对不对?对抑或不对,都是解读之一种。数十年来,解读"风骨"的历史,无不是为求真义、本义的历史,它之所以成为"显学",在笔者看来,其源由正在于它多义、模糊、复杂,从而有足够的理论空间被解释——人们在解释它的过程中,实现了自我世界之话语结构的建立。

徐中玉有句话说:"文艺创作是以物为基础的主客观统一体,主客关系可分而又难于截然始终分割。我觉得这正是我国古代文论优良传统之一,至今仍有巨大的启发意义。"[2] 这是一句看似简单,实则很难把握的判断。在这里,物是基础,却又不是唯物主义,物所奠定的是主客统一体,不仅如此,如是统一体可分又不可分,从而分分合合、合合分分,无法用简单机械的原则来复制和操弄。徐中玉此言,之于古代文论而言,可谓一语中的。古代文论中的复杂关系,以西方现代性理论所派生出的西方文论来看待,只能得到一种混乱、破碎而无章的印象,然此混乱、破碎而无章,却恰恰是古代文论的优势和长处。90年代初,孙立特拈出"诗无达诂"论,印证了这一点。作为文学传播与文学接受的原始理论形态,"诗无达诂"论呈现出自身的特殊价值和意义。孙立指出:"'诗无达诂'在阅读活动中是一个普遍的客观存在。这种现象的产生,首先在于文学作品在客观上是一个开放性的结构,而不是一个人人均有共识的终极真理'标本'。这个开放性结构从纵向上讲是发展变化而无定形的,在不同的历史阶段有不同的接

---

[1] 童庆炳:《〈文心雕龙〉"风清骨峻"说》,《文艺研究》,1999年第6期。
[2] 徐中玉:《苏轼的"观物必造其质"说——苏轼如何认识、观察、表现生活?》,《文艺理论研究》,1987年第4期。

受历史,所谓'诗文之传,有幸有不幸焉'。从横向上讲,文学作品一经出世,就要面对所有读者。"[1] 为此,孙立援引了伽达默尔、I.A. 瑞恰兹,乃至 T.S. 艾略特,孙立接受了新批评的见解,继而用本体论解释学的观念重塑了"诗无达诂"这一理论命题,使得古代文论的研究在真正意义上面向开放性的意义题域,走入了当下的现实世界。可见,开放性系统在中国古代文论中并非无本之源,用开放性思维来解读古代文论和古代文论中本有的开放性思想相得益彰,共同使古代文论面向一个开放的世界。

三、多元与对话

20世纪90年代古代文论的研究逐步走向了跨学科的形态。吴承学在饶宗颐《释主客——论文学与兵家言》之后,渴望在文学批评与兵法之间进行链接。远古军事谋略早在殷墟卜辞里已有记载,唐人林滋《文战赋》便把文学与兵家征战加以类比,这种文法与兵法并驾齐驱、相互斡旋、彼此影响的思路更凸显出吴承学企图跨越古代文学、古代文论等学科故步自封之疆域的努力。为此,吴承学强调"势"这一军事学术语在文学批评中的应用,继而指出文法与兵法皆求奇正、辩证之特征,内含统帅、阵法等原则,善于使用伏兵与伏笔、布设疑阵、文家之突阵法、置之死地而后生、欲擒故纵法、避与犯等可双向沟通之术语。[2] 这无疑成为20世纪末古代文论乃至古代文学研究多元化、跨学科化之先声。人们越来越体会到要打破的不是某种文化模型的习性,如怠惰,而是不同学科间自我封闭的界限和壁垒。在古代文论的研究中,跨学科不断证明着自己是一种能够有所期待的解决之道、关键词。李春青倡导:"我们要尝试的阐释视角正是要打破诗学研究与哲学研究、伦理学研究的壁垒,打通诗学发展史与哲学史、思想史在学科分类上的疆界,将古人的诗学观念与他们的哲学观念、人生理想视为相互关联的整体,尽量恢复诗学范畴的多层内涵所构成的复杂结构,并进而梳理出不同内涵之间的逻辑关系。这样或许能够比较准确而全面地揭示出中国古代诗学范畴的独特性与深刻。"[3] 破亦是立,在这一意义上获得了真实的确证。照这一逻辑推衍下去,文论范畴即为文化观念的成果,

---

[1] 孙立:《"诗无达诂"论》,《文学遗产》,1992年第6期。
[2] 吴承学:《古代兵法与文学批评》,《文学遗产》,1998年第6期。
[3] 李春青:《论"自然"范畴的三层内涵——对一种诗学阐释视角的尝试》,《文学评论》,1997年第1期。

唯有对文化观念做出充分描述之后，才有可能真正理解文论范畴的确切内涵。

90年代学界对西方文化资源的摄取更多元，其中最为重要的维度便是格式塔心理学。格式塔心理学通过"完形"强调人的视觉意向，可谓场域哲学之前身，90年代初在心理学界广泛传播，其影响同时波及古代文论研究领域。李晖以之建构他对"意境"的阐释系统。"'情与景会'，构成意境是有条件的。条件何在？显然，一般地讲'情景交融'、'移情于物'已不足以说明问题。于此，格式塔心理学关于审美体验的'异质同构'理论对我们可以有所启发。"[1] 由情景同构，李晖继而指出唐代意境论之拓新体现在"主客体同构性的深化""延伸性的形成""弥漫性的创造"等三方面，力的同构遂成为建构唐代"意境"论的逻辑基础。如是做法有把格式塔心理学泛化的倾向，格式塔心理学的理论内容主要是建立在视知觉基础上的，把这种理论应用于唐代"意境"论的重构，有可能会夸大其效应；但即便如此，这种援引西方带有个体性、生命性的心理分析介入古代文论之研究的方法，无疑使古代文论研究本身如沐春风，自有着深远的学术价值。而这种多元化的汲取不只面向格式塔心理学，苏珊·朗格亦为其中之一。蒋述卓在阐释"飞动"这一范畴时，谈到"飞动"与文理的自然流动，与空白，与艺术家的心灵与性情，与"气韵"的关系，并把它出现的原因追溯至中华民族宇宙论"道"的勃兴，泛灵论的意识以及观察和把握空间的思维方式。不过，在理论的架构、组织上，蒋述卓说："'飞动'一词所要求的正是如苏珊·朗格提到的一种具有动力形式的艺术形式，它的实质就是追求一种活泼跳跃、流动不居的有生命的艺术形式，从而赋予艺术作品以美的价值。这正是'飞动'所包含的美学底蕴。"[2] 古代文论中有关生命性的主题与西方现代性生命哲学、美学一拍即合，是故用后者来解释前者的方法得到了广泛普及。一个值得注意的细节是，类似于苏珊·朗格这一批学者的译著，如《艺术问题》（中国社会科学出版社，1983年版），多是80年代初被引入中国的；它们在古代文论研究中的应用，井喷于90年代初。这意味着，古代文论研究对西方现代文论的"消化"和"理解"，酝酿了十年。

无论如何，对话是90年代末人们理解和设想古代文论研究的共通之道。

---

[1] 李晖：《论唐诗意境的新开拓》，《文学遗产》，1992年第3期。
[2] 蒋述卓：《说"飞动"》，《文学遗产》，1992年第5期。

为什么要对话？什么是对话？曹顺庆以为："一味言洋人之言固然不好，一味言古人之言也同样不可取，传统话语需要在进入现代的言说中完成现代化转型，这就是我们特别重视对话研究的原因。对话研究的基本特点是注重异质文化间的相互沟通，不是以一种理论模式切割另一种理论，而是不同理论之间的平等交流；不是以一种话语来解读另一种话语，消融另一种话语，最终造成某一种话语的独白，而是不同话语之间的'复调式'对白。"[1] 这种选择对话的态度不仅体现于曹顺庆，自90年代初，已在乐黛云、钱中文、刘庆璋那里有过具体的应用和展开；它渴望实现文化与文化之间的"互译"和"互释"，意在"广取博收"中重建中国文学理论话语体系。以这样一种多元构想来思考古代文论之未来，"杂语共生""众声喧哗"，可能是它走向初生乃至小成的自由形态；而以这样一种开放态度来迎接古代文论之未来，其"有效性""可操作性"也一定会在具体的批评实践中得到检验。

在此框架下，古代文论研究最为强烈的呼声——"回归"才是可以理解的。在古代文论的研究过程中，回归的呼声此起彼伏，从未止步，虽然回归的取向不一而足。程千帆要求古代文论的研究不脱离文学作品，是这种呼声中突出的表率。他多次表明，古代文论的研究不能过于抽象，作品，文学作品是理论批评的"土壤"。这一点得到过许多响应。例如，贾文昭说："研究'古代的文学理论'，也确实不能仅仅局限于对古人已有理论的阐释，应该在古代已有的理论之外'再开采矿'，从古代作品再抽象出一些新的理论，再有一些'新的发现'。"[2] 如是开采、发现，实际上饱含着创造和重塑的成分。无独有偶，王更生曾拈出"文话"一词，力求开拓古代文论研究的新局面。他说："通观中国文学理论的发展，可说是有甚么文学作品，就有甚么文学理论，有甚么文学理论，就有甚么文话。文话是中国文学理论的瑰宝，居今想要开拓中国古代文学理论的新局，必须从整理和研究历代文话始。"[3] 这种观点与程千帆的思路相得益彰，又不完全等同——王更生强调文学作品与文学理论、文话的因果关系，但他所要回归的是历代文话，而不同于程千帆特别突出地强调文学作品的价值。在某种

---

[1] 曹顺庆、李思屈：《重建中国文论话语的基本路径及其方法》，《文艺研究》，1996年第2期。
[2] 贾文昭：《对改进古代文论研究的一点浅见》，《文艺理论研究》，1994年第2期。
[3] 王更生：《开拓中国古代文学理论的新局——从整理"文话"谈起》，《文艺理论研究》，1994年第1期。

程度上，与此一观念相左的观点来自李春青。李春青认为，"在中国古代，诗学观念并非完全来自对文学创作与文本特性的归纳与总结，它们中有相当部分乃是来自哲学和道德观念的'入侵'。这意味着中国古代诗学观念在其发生、发展过程中经常受到某种外部的要求和规范并因此而承担某种额外的任务。对于这样一种很不'单纯'的诗学观念，倘若仅仅从文学创作与文本的角度予以阐释，那是难以对它有全面而准确的理解的"[1]。李春青的观点多基于古代文论的"土壤"实为文史哲的通设，这种通设甚至关联到道德乃至心性修养等社会学命题。但无论怎样，类似思路基本上显示出回望、返归于古代文论之所以产生的文化母体的态势，在新时期古代文论研究领域内绵延不绝。这种态势至党圣元处而得以"全善"。党圣元在方法论上为古代文论研究指出过三条道路：结合传统文化哲学来研究，置于传统文化哲学的背景下去研究，与传统文学创作和批评鉴赏归并起来加以研究。值得注意的是，这三条道路实际上并没有提及如何实现"古为今用"的具体方法。事实上，在论及古代文论体系如何适应当代需求时，党圣元更加注重保护古代文论的原始形态。他说："中国传统文论范畴体系与西方文论范畴体系相比较，实际上是一种'潜体系'，所以整合、建构是必不可少的工序，平面的勾勒、描述将无济于事。企图用一种模式对传统文论范畴体系加以解说，实际上是难以达到预期的目的的，不过其至少可以为我们提供一个认识的出发点，所以各种认识之间的互相综合、融会又是必然的。故而，这一工作的完成将会是一个漫长的过程。近年来的传统文论及其范畴研究，在方法上一定程度上还存在着'贴标签''现代化'的弊端，其表现为不尊重原始本文，不深入把握古人所处的历史文化氛围，没有准确地理解古人话语的本来涵义，而是以现代的、西方的文论知识来套裁传统文论。"[2] 党圣元反对把传统的古代文论当作西方文论的注脚和副本，这样一来，也就把回归作为主题保留在了古代文论研究的必然法则中，而他提倡的所要回归的文化母体也显得尤其广博，需要不断地对话来理解。

有了这样一种视野，古代文论何尝"死过"？80年代中，栾勋有一句话说得好："我们研究活人，活人在变化着，难以把定；我们研究死人，死人也在变化着，也是难以把定。我们研究当代，当代在变化着，我们研究历

---

[1] 李春青：《论"自然"范畴的三层内涵——对一种诗学阐释视角的尝试》，《文学评论》，1997年第1期。

[2] 党圣元：《中国古代文论范畴研究方法论管见》，《文艺研究》，1996年第2期。

史，历史是过去的事情，似乎相对稳定，但历史也在变化着。可见'知人'不易，'论世'尤难。"[1] 什么是可以确定的？连死也是不确定的还有什么是可以确定的？我们生活在一个不确定的世界里，这是我们认识这个世界所必须了解的前提。那么，让栾勋来回答这个问题，究竟用什么方法来建立有中国特色的马克思主义的新的文艺理论或美学体系呢？栾勋说："我们的眼光必须纵贯古今，横绝各个时代，把一些重要问题放在一定的历史关系和逻辑关系中加以考察，只有这样，才能逐步探索出规律性的见解。而方法，实际上就是认识和处理各种关系的门径。方法论，可以认作各种关系学的总和。"[2] 笔者以为，在80年代中期，栾勋能把话说到这种程度，足以说明他实为那个时代思维世界里的翘楚。即便过了十年、二十年，哪怕是将近三十年的今天，栾勋对古代文论方法论的见解不落伍——与跨学科的态势何其相似。把这种结论向前推一步，会是什么？是在这里，我们太"脆弱"了，我们甚至连我们自己是否活着还是死了都无法确定，然而当我们如履薄冰地存在于此的时刻，我们的心胸纵贯古今，横绝千古，广博、包容、通变、圆融，恰恰是我们作为生命虔诚于信念的坚持，而非悖离。古代文论究竟如何走出理论的困境？笔者赞同栾勋的观点，关键在"人"。什么人？一个在天地中挺立的人，一个在人与自身、人与自然、人与历史、人与神灵的关系中能够挺立的人，这个人，用栾勋的话来说，是一个"博古通今"之人。只有在人的维度上达到通贯时间的前后线索，纵横于文化的各种形态，文史哲兼及，"出入经史，流连百家"，他才有可能有所立足，仰观俯察，从他的生命之中开出花，结出果。如何落实？落实于人的思维模式的重建。栾勋说："中国传统认知方式是越过明显的概念运动，在全方位观察的基础上，通过丰富联想和卓越的想象把握认知对象的整体，这就是所谓'体悟'。体悟方式的优点在于它的全面性和灵活性，而由此产生的模糊性则又分明显示出它的不足。意识到了这一点，我们就该自觉地学习西方思维方式善于通过概念运动对事物进行分析归纳的长处，以便在发挥我们固有的体悟能力的同时强化我们抽象思维的能力。我们如果在把握世界的方式上也做一番结构性转换，倘能由此做到具体体悟和抽象思维递进式融合一体，那就有可能使我们在把握世界的能力方面跃进到一个空前的阶段，从而推动我们的社会主义文明建设走向全面的繁荣，从

---

[1] 栾勋:《谈中国古代文论的研究方法问题》,《文学评论》,1986年第2期。
[2] 栾勋:《谈中国古代文论的研究方法问题》,《文学评论》,1986年第2期。

而推动东方文明的风采在更高层次上得到新的历史的再现。"[1] 这不只是分析、跨越的问题，更是整合、圆融的问题，一个人、一个民族的思维方式如果能够同时兼具中西方思维方式之所长，融通变换，自由从容，就能够在多元而立体的世界里真正理解古代文论的知识诉求和价值系统，激发出古代文论应有的活力和生命感。

（本文原载《文艺理论研究》2015年第2期，人大复印报刊资料《文艺理论》2015年第7期全文转载）

---

[1] 栾勋：《学人的知识结构与中国古代文论研究》，《文学评论》，1997年第1期。

三、文化研究

大众文化对民间文化的继承与改造

徐国源

在大众文化的自我指认中，通常自认为"草根文化""庶民文化"或"民间文化"，似乎与精英文化"道不同，不相谋"。这种"谱系"划分中外皆然，但仔细分析，却不尽然，因为这两者之间的"区隔"不仅相当模糊，而且各种文化之间也经常妥协、互融，可以"混"（mixed）得很美。

从"发生学"角度看，"大众文化"其实与"民间文化"也相去甚远，两者处于全然不同的文化生态环境，是在不同历史场域中生成的文化形态。可以认为，当代大众文化以"民间"为标榜，借"民间"做广告，其实是简化了"传统"向"现代"转化的复杂背景，因而也就混淆了两者之间的本质差异。这种文化思维，也许可以看作是由来已久的"托古"传统，即我们固有的文化思维，惯于从历史传统中寻找话语资源以证明自身的合理性。这种思维带来的问题是，古今不分，以古同今，大众文化正是借助"同化"（而不是差异化）思维，一方面建构出"自有来头"的文化身份，另一方面也希冀从文化母体中汲取营养，并按照"当下"原则重构"民间性"。

一、"民间"意识的历史溯源

关于作为文化概念的"民间"和"民间性"，在此有必要稍做梳理。尽管"民间"作为一个标明社会阶层、文化身份序列的"群体"早就存在，但真正把它看作独立的范畴，并明确提出这一文学概念，则晚至明代通俗文学家冯梦龙。在《序山歌》这篇短文中，冯梦龙非常明确地提出了同殿堂文学、文人写作相分野的"民间"说："书契以来，代有歌谣，太史所陈，并称风雅，尚矣。自楚骚唐律，争妍竞畅，而民间性情之响，遂不得列于诗坛，于是别之曰山歌……惟诗坛不列，荐绅学士不道，而歌之权愈轻，歌者之心亦愈浅。"[1] 在这个表述中，冯梦龙很鲜明地指出，以述唱"民间性情"为特色的歌谣，是早就存在的；同时他还指明，这个"并称风雅"的文学源头，是由于遭到历代以来"正统"文学的冷漠和排挤，乃变成了不列诗坛的"山野之歌"。可贵的是，冯梦龙与"荐绅学士"所持的文学立场不同，他还特别推崇这种抒发着"民间性情之响""不屑假"的歌谣，以为"歌之权轻"的民间文学看上去"浅"，但浅则浅矣，而"情真而不可废也"，因为"但有假诗文，无假山歌"。正是基于对"非正统"（文学意识）、"非主流"（风格和文体）文学审美趣味的认同和赞赏，他便另辟蹊径，搜集整理了大量的民间白话小说和山歌民谣，以文学实践张扬了中国文学的一脉，同时也在理论上彰显了一种"民间"的文学价值观念。

冯梦龙所持的文化立场和美学趣味，其实也是当时正在兴起的文学"市民化"的投影。自明代以还，传统诗文虽无衰落，但更为大众化的白话小说却从"街谈巷语"蜕变为普泛媒介，并日趋成熟就是明证。在市民文学的滥觞期，不只出现了《三言》《二拍》等整理自民间的话本与拟话本小说，而且还诞生了成熟的长篇小说（即《三国演义》《水浒传》《西游记》和《金瓶梅》"四大奇书"），中国小说的几大传统——历史、游侠、世情、神魔，都因之发展成熟。这些长篇小说虽属文人创作，但无疑融入了大量来自民间的文化与艺术元素，反映出浓厚的民间意识与民间审美价值取向。

从文学的角度看，明、清以还市民文学勃兴的意义在于：它以切实的文学形象"再现"了一个通俗而生动的"民间"语义场，建立了一种可真实触摸的"民间想象"，并由此影响了后来"民间意识"的积淀和建构。具体而言，明清通俗小说对文学的贡献主要反映在以下几个侧面：（1）描绘了一批从权力体制和宗法礼俗中游离出来的江湖游民，彰显了在现实层面被抑制的自由精神文化。（2）通过描摹市井生活图景，赋予"民间"人性、人情的色彩，大力张扬"民间化"的道德伦常，把从庙堂等级制下恪守道德的"忠"，转为具有民间"江湖"意味的"义"。人们在文学中领悟的忠奸对立、善恶报应、富贵忘旧、见利忘义、富贵无常、祸福轮回等，后来成了中国民间社会最常见和最典范的道德评判模式。（3）推崇文学（话本）的故事性和传奇性，满足大众观赏性、娱乐性和刺激性的需要，"好看"原

---

[1] 郭绍虞：《中国历代文论选》（中册），上海古籍出版社1979年版，第425页。

则也演变成了小说美学观念的最重要的因素,等等。[1]

进入20世纪以后,在中国文化从"传统"向"现代"的演变过程中,新的社会意识形态对旧文化进行了"洗心革面"的改造,如在文学领域,"五四"新文化运动倡导"平民的文学"以抵制"旧文学";又如1930年代以后,革命文学提倡"为工农兵服务""向民歌学习",等等。但不能忽视的是,一旦文学回归"常态",由"水浒""三国"和其他通俗文学培育的"民间"意识和伦理,却仍然是我国社会文化结构中较为稳定的层面。人们还是认同由"传统"积淀形成的观念:"民间"作为一个社会象征系统,它所承载的始终是"民间自在的生活状态和民间审美趣味"[2],其渊源既包括来自中国传统乡村的村落文化,也包括来自现代经济社会的世俗文化。80年代以后,"现代"与"传统"、"革新"与"寻根"等理论话语互为镜像,交替浮出,"民间"问题也在新的语境中再次凸显。在这次有关"民间"的讨论中,学者们不仅从"民俗学"的知识视野还原它本真的内涵,而且还被赋予了一种特殊的文化意义——"民间"乃是一个与"庙堂"相对应的精神世界与文化空间,是个性与自由的载体,本源和理想的象征。

但值得注意的是,几乎是在"民间意识"回归文学的同时,而"民间"这个社会文化场本身却开始裂变与分化。回顾1980年前后,当一部分作家正带着温情描写乡间民俗和市井生活场景,着意于勾画一幅幅古老的中国式城市、乡村民间社会的风俗画卷时(如:汪曾祺的《受戒》《大淖记事》,邓友梅的《那五》《烟壶》,陆文夫的《小贩世家》《美食家》和冯骥才的《神鞭》《三寸金莲》等,就是这一时期的代表作),一个新名词——大众文化,则直接以"新大众""新民间"文化自居,在中国文化舞台上炫目登场了。

二、"民间"作为想象力资源

以邓丽君歌曲的流行,以及不久以后纷纷登陆的港台影视为标志,它们以不同于作家文学的大众文本形态,宣示了"民间"将以自我言说,而不是"作家"的文学想象直接呈现出来。人们注意到,这些不久后被称为

---

[1] 张清华:《民间理念的流变与当代文学中的三种民间美学形态》,《文艺研究》,2002第2期。

[2] 陈思和:《民间的还原:文革后文学史某种走向的解释》,《文艺争鸣》,1994年第1期。

"大众文化"的文本,不仅表达的媒介不同,前者主要是以传统的小说、散文形式出现,后者则主要以通俗歌曲、武侠和言情小说、舞台小品、影视剧、新媒体文化等新媒介涌现,而且它的表现内容,如故事、俚语、野史、传说、段子、民歌、神怪故事、"还乡体"等,其中大部分鲜见于经典、不入正宗,但他们却"像巨大无比、暧昧不明、炽热翻腾的大地深层",承托着地壳,渗透到规范性文化中。[1] 这是一个为精英文学感到陌生的江湖怪客,鲜有"规范",却生机勃勃,且赢得了巨大的读者群和商业市场。

需要追问的是,长期以来"民间"就一直以自给自足的方式存在,但它一直处在差序化的权力和文化格局中的次等地位,历来被污名化为"下里巴人",且在文化价值评判中,它的"杭育杭育"歌与文化精英们创造的歌赋雅乐何止相距千里?大众文化的理论家与实践者竟何以将"民间"作为想象力资本,并对这个文化符号倾注如此巨大的热情?在我看来,这只能从社会文化的"典范转移"及人们的精神境遇中寻找答案:

其一,民间尤其是乡村,是哺育人类的"血缘"之地,始终散发着原始魅力。真正的民间建立在"身体"与自然的关系基础上。它较为远离权力体系,保持着自身与土地、植物、动物的天然联系;它既不像政治巫师那样关心宇宙结构与社会结构的对应关系,也不像知识分子那样关注自然与社会主体的对应关系。"民间想象建立在'身体'与自然的恒久关系之上。他们想象着自己像谷子一样永远循环往复地孕育、生长、死亡。他们作为欲望(身体)主体,既是'人',又像'植物';'欲望化'是对外部世界的占有,'植物化'是向外部世界支出。这种收支平衡状态,使民间想象力既刺激又消解'身体'欲望。"[2] 因此,与其他承载过多功能的精英文化比较,真正的民间想象保持着"食色性也"的天然状态,就如同一个童话、一曲牧歌,是最为大众化的遥远而亲切的文化记忆。

其二,"民间"看起来是一个相当简单的语词,实际却隐含着极其根深蒂固的、中国人看待社会政治的传统思维——这就是"民间对体制""民间对精英""民间对现代"等这样一种二分式基本视角。对此,学者甘阳有个观点认为,"民间"概念的含混性与"对抗性"的态度取向有关,因而人们使用"民间"时,云集着各种话语势力,放大了某种"对立性"。"'民间

---

[1] 韩少功:《文学的"根"》,《作家》,1985年第9期。
[2] 张柠:《想象力考古》,见朱大可、张闳主编:《21世纪中国文化地图》第二卷,广西师范大学出版社2004年版,第23页。

社会'这个词绝不仅仅是一个抽象的概念,而毋宁是一个可以唤起一大堆非常感性的历史记忆的符号。"[1] 因此,"民间"与其说是带有"共时性"的想象建构,不如说是由中国代代相传的无数历史记忆和文学形象所构成的文化概念。

其三,民间想象在大众文化层面的巨大释放,某种程度上暗含了人们对现代文明范式的"反动"。且不说建立在科学技术之上的现代文明远未像它标榜的那样尽善尽美,即便科技高度发达如西方世界也并不能真正做到物畅其流、人遂其愿,何况人的精神追求还有许多"非技术因素"必须考虑在内。著名文学家 J. 乔伊斯曾以感性的笔触写道:与文艺复兴运动一脉相承的物质主义,摧毁了人的精神功能,使人们无法进一步完善。现代人征服了空间、征服了大地、征服了疾病、征服了愚昧,但是所有这些伟大的胜利,都只不过在精神的熔炉中化为一滴泪水。当下的"民间想象",其实就包含了一种"回归"意识,即从商业物流、都市红尘中自拔出来,返回到人之为人的置身之地。因此,所谓"原乡感""怀乡症"等情结,莫不包含一种深刻的"时空差异",涉及了今昔之比、异国他乡与故里老家之比等。

尽管今天的都市大众远非"乡土中国"的大众原型,但在大众文化策略家的视野里,"民间"作为对应于自然、身体、原乡与历史记忆的多重性"意义符号",却意外成了最具"卖点"的文化想象。于是在莫衷一是的状态下,"民间"便作为一个最有力的符号、手段和最终落脚点,成为当代文化最热衷的宏大叙事,以及最具有召唤性的文化想象。

三、"民间"的想象性重构与呈现

与作家文学的民间叙事不同,大众文化的民间表述被认为是一个具有自足意义的存在。如果说作家文学所持的民间立场与民间理想,多少还只是由于"在启蒙话语受挫,并同时受到市场语境的挤压之时",作家们鉴于"重返庙堂的理想"已被终结,开始对当代文学精神价值进行一种新的寻找和定位,但深入分析,他们仍是站在知识分子的传统立场上说话,只是一种由"体制"转向"民间"的视角转换。而大众文化创作者则不同,他们

---

[1] 甘阳:《"民间社会"概念批判》,见张静主编:《国家与社会》,浙江人民出版社 1998 年版,第 236 页。

的民间立场则基本立足于本位,无须调整姿态,他们的身份和传统中的三教九流市井人物之间具有某种微妙的血缘联系,所以被"正统"称为城市的边缘人、游走者、文化闲人或"精神痞子"。随着20世纪90年代以后"大众"的主体身份建构的完成,其民间立场更为鲜明,它们既与主流保持距离,与知识精英也互不来往,而只是一味地迎合市场和读者,形象一点说,"他们(她们)已经完全商业化了,成了一种角色定位和商业包装的需要,成了一种对市场份额的谋算"[1]。

尤其需要指出的是,由于文化立场和视角的差异,作家文学与大众文化各自的"民间"审美趣味,也是迥然不同的。作家文学提出的"重返民间",从本质上说其实是一种"外视角",是艺术的想象和"表演"而已,是"为文化而文化";而大众文化就来自于民间,是"内视角"的真实书写,是民间的自我表现。用来自城市民间的大众文化创作者的话说,他们与精英文学艺术的差异在于:大众文化的"根源就是我们的现实生活,我们就真实地生活在这火热的土地上,我们的出路就在当下现实的改造中,所以我们对传统文化的需求就变得很踏实,不是为了文化而文化"。这种直接面对现实的态度,便必然会形成不同于主流精英的民间美学:

> 我知道当我们感受到现实的疼痛时,就会喊出来,正如一个工友说的,我们不可能把这种疼痛写成多么深沉而朦胧的东西。我觉得民众文艺有着自己的美学,这种美学肯定是区别于主流的、精英的,是大众的,是来自我们劳动第一线的,是要让大家能够来表达的。而表现形式也是鲜活生动的,让大众能接受的,它当然要和我们的传统文化做连接,充分吸取其养分,但肯定不是像一些艺术家那样有洁癖,不是那样唯艺术论。文艺的普及和提高是一个自然生长的过程,每个阶段都有其不可取代的价值。[2]

这里,大众文化的"宣言者"明确划清了与主流精英的分界线,自觉指认出自己的艺术来自民间生活,也为民众服务的本质,而且其表达形式和语言也是大众的,它们与"为文化而文化"的唯艺术论观念显然不同。

---

[1] 张清华:《民间理念的流变与当代文学中的三种民间美学形态》,《文艺研究》,2002第2期。

[2] 林生祥等:《歌唱与民众》,《读书》,2008年第10期。

不过，仍需厘清的是，即便大众文化的理论家和实践者高喊"民间"，指认其为精神故乡，但这个"民间"的语义场毕竟与中国传统乡村的村落文化的状态，或者与来自工业化早期的城镇市井文化的生态已经有了"质"的差异。90年代以后，大众文化文本所大致呈现的三种形态，即"乡村民间"、"城市民间"和"大地民间"，从根本上讲是新的文化范式的产物，是传媒消费文化的体现，而与自在、本然状态的"乡土的民间"相去甚远。例如，传统的民间节庆活动——中秋节，原本是一个祭祀节日，据《周礼·春官》记载，周代已有"秋分夕月（拜月）"活动。到了唐代，中秋已成为官方和民间都相当重视的节日。北宋时，农历八月十五被定为中秋节，并出现"小饼如嚼月，中有酥和饴"的节令食品。众所周知，中秋节最核心的文化内涵是祝愿社会和谐进步和家庭团圆幸福，所以为海内外炎黄子孙所重视。但时至今日，中秋节原有的文化内涵逐渐消失，已演变为假日经济和消费文化，中秋成为"月饼节"。节日被商家包办，变为美食节、购物节、旅游节，失去了它原来的味道。过去，中秋节吃的月饼包装很简单、朴素，但负载的美好愿望和生活理想很珍贵，现在的月饼虽然被包装得精美、豪华，却渐渐变成了纯礼品，这些礼品又被负载了另外的内容，比如利益、交换等。这些当代消费社会的因素融入月饼中，就把节日那种朴素的美好东西冲淡了。

当然，大众文化对"民间"的吸纳与改造，自有其积极意义。巴赫金等理论家从"狂欢"理论的视角出发，指出大众文化从根本上说是民间欲望的再生产，人们在集体的狂喜之中，一方面预演了一种"天下大同"的乌托邦，一方面从权威真理和既定秩序中解放出来，将阶层等级、性别歧视、文化区隔、经典教义等悉数抛诸脑后。大众文化所隐藏的正面意义，正在于它消除差序、颠覆威权，以反叛、戏谑和讽刺等形式，构成对精英文化"一统天下"的冲击，实现了寄托着自由精神的民间文化对传统范式、思维和语言等方面的全面渗透，并以鲜活生命力建构起自身的文化实体，从而有可能跻身文化的殿堂，实现各种差异性文化的重组。

（本文原载《中北大学学报》2018年第5期）

重建民间审美文化的理论逻辑

徐国源

近年来,随着"非遗""古村落游""乡村田园"等成为热词,一向较为沉寂的"民俗学""民间文艺学"似乎炙手可热。这种"热度"虽然可喜,但仔细想来,有关"民间文化"的基础理论问题,似乎仍乏人问津,有待深入探讨。比如,如何评价民间文艺的审美价值?应该用怎样的知识话语来阐释"民众的美学"?又怎么从"民间审美"的角度去阐释民众创造的审美文化?笔者认为,如果对上述基础问题不做理论思考,那么学科的"热"效应将是短暂的,因为它缺少学术上的呼应和支持。鉴于上述问题,笔者以为讨论民间审美文化,需要从民间审美的"元问题"出发,进而在学理上构建具有本土性的民间审美基础理论。

一、"艺术即经验":民间大众也有审美能力

底层民众有没有审美能力?他们能审美吗?这个问题看似粗浅,甚至隐含着强烈的鄙视意味,但其实一直是知识精英根深蒂固的观点,自然是绕不过去的、需要辨析的问题。

这里,首先要从"什么是审美"这个基础命题讲起,如此"从头说起"才能讲清楚"民众会不会审美"的问题。被誉为"美学之父"的鲍姆嘉通在其《美学》中提出过一个看法:审美是人的感性或者情感活动,是"感性认识的完善",审美活动尤以"美"和"美感"为目标。[1] 他的观点,强调了"感性"生活经验之于审美的意义。而在其他哲学家如康德、席勒、黑格尔等的论述中,关于"审美"的讨论也始终把"感性""经验"作为其理论创建的基础。

杜威是"艺术即经验"的倡导者。他在讨论了"活的生物"的基本特

---

[1] 参见 [德] 鲍姆嘉滕:《美学》,简明、王旭晓译,文化艺术出版社1987年版,第18页。

征之后指出:"人"(也包括动物等其他"活的生物")与具体的环境相遇,会在多次反复的接触中产生经验;这些"经验"既包括环境作用于"活的生物"所产生的"受"(undergo),也包括"活的生物"作用于环境所产生的"做"(do)。这种"受"和"做"都会形成人的经验。由类似的艺术实践思考出发,杜威指出:审美的意义是"在拥有所经验到的对象时直接呈现自身","就像花园的意义一样,这是直接经验所固有的"。[1]

杜威的"艺术即经验"之说,为我们理解"民众会不会审美"提供了一把钥匙。过去,很多美学家把"审美"看得很神秘,以为它只为一些有特殊天分的人(如文人艺术家)所拥有,而其他普通人特别是底层百姓是不具备这种天赋的,也不可能欣赏、创造有审美意味的艺术品。显然,这是一种极大的曲解和偏见。美国人类学之父博厄斯认为:"审美愉快(经验)是能够被所有人类的每一个成员所感觉到的,甚至那些最贫困的部落,也能创造出给他们以审美愉快的作品。"[2]原始部落的文身、飘动的羽毛、华丽的长袍、闪光的金银玉石的装饰,构成了原始审美的艺术标识。如果不带偏见地看问题,我们完全可以说:脱胎于原始艺术的民间艺术,它所具有的生气和美感是我们完全能感觉到的,而且"它丝毫没有商业社会集体裸露表演那种粗俗性,其审美力量甚至使艺术展馆里的一些现代艺术也相形失色"。[3]

审美活动,不管是民众的或其他精英文人的,都是创作者借由其广阔的生活领域获得的各种"经验",以呈现自身的心灵世界和文艺才华。审美能力是每个族群成员生活经验的一部分,并非是士大夫或知识精英的特权。梁启超说得很明白:"要而论之,审美本能,是我们人人都有的。"[4]但在一些对民间审美持偏见的人看来,那些持锄头劳作的庄稼汉见识贫乏,个性木讷,思维落后,哪里会有文人雅士的审美心态和追求?然而,当人们走进村舍间巷则会发现,那些活跃在民间的审美活动从来没有停止,它们始终伴随老百姓的日常生活,以质朴清新、活泼天然的风格证明着自己的存在。即便在恶劣的生存环境下,那些乡村的懵懂女孩,也完好地保存着"爱美"的本真天性,她们或用凤仙花染指,或传习剪纸、绣荷包,并不会

---

[1] [美]杜威:《艺术即经验》,高建平译,商务印书馆2005年版,第83页。
[2] [美]弗朗兹·博厄斯:《原始艺术》,金辉译,刘乃元校,上海文艺出版社1989年版,第2页。
[3] [美]杜威:《艺术即经验》,高建平译,商务印书馆2005年版,第83页。
[4] 梁启超:《美术与生活》,见《梁启超全集》(第七册),北京出版社1999年版,第4018页。

因身处"穷乡僻壤"就放弃审美追求,且总会在"我好看吗"的镜子式的反观中,显现出自我的审美自觉和诉求。同样,在那些并不识字的底层百姓中,一些能说会道的乡村故事手在讲述时,常会露出令人惊叹的本领:"他只需用三言两语,就能很快地激活听众的情绪,调动他们的经验积累,在极短的时间内,实现听觉形象向视觉形象的转化,让人产生绘影、绘神、悦心、悦意的感受。"[1] 民间故事家这种才能,出自长期的"讲述"经验的积累,他们感于哀乐,缘事而发,与自己的生活水乳交融,他们讲唱的故事、歌谣是心灵的真实流露,是喜怒哀乐的自然抒发。

在一项有关江南民间艺人的传承谱系调查中我们也发现,许多知名的老一辈民间艺人其实多为普通劳动者。他们主要从事体力劳动,社会地位不高,生活相当艰苦。他们是老百姓中涌现出来的有特殊才艺的群体,这些"民间达人"包括歌手、故事手、工匠、神职人员(道士和尚、巫婆神汉、讲经先生等)、江湖艺人、民间绣女、卖货郎,及其他生活在乡间的特殊人才。这些老艺人多数不识字或粗通文墨,但记忆力和领悟力超强,能说擅唱,心灵手巧,极具创造才华;他们是"露天舞台"上脱颖而出的草根艺术家,却创造了传承至今的民俗文化的精华,如各种说唱文学、民间艺术、工匠文化等。

民间文化本质上是百姓出乎生活需要的一种自发性行为,它的意义主要是为自我娱乐或"众乐乐"。正如一首吴歌唱道:"唱唱山歌种种田,唱山歌当饭过荒年,唱仔两只半山歌吃四十五口饭,唱仔廿一只山歌过一年。"(吴歌《吃饭要唱饭山歌》)歌者以质朴的言语说明:唱山歌、说故事,都只是为了"寻开心"的审美意趣。同时,民间文化也贯通着民众"生活化艺术"的丰富实践,如人们在日常生活中常见的门神年画、剪花鞋样、刺绣兜肚、木制提盒等,既满足了百姓的实用功能和带来审美的愉悦,同时也在这一生产制作过程中反映出追求技艺卓绝的"工匠精神"。

二、"到民间去":重新发现民间文化的审美价值

民间,特别是乡村意义的"民间",对于大多数中国人来说是最亲切的和维系着血脉根系的"故乡",乡土情结也往往勾连着许多人见山望水的乡愁。但令人惊诧的是,"民间"在正统的知识体系里一直处于边缘状态,这

---

[1] 李惠芳:《中国民间文学》,武汉大学出版社1996年版,第31页。

确实是一个令人深思的文化现象。

在旧时代,统治者往往借由"巡狩"、"廉访"和"按察"等方式,以了解民声民情,有所谓"观风,王者事也"[1]之说。但仔细分析,统治者之所谓"采风""观风"等活动,其实多为站在政治角度的"民意""舆情"观察,很难说是从"民为本"出发重视民间文化。而在文人士大夫眼中,因其固有的文化身份的影响,他们对于民间百姓一般也持强烈的鄙夷心态。

从文学"发生论"角度看,无论中外,民间审美文化的源头一般都会追溯到"歌谣"。采风于民间的《诗经》在中国文学史上的地位和意义,也正在于此。但匪夷所思的是,除了极少数的文人学者,出于"礼失求诸野"(孔子)和"真诗乃在民间"(明李梦阳)的想法,偶尔会关注到它的存在,绝大多数掌握文字和知识权力的传统文人,往往不屑一顾,甚至鄙视它们,将之排斥于正统的文化殿堂之外。如此,审美活动似乎越来越成为帝王将相、才子佳人的"传记"和"登科录",诗文被看作是审美文化的"正宗",农夫村妇传唱的歌谣、传说则久为人所漠视。

随着文人、画家等职业的固化,审美活动越来越趋于"特权化""精英化""文本化",以"俗"为主调的民间审美愈发淡出"正统"体系。朱自清指出:"从美学观念来看,古代文人大都尚雅忌俗,即便在倡言'以俗为雅'的宋人之中,也是以雅为主的。从宋人的'以俗为雅'以及常语的'俗不伤雅',更可见出这种宾主之分。"[2]在精英化审美观念的支配下,正统文化屏蔽了"民间艺术"这道风景,民间审美文化始终处于"压抑"状态,只是在"日常生活"和"地方风俗"的层面上得以传承。

纵观我国文学史,总体上显现出由"奏雅"到"适俗"的过程。在这个文学流变的进程中,民间文艺往往显示出一种"俗效应",以它的质朴清新矫正着"雅"文学的繁缛、颓靡的偏向,对文人创作发生过积极作用。以《诗经》为例,其中的"风"就是一种地方民歌,这些本来由民间妇孺讴唱的民歌经"文人化"改造,形成了一套独特的语言体系,被称为"诗经体"(诗体),对后世的文人创作产生过很大影响。唐代的"竹枝词",则是由古代巴蜀民歌演变过来的。诗人刘禹锡所写《竹枝词》,大多来源于对巴楚地区民歌(多为情歌)语言的汲取,他还把自己"仿作"(民间小调)

---

[1] 王阳明:《两浙观风诗·序》,见《王阳明全集》(三),线装书局2012年版,第168页。
[2] 朱自清:《论雅俗共赏》,生活·读书·新知三联书店1998年版,第53页。

的《竹枝词》收入个人诗文集，把民歌变成了文人的诗体。其中比较著名的一首是："楚水巴山江雨多，巴人能唱本乡歌。今朝北客思归去，回入纥那披绿罗。"这首诗的特别之处，不仅仅在于白话入诗，而且具有歌吟体或歌诗的韵味，这恰恰是民歌体的审美特征。《竹枝词》清新明快，朗朗上口，黄口小儿皆能吟诵，这一诗歌形式对后来词的影响非常之大，被誉为中国诗歌史上的"竹枝体"，也可看作是宋词的先声。[1]

既然民歌作为文学的源头，对文人创作形成了不可低估的影响，那么为什么"正统"的文学史仍会漠视其审美作用和价值？明代文学家冯梦龙在《山歌序》这篇短文中，揭橥了藏匿其中的奥秘："书契以来，代有歌谣，太史所陈，并称风雅，尚矣。自楚骚唐律，争妍竞畅，而民间性情之响，遂不得列于诗坛，于是别之曰山歌……惟诗坛不列，荐绅学士不道，而歌之权愈轻，歌者之心亦愈浅。"[2] 在这段文字中，冯梦龙很明确地指出：以抒发"民间性情"为特色的歌谣，是早就存在的；这个"并称风雅"的文学源头，后来则因遭到以"楚骚唐律"为"正统"的文学观的冷漠排挤，乃变成了不列诗坛的"山歌"。不仅如此，冯梦龙还深刻地阐明，"山歌"（民间文学）地位的旁落还涉及文学表达的"权力"问题，在他看来，正是由于掌握着诗坛话语权的"荐绅学士"，对民间的"山歌体"不屑一顾，才造成了民间文学地位的边缘化。可贵的是，冯梦龙还特别推崇这种抒发着"民间性情之响"的山歌，以为"歌之权轻"的民间文学看上去"浅"，但浅则浅矣，而"情真而不可废也"。

"五四"以后，伴随"到民间去"的口号，一些中国现代知识分子在"乡村""农民"的思考维度上开始走向"民间"，他们多数抱着一种"改造社会"的情怀从事民歌的搜集和利用，希冀从民歌中找到优秀的文化典范。洪长泰指出："有了这种经历，中国知识分子对民间文化抱有更高的期待，逐渐以一种十分理想和浪漫的情怀，对民众发生了亲近的认同，当时有一句流行的口号叫到民间去，正可以概括这批青年民俗学者的一腔热忱和真诚心态。"[3] 不难看出，近现代一度出现的"民间文学运动"，其根本原因仍是出于精英文人的社会文化理想，而并非从"民间"本体出发的价值认同。

---

[1] 参见朱中原：《文体家、文学家与美文家》，《文学报》，2017年11月10日。

[2] 郭绍虞：《中国历代文论选》（中册），上海古籍出版社1979年版，第425页。

[3] ［美］洪长泰：《到民间去——中国知识分子与民间文学，1918—1937·初版序》（新译本），董晓萍译，中国人民大学出版社2015年版，第2页。

接下来须讨论的问题是,既然以《诗经》《竹枝词》为代表的大量民间审美活动一直存在着,而且"到民间去"的口号和实践还一定程度上改变了民间文学的地位,使人们对"民间"的意义有了新的认识,但为什么"正统"的文学史、美学史仍较为忽视民间文化的审美价值,民间审美文化为何一再被"边缘化"?这个问题较为复杂,需要稍稍追溯一下人类审美活动的简史来加以回答。

在原始社会,人类造物活动的审美意识还处于一种混沌的状态,其中重叠了巫术观念、实用意识等。但随着社会生产力的发展,人类的审美活动获得了相对独立的发展,特别是在社会分工出现后,社会群体开始分化,不同的群体拥有了他们"自己的文化",并且每一特定的文化有了一套集体表征体系:一种是"神圣",即被看作是神性、特别和不同凡响的特征,如庄重、书面的表达;另一种是"世俗",即被定义为日常的、实用的和普通的事物。其后,由于职业文人、艺术家的出现,审美越来越被看作是少数具有特殊天赋的文人艺术家的"特权",而普通民众则因缺少这种"神"赋予的天分,自然就被抛弃在"美"的殿堂之外。"选择性传统文化是我们惯常所知的'高雅文化'——艺术和伟大作品。在一定语境中,人们认为它们比其他文化形式'特殊'和优越。"[1] 恰如福柯所言:不同的"话语"不仅以某种方式定义了世界,还以迎合并反映某些社会阶层利益的方式进行定义。

历史地看,统治阶层的观念在每一个时代都是主流观念,同时也是控制知识的力量。民间审美和日常生活审美因疏离于统治阶层的"主流观念",自然也就日渐淡出"正统"的美学体系。在审美领域反映出的"此消彼长",就很可以印证这个观点。冯骥才在一篇短文中指出:

> 那些出自田野的花花绿绿的木版画,歪头歪脑、粗拉拉的泥玩具,连喊带叫、土尘蓬蓬的乡间土戏,还有那种一连三天人山人海的庙会,到底美不美?
>
> 自古文人大多是不屑一顾的。认为都是粗俗的村人的把戏,难入大雅之堂。故而这些大多为文盲所创造的民间文化一边自生自灭,一边靠着口传心授传承下来。

---

[1] [英]戴维·英格利斯:《文化与日常生活》,张秋月等译,中央编译出版社2010年版,第22页。

当然，在古代也有一些文人欣赏纯朴天然的民间文化，大多是些诗人。他们的诗中便会流淌着溪流一般透彻的民歌的光和影。从李白到刘禹锡都是如此。但是，古代画家则不然，他们崇尚文人画，视民间画人为画匠，很少有画家瞧一眼民间绘画的。[1]

长期以来，精英文化制定的美学标准一统天下。人们判断民间艺术美不美的依据，也往往是"精英"的标准。在这种精英化的审美原则下，人们所接受的民间文化也都是靠近"雅"的一部分。比如，被称为"国粹"的京戏，由于其较为"文雅"而受到青睐，而我国的戏曲艺术其实是个大家族，还有370多种地方戏仍然被轻视着，有些甚至到了濒死的境地。如此，在一种"选择性"的审美趣味下，人们自然只接受了民间文艺很少的一部分，而那些经过历代文人改编的民间文艺，实际上并非是真正的"原生态"，因为它缺少了民间的生命、民间的呼吸、民间的活泼和民间的情意表达。

除了"选择性"的传统价值观念以外，民间审美的"边缘化"也和知识精英疏离日常生活世界的生存态度有关。确实，多数知识精英原先也来自民间，也可以说他们就生存于"民间文化"之中，但当他们跨越了普通阶层进入"庙堂"后，许多人却忽视了这一基本事实，有意无意地展开了一场对民间日常生活的"去熟悉化"运动。英国学者戴维·英格里斯曾揭示了其中的奥秘："当我们将自身从日常惯例中'去熟悉化'（defamiliarizing）时，我们所做的是'逃离'生活世界，并且开始'从外面'观察，如同他们之于我们是陌生的一样。我们开始查看生活世界的奇异和特别之处，好像我们正在看待与我们的生活方式大相径庭的一群人的思想和行为。"[2]

饶有意味的是，除了一些自觉走近"民间"的知识精英，如屈原、刘禹锡、冯梦龙、鲁迅、刘半农、顾颉刚、钟敬文等，绝大多数文人之于"民间"，只是抱持一种"远观""冷漠"的态度。陶渊明诗云："采菊东篱下，悠然见南山。"类似的文化姿态说明，即便历史上的文人寄身于乡间茅舍，但他们也把眼光放得很悠远，而将身边的邻里乡情、田头劳作、牧童放歌都"去熟悉化"了。因为精英文人关注的，毕竟还是一种"超乎世俗"

---

[1] 冯骥才：《民间审美》，《文艺报》2003年4月1日。
[2] [英] 戴维·英格利斯：《文化与日常生活》，张秋月等译，中央编译出版社2010年版，第16页。

的文人审美的高渺境界。

在这种文化心态下，即便如董作宾所说的"中国受民俗文学的洗礼的人，占百分之八十五"[1]，但由于根深蒂固的文化等级意识的影响，整个社会也包括学术群体总体上缺少对民间文化深切的"同情"和欣赏；受过学校正规教育的人们的文艺欣赏活动，也主要局限于"纯文学"、文人画等。人们也习惯于从"雅"的欣赏趣味出发，去理解和讨论民间文艺，这自然会夹杂着不小的"误读"。以雕花木匠出身的大画家齐白石为例，他的创作风格和审美趣味其实主要脱胎于"民间艺术"，虽不像古代文人画家的艺术趣味那么高雅，但又有着那些高雅"文人画"难以替代的魅力，它看似不太合理，甚至带有土气、稚气，然而又处处体现了艺术审美的情理。对于齐白石的画作，如果单纯地用文人画的标准去分析评价，显然是忽略或遮蔽了他的民间艺术之魂。

在历史上，知识精英对待民间艺术要么持一种鄙视的态度，要么总要把它改造、提升，进而纳入自己的审美体系中。民间文艺从来都只是被使用的——被精英文化作为一种审美资源来使用，它本身从没有被放在与精英文化同等的位置；所谓"阳春白雪"和"下里巴人"的文化区隔历来泾渭分明，不可造次逾越。显然，民间文艺一直为大多数人所轻视，或认为它毫无审美价值，或以为它只是一种低层次的审美活动。所以即便到了今天，如何摆脱文人本位观念，从学术角度来客观评价民间文化的审美价值，仍是摆在研究者面前的重大课题。

三、"场域化"：重构民间审美理论

民间审美理论的建构，首先需要我们去确证民间审美文化的价值。关于这个问题，我以为露丝·本尼迪克特的《文化模式》提供了一种新的学术视野。本尼迪克特基于对美国西南部和加拿大的一些印第安人部落里的原始宗教、民俗、礼仪的考察，表达了自己对于文化上的"歧视""压迫"的厌恶。在她看来，人都是平等的，没有种族上的高低贵贱之分，文化也都是人类行为的可能性的不同选择，无所谓等级优劣之别。"文化的差别，并非意味着落后与先进这类评价，各文化都有自己的价值取向，也有自己

---

[1] 董作宾：《民俗文学中的"鸦片烟"》，《歌谣》周刊第67期，1924年11月9日。

与所属社会的相适能力。"[1] 文化是一个整体，民间审美自有其自身的一套模式，绝不因人们的文化趣味的好恶而失去其存在的价值。

另外，我们对民间审美活动的价值确证，还必须深入到"艺术"与"生活"的关系中寻找答案。对此，杜威在他的《艺术即经验》中揭示过一个"秘密"：艺术作品在其产生时，都是与人的生活有着密切联系的，但后来的艺术理论却割裂了艺术经验与日常生活经验的联系，只是从被人们奉为"经典"的艺术作品出发，提炼出一套与生活绝缘的艺术观念，走向了形式主义的空中楼阁。他们甚至片面地认为，那些以大写字母 A 开头的"艺术"（Art）具有某种精神的"灵韵"，应该被高高地供奉起来，放进艺术殿堂；而小写字母开头的"艺术"（art），即那些老百姓创造的大众艺术和工艺品，则由于其离人间烟火不远，就被判定为"通俗"而以为"低俗"。[2]"高雅"与"通俗"的价值标准形成之后，有教养者将自己的欣赏范围越来越局限于前者，而人民大众则由于知识、教育水平的缺乏，对其望而生畏，无法接近。艺术和生活的隔离，以及随之出现的两者的对立，逐步固化了对"高雅"和"通俗"的美学价值判断，而这对艺术的发展来说是灾难性的，前者失去了大众，后者则失去了品味实用。

由此，杜威又进一步分析了艺术（审美）与实用（或技术）的关系。传统的看法是，只有那些不是为了"实用"目的而制造出来的"作品"才是艺术品，而那些出自手工作坊的"制成品"，则由于其"实用性"而降低了艺术价值。杜威不赞同这种观念，他从重建艺术与生活的连续性出发，认为：实用与否，并不是判断构成艺术与否及价值高低的标志。"黑人雕塑家所作的偶像对他们的部落群体来说具有最高的实用价值，甚至比他们的长矛和衣服更加有用。但是，它们现在是美的艺术，在 20 世纪起着对已经变得陈腐的艺术进行革新的作用。它们是美的艺术的原因，正是在于这些匿名的艺术家们在生产过程中完美的生活与体验。"[3] 杜威的上述论述，表明了他试图建立一种回到日常生活的艺术理论。

杜威的艺术观念，对我们理解民间文艺和民间审美活动不无启示。与倡导"艺术高于生活"的文人审美观念不同，民间审美从来与日常生活紧密联系，它来源于生活，但不会高于生活；它是日常的、及物的、实用的，

---

[1] [美] 露丝·本尼迪克特：《文化模式》，王炜等译，生活·读书·新知三联书店 1988 年版，第 3 页。

[2] [美] 杜威：《艺术即经验》，高建平译，商务印书馆 2005 年版，第 6 页。

[3] [美] 杜威：《艺术即经验》，高建平译，商务印书馆 2005 年版，第 26 页。

与其他民俗生活构成一种"全部生活方式"。民间审美活动的基本逻辑就在于：它在生产、接受的过程中使整个生命体充满活力，并在其中通过欣赏而拥有自己的生活。同时，民间审美活动也从来不是有闲阶层的无病呻吟，更不是无用的摆饰，它是物态的、有用的，也是令人愉悦的。换言之，民间审美与文人审美是全然不同的体系，很难有一种普适的价值标准来判定两者的高低。所谓"阳春白雪"和"下里巴人"，其中蕴含的刻板成见，如果不说是身份政治造成的"霸权"，也至少是对民间审美的无知和误读。

接下来的问题是，我们应该用怎样的知识视野来建构民间审美理论？毋庸讳言，在精英审美当道的格局中，民间审美始终是"边缘的学问"，也一直存在着"天荒地老无人识"（李贺）的尴尬。以至在今天，如何建立一个科学的民间文艺的审美评价体系，仍是一道难题。譬如，即使在民间审美文化的鉴赏层面上，人们也习惯套用精英文人的审美理论去审视和解释它，但从本质上讲，民间审美与文人审美并不属于同一个理论体系，且两者之间呈现出诸多的"非对称性"。

首先，从"艺术"与"生活"的关系来看，文人审美虽认可"艺术来源于生活"，但它推崇理想性，鄙视庸常的日常生活，认为只有通过对生活的提炼和概括进而"高于生活"才构成艺术，显现出很强的"典型化"思维特征。而民间审美则认为"美"就是生活的一部分，重视审美的生活日用价值，实际上也就肯定了艺术与生活的平等关系，反映出"生活审美"的思维特征。

其次，从两者的"风格"比较来看，与文人艺术"尚虚""崇简"的审美风格不同，民间审美追求饱满的"生气"，透着强烈的生命的原始力量感。这特别显现在民间工艺浓烈的色彩、夸张的造型、粗犷的形象等视觉艺术方面（如面具），也反映在鼓乐喧天、人声鼎沸的"听觉性"的风俗画中（如庙会活动）。民间审美文化贯通着先民原始的"生生"观念，可以说是"地气""民性"在其艺术创造中的最典型的展现，反映出民俗审美的本色。

再次，从"创作手法"角度看，两者也极为不同。文人审美推崇个性化和独创性，所谓"个性就是价值"；而民间创作则并不回避类型化、模式化，如民歌经常采用比兴、夸张、拟人、双关等手法，民间故事惯于运用格式化的开头、结尾、套语、"大团圆"的结构方式等。另外，民间创作的语言是口头语言，自然质朴、浑然天成；作家文学则用的是书面语言，讲究千锤百炼、精心雕琢，所谓"语不惊人死不休"。

最后,从"类型/功能"角度分析,民间审美也有别于文人审美。民间审美更贴近于"生活世界",具体表现为:(1)在空间生产上,民间审美活动主要出自村前屋后、田间地头、村社乡庙等场合,而且主要体现为乡土社会中的"风俗"形态;(2)民间审美活动的主体和客体主要是文化程度较低的普通民众;(3)民间审美的传播媒介主要为乡间的露天舞台、口头述唱、工艺物品、仪式信仰和庙会活动等,审美的样式为歌谣、故事、传说、工艺、宣卷、傩戏等,而不是文人的诗词、小说、书画等;(4)从审美功能说,民间审美也不是精英文艺强调的"文以载道"或"抒情言志",而主要为消遣娱乐、劝世化人等。

鉴于上述民间审美和文人审美的"非对称性",所以我们讨论民间审美问题,除了要摆脱业已固化的"文人心态"和人们较为熟知的精英审美模式,还必须在学理上进行"空间性"转移,进入民间审美文化的生产和传播场域。这个"场域"联通着民众的乡土生活,渗透着纷繁复杂的"日常的知识",包括衣食住行、生老病死、婚丧礼仪等众多内容。这些知识"不仅构成了他们日常生活的基本'文脉',其中自有'文法'与逻辑存在,同时,它们还为普罗大众的寻常人生提供并不断地'再生产'着富于智慧的价值和意义"。[1] 宏观地看,这是一个诗书礼乐之外的生活世界,也是一个普通老百姓栖身的真实的"家乡人类学"的世界。

基于"场域化"的思考,民间审美理论体系的建构才能找到自己的学术坐标。首先,民间审美理论不仅要关注审美范畴的基本命题,如审美意识、审美心理、审美欣赏、审美创作和审美形式等问题,更要将这些问题"民间化",即把它们放到与民众适洽的生产消费、日常生活、民俗信仰等生活空间,探寻民间审美的功能、特征和意义。其次,民间审美文化是民众创造的丰富多彩的审美文化体系,它包括了"口头""文本""物态""表演""仪式"等多种民间审美形式,相互之间还有交叉重叠,显示出鲜明的民俗文化特征。鉴于此,民间审美理论应着眼于立体、综合的民俗文化个性,在"民俗"与"审美"的联系中建构自身的理论体系。

今天看来,1918年北京大学发起的歌谣征集活动,提出要看重"村歌俚谣在文艺上的位置",以及1927年11月由顾颉刚撰写的中山大学民俗学会《民俗周刊》"发刊词"有着多么重大的理论意义:

---

[1] 周星:《乡土生活的逻辑:人类学视野中的民俗研究·自序》,北京大学出版社2011年版,第3页。

>我们秉着时代的使命高声喊几句口号:我们要站在民众的立场上认识民众,我们要探检各种民众的生活,民众的欲求,来认识整个的社会!
>
>我们自己就是民众,应该各各体验自己的生活!
>
>我们要把几千年埋没着的民众艺术、民众信仰、民众习惯一层一层地发掘出来!
>
>我们要打破以圣贤为中心的历史,建设全民众的历史![1]

该"发刊词",不仅在理论意义上首次标明了一种民间的主体性和价值立场,而且还显示了知识精英返回民间的"转身",以及对民间文化的一种新的"学术的理解"。在笔者看来,由这种"学术的理解",才可能触及我们所讨论的民间审美文化的"更深层次"结构以及更为隐含的审美层面。

(本文原载《南京社会科学》2019年第3期)

---

[1] 顾颉刚:《〈民俗〉发刊词》,见《民俗》周刊第1期,1928年3月21日。

重审"五四"旧戏论争：
编辑策略、历史逻辑与文化焦虑

张 鑫

"五四"时期《新青年》上展开的围绕如何评价以京剧为代表的近代戏曲的论争，一方是初出茅庐、血气方刚的北大学生张厚载，一方是老师辈的胡适、钱玄同、陈独秀、刘半农、周作人等《新青年》同人及同学傅斯年，曾经轰动一时，因张厚载被北大校方开除学籍，更使这次论争成为后人争议的对象。20世纪初的这场论争，在观念与评价上，对20世纪中国戏剧与戏曲产生了深远的影响，并蕴藏着尚待发掘的文化内涵。其实，论争背后文化与艺术的复杂信息，牵连着20世纪转型中国的文化情结与时代焦虑，远远超出论争的范围。相隔近一个世纪后重新审视这一论争的来龙去脉与是非曲直，不仅在于对这一历史公案的梳理与评价，而且对于探讨与反思20世纪中国文化与艺术的转型，都具有一定的价值。

对于这场影响深远的世纪之争，虽不时有文章涉及，但还缺少细密、深入的历史考察，更缺少理性和统一的判断立场。在20世纪80年代前以"五四"启蒙为价值标准的时代氛围中，肯定性判断无疑集中在《新青年》这边，将张厚载们视为保守或落后的代表，对其守护立场殊少同情之理解；在90年代后传统文化热、解构启蒙话语的时代语境中，研究者又多站到张厚载一边，将京剧视为中国审美文化独特性的代表，热衷于追究文学革命者数典忘祖、妄自菲薄的历史责任，而对于他们在特定历史情境中的真诚反思及其内在逻辑，缺少深入理解的耐心。回顾近几十年来国内对这场论争的评判，可以发现，虽然立场可能完全改变，但判断时的火气十足却如出一辙。

本研究所言的"文化反思"，并非基于一种非此即彼的二元立场和感性意气，陷入循环"翻案"，而是试图进入论辩双方的历史背景、现实意图和论辩逻辑，探索交锋的实质所在及其被遮蔽的历史误解，这是今人的理性反思应该达到的高度。

张厚载[1]与《新青年》

张厚载（1895—1955），字采人，号聊子，笔名聊止、聊公等，江苏青浦（今上海市）人。出身书香门第，就读北京五城学堂期间，为时任该校国文教员的林纾所赏识。后相继入天津新学书院、北京大学法科政治系学习。读书期间，开始沉迷京戏，与北方梨园圈多有往还，追随梅兰芳，成为"梅党"之一员，被时人目为梅氏"左右史"，所作戏评常见于京津报刊，故胡适在论争文章中也称"聊子君以评戏见称于时"[2]。

张厚载平生最有影响的事件，就是1918年以一个北大学生身份，投书《新青年》，引发影响深远的关于旧戏评价问题的世纪之争。其时，张厚载正就读于北大法科政治系；作为北大学生，张在年龄与身份上正是陈独秀所曾涕泣而求的"新青年"[3]，但其思想与行为，却与《新青年》师辈们的想象相距甚远。北大"兼容并包"，不同思想倾向的存在本是合理的，但毕竟时势所趋，在《新青年》的强力影响下，转而投向新文化阵营的学生越来越多。张厚载的"执迷不悟"，可能有一个因素，不像在后来的五四运动中挑大梁的1917年入学的傅斯年们，入学时就能感染北大的革新风气，张是个北大老生，蔡元培入主北大之前，就已入学，老北大的风气浸淫已深。张厚载痴迷戏曲，顶多让志于革新的师辈不解与不满，而其与新文化运动反对者林纾[4]瓜葛颇深，并推荐林影射新文化运动的小说，终于激怒师辈，遂有开除学籍之举，双方的分歧有了火药味。

1919年，张厚载介绍林纾影射丑诋新文化人士的小说《荆生》《妖梦》于上海《新申报》发表，又以通讯记者身份在《神州日报》上发文称陈独秀即将辞职，被北大校方以"屡次通信于京沪各报，传播无根据之谣言，损坏本校名誉"为由开除学籍，时离毕业仅两月有余。虽由《新申报》出具证明为之辩白，校评议会最终未能撤销处分。林纾后作《赠张生厚载序》，表示其被北大除名是"为余故也"，并以"君子之立身也，当不随人

---

[1] 本节关于张厚载的部分内容，参考了沈达人的《张厚载及其京剧评论》，见《中国京剧》1997年第6期。

[2] 1918年6月15日《新青年》第4卷第6号之"通信"栏。

[3] 陈独秀在《敬告青年》一文中大声疾呼："予所欲涕泣陈词者，惟属于新鲜活泼之青年，有以自觉而奋斗耳！"《青年杂志》第1卷第1号。

[4] 在张厚载投书《新青年》之前，古文家林纾已发表反对白话文的文章。1917年2月8日，他在上海《民国日报》发表了《论古文之不宜废》一文，认为"国未亡而文字已先之"。

为俯仰"相劝慰。虽蔡元培校长授以成绩证明书,嘱其转学天津北洋大学,但张无意于获取大学文凭,放弃入学,经冯幼伟介绍,入职中国银行。

1928年,张厚载转天津交通银行文书课任副课长,兼职《商报》《大公报》副刊编辑,1935年创办《维纳丝》戏剧、电影半月刊。在津期间,与沙大风、冯武越、王伯龙、王缕冰、刘云若、夏山楼主(韩慎先)、潘经荪等文化界人士相往还,又拜师老伶工张荣奎学京剧,活跃于永兴国剧社,以扮演《长坂坡》之赵云著称。1936年奉调上海交通银行,抗日战争期间,随交通银行迁昆明,任该行三科科长,后又回天津交行任职。1948年病归上海,次年退休,1955年卒于上海。

"五四"时期,张厚载是作为戏迷的"旧青年",观其一生,则是痴心不改、笔耕不辍的戏评家。张厚载自1912年发表戏评,戏评写作几乎贯穿一生。除了1918年《新青年》上的旧戏论争,1912至1924年间,他经常发表戏评于北京《亚细亚日报》《公言报》《星报》《晨报》《北京晚报》等;1929年至1935年,又于天津的《商报》《大公报》发表戏评。1941年编成《听歌想影录》(又名《国剧春秋》),收1912年至1918年的一百多篇戏评,署名张聊公,由天津书局出版;1916年至1935年偏重记事的65篇文章,另加附录5篇,编成《歌舞春秋》,署名张豂子,1951年由上海广益书局出版;未收集文章原拟再编为《听歌想影续录》,未成。

旧戏之争的主要阵地是《新青年》杂志,《新青年》自然也是首先需要考察的对象。作为20世纪初中国划时代的一份杂志,其在历史转折关头的亮丽演出与深远影响,令人神往。《新青年》传奇,有赖于天时地利人和诸多因素的巧合,而言论空间的顺利展开,确是一个不可忽视的因素。《新青年》的言论空间,是时势推演与编辑策略相结合的产物,话语效果,在这个言论空间中才得以充分显现。

1917年,《新青年》随陈独秀迁入北大。一校一刊之结合,后者之得益不仅在于资金的支持,由民间社会进入人才济济的高等学院,以前显得有点孤军奋战的《新青年》,一下子获得源源不断的知识与人才资源。北迁后改变了编辑方针,成立编委会,由原来的独立编辑,变为由志同道合的北大同人集体轮流编辑,一时聚集了胡适、钱玄同、刘半农、高一涵、沈尹默、周作人等时彦,形成了一个思想团体。在师辈《新青年》的激发之下,学生辈宣传新思想的刊物《新潮》等也相继跟进。一校一刊相得益彰,终于蔚成轰轰烈烈的新文化运动。《新青年》奇迹显示了话语的力量,但都离不开话语背后的组织、策略与呼应,杂志作为一个自足的话语场或言论空间，编辑是一个至关重要的设计者与引导者，陈独秀以其卓越的技巧，成功打造了《新青年》的言论空间，并把这个言论空间逐步扩散至社会，成为20世纪改变中国历史的重要力量。

杂志是近代市民社会的产物，它除了被动迎合市民的日常趣味，同时具有主动营造和引导大众想象性空间的功能，因而编辑者除了见风使舵、看人脸色外，也随时有审时度势，主动出击的冲动，相较而言，一个编辑的作为，往往取决于后者。杂志言论空间的形成，来自编辑者的思想与想象，取决于具体细节的设置。公共舆论空间的培育，是《新青年》这个以思想革新为职志的杂志的一个有效举措。后来发挥巨大影响的"通信"栏，从1卷起就开设了，其目的就在于直截了当地与读者交流。考察"通信"栏的成长历程，可以见证《新青年》言论空间逐渐形成的过程。据李宪瑜的研究，"通信"栏开始阶段偏重于事务性的工作，自第2卷以后越来越活跃，来信明显增多，内容更趋丰富，记者对于来信的答复与互动开始成为多回合的研究讨论。[1]

随着《新青年》成为同人杂志，其言论空间也发生了微妙变化，以前有意彰显的社会开放性逐渐减弱，内藏的引导性则越来越强。"通信"栏本来设想为一种公众论坛，以扩大影响和参与范围，变成同人杂志后，"公众"的范围和"论坛"的主旨都发生了变化，第4卷之后的"通信"栏，参与者主要来自杂志同人，讨论的内容也开始有专题性质，被加上标题，主题鲜明，来自编辑的组织和管理的色彩愈来愈明显。

张厚载与《新青年》的首场论争，正发生于《新青年》刚成立编委会的第4卷第6号的"通信"栏，可谓无巧不成书。张厚载的《新文学及中国旧戏》被安排在"通信"栏，若在以前，应有引起公众参与讨论的意图，但对张文的应答，来自胡适、钱玄同、刘半农和陈独秀，皆是编委会主要成员。这一局面的形成，也许是因为张厚载来书对他们都有指摘，需要轮番上阵予以解答，但实际上，张厚载一开始就落入以一对多的不利局面。

张厚载的来书，对于《新青年》可谓不可多得。文学革命发难后，除了若干同道者的"热烈"讨论，对于整个社会，仍然是影响有限，孤掌难鸣。钱玄同、刘半农于第4卷第3号"通信"栏上演的著名"双簧戏"，就是一次有意"炒作"的无奈之举。张厚载不请自来，自然要好好抓住。敏

---

[1] 李宪瑜：《"公众论坛"与"自己的园地"：〈新青年〉杂志"通信"栏》，《中国现代文学研究丛刊》，2002年第3期。

锐的陈独秀在答信中特地留下伏笔：

> 适之先生所主张之"废唱而归于说白"，及足下所谓"绝对的不可能"，皆愿闻其详。

随着论辩的进一步开展，《新青年》逐渐把批判旧文学的重心转向旧戏。紧接着第5卷第3号之"易卜生专号"，第5卷第4号推出"戏曲改良专号"，该专号刊登了张厚载的两篇进一步论辩的文章，《新青年》方面则刊登了胡适、傅斯年的三篇长文，钱玄同的辩驳，以及立场趋近的欧阳予倩和宋春舫的两篇文章，阵容更加强大。

其实，张厚载的《我的中国旧戏观》，还是胡适的约稿。张厚载说：

> 上回我因为《新青年》杂志胡适之、刘半农、钱玄同诸位先生，多有对于中国旧戏的简单批评，我就写了一封信去略说些我个人的意思。因为两方面意思不同，所以我也不便多说。……现在胡先生仍旧要我做一篇文字，来辩护旧戏，预备大家讨论讨论。我也很赞成这件事，就把我对于中国旧戏的意思，挑几样重要的，稍为说说。至于说的对不对，还希望诸位要切实指点才是。[1]

傅斯年的两篇长文，本来不是同一段时间而作，《戏剧改良各面观》写于张厚载与胡适争论"废唱"十日后，[2] 所署日期为"七年九月十六日"，而《再论戏剧改良》所署日期为"七年十月二日"，写作时间相差半个月，前文是有感于张、胡之争而发，后文是专门针对张厚载的《我的中国旧戏观》的批驳文章，这次是特地安排在一起发表。傅斯年在文章中透露了其中信息：

> 上月我做了一篇《戏剧改良各面观》交给胡适之先生。过了几天，胡先生说，同学张镠子君也做了一篇文章，替旧戏辩护。我急速取来一看。同时我在《晨钟报》上，看见镠子君的《戏园

---

[1] 张厚载：《我的中国旧戏观》，1918年10月15日《新青年》第5卷第4号。
[2] 傅斯年："这篇戏剧改良各面观的意见，是我一年以来，时时向朋友谈到的，然而总没写成篇章。十日前，同学张镠子君和胡适之先生辩论废唱问题，我见了，就情不自禁了。"（《戏剧改良各面观》，1918年10月15日《新青年》第5卷第4号。）

的改良谈》，又有位朋友，把"讼报"上登载的欧阳予倩君所作《予之改良戏剧观》剪寄给我。我对于这几篇文章，颇有所感触，不能自已于言，所以再做这一篇。[1]

傅斯年逐条批驳张厚载《我的中国旧戏观》的长文《再论戏剧改良》，看来是胡适授意所为。

值得注意的是，第4卷之后，"通信"栏的编辑方式也有了改进。以前的来信讨论，往往复信迟至下期才能刊出，讨论未免青黄不接，布不成阵，难成气候。第4卷以后，"通信"栏采用编辑集议制，为了展示讨论的同步性，使之更为集中，来信与复信开始同期刊出，而且往往一信多复，有时还会再加上编者的跋或按语，使讨论的显得更有秩序和声势。[2] 第4卷第6号"通信"栏上的第一轮旧戏论争，是这一改进的体现，以张厚载文为中心，胡适以"跋"的形式进行答复，钱玄同、刘半农、陈独秀则分别进行答辩，皆来自编辑同人，正是"编辑集议"的特色；第5卷第4号的第二轮论争，更是这一编辑策略的完美体现，可谓组织有方，声势强大。

同人化的《新青年》"通信"栏，以及目标明确、配合默契的论辩对手，使张厚载的挑战，一开始就陷入孤掌难鸣的不利境地。

来龙与去脉

要全面了解这场论争，还需细观其来龙去脉。

一校一刊的碰撞，造成了轰轰烈烈的新文化运动。文学革命矛头直指旧文学，举凡古文、诗词、传统小说等，都是文学革命者的检讨的对象，传统戏曲，自然概莫能外。1917年3月1日，钱玄同在《新青年》第3卷第1号发表呼应《文学改良刍议》的《钱玄同寄陈独秀》，始指摘旧戏弊病。[3] 5月1日，胡适在《新青年》第3卷第3号发表《历史的文学观念论》，主张戏曲应"废唱而归于说白"。刘半农在同期发表的《我之文学改

---

[1] 傅斯年：《再论戏剧改良》，1918年10月15日《新青年》第5卷第4号。
[2] 参见李宪瑜：《"公众论坛"与"自己的园地"：〈新青年〉杂志"通信"栏》，《中国现代文学研究丛刊》，2002年第3期。
[3] 认为"若今之京调戏，理想既无，文章又极恶劣不通"，缺少"文学上之价值"，"又中国戏剧，专攻唱工，所唱之文句，听者本不求其解，而戏子打脸之离奇，舞台设备之幼稚，无一足以动人情感"。指出旧戏"编自市井无知之手"，"拙劣恶滥"。

良观》中，涉及戏曲的改良。[1] 1918年4月15日，胡适在《新青年》第4卷第4号发表《建设的文学革命论》，在介绍西方近代戏剧的成就时说："我写到这里，忽然想起今天梅兰芳正在唱新编的《天女散花》，上海的人还正在等着看新排的《多尔衮》呢！我也不往下数了。"

　　《新青年》异军突起，其对传统戏曲的革命性发难，不仅让传统戏曲的保守者想不通，也超出了戏曲界改良者的接收程度，开始为传统戏曲辩护。1918年12月1日，《春柳》杂志在天津创刊，天鬻子在《春柳》第1年第1期发表《昆曲一夕谈》，提倡振兴昆曲。张厚载于同年发表《民六戏界之回顾》，盛赞梅兰芳古装新戏，大谈昆曲之复兴。呵护昆曲的声音的突然兴起，除了北方戏曲"改良"的固有思路外，可能也与文学革命者的声音有关。

　　1918年6月15日，《新青年》第4卷第6号"通信"栏发表张厚载的《新文学及中国旧戏》，并同时附载胡适等人的答辩。张文反驳胡适、刘半农、钱玄同于《新青年》第3卷第1号对旧戏的指摘，张厚载首先抓住的是胡适《历史的文学观念论》中的一个知识错误："胡适之先生历史的文学观念论中，谓'昆曲卒至废绝，而今之俗剧起而代之'。俗剧下自注云，'吾徽之徽调，与今日京调高腔皆是也'。此则有一误点。盖'高腔'即所谓'阳腔'，其在北京舞台上之命运，与'昆曲'相等。至现在则'昆曲'且渐兴，而'高腔'将一蹶不复起，纵未闻有'高腔'起而代'昆曲'之事。"并针对胡适主张"废唱而归于说白"，反驳"乃绝对的不可能"。针对刘半农"中国文戏武戏之编制，不外此十六字"的说法，张厚载反驳道："仆殊不敢赞同。只有一人独唱，二人对唱，二人对打，则《二进宫》之三人对唱，非中国戏耶？至于多人乱打，'乱'之一字，尤不敢附和。中国武戏之打把子，其套数至数十种之多，皆有一定的打法；优伶自幼入科，日日演习，始能精熟；上台演打，多人过合，尤有一定法则，决非乱来……"针对钱玄同在《钱玄同寄陈独秀》中贬斥："戏子打脸之离奇……与演剧之义不合"，张厚载辩云："戏子之打脸，皆有一定之脸谱，'昆曲'中分别尤精，且隐寓褒贬之义，此事亦未可以'离奇'二字一笔抹杀之。"最后，张厚载总结道："总之中国戏曲，其劣点固甚多；然其本来面目，亦确自有其

---

　　[1] 认为"凡'一人独唱、二人对唱，二人对打、多人乱打'（中国文戏武戏之编制，不外此十六字），与一切'报名'、'唱引'、'绕场上下'、'摆对相迎'、'兵卒绕场'、'大小起霸'等种种恶腔死套，均当一扫而空"。主张戏曲要采用当代方言，以白描笔墨为之，改良皮黄戏，昆剧应当退后。

真精神。固欲改良，亦必以近事实而远理想为是。"

胡适以"跋"的形式进行答辩。张厚载主要批评对象应是胡适，涉及《尝试集》及其在《新青年》发表的译诗，故胡之答辩主要是关于他更为关心的诗体形式问题的讨论。戏曲方面，仅就知识错误的指摘，以数语答复：

> 来书末段论戏剧，与吾所主张，多不相合，非一跋所能尽答，将另作专篇论之。惟吾《历史的文学观念论》中所谓"高腔"，并非指"弋阳腔"，乃四川之"高腔"。四川之"高腔"与"徽调""京调"，同为"俗剧"，以其较"昆腔""弋阳腔"皆更为通俗也。[1]

钱玄同一向嬉笑怒骂皆成文章，进一步阐发"离奇"之说。相较而言，刘半农的答辩就事论事，中规中矩。作为主编，陈独秀的答辩在格式上颇为正式，立论也更为高屋建瓴：

> 豂子君鉴：尊论中国剧，根本谬点，乃在纯囿于方隅，未能旷观域外也。剧之为物，所以见重于欧洲者，以其为文学、美术、科学之结晶耳。吾国之剧，在文学上、美术上、科学上果有丝毫价值邪？……至于"打脸""打把子"二法，尤为完全暴露我国人野蛮暴戾之真相，而与美感的技术立于绝对相反之地位……演剧与歌曲，本是二事……

陈独秀还以敏锐的编辑眼光，试图扩大这一论战的规模，最后补充道：

> 适之先生所主张之"废唱而归于说白"，及足下所谓"绝对的不可能"，皆愿闻详。[2]

《新青年》上的论争很快获得了反响，北京的《晨钟报》《公言报》《晨报》，天津的《春柳》《校风》（南开）杂志，上海的《时事新报》《新报》《鞠部丛刊》等报刊，纷纷登载欧阳予倩、齐如山、宋春舫、周剑云、

---

[1] 1918年6月15日《新青年》第4卷第6号"通信"栏。
[2] 1918年6月15日《新青年》第4卷第6号"通信"栏。

李涛痕、涵庐、芳尘、马二先生等人的文章。马二先生[1]与张厚载私交甚笃，在上海出而助战，作《说脸谱》《评戏杂说》等文声援，就脸谱、打把子、唱腔等，反驳《新青年》诸人的观点。[2] 凡事认真的刘半农在 1918 年 8 月 7 日给钱玄同的信中说："昨天晚上有个朋友来说，有署名'马二先生'者，对于我们答张豂子的信（载易卜生专号），大加驳难，适之、独秀、你、我四人个个都攻击到。以其文登于上海《时事新报》，我是向来不看《时事新报》的，不知究竟讲些什么话，你那边如有此报望借我一阅，以便答复。"[3] 钱玄同则快人快语，不屑一顾："我也是向来不看《时事新报》的。但我以为这种文章，不但不必答复，并其原文亦不必看。"[4]

作为论争的进一步展开，《新青年》在 1918 年 6 月的第 5 卷第 3 号推出了介绍西方近代写实戏剧的"易卜生专号"，紧接着 10 月的第 5 卷第 4 号又推出"戏剧改良专号"，该号刊登了张厚载的进一步论辩文章《我的中国旧戏观》和《"脸谱"—"打把子"》，《新青年》方面则刊登了胡适的长文《文学进化观念与戏曲改良》，傅斯年的两篇长文《戏剧改良各面观》《再论戏剧改良》，钱玄同的《答张厚载》，以及立场趋近的欧阳予倩和宋春舫的两篇文章。论战的规模进一步拉大。

《我的中国旧戏观》从三个方面正式陈述对中国旧戏的肯定，一是认为"中国旧戏是假象的"，二是"中国旧戏，无论文戏武戏，都有一定的规律"，三是有"音乐上的感触和唱工上的感情"。最后的结论是，"以为中国旧戏，是中国历史社会的产物，也是中国文学美术的结晶。可以完全保存"。《"脸谱"—"打把子"》实际上是针对第 4 卷第 6 号上钱玄同等人答辩的进一步辩论，针对陈独秀"囿于方隅，未能旷观域外"的指责，张文针锋相对："惟仆以为先生之论中国剧，乃适得其反，仅能旷观域外，而方隅之内，反瞢然无睹。所谓'明足以察秋毫之末，而不能自见其睫'者，仆亦不必为先生等讳也。"[5]

《新青年》方面阵容强大，配合默契。胡适的《文学进化观念与戏剧改

---

[1] 原名冯叔鸾，笔名马二先生，室名啸虹轩，民国早年戏评家，早年曾参加陆镜若组织的"春柳剧场"，后转向戏曲，1914 年主编《俳优杂志》，致力于剧评，有《啸虹轩剧谈》《戏学讲义》《啸虹轩剧话》等行世。

[2] 马二先生：《评戏杂说》，上海《时事新报》，见《鞠部丛刊》，上海交通图书馆 1918 年版，第 113 页。

[3] 1918 年 8 月 15 日《新青年》第 5 卷第 2 号"通信"栏。

[4] 1918 年 8 月 15 日《新青年》第 5 卷第 2 号"通信"栏。

[5] 张厚载：《"脸谱"—"打把子"》，1918 年 10 月 15 日《新青年》第 5 卷第 4 号。

良》，将戏剧改良与文学进化的历史规律联系起来，阐述改良的必要。认为旧戏中的乐曲、脸谱、打把子等，都是历史的"遗形物"，应当废除，强调只有采用西方近百年来的戏剧新观念、新方法，戏剧改良才有希望。傅斯年的《戏剧改良各面观》全面讨论了旧戏的价值、改良的必要、新剧接受的社会条件、旧戏改良的方法、戏评等问题；《再论戏剧改良》则是针对《我的中国旧戏观》的专门论辩文章，对张文所列举的旧戏优点逐一进行反驳。钱玄同的《答张厚载》只以短短几百字应对，其意在不值一驳，并且声明："但是我现在还想做点人类的正经事业，实在没有工夫来研究'画在脸上的图案'。张君以后如再有赐教，恕不奉答。"在紧接着的第 5 卷第 5 号上，又发表了周作人与钱玄同关于"旧戏"是否"应废"的讨论，周氏表达了旧戏应废的两个理由，一是中国旧戏还处在世界戏曲发展史的"野蛮"阶段，二是旧戏内容大多是民间流传的有害思想。

对于《新青年》上热闹非凡的笔战，一向处于旁观者位置的鲁迅也在第 5 卷第 5 号"通信"栏表达了自己的看法：

>《新青年》里的通信，现在颇觉发达。读者也都喜看。但据我个人意见，以为还可以酌减：只须将诚恳切实的讨论，按期登载；其他不负责任的随口批评，没有常识的问难，至多只要答他一回，此后便不必多说，省出纸墨，移作别用。例如见鬼，求仙，打脸之类，明明白白是毫无常识的事情，《新青年》却还和他们反复辩论，对他们说"二五得一十"的道理，这工夫岂不可惜，这事业岂不可怜。[1]

应该说，通过论争，双方的观点都有一点调整和接近。张厚载后来提出话剧可与旧戏并存的主张，承认"创造新戏确是改良戏剧最要紧的一桩事情"[2]，并认为梆子的"粗鄙杀伐之音"与京剧的"惨杀之状"，"此实为助长残杀心理之演作，且其刺激力太强大，不合于群众社会之观听"[3]。宋春舫认为"将白话剧一概抹杀"，固然是"于成见之说"，但是，激烈否定旧剧，则又"大抵对于吾国戏剧毫无门径"，主张二者"并驾齐驱"。[4]

---

[1] 鲁迅：《渡河与引路》，1918 年 11 月 15 日《新青年》第 5 卷第 5 号。
[2] 聊子（张厚载）：《我对于改良戏剧的意见》，《晨报》1919 年 1 月 7 日。
[3] 聊子（张厚载）：《观剧新语》，《晨报》1919 年 3 月 30 日。
[4] 宋春舫：《宋春舫论戏剧》，中华书局 1923 年版，第 264 页。

胡适、陈独秀、傅斯年等也将戏剧改良分为创建话剧和改良戏曲两部分，傅斯年主张"为现在戏界打算，还要改演'过渡戏'"[1]，周作人后来也认为"新剧当兴而旧剧也决不会亡的"，将戏剧改良的道路分为"纯粹新剧""纯粹旧剧"和"改良旧剧"三条路，各行其是。[2]

次年，五四运动爆发，政治热潮淹没戏曲论争，争论就此停歇。该年4月21日至5月27日，梅兰芳首次率团赴日本演出，这是中国戏曲首次在国外正式亮相，演出剧目有《天女散花》《御碑亭》《黛玉葬花》《虹霓关》《贵妃醉酒》等，在日引起强烈反响。梅兰芳赴日演出的成功，影响了对传统戏曲的评价。"五四"论争消歇后，20年代初继之而起的国剧运动开始反思"五四"立场，宋春舫、余上沅、闻一多、徐志摩、陈西滢等都发表了对于"五四"论争的反思意见，从"纯艺术"的立场为传统戏曲辩护。自此后，围绕传统戏曲的评价问题，再也没有发生如《新青年》上的直接交锋。分道扬镳后，张厚载们继续着自己的京戏事业，而旧戏之争只是文学革命的诸多论辩之一，《新青年》同人则继续开辟更广阔的革新事业。这场发生于20世纪初的旧戏论争，文学革命者虽在《新青年》上占了上风，但现实结果却证明了宋春舫所说的——拥护旧戏的一方实际上"占了优势"。

早在1924年，并非处于旧戏论争中心的周作人，就在《中国戏剧的三条路》中透露了一丝无奈：

> 我的意见，则以为新剧当兴而旧剧也决不会亡的……四五年前我很反对旧剧，以为应该禁止，近来仔细想过，知道这种理想永不能与事实一致，才想到改良旧剧的方法。（其实便是这个能否见诸事实，也还是疑问。）……我们实在只是很怯弱地承认感化别人几乎是近于不可能的奇迹，最好还是各走各的，任其不统一的自然，这是唯一可行的路。[3]

鲁迅后来也不无消极地说：

> 再后几年，则恰如 Ibsen 名成身退，向大众伸出和睦的手来——

---

[1] 傅斯年：《戏剧改良各面观》，1918年10月15《新青年》第5卷第4号。
[2] 周作人：《中国戏剧的三条路》，1924年1月25日《东方杂志》第21卷第2期。
[3] 周作人：《中国戏剧的三条路》，1924年1月25日《东方杂志》第21卷第2期。

样，先前欣赏那汲Ibsen之流的剧本《终身大事》的英年，也多拜倒于《天女散花》，《黛玉葬花》的台下了。[1]

"改良"与"革命"

向传统戏曲进行集体性发难的"文学革命者"，并非从天而降的天罡地煞，而是渊源有自。在《新青年》对传统戏曲进行"革命"性发难之前，戏曲改良运动自晚清开始就在缓慢进行，梳理晚清戏曲改良与"五四"戏曲革命之间的错综历史关系，可以发现张厚载们与陈独秀们的碰撞，既有历史巧合，也是势所必然。

在近代民族危机和帝制衰微的背景下，晚清戏曲改良先后出现过两次高潮，一次是戊戌维新变法运动期间，一次是辛亥革命之前。为配合开通民智，增进民德的"新民"主张，梁启超等维新派先后提出"诗界革命""文界革命"和"小说界革命"，晚清戏曲（传奇）与小说难以两分，小说界革命遂为戏曲改良拉开序幕。1903年左右，革命派蔡元培、柳亚子、陈去病、汪笑侬等创办报刊，提倡戏曲改良；1904年，陈独秀创办《安徽俗话报》开辟"戏曲"栏目，刊登改良的戏曲作品，并发表《论戏曲》，大力宣传戏曲传播文明、开通风气的效用。蒋观云、健鹤、棣（黄世仲）、箸夫、无涯生、佚名等纷纷撰文讨论戏曲改良，推波助澜，使戏曲改良运动蔚为声势。

晚清戏曲改良源自政治与社会变革的需要，对于以耳代目的下层民众来说，戏曲的直观性、通俗性与现场效应，诚为启蒙之利器。提倡者大力称扬戏曲之功效，并对传统戏曲进行检讨和批判，如内容上"不外寇盗、神怪、男女数端"，"锢蔽智慧，阻碍进化"。[2] 三爱（陈独秀）则指责"尽演神仙鬼怪之戏""淫戏"和"富贵功名之俗套"[3]，"千首雷同，如出一辙"[4]。抒发国难、呼吁救亡与宣传维新是改良戏曲尽力表现的内容，表现民族危难、宣扬民族英雄成为热衷的题材；王国维则开始探讨介绍西方

---

[1] 鲁迅：《〈奔流〉编校后记（三）》，见《鲁迅全集》，人民文学出版社2005年版。
[2] 箸夫：《论开智普及之法首以改良戏本为先》，1905年《芝罘报》第7期。
[3] 三爱（陈独秀）：《论戏曲》，1905年《新小说》第2卷第2期。
[4] 棣（黄世仲）：《改良剧本与改良小说关于社会之轻重》，1908年2月《中外小说林》第2卷第2期。

悲剧观念。在形式方面，晚清改良者提出"戏曲废唱""废唱用说白"的主张，并加以实践，月行窗的《女豪侠》通篇说白而没有唱词，林纾的《蜀鹃啼》写传奇而无旦角，天宫宝人的《义侠记》以滩簧形式写唱词，《黄箫养回头》借粤曲而创新腔等，皆是初步之新实践。形式改革甚至涉及舞台设置方面。

引进外国话剧的新剧运动，继戏曲改良运动风起云涌，在日留学生组成的春柳社，编演新剧《黑奴吁天录》等，倡导借鉴欧美话剧和日本"新派剧"，这些人回国后在江南一带建新剧同志会、文社等，编演《黄花岗》《社会钟》等切中现实的新剧；李石曾、吴稚晖、张静江、褚民谊等在法国编译出版"新剧丛刊"，翻译介绍国外话剧作品；王钟声在上海创立春阳社，与国外风潮遥相呼应，又与刘艺舟等北上天津、北京演出《孽海花》《官场现形记》《新茶花》等新剧。新剧运动以全新的戏剧形式和更为直面现实的内容，掀开了戏剧改革的新篇章，盛况空前："民初，上海新剧，盛极一时，几乎夺京剧之席。"[1] "表演新剧，在民初时髦极了，其中不乏应运而起的人才，博得社会人士的欢迎。"[2]

然而，随着革命高潮后社会局势的转变，新剧所赖以振奋人心的革命内容不再具有以前的社会效应，身为职业戏剧者的新剧编演者，为了获取观众，转而投向迎合小市民的低级趣味，缺少严格规范的新剧编演体系，也使新剧的编演走向了随意化。[3] 曾经的新剧，遂迅速商业化，流入大世界、新世界、笑世界等娱乐场所，堕落成为人所不屑的所谓"文明戏"。

晚清戏曲改良与新剧运动的中心是在以上海为中心的南方，如火如荼的改良运动改变了南方戏曲的面貌，也对以北京、天津为中心的北方戏曲造成冲击，风潮所及，素以正统、保守著称的北方戏坛也在悄悄变革。《京话日报》的创办人彭翼仲及其儿女亲家梁济，以《京话日报》为阵地，提倡并编写改良戏曲。南北戏曲改良虽同以开通民智、启蒙社会为动力，主张戏曲的内容更新和形式简化，但地域文化、社会环境与行业传统的不同，使北方戏曲改良形成与南方不同的特点，一是在改良内容上，二是在改良的主体上。

---

[1] 郑逸梅：《民兴社时代之张恨水》，见《郑逸梅选集》（第2卷），黑龙江人民出版社1991年版，第730页。

[2] 郑逸梅：《民初蓬勃之新剧社》，见《郑逸梅选集》（第2卷），黑龙江人民出版社1991年版，第702页。

[3] 洪深：《从中国的新戏说到话剧》，1929年5月《现代戏剧》第1卷第1期。

改良内容与作为改良动机的启蒙对象和目标相关，北方政治压抑、风气闭塞，偏向正统与保守，除铁板一块的官员外，民众的知识程度普遍不高，南方远离中心，思想活跃，求新求变，晚清以来一直是变革的策源地，故同为改良，其氛围与力度，北方难以与南方相比。在戏曲改良层面，南方面对的是相对复杂与成熟的社会阶层，除了下层社会外，还有已经初步崛起的中等社会，如学校、会社、党派、商业等，因而输入戏曲的新知识与新思想更为新颖与系统，改良举措也层出不穷、不断跃进。北方面对的是尚未经历近代改造的社会构成，官员与百姓的两极社会分层，使戏曲面对的是简单分化的两大群体，以启蒙为目的的戏曲改良，面对的是蒙昧无知的广大下层社会，因而在内容上的革新，不可能过于前卫与激进。在以《京话日报》为中心的北方戏曲改良者看来，戏曲改良的目标首先是将传统戏曲中"伤风败俗"的内容过滤掉，使之有利于"世道人心"，禁止"妖魔鬼怪的戏"，"再把奸盗邪淫各戏，想法子演改好"，[1]北京戏剧界"正乐育化会"将三十多出有伤风化的戏禁演，《京话日报》则义务提供新戏，《女子爱国》曾经轰动一时。但总的说来，北方戏曲改良在内容革新方面，还离不开正人心、纯风俗的固有思路，用意在警世匡俗，新内容与新知识也仅限于如"爱国"等常识层面，显示一点与时俱进的意向，不可能深入。

在改良主体方面，南方戏曲改良者多是来自梨园行外的言新人士，从维新派到革命派，从梁启超到柳亚子、陈独秀等，呼吁最力者，皆是鼓吹社会改革的风云人物，就是汪笑侬等戏剧界、文学界人士，也很少是真正的梨园出身，故南方戏曲改良，门外汉与客串者居多。随着京剧进入朝廷，以北京、天津为中心的北方成为晚清戏曲的正统和中心，梨园戏班发育成熟、运行规范，士大夫多票友，百姓多戏迷，政治压抑的北方又并非革新人士活跃的舞台，故北方戏曲改良的承担者，若非出身梨园的行家里手，也即瓜葛较深的票友戏迷。改良主体的不同，影响改良方向的侧重，除上述戏曲改良内容的深浅外，北方以梨园行为主体的戏曲改良更倾向于戏曲形式与舞台实践，如谭鑫培对老生唱腔的改进获得成功，以至"无腔不学谭"，王瑶卿突破旦角唱念做打只攻其一的传统，进一步丰富了旦角从表演到唱腔的实践。从新剧"甲寅中兴"的1914年开始，梅兰芳先后上演《孽海波澜》《宦海潮》《邓霞姑》《一缕麻》《童女斩蛇》等改良新戏，采取现实题材，采用时装布景，一时震动京师，压倒了"伶界大王"谭鑫培的上

---

[1] 彭翼仲：《说戏本子急宜改良》，1904年《京话日报》第106号。

座率。

在历史逻辑上，新剧运动是戏曲改良的进一步发展，新剧运动的昙花一现，也就为戏曲改良打上了问号。北京以梨园行为主体的戏曲改良实践，发现前途不妙，遂尝试改变方向。曾编演时装新戏的梅兰芳等人，开始感到"京剧表现现代生活，由于内容与形式矛盾，在艺术处理上受到局限"。"以后就向古装歌舞剧发展，不再排演时装戏。"[1] 在齐如山等人的合作打造下，梅兰芳终于推出了《天女散花》《黛玉葬花》《嫦娥奔月》等以舞台审美为中心、追求高雅唯美趣味的古装歌舞剧。在梅兰芳、齐如山看来，这一追求，无疑是改良的新方向，在北方梨园行内部，也得到了大多数人的肯定和喝彩。与此相关，在北方戏曲界，1918年初昆曲开始复兴。

而在晚清戏曲改良尤其是"五四"文学革命的逻辑中，这次由梨园内部人士挑大梁的"改良"，是一次回归甚至倒退的行为。钱玄同就曾表示对昆曲复兴大感不解：

> 两三个月以来，北京的戏剧忽然大流行昆曲。听说这位昆曲大家叫做韩世昌，自从他来了，于是有一班人都说，"好了，中国的戏剧进步了，文艺复兴的时期到了。"我说，这真是梦话。[2]

胡适也表示不满：

> 现在北京一班不识字的昆曲大家天天鹦鹉也似的唱昆腔戏，一班无聊的名士帮着吹打，以为这就是改良戏剧了……[3]

张厚载与梨园圈很熟，也是提倡昆曲复兴之一人，他于1918年发表《民六戏界之回顾》，盛赞梅兰芳古装新戏，大谈昆曲复兴，并在《余之所希望与恐惧》中谓"余甚希望昆曲真能复古"。[4] 1918年12月1日，《春柳》杂志在天津创刊，天鹨子在《春柳》创刊号上发表《昆曲一夕谈》，认为昆曲"于中国现今歌乐中，为最高尚优美之音"。

在北方戏曲改良转向的同时，一校一刊机缘巧合，陈独秀开始负笈北

---

[1] 梅兰芳：《舞台生活四十年（三）》，中国戏剧出版社1981年版，第98页。
[2] 钱玄同：《唱戏与"政府"（随感录十八）》，1918年7月15日《新青年》第5卷第1号。
[3] 胡适：《文学进化观念与戏剧改良》，1918年10月15日《新青年》第5卷第4号。
[4] 张厚载：《余之所希望与恐惧》，1918年5月22日《晨钟报》。

上。陈本是晚清戏曲改良的"老革命党",当年创办《安徽俗话报》,发表自撰的《论戏曲》,为戏曲改良鼓与呼,堪称南方戏曲改良派的开创者与杰出代表,在《新青年》周围聚集的各色人等,也大多来自南方皖、浙、苏诸省。陈的北上,可以看成是南方戏曲改良激进派开始进入北土,于是在北京沉闷的文化氛围中,逐渐孕育扩展出一个全新的言论空间,在一个更新的文化平台上,采取更为激进的革命策略,对传统戏曲展开批判。在晚清以来戏曲改良的历史逻辑中,《新青年》文学革命者对旧戏的批判,是晚清以来戏曲改良在新的历史阶段的深化。但还要看到,《新青年》"旧戏批判"与晚清"戏曲改良"有着一个本质的不同,后者是本着开通民智与社会动员的目的,看中戏曲的传播效能,对它进行必要的改造,使之成为启蒙之利器;而前者一方面看重戏剧的文学价值及其在思想传播中的重要性,另一方面又将"旧戏"看成亟须加以摒弃的传统文化的载体和野蛮思想的遗留,因而提倡翻译引进西方写实的话剧,以取代中国固有的传统戏曲。革命的逻辑于兹形成。

　　北方京剧的雅化和昆曲的复兴,实际上成为《新青年》向传统戏曲发动更猛烈冲击的直接背景。京剧雅化与昆曲复兴,在梨园行内与张厚载看来,未尝不是一次改良的努力,但在文学革命者眼中,就如同时期政坛的复辟阴霾和混乱政相一样,属于文明进化之途中的顽疾与逆流,必须加以彻底批判,因而将旧戏作为文学"革命"的第一个对象。作为京剧雅化的拥护者及"梅党"之一员,青年张厚载对《新青年》的激进态度肯定难以理解,北大学生的身份及青年的一腔热血,使他愤然投书,终于激起了文学革命者求之不得的一场论战。

"事实"与"理想"

　　张厚载在投书《新青年》的那篇《新文学及中国旧戏》中,于结尾处劝导师长们:"固欲改良,亦必以近事实而远理想为是。"语气有点自上而下,可能令陈独秀们颇不舒服。但此话歪打正着,击中了双方分歧的实质所在。

　　张厚载所谓"事实",应该是指戏曲的发展现状和固有规律,而"理想"云云,可能只是与"事实"相对的说辞,概言陈独秀等未免凌虚蹈空,不切实际。但是,追问《新青年》同人的"理想"何在,却是理解《新青年》之激进态度及双方分歧之实质的关键。

《新青年》同人在论争时，有一点丝毫不回避，即都异口同声声明自己对于传统戏曲是"门外汉"。[1]"门外汉"而能振振有词甚至宣判别人"死刑"，实乃《新青年》诸人气盛言宜，有"理想"撑腰。

《新青年》并非纯文学杂志，文学革命者也并非纯文学团体，他们都是由思想到文学，由文学到戏曲。《新青年》的崛起，代表的是近代"救亡图存"道路上第四代知识分子走上历史舞台，近代以来面对民族国家危机的试错式变革，从器物到制度，再到政治革命，救亡理念历经挫折并层层深入。到民国初年，刚建立的现代共和体制难以抵制根深蒂固之传统势力的侵蚀，袁氏称帝、张勋复辟、国会贿选，乱象丛生。1915年左右，思想界在绝望后开始了新的转型，知识分子绝望于政治革命的徒劳无功，几乎同时开始意识到传统改造与精神更新对于摆脱近代危机的根本意义。陈独秀说："故政治界虽经三次革命，而黑暗未尝稍减。"[2]"伦理的觉悟，为吾人最后觉悟之最后觉悟。"[3]在思想革命者的思路中，由思想革命到文学革命顺理成章，早在《甲寅》月刊时期，记者黄远庸就投书陈见："至根本救济，远意当从提倡新文学入手。"[4]陈独秀认为："今欲革新政治，势不得不革新盘踞于运用此政治者精神界之文学"，"要拥护那德先生，便不得不反对孔教、礼法、贞节、旧伦理、旧政治。要拥护那赛先生，不得不反对旧艺术、旧宗教。要拥护德先生又要拥护赛先生，便不得不反对国粹和旧文学"。[5]蔡元培后来解释道："为什么改革思想，一定要牵涉到文学上？这因为文学是传导思想的工具。"[6]

由思想到文学的思路，其实早在"五四"前十年就已经萦绕在留日学

---

[1] 傅斯年在《戏剧改良各面观》（1918年10月15日《新青年》第5卷第4号）中，首先强调："但是我在开宗明义之前，有两件情形，要预先声明的：第一，我对于社会上所谓旧戏、新戏，都是门外汉；我对于中国固有的音乐和歌曲，都是门外汉。"在《再论戏剧改良》（1918年10月15日《新青年》第5卷第4号）一文中，傅又说："我是剧界的'旁观者'、'门外汉'"。钱玄同也说："我虽然说了这些话，但是我于旧戏，和傅斯年君一样，是'门外汉'"。周作人在《论中国旧戏之应废》（1918年10月15日《新青年》第5卷第4号）中声明："我于中国旧戏也全是门外汉，所以技工上的好坏，无话可说。"在此后的《中国戏剧的三条路》（1924年1月25日《东方杂志》第21卷第2号）中，又说："我于戏剧纯粹是门外汉。"

[2] 陈独秀：《文学革命论》，1917年2月1日《新青年》第2卷第6号。

[3] 陈独秀：《吾人之最后觉悟》，1916年2月15日《新青年》第1卷第6号。

[4] 1915年10月《甲寅》月刊第1卷第10期"通信"栏。

[5] 陈独秀：《〈新青年〉罪案之答辩书》，1919年1月15日《新青年》第6卷第1号。

[6] 蔡元培：《蔡元培选集》（下卷），浙江教育出版社1993年版，第1194页。

生周树人的心头。"弃医从文"显示了他以文学改变精神的原初动机。[1] 其于20世纪初对"精神"与"诗"这两个变革契机的强调，与十年后"五四"思想革命与文学革命的逻辑相接。

由思想革命到文学革命，无论在逻辑还是在历史上，可谓水到渠成。以决断性质的思想革命为背景，文学革命无疑要展现"革命"的本色。文学革命在语言与内涵两个层面展开，以胡适为主导的白话文代替文言文，不仅仅是形式层面的革命，背后也寄托着语言与文体即是思想之载体的深度思考；在内涵层面，以文学彻底改造思想的革命思路，必然伴随着旧文学就是旧思想载体的认识，要彻底改造思想，彻底批判旧文学就是必由之路。旧文学与新思想，已势不两立。

新的现代变革理念及其对文学的置重，必然影响到新的文学观念和理想的形成。新的文学理想，直接决定了《新青年》对"旧戏"的否定性评价。

"实利的而非虚文的"，是陈独秀在创刊号的《敬告青年》中对青年人提出的希望，在第1卷第2号的《今日之教育方针》一文中，陈独秀将"现实主义"视为"近世欧洲之时代精神"和"教育之第一方针"[2] 是否切近现实社会和人生，成为陈独秀判断现代思潮的一个标准，文学上也相应提倡写实主义和自然主义。连载于《新青年》第1卷第3号和第4号的《现代欧洲文艺史谭》，勾勒了一个古典主义—理想主义—写实主义—自然主义的欧洲文艺思想史的进化系列，重点介绍了19世纪俄国现实主义的代表作家托尔斯泰。[3] 在第1卷第4号的"通信"栏中，陈独秀指出："吾国文艺尤在古典主义理想主义时代。今后当趋向写实主义，文章以纪事为重，绘画以写生为重。"

几乎与此同时，远在大洋彼岸的胡适，也在开始思考并与周围同学争论文言改良的问题，在争论中逐渐形成成熟意见。1916年，胡适致信陈独秀，陈言"文学革命"之"八事"，陈独秀"合十赞叹"[4]，盼他"切实作一改良文学论文，寄登《青年》"[5]，胡适遂将所言"八事"正式撰为

---

[1] "幻灯片事件"的刺激，使他觉悟到："我们的第一要著，是在改变他们的精神，而善于改变精神的是，我那时以为当然要推文艺，于是想提倡文艺运动了。"（《呐喊·自序》，《鲁迅全集》第1卷，人民文学出版社1981年版，第417页。）

[2] 陈独秀：《今日之教育方针》，1915年10月15日《青年杂志》第1卷第2号。

[3] 陈独秀：《现代欧洲文艺史谭》，1915年11月15日《新青年》第1卷第4号。

[4] 陈独秀：《致胡适》，1916年10月1日《新青年》第2卷第2号。

[5] 陈独秀：《致胡适》（1916年10月5日），《陈独秀文章选编》，生活·读书·新知三联书店1984年版，第143页。

《文学改良刍议》，痛陈中国文学"言之无物"，缺少真切之"高远之思想"和"真诚之情感"，主张"言文合一"，以"白话文学"为"中国文学之正宗"。[1] 陈独秀以《文学革命论》加以声援，高张"三大主义"，希望建立一种形式上通俗易懂、内容上切近现实人生的新文学。[2]

新的文学观念，也决定了《新青年》同人对文类价值的判断。在中国传统文学中，只有古文、诗、辞、赋才是文学的正宗，而叙事类的小说、戏曲等，被视为旁门小道，不登大雅之堂。但是，《新青年》同人看重叙事文学切近现实和人生的特点，开始提升小说、戏曲的文学地位。鲁迅、胡适都热衷于小说研究，各自卓然成家，陈独秀在《现代欧洲文艺史谭》中特别强调戏剧在文学上的价值和地位：

> 现代欧洲文坛第一推重者，厥唯剧本。诗与小说，退居第二流。以其实现于剧场，感触人生愈切也。至若散文，素不居文学重要地位。作剧名家，若那威之易卜生，俄罗斯人安德雷甫（L. N. Andreyev，今尚生存），英人王尔德、白纳硕（Bernard Shaw）、伽司韦尔第（Galsworthy），德意志之郝卜特曼（Hauptmann），法人布若（Brieud），比利时之梅特尔林克，皆其国之代表作家，以剧称名于世界者也。[3]

刘半农也在《我之文学改良观》中说：

> 第三曰提高戏曲对于文学上之位置。此为不佞生平主张最力之问题。[4]

新的思想背景和文学理想，使旧文学在文学革命者的眼光中，成为缺失真挚之情感与高尚之理想的旧思想的载体，势必要全面地加以检讨，对小说与旧剧价值的看重，更使他们加重了对旧小说与旧戏曲的批判。《新青年》旧戏之争，实渊源于此。

"事实"与"理想"的差别，其实就是"梨园行家"与作为思想启蒙

---

[1] 胡适：《文学改良刍议》，1917年1月1日《新青年》第2卷第5号。
[2] 陈独秀：《文学革命论》，1917年2月1日《新青年》第2卷第6号。
[3] 陈独秀：《现代欧洲文艺史谭》，1915年11月15日《新青年》第1卷第3号。
[4] 刘半农：《我之文学改良观》，1917年5月1日《新青年》第3卷第1号。

者的"门外汉"的差别,前者以行业与职业的眼光,关注的是戏曲本身的传统与未来的成败,后者以思想革命为动机,将戏曲当作精神与思想的载体,关注的是戏曲内容与形式中所附载的传统思想的遗留。在前者看来,戏曲的具体形式问题,在在都是旧戏的命脉所在,缺了它戏曲就被抽空了,而在后者整体主义的逻辑中,具体的戏曲程式与形式等细节,已非问题的关键,关键是思想的深度与高度。所以,《新青年》诸人一方面声明自己是"门外汉",一方面却又并不在意,甚至理直气壮。傅斯年有过这样的解释:

> 既然都是门外汉,如何还要开口呢?据我个人观察而论,中国人熟于戏剧音乐一道的,都是思想牢固的了,不客气说来,就是陷溺深的了,和这些"门外汉"讨论"改良"、"创造",绝对不肯容纳的。我这门外汉,却是不曾陷溺的人。我这篇文章,就以耳目所及为材料,以直觉为判断;既不是"随其成心而师之",也就不能说我不配开口。[1]

行内人"陷溺深",成为"改良"和"创造"的障碍,门外汉正是因为"不曾陷溺",反而拥有更好的"直觉"。这大概也就是《新青年》第5卷第4号上张厚载劝老师们"近事实",而陈独秀反过来告诫学生不要"囿于方隅,未能旷观域外"的分歧所在。

逻辑与立场

论争诉诸言语逻辑,但逻辑来自立场,逻辑与立场,实为二而不二。逻辑与立场的分歧,使论争双方在论争过程中分道扬镳,越走越远。

文学革命者对旧戏的发难,其逻辑有二:一是旧戏在内容与形式两方面都是落后思想的遗留,需要加以检讨;二是文学进化的观念,旧戏在内容与形式两方面都不符合现代社会要求,应该加以淘汰。

文学革命者对传统文学的检讨,是全方位的,举凡诗词曲与古文之批判、应用文之改良、白话代文言、标点符号、左行横式、注音字母、西文译名等,从内容到形式,林林总总,莘莘大观。戏曲之评价,总是与小说捆绑在一起,旧戏之争滥觞于文学革命者关于传统小说与戏曲的评价问题

---

[1] 傅斯年:《戏剧改良各面观》,1918年10月15日《新青年》第5卷第4号。

的议论。

在《文学改良刍议》中，胡适所要否定的对象，是作为传统文学正宗的古文，为了描述白话文学史，不免要扬小说而贬古文，遂有"此三百年中，中国乃发生一种通俗行远之文学，文则有《水浒》、《西游》、《三国》……之类，戏曲则尤不可胜计"之说，胡适对小说、戏曲之文学地位的强调，得到陈独秀、钱玄同的呼应。钱玄同说："总之小说戏剧，皆文学之正宗，论其理固然。"[1] 陈独秀也在答信中说："国人恶习，鄙夷戏曲小说为不足齿数，是以贤者不为，其道日卑。此种风气，倘不转移，文学界绝无进步之可言。"[2]

以陈独秀为中介，在尚未谋面的钱玄同与胡适之间，引发了一场对于中国小说与戏曲如何评价的热议，往复数次，煞是热闹。在《钱玄同寄陈独秀》中，钱玄同回应并支持胡适的观点。对于还不熟悉的"对方辩友"，胡适在《再寄陈独秀答钱玄同》中就小说评价问题继续对话，肯定钱玄同对《老残游记》的"中肯"评价[3]，然而就钱氏对《聊斋志异》《西游记》《三国演义》等的过低评价提出不同意见，对钱氏列为一流的《孽海花》，亦有非议。该文没有回应钱玄同对戏曲的评价，但在结尾处，特地留下伏笔：

> 论戏剧一节，适他日更有《戏剧改良私议》一文详论之。今将应博士考试，不能及之矣。[4]

《新青年》第3卷第6号上，钱玄同开始不通过"编辑"陈独秀，直接回复胡适对他的"规正"。就胡适对《聊斋志异》《西游记》的肯定，对自己的观点有所修正，惟于《三国演义》，仍坚持自己的批评。钱的直接回复，又引来胡适在第4卷第1号上的直接答复，继续就《三国演义》《说岳》和《金瓶梅》的评价问题进行讨论。

在同期《新青年》上，陈独秀与钱玄同在讨论《新青年》改用左行横式的来往信函中，也涉及小说问题。陈独秀认为中国小说"有两大毛病。

---

[1] 钱玄同：《钱玄同寄陈独秀》，1917年3月1日《新青年》第3卷第1号。
[2] 陈独秀：《答钱玄同〈文学改良〉》，1917年3月1日《新青年》第3卷第1号。
[3] 胡适：《再寄陈独秀答钱玄同》，1917年6月1日《新青年》第3卷第4号。
[4] 胡适：《再寄陈独秀答钱玄同》，1917年6月1日《新青年》第3卷第4号。

第一是描写淫态,过于显露。第二是过贪冗长"[1],钱玄同在答信中坦白:"以前我写信给先生和适之先生,说《水浒》、《红楼梦》、《儒林外史》、《西游记》、《金瓶梅》,和近人李伯元、吴趼人两家的著作,都是中国有价值的小说。这原是短中取长的意思。……其实若是拿十九、二十世纪的西洋新文学眼光去评判,就是施耐庵、曹雪芹、吴敬梓,也还不能算做第一等。"[2]

刘半农来自小说和戏曲泛滥的上海,也曾在其中沉溺一时,其对传统小说与戏曲之弊端,自然颇有体会,反戈一击,往往能击中要害。在《我之文学改良观》《诗与小说精神上之革新》及演讲《中国之下等小说》中,对旧小说的思想弊端与新小说的理想多有申说。

被胡适称为"当时关于改革文学内容的一篇最重要的宣言"[3] 的周作人的《人的文学》,从"人道主义"的理想出发,认为"从儒教道教出来的文章,几乎都不合格"[4]。并且列了一个清单,将中国传统小说,几乎都判为"非人的文学";而"旧戏",则被视为"非人"思想的藏污纳垢之地。

钱玄同、胡适、陈独秀及刘半农等对旧小说的辩难,往往兼及戏曲,对旧小说"情感"与"思想"层面的批评,也就是对旧戏内容的批评。

由小说到戏曲,文学革命者自有对旧戏内容的直接批评。胡适认为:"俗剧的内容,因为他是中下级社会的流行品,故含有此种社会的种种恶劣性,很少如《四进士》类有意义的戏。况且编戏做戏的人大都是没有学识的人,故俗剧中所保存的戏台恶习惯最多。"[5] 对戏曲内容批评较为深入者,是傅斯年和周作人,傅斯年认为:

> 有人说道,中国戏曲,最是助长中国人淫杀的心理。仔细看来,有这样社会的心理,就有这样戏剧的思想,有这样戏剧的思想,更促成这样社会的心理;两事是交相为用,互成因果。西洋名剧,总要有精神上的寄托,中国戏曲,全不离物质上的情欲。同学汪缉斋对我说,中国社会的心理,是极端的"为我主义";我要加上几个字道,是极端的"物质的为我主义"。这种主义的表

---

[1] 陈独秀:《三答钱玄同》,1917 年 8 月 1 日《新青年》第 8 卷第 1 号。
[2] 钱玄同:《〈新青年〉改用左行横式的提议》,1917 年 8 月 1 日《新青年》第 3 卷第 6 号。
[3] 胡适:《〈中国新文学大系·建设理论集〉导言》,见《胡适全集》第 12 卷,安徽教育出版社 2003 年版,第 296 页。
[4] 周作人:《人的文学》,1918 年 12 月 25 日《新青年》第 5 卷第 6 号。
[5] 胡适:《文学进化观念与戏剧改良》,1918 年 10 月 15 日《新青年》第 5 卷第 4 号。

现,最易从戏曲里观察出来。总而言之,中国戏剧里的观念,是和现代生活根本矛盾的,所以受中国戏剧感化的中国社会,也是和现代生活根本矛盾的。[1]

周作人则将"中国旧戏之应废"的第二个理由直接归为"有害于'世道人心'",他说:

> 我因为不懂旧戏,举不出详细的例,但约略计算,内中有害分子,可分作下列四类:淫、杀、皇帝、鬼神。(这四种,可称作儒道二派思想的结晶。用别一名称,发现在现今社会上的,就是:一、"房中",二、"武力",三、"复辟",四、"灵学"。)在中国民间传布有害思想的,本有"下等小说"及各种说书;但民间有不识字不听过说书的人,却没有不曾看过戏的人,所以还要算戏的势力最大。[2]

文学革命者对旧小说和旧戏曲思想内容的批判,没有像当初对传统道德与文言诗文发起批判时那样,很快就有林纾等辩护者杀出。[3] 因为,小说、戏曲本不登大雅之堂,其在民间地下的"摸爬滚打"中,内容上"黑幕层张,垢污深积"的状况,是有目共睹的。张厚载谈改良文学之"三大利益",所列第一条即是:

> 绝无窒碍思想之弊。旧文学之所以当然淘汰,即因其窒碍思想。……新文学第一利益,即使吾人思想活泼,不致为特种情形所障碍,而常有自由进取之精神。[4]

张厚载的意思,有通过否定定于一尊古文,为戏曲思想内容的上不了台面寻找说辞,因而胡适在答辩时肯定其"为研究通俗文学之一人,其赞

---

[1] 傅斯年:《戏剧改良各面观》,1918年10月15日《新青年》第5卷第4号。
[2] 周作人:《论中国旧戏之应废》,1918年11月15日《新青年》第5卷第5号。
[3] 林纾1917年2月8日在上海《民国日报》发表《论古文之不宜废》一文,反对白话文,说"国未亡而文字已先之"。
[4] 张厚载:《新文学及中国旧戏》,1918年10月15日《新青年》第5卷第4号。

成本社改良文学之主张，固意中事"[1]。似乎也知己知彼，心知肚明。但"解放思想"，毕竟是时代的共识。

张厚载与文学革命者纠结的焦点，是在旧戏的形式上。

文学革命者直接针对旧戏的言论，相较旧小说而言，也更多涉及旧戏的形式。在呼应胡适发难文章的《钱玄同寄陈独秀》中，喜欢将"十分话常说到十二分"[2]的钱玄同充当了抨击旧戏的急先锋，他认为"若今之京调戏，理想既无，文章又极恶劣不通"，缺少"文学上之价值"，指责旧戏"编自市井无知之手"，"拙劣恶滥"。其中涉及旧戏形式问题：

> 又中国戏剧，专攻唱工，所唱之文句，听者本不求其解，而戏子打脸之离奇，舞台设备之幼稚，无一足以动人感情。[3]

在著名的《历史的文学观念论》中，胡适以文学进化的眼光，得出"今后之戏剧，或将全废唱本而归于说白"的推测。[4] 刘半农对戏曲的评价多注重形式细节问题，在《我之文学改良观》中就旧戏的形式改良，提出一系列具体意见。

张厚载的反驳与捍卫集中在旧戏的形式上，其投书《新青年》的第一封信，最敏感的就是对戏曲形式的职责：

> 又论中所主张废唱而归于说白，乃绝对的不可能。……中国武戏之打把子，其套数至数十种之多，皆有一定的打法……戏子之打脸，皆有一定之脸谱……[5]

遭到张厚载的反击后，钱玄同在回复中集中了批判的火力：

> 我所谓"离奇"者，即指此"一定之脸谱"而言；脸而有谱，而又一定，实在觉得离奇得很。若云"隐寓褒贬"，则尤为可笑。

---

[1] 1918年6月15日《新青年》第4卷第6号。
[2] 陈漱渝：《钱玄同文集序二》，《钱玄同文集　第1卷　文学革命》，中国人民大学出版社1999年版，第5页。
[3] 钱玄同：《钱玄同寄陈独秀》，1917年3月1日《新青年》第3卷第1号。
[4] 胡适：《历史的文学观念论》，1917年5月1日《新青年》第3卷第3号。
[5] 张厚载：《新文学及中国旧戏》，1918年6月15日《新青年》第4卷第6号。

朱熹做《纲目》学孔老爹的笔削《春秋》，已为通人所讥讪；旧戏索性把这种"阳秋笔法"画到脸上来了：这真和张家猪肆记卍形于猪鬃，李家马坊烙圆印于马蹄一样的办法。哈哈！此即所谓中国旧戏之"真精神"乎？[1]

后来钱玄同更称呼旧戏为"'脸谱派'的戏"[2]，称"脸谱""对唱""乱打"等，为"百兽率舞"的"怪相"。[3]

陈独秀在答辩中也指出："至于'打脸'、'打把子'二法，尤为完全暴露我国人野蛮暴戾之真相，而与美感的技术立于绝对相反之地位。"[4]

张厚载第二次正式答辩的《"脸谱"—"打把子"》和《我的中国旧戏观》两文，专门就形式问题捍卫旧戏。前文实际上是针对《新青年》第4卷第6号上胡适等人的答辩的再答复，对于钱玄同批评旧戏"脸谱"的激烈言辞，张厚载通过阐发其历史由来、美术意义及"隐喻褒贬"的作用加以批驳，又用体育精神、美感等与刘半农就"打把子"问题继续商榷。在后文中，张厚载将中国旧戏归纳为"中国旧戏是假象的"（阐述"指而可识"的抽象方法）、"有一定的规律"（说明旧戏的台步、身段、马鞭子、拉起霸、打把子、跑龙套、报名、念引等程式的艺术规律及其优越性）及"音乐上的感触和唱工上的感情"三个特征，张厚载为更为核心的"音乐"和"唱工"辩护，认为"要废掉唱工，那就是把中国旧戏根本破坏。将来进化的社会，是不是一定要把他根本破坏，而且能不能把他根本破坏，那是极难解决的问题了。"[5]

张厚载对旧戏形式的捍卫，使《新青年》越来越集中火力对准旧戏的形式。胡适通过对文学进化历史的梳理，得出："中国戏剧一千年来力求脱离乐曲一方面的种种束缚，但因守旧性太大，未能完全达到自由与自然的地位。"[6] 将"乐曲"视为戏剧发展的主要障碍，并将中国旧戏引以为傲的脸谱、嗓子、台布、武把子、唱工、锣鼓、马鞭子、跑龙套等，看作文学进化过程中的"遗形物"，务必去除。

---

[1] 1918年6月15日《新青年》第4卷第6号"通信"栏。

[2] 钱玄同：《随感录（十八）》，1918年《新青年》第5卷第1号。

[3] 钱玄同：《今之所谓评剧家》，1918年8月15日《新青年》第5卷第2号。

[4] 陈独秀"通信"栏答辩，1918年10月15日《新青年》第5卷第4号。

[5] 张厚载：《我的中国旧戏观》，1918年10月15日《新青年》第5卷第4号。

[6] 胡适：《文学进化观念与戏剧改良》，1918年10月15日《新青年》第5卷第4号。

傅斯年的《再论戏剧改良》，对张厚载《我的中国旧戏观》逐一进行批驳。傅文认为张文"把'抽象'、'假象'，混作一谈"。旧戏的"简单做法"没有离开具体，就无法达到"抽象"，而且往往"视而不可识，察而不见意"，旧戏用种种"代替法"，是因为它还处在"百衲体"或"杂戏体"阶段；中、西戏剧都有规律，关键不是有没有规律，而是这规律好不好，不能将旧戏规律固定化并加以夸大；旧戏的戏剧与音乐的不分，相互束缚，窒碍了戏剧和音乐两方面的独立发展；旧戏以歌唱来补充情节和说白，恰恰说明旧戏情节和动作的不足，需要另行改造。[1]

周作人则明确地把传统戏曲的形式因素归为"野蛮"的遗留，认为"凡中国戏上的精华，在野蛮民族的戏中，无不全备"[2]。

《新青年》对旧戏的批判，第二个逻辑是文学进化论，它实际上成为旧戏批判的理论支柱。胡适是这一理论的大力宣扬者，在发难的《文学改良刍议》中，胡适就宣称：

> 文学者，随时代而变迁者也。一时代有一时代之文学：周秦有周秦之文学，汉魏有汉魏之文学，唐、宋、元、明有唐、宋、元、明之文学。此非吾一人之私言，乃文明进化之公理也。[3]

后又作《历史的文学观念论》，专论文学的进化规律。在这一进化观念的支配下，胡适对戏曲未来做出如下判断：

> 元代之小说戏曲，则更不待论矣。此白话文学之趋势，虽为明代所截断，而实不曾截断。语录之体，明清之宋学家多沿用之。词曲如《牡丹亭》、《桃花扇》，已不如元人杂剧之通俗矣。然昆曲卒至废绝，而今之俗剧（吾徽之"徽调"与今日"京调"、"高腔"皆是也）乃起而代之。今后之戏剧，或将全废唱本而归于说白，亦未可知。[4]

其实，早在1916年在美酝酿文学革命时，对于戏曲改良，胡适就已有

---

[1] 傅斯年：《再论戏剧改良》，1918年10月15日《新青年》第5卷第4号。
[2] 周作人：《论中国旧戏之应废》，1918年11月15日《新青年》第5卷第5号。
[3] 胡适：《文学改良刍议》，1917年1月1日《新青年》第2卷第1号。
[4] 胡适：《历史的文学观念论》，1917年5月1日《新青年》第3卷第3号。

进化论的思路，在致任鸿隽的信中说："今日之唱体的戏剧，有必废之势"，"世界各国之戏剧都已由诗体变为说白体"。[1] 至于胡适为专门"戏剧改良专号"作的那篇《文学进化观念与戏剧改良》，则从文学进化观来阐述戏剧改良的理由。他认为那些"现在主张恢复昆曲的人与崇拜皮黄的人"，是因为"缺乏文学进化的观念"，故特地从四个层面论说文学进化观念，并描述了一个中国戏曲从古代的"歌舞"，经"戏优""杂戏"、元杂剧、南戏传奇，到近代以来的各种"土戏"与"俗剧"的"进化"历程。在此一"进化"描述中，作为"俗剧"的京戏，理应是进化的产物，成为值得肯定的对象，所以承认"这种俗戏在中国戏剧史上，实在有一种革新的趋向，有一种过渡的地位，这是不可埋没的"。但是，胡适又根据进化原理认为："这种趋向在现行的俗剧中不但并不完全达到目的，反被种种旧戏的恶习惯所束缚，到如今弄成一种既不通俗又无意义的恶劣戏剧。"关键是这种"恶习惯"是指向什么，胡适说"以上所说中国戏剧进化小史的教训是：中国戏剧一千年来力求脱离乐曲一方面的种种束缚，但因守旧性太大，未能完全达到自由与自然的地位"。原来，"乐曲"才是戏曲进化的障碍。[2] 在胡适文学进化的视野中，脸谱、嗓子、台步、武把子等旧戏固有程式，成为进化过程中的"遗形物"。

进化观念实际上是《新青年》同人在论争中的普遍观念，渗透在他们的论辩逻辑中。不仅陈独秀将"一代有一代的文学"挂在口头[3]，钱玄同甚至将戏剧的进化与政治体制的进化相比附。[4] 周作人将旧戏视作民族进化过程中"野蛮"性的遗留。[5] 傅斯年在《戏剧改良各面观》中，即首先以"戏剧进化的阶级为标准，看看现在戏剧进化到何等地步"来审视旧戏，在《再论戏剧改良》中将中国戏曲的舞台动作，称为"历史的遗留，不进化的做法"[6]。

有意思的是，张厚载在投书《新青年》引起论战的第一篇文章中，似乎也颇为服膺文学革命者的文学进化论：

---

[1] 胡适：《胡适致任鸿隽》（1916年7月26日），《新文学史料》1991年第4期。
[2] 胡适：《文学进化观念与戏剧改良》，1918年10月15日《新青年》第5卷第4号。
[3] 1917年8月1日《新青年》第3卷第6号。
[4] 钱玄同：《随感录》（十八），1918年7月15日《新青年》第5卷第1号。
[5] 周作人：《论中国旧戏之应废》，1918年11月15日《新青年》第5卷第5号。
[6] 傅斯年：《再论戏剧改良》，1918年10月15日《新青年》第5卷第4号。

仆自读《新青年》后，思想上收益甚多。陈、胡、钱、刘诸先生之文学改良说，翻陈出新，尤有研究之趣味。仆以为文学之有变迁，乃因人类社会而转移，决无社会生活变迁，而文学能墨守迹象，守古不变者。故三代之文，变而为周、秦、两汉之文，再变而为六朝之文，乃至于唐、宋、元、明之文。虽古代文学家好摹仿古文，不肯自辟蹊径，然一时代之文，与他一时代之文，其变迁之痕迹，究竟非常显著。故文学之变迁，乃自然的现象，即无文学家昌言改革，而文学之自身，终觉不能免多少之改革；但倡言改革乃应时代思潮之要求，而益以促进其变化而已。[1]

对文学进化论的经典表述，来自胡适的文章，但张厚载表述得如此完备流畅，大有青出于蓝之态。张之从善如流，固有尊师之道、通信礼节或欲抑先扬等因素，但不得不承认，胡适等的文学进化观念，已成为浩浩荡荡的主流话语。

综合以上梳理，张厚载与文学革命者之间，在文学进化、通俗化、旧文学甚至包括旧戏思想内容的认知等方面，可以达成基本共识，双方分歧的焦点，是在对旧戏形式的认识上。张厚载起而辩护的，是旧戏的形式，作为北京戏曲界的"圈内人"，对于京戏所赖以成立的一套固有程式，绝对不能让步。而对于文学革命者来说，"形式即内容"，传统戏曲的形式与其思想内容，是不可分离的，形式与内容都是传统落后思想的表现和遗留，因而从思想革命的高度，把它纳入进化论视域加以批判。公理婆理，一时不相上下，今人站在不同立场，也是非此即彼，势不两立。面对历史分歧，理性的态度不应是意气用事，不断翻案，而是需要梳理把捉更核心的分歧点，深入理解这场论争的真正分歧所在。

文化之争与艺术之争

论争固然激烈，但双方未必达到真正的交锋，话语与意图、逻辑与立场的错置和误读，在论争中盘根错节。文学革命者对旧戏内容与形式的审视，始终是从思想革命的动机与高度来展开的，而张厚载们对旧戏形式的捍卫，则出之以专业与审美的眼光；对于文学革命者城府很深的"理想"，

---

[1] 张厚载：《新文学及中国旧戏》，1918年10月15日《新青年》第5卷第4号。

张厚载虽能感于时代风潮而略知一二，但不可能窥其堂奥，反过来，文学革命者对于张厚载津津乐道的旧戏技巧，更是不屑一顾，并不以"门外汉"为意。双方无法相互认同，交锋的深入很难进行。

扒开重重纠结，双方交锋的实质，可以归结为一个值得进一步追问的问题：戏曲的形式是独立的审美样式，还是与内容密切相关，有进步、落后之分？

形式，是一门艺术的规范和物质性载体，对于作为舞台艺术的戏曲来说，形式是一种直观的东西，是感性审美的直接对象。

以京戏为代表的近代地方戏曲，是中国传统戏曲历史中的一个阶段，如果按照王国维的说法，"而论真正之戏曲，不能不从元杂剧始也"[1]。则以京戏为代表的近代地方戏曲是继元杂剧、明清传奇之后的中国戏曲的第三个阶段，也可以说是中国传统戏曲的特征发展到极致的阶段。在遭遇西方话剧挑战的历史危机中，近代戏曲充分成熟的形式特征，被守护者视为中国传统戏曲的代表。以京戏为代表的地方戏曲，已发展成熟为一套完整严密的形式系统，作为"综合艺术"，它融合歌、舞、表演等艺术要素，积淀了以所谓"唱念做打"为代表的动作与声腔的形式规范（程式化）。而舞台动作的"程式化"，又来自中国艺术不重模仿、重在"虚拟"的特征，即以符号化的动作来表达难以穷尽模仿的实际生活世界。这一不重模仿、重在"虚拟"的特征，又被描述成相对于西方戏剧传统"写实性"的"写意性"特色。上列诸特征中，"程式化"更为本质，"程式"来自"虚拟"的要求，表现为"写意"的特色。但如果将"程式"仅仅理解为戏曲的形式，"程式化"还不足以说明其特殊性，因为，任何艺术样式都有自己的形式即"程式"。中国戏曲的"程式化"，是指通过特定的动作和声腔语言，抽象化地表达现实世界，形成一整套完整系统的舞台符号语言，继张厚载"假想的"和"有一定的规律"的概括后，"程式化"就在国剧运动中被认定为中国戏曲的主要特征。[2]

张厚载对京戏三个特征的归纳[3]，相较后来的对中国戏曲特征的公认，如《大百科全书戏曲、曲艺卷》的"综合艺术"、"程式化"与"虚拟性"

---

[1] 王国维：《宋元戏曲考》，见《王国维戏曲论文集》，中国戏剧出版社1984年版，第163页。

[2] 1926年余上沅等人的"国剧运动"开始将"程式"视为以京剧为代表的中国戏曲的特征。

[3] 一为"中国旧戏是假象的"（阐述"指而可识"的抽象方法），二为"有一定的规律"（说明旧戏的台步、身段、马鞭子、拉起霸、打把子、跑龙套、报名、念引等程式的艺术规律及其优越性）；三为"音乐上的感触和唱工上的感情"（为"音乐"和"唱工"辩护）。

三个特征的概括,已经非常接近。"程式"及其表现者——名角,已构成"圈内人"张厚载戏曲观的所有的世界,其所能关注的,都不出"程式"及其表现者名角的范围,也不可能越过"程式",来讨论戏曲的思想与价值取向。

张厚载对形式的敏感背后,还有20世纪第一个十年齐如山、梅兰芳雅化京戏的背景。针对京戏过于世俗化而导致内容污俗不堪的现状及晚清戏曲改良的乱局,齐如山试图通过放大京戏"无声不歌,无动不舞"的特征,创造京戏"高洁雅静"的境界,他帮梅兰芳打造的古装戏,放弃了在内容上的追求,也舍弃了"时装新戏"在形式上与时俱进的革新尝试,转而将古典戏曲的歌与舞,在形式上进行雅化,这可以看成是通过形式的唯美化和经典化寻找生路的努力。作为"梅党"之一员,张厚载正是梅兰芳古装戏的拥戴者,其对京戏形式的看重自然不容多说。

"五四"论争消歇后,20年代初兴起的国剧运动,开始反思"五四"的立场,宋春舫、余上沅、闻一多、徐志摩、陈西滢等都发表了对于"五四"论争的反思意见。曾参与《新青年》论战的宋春舫,受西方现代剧场艺术的启发,开始提倡"纯艺术"的戏剧观,认为"戏剧是纯艺术的而非主义的"[1],"戏剧非赖艺术殆不足以自存,遑论其他"[2]。认为"旧剧多含象征派的观念"[3],音乐是"中国戏剧之主脑"[4],旧戏的优势在于是"美术的",美术可以"不分时代,不讲什么 isme(主义)"。[5] 批判文学革命者"大抵对于吾国戏剧毫无门径,又受欧美物质文明之感触,遂致因噎废食,创言破坏"[6]。国剧运动的代表余上沅不满五四时期的问题剧,也认为"艺术虽不是为人生的,人生却正是为艺术的"[7]。从纯艺术观出发,主张戏剧要吸收传统戏曲的"程式"和"写意"的优势。[8]

以国剧运动为代表的批评者,抓住了文学革命者重内容而轻形式,重功用而轻审美的偏颇。以形式、艺术和审美为中心,必然会摒弃文学革命者将中国戏曲与西方话剧视为世界戏剧发展史中的两个阶段,推崇后者而

---

[1] 宋春舫:《宋春舫论剧》第1集,中华书局1923年版,第268页。
[2] 宋春舫:《宋春舫论剧》第1集,中华书局1923年版,第269页。
[3] 宋春舫:《宋春舫论剧》第1集,中华书局1923年版,第245页。
[4] 宋春舫:《宋春舫论剧》第1集,中华书局1923年版,第263页。
[5] 宋春舫:《宋春舫论剧》第1集,中华书局1923年版,第280页。
[6] 宋春舫:《宋春舫论剧》第1集,中华书局1923年版,第264页。
[7] 余上沅:《旧剧评价》,1926年7月21日《晨报》。
[8] 余上沅:《中国戏剧的捷径》,1929年5月《戏剧与文艺》第1卷第1期。

贬低前者的思路,则是将两者视为两类具有不可比性的不同艺术样式,力图凸显中国戏曲的固有特色。张厚载当年就说:"旧的就是旧的,新的就是新的,新的用不着去迁就旧,旧的也不必去攀附新","旧戏要保存它自己的旧价值"。[1] 宋春舫更明确表示:

> 一国有一国之戏剧,即英语所谓 National Drama,不能与他国相混合。吾国旧剧有如吾国四千年之文化,具有特别之精神,断不能任其消灭。[2]

对于戏曲守护者来说,站在艺术审美的立场上,形式问题无所谓先进与落后之分,程式化恰恰是引以自豪的中国传统文化的特点与优势,形式不仅就是形式本身,而且是京戏命脉,甚至是中华文化命脉所系。

站在艺术、审美与文化情感的立场,戏曲守护者所言自然值得理解与同情。但是,重回"五四"文学革命者的现场,今人也不能非此即彼,断然否定文学革命者的追求。

从思想革命到文学革命,文学革命者的思路总是思想先行,如前所述,文学革命者的文学"理想",渊源有自,寄意甚远。希望通过文学来激发萎靡不振的国人精神世界,文学革命者对"文学"的精神内涵的期望,可谓曲高和寡。不满处于正统地位的传统诗文的"文以载道",垂青于来自民间、被视为"小道"的小说、戏曲,但小说、戏曲思想内容"藏污纳垢、污浊不堪"。所以,文学革命者一方面大力提高小说、戏曲的文学地位,一方面对其内容——所展现的精神世界展开激烈批判。旧戏的形式,也被视为内容的载体难以幸免。在文学革命者眼中,形式从来不是独立的,形式被看成思想的附属物或载体,旧戏形式确实成为障碍,如同改革旧文学,就须从白话代替文言入手一样,要改革旧戏曲,也须从改革旧戏的语言形式——程式化入手。

以京戏为代表的地方戏曲的程式化,也就是形式化,本来"程式"是为表达内容服务的,但后来"程式"本身上升为戏曲的本质和欣赏的中心,戏曲成为"程式"的艺术。如果说文学是以文字符号为载体的语言的艺术,那么以京戏为代表的地方戏曲就是以"程式"为载体的语言的艺术,"程式"本

---

[1] 谬子(张厚载):《布景与旧戏》,1919年3月4日《晨报》。
[2] 宋春舫:《宋春舫论剧》第1集,中华书局1923年版,第265页。

质上是中国戏曲的语言符号系统。相比文学所赖以传达的抽象文字符号的抽象性，戏曲"程式"以物质性的动作、声腔为载体，直接诉诸观者的感性与直观，于是，"程式"及"程式"的承担者——演员成为审美的中心，爱戏者无不痴迷于这一套"程式"，尤其是其出色的肉身承担者——名角。

有论者将戏剧的特征放在"文学性"、"剧场性"和"戏剧性"三个概念中来把握，认为中国近代地方戏曲相比较欧洲传统戏剧的偏重"文学性"与"戏剧性"，元杂剧及明清传奇偏重于"文学性"与"剧场性"，近代中国地方戏曲则偏重于"剧场性"与"戏剧性"。在他看来，近代地方戏曲由作者戏曲向演员戏曲转化，"剧场性"成为最显著的特征，是"告别了文学的戏剧"。[1] 此处对于"文学性"等相关概念的界定虽还不够精密，但对于我们认识以京戏为代表的近代地方戏曲是有帮助的。过于发达的"剧场性"对意义追求的遮蔽，可能是近代以京戏为代表的地方戏曲的问题所在。

文学革命者所欲借重的西方戏剧传统注重对戏剧的"诗性"——精神性的追求，亚里士多德说："有一些人用颜色和姿态来制造形象，摹仿许多事物，而另一些人则用声音来摹仿……另一种艺术则只用语言来摹仿，或用不入乐的散文，或用不入乐的'韵文'。"[2] 这"另一种艺术"，即指"诗"，它是与诉诸"颜色和姿态"的绘画与雕塑，以及诉诸"声音"的音乐相并列，包括"抒情诗"、"史诗"和"悲剧"；黑格尔也将"诗"分为"抒情诗"、"史诗"和"戏剧体诗"，并将其与建筑、雕塑、绘画、音乐等艺术门类并列。他们看重戏剧的"诗"性，而对"剧场性"并不重视，亚里斯多德认为"悦耳"和"形象"这些"剧场性"因素"最缺乏艺术性，跟诗的艺术关系最浅"。[3] 黑格尔认为："在艺术所用的感性材料中，语言才是唯一的适宜于展示精神的媒介，和木、石、颜色和声音之类其他感性材料不同"，"在音乐和舞蹈的陪伴之下，语言毕竟不免遭到损害。因为语言是心灵的精神性的表现，所以近代的演员认识到要从音乐和舞蹈之类陪伴的因素中解放出来"。[4]

由于满足于感性审美层面，戏曲的精神意义，就不是以京戏为代表的地方戏曲追求的对象。近代地方戏曲的内容，一般都是耳熟能详的历史故事和情节，观众进入戏园，一般不是被未知的故事和情节所吸引，而是在

---

[1] 吕效平：《戏曲本质论》，南京大学出版社2003年版，第8页。
[2] [古希腊] 亚理斯多德：《诗学》，罗念生译，人民文学出版社1962年版，第4页。
[3] [古希腊] 亚理斯多德：《诗学》，罗念生译，人民文学出版社1962年版，第24页。
[4] [德] 黑格尔：《美学》第3卷（下册），商务印书馆1981年版，第240—241、276页。

已知故事情节的情况下,去欣赏不同角色的"表演",感受其"剧场"效果;近代戏曲由作者戏剧转向演员戏剧,作者及剧本已不重要,而体现"剧场性"的角色——演员,成为戏曲的核心,颇接近现代商业电影的接受模式——表演什么并不重要,重要的是谁在表演。

文学革命者对近代戏曲的指摘,正是指向其思想意义追求的不足。钱玄同说:"总之小说戏剧,皆文学之正宗,论其理固然。而返观中国之小说戏剧,与欧洲殆不可同年而语。小说略与上节所述,至于戏剧一道,南北曲及昆腔,虽鲜高尚之思想,而词句尚斐然可观。若今之京调戏,理想既无,文章又极恶劣不通,固不可因其为戏剧之故,遂谓有文学上之价值也。"[1] 傅斯年也认为:"中国的戏文……好文章是有的,如元(北曲)、明(南曲)之自然文笔,好意思是没有的。文章的外面是有的,文章里头的哲学是没有的,所以仅可当得玩弄之具,不配第一流文学。"[2] 又认为:"真正的戏剧纯是人生动作和精神的表象"(Representation of human action and Spirit)。[3] 钱、傅等的判断,固然有拿西方戏剧作标准之嫌,但是近代戏曲在思想力方面的薄弱,也是值得注意的事实。对于文学革命者,形式不是一个独立的范畴,而是一个文化范畴,旧戏形式不仅是落后思想的载体,也成为戏剧文学精神拓进的障碍。在反思文学革命者漠视中国戏曲本身特点的同时,我们也要看到,传统戏曲对以"唱念做打"为中心的"剧场性"的极端追求,形成了以"程式"及其表现者——名角为中心的感性表达与接受的模式,窒碍了开拓更高精神空间的"文学"功能。文学革命者的反思,撇除其文化焦虑与启蒙动机,在戏剧艺术本身也应有值得进一步讨论的空间。

返观近一个世纪前的旧戏论争,其背后有着中、西文化碰撞后中国文化近代转型的深厚背景,交织着救亡动机、文化焦虑与艺术自觉等复杂文化信息。这是现代文化与古典文化、先进文化与落后文化之争?还是东方艺术与西方艺术、中国戏曲与西方戏剧之争?或此或彼,孰优孰劣,因角度与立场的差异,难以达成共识。今人返观一个世纪前的论争,应该意会到这其中的意图谬误和动机措置的复杂性,庶几再免于非此即彼的意气之争和循环翻案,在"囿于方隅之内"和"旷观域外"之间,找到恰当的平衡。

---

[1] 钱玄同:《钱玄同寄陈独秀》,1917年3月1日《新青年》第3卷第1号。
[2] 傅斯年:《戏剧改良各面观》,1918年10月15日《新青年》第5卷第4号。
[3] 傅斯年:《戏剧改良各面观》,1918年10月15日《新青年》第5卷第4号。

语词还乡：渡也咏物诗研究的别一"诗意"

张 鑫

一、"咏物"还是"咏词"

《花落又关情》（后文简称《花落》），是台湾诗人渡也的学术著作，初版于1981年2月，1994年1月台北月房子出版社再版。诗人对中国诗词中常见的物象如月、雁、蝉、镜、冰、橘、砧杵、散发、猿啸的象征内涵，考究源起，阐发寓意，梳理统系。在《分析文学》[1] 一书中，渡也又从上举物象的象征意义出发，阐释唐宋诗词的名篇佳作。

《花落》考索谨严，用语省净，俨然一"学术著作"，渡也本人也是这样定位的，在《新版后记》中称之为"学术大众化的工作"[2]，"通俗性的书"[3]，并谦称："文章写得并不理想""总觉得不满意"[4]。

但作为读者，在阅读《花落》时，笔者时时感受到盎然袭来的潜隐诗意。诗意的产生，我们当然可以以"诗人的著作"来理解，但恐怕并非如此简单。

人们包括诗人自己，都将《花落》视为中国古代咏物诗研究，诗人也不乏咏物诗创作，在诗集《留情》与《流浪玫瑰》中，收录了大量以民艺为咏物对象的诗篇，一般可能以为，渡也对咏物诗的理性探析，反哺了其咏物诗创作，诗人对古诗词物情关系的研究，在诗人自己的咏物诗创作中得到了践履和落实。

在《花落》的《导论》中，渡也亦以"咏物诗研究"定位自己的写作：

---

[1] 陈启佑：《分析文学》，东大图书有限公司1980年版。
[2] 陈启佑：《花落又关情》，月房子出版社1994年版，第250页。
[3] 陈启佑：《花落又关情》，月房子出版社1994年版，第251页。
[4] 陈启佑：《花落又关情》，月房子出版社1994年版，第251页。

这本书探讨、分析的对象即是"咏物诗"。[1]

在后来写的《新版后记》中,又说:

虽不能引导读者综览中国咏物诗全貌,但可以让读者多少了解咏物诗之重要性及数个物象之象征意义。[2]

渡也在"导论"中对于咏物诗的定义、起源、流变、内容等做了详细的辨析,并对中国"咏物诗"的历史进行了梳理。而"咏物"所指,则是"原型"和"象征":

而挖掘咏物诗篇中物象的"原型",探讨物象所含具的深厚的民族文化,便是这本书的主要工作。[3]

读"咏物诗",除欣赏咏物技巧之高下外,宜进一步寻求所吟咏之物象的"普遍的象征",发掘其深厚的文化根基,千万莫以"多识草木鸟兽之名"为满足。[4]

自诗经、楚辞以降,中国文学作品中有众多名物均含有象征意义。这里简单举几个例子,植物的梅、兰、竹、菊、桃、柳、松等,各富有其特殊的象征意义。动物中的龙、凤、马、麟、龟、蝉、蝶、雁、鱼等,亦不例外。这些动植物皆有象征,细究其因,无不根源于中华民族思想、中国浓厚的文化。换句话说,这些动植物均显露出几千年来中华民族共通共有的理念,而这种理念即是历来中国诗人文士沿习套用、约定俗成所造成的。[5]

可见渡也对中国诗词中"咏物诗"的研究,指向物象之象征含义中"几千年来中华民族共通共有的理念",如"花落又关情"书题所呈现,缠绵的故土文化之思萦回其间。诗人自己的"咏物诗"创作,如《留情》与

---

[1] 陈启佑:《花落又关情》,月房子出版社 1994 年版,第 18 页。
[2] 陈启佑:《花落又关情》,月房子出版社 1994 年版,第 251 页。
[3] 陈启佑:《花落又关情》,月房子出版社 1994 年版,第 24 页。
[4] 陈启佑:《花落又关情》,月房子出版社 1994 年版,第 25 页。
[5] 陈启佑:《花落又关情》,月房子出版社 1994 年版,第 202 页。

《流浪玫瑰》，不仅继承了"应物斯感"的传统感物方式，而且因小见大，投入诗人自身的现代生命体验，在物与情的交错对话中，展现诗人的文化理想和现代情怀。

这些，自然都属于"诗意"，而且具有历史文化的深意。但是，由"咏物诗"范畴所彰显的"诗意"，还不能说明笔者在阅读中所体验到的诗意感动。

莫非诗人自己都尚未意识到《花落》中"诗意"的另一种可能性？当诗人自己界定为"咏物诗研究"，在学术著作意义上悔其少作，表示"不满意""不理想"，因而谦称其为"学术大众化的工作"时，大概近乎不自觉《花落》中另一种"诗意"的存在吧。

直接说，我在《花落》中所感受到的超乎"咏物诗"的诗意，并非象征与原型意义上的，而直接升华于最基本的语词层面。诗人对古诗物象节制甚至严谨的考订梳理，起于语词博物学般的考察，再进入诗词中的情感与文化内涵阐释，确乎一次中国诗词的"考物记"。不过，这里的"物"，不是现实中的实存之物，而是诗词中的物象，是词化的物，词与物不分，"考物"实为"考词"。穿越千年诗词的丛林，诗人随手拈来，如数家珍，流连于月、雁、蝉、镜、冰、橘、砧杵、散发、猿啸，在辩词释义的字里行间，生发着婉转多情的气息。与其说月、雁、蝉、镜、冰、橘、砧杵、散发、猿啸等是"物象"，不如说就是"语词"本身；与其说诗人在追问诸多物象之象征内涵，不如说是一次语词的还乡。

二、语词即是故乡

说其是"物象"，是在象征主义的诗学之"形象性"中来界定的，反映论诉诸文本与世界的对照与反映，象征论诉诸文本与世界的对应与象征，两者皆不离"形象"，视"形象性"为文学的根本。对"形象"与"物象"的认定，依赖于世界与文本的二元认知，"形象"与"物象"成为世界与文本连接的中介。

但如我们摆脱文本与世界的二元对应关系，则会有新的发现：文本不是世界的再现、表现或象征，文本就是世界本身，组成文本的符号——语词，终极意义上是人类认知世界的基本方式，没有符号——语言，不能表达我们对世界的认知，也就不能表达自我，人须臾不能脱离语言，人的世界始终是语言的世界。

在此意义上，语词不是通过"物象"表达世界，而就是世界本身，世界在语词之中。

后期海德格尔对存在与语言关系的沉思，有助于我们对这一问题的理解。早期海德格尔认为，柏拉图以来的西方存在论哲学，由于对作为人的此在——存在者（Dasein）的不见，恰恰遗忘了存在（Sein）本身，因而另辟蹊径，欲从存在者入手，重新追问存在。海氏通过对存在与时间的现象学分析与存在论阐释，构筑了以存在者为中心的存在论阐释，显示了基于存在者重建西方存在论（本体论）的努力。晚期的海德格尔出于对存在者主体形而上学倾向的省思，转向对存在本身的沉思，通过思入语言，海氏将早期存在者与存在的关系，置换为人与语言、人言与道说的关系，试图通过人言与道说，打通探问存在的捷径。海氏建立在自身存在论理路中的语言沉思，颠覆了传统的建立在形而上学方法论上的语言观，在传统的语言观中，词与物的关系，是基于主体中心的对应与符合的关系，人说语言，乃是人运用语言；相反，在海氏那里，语言总是先行允诺给人，当人"说"时，不是人说语言，乃是语言说人，个人（存在者）只有通过对"道说"的倾听，才能真正地"说"。在《语言的本质》的著名演讲中，海氏屡次引用同胞格奥尔格的诗：

> 词语破碎处，无物存在（ist）。[1]

围绕这一诗句，海氏对语言的本质做了层层剥笋式的揭示。让我们引用一些闪烁着真理之光的片言只语：

> 最后一行诗的内容却包涵着这样一个陈述：任何存在者的存在居住于词语之中。所以才有下述命题——语言是存在之家。[2]
> 诗人是在词语上取得了本真的经验，而且是因为唯有词语才能把一种关系赋予给一物。更清晰地说来，诗人经验到：唯有词语才让一物作为它所是的物显现出来，并因此让它在场（anwesen）。词语把自身允诺给诗人，作为这样一个词语，它持有

---

[1]［德］海德格尔著、孙周兴选编：《海德格尔选集》，生活·读书·新知上海三联书店1996年版，第1061—1120页。

[2]［德］海德格尔著、孙周兴选编：《海德格尔选集》，生活·读书·新知上海三联书店1996年版，第1068页。

并保持一物在其存在中。诗人经验到词语的一种全能与尊严,再不能更高更远地思这种权能和尊严了。但是词语同时也是诗人之为诗人以一种异乎寻常的方式信赖并照拂的财富。[1]

唯当表示物的词语已被发现之际,物才是一物。唯有这样物才存在(ist)。所以我们必须强调说:词语也即名称缺失处,无物存在(ist)。唯词语才使物获得存在。[2]

诗人的本性在于,诗人必须创建持存的东西,从而使之持留和存在。[3]

海氏又特地引哥特弗里德·伯恩的《一个词语》中的一句:

万物向着词语聚拢。[4]

海德格尔的语言沉思,建立在其存在论的追问之上,我本人对于海氏对西方思想传统的批判并不认同,说来话长,此处不赘,但是,其对语言的重新省思,却多有启人深思之处。人须臾离不开语言,人的世界是语言的世界,人创建了语言,也就创建了世界,语言又反过来规定着我们,语言先行于我们之所说,我们所说的语言始终已经在我们之先。人在语言之中,是语言的存在,语言是存在的家。

在海德格尔那里,存在者的存在一分为二,"世界"为"显"(敞开),"大地"为"隐"(锁闭),"大地"通过"世界"显现自身。联系到海氏存在与语言的关系,我们可以说,"世界"之敞开是语言的敞开,"世界"是由语言照亮的,在没有语言的地方,存在处于晦暗之中,隐匿为无言的"大地",当语言降临,"大地"由隐匿转而敞开为"世界"。

人——存在者的"世界"是通过语言"敞开"的,语言降临,"世界"豁然开展。由此,我们可以进一步体会海氏引用的诗句:

---

[1] [德]海德格尔著、孙周兴选编:《海德格尔选集》,生活·读书·新知上海三联书店1996年版,第1071页。
[2] [德]海德格尔著、孙周兴选编:《海德格尔选集》,生活·读书·新知上海三联书店1996年版,第1067页。
[3] [德]海德格尔著、孙周兴选编:《海德格尔选集》,生活·读书·新知上海三联书店1996年版,第1074页。
[4] [德]海德格尔著、孙周兴选编:《海德格尔选集》,生活·读书·新知上海三联书店1996年版,第1080页。

万物向着词语聚拢。[1]

词语破碎处，无物存在（ist）。[2]

三、渡也的语词还乡

回到《花落》，诗人对古诗物象的精心考释，难道仅仅是追问象征内涵的"咏物诗"研究？诗人展开的，不正是语词——世界本身？何必非得说物象——象征？

穿越千年诗词的丛林，诗人撷取的月、雁、蝉、镜、冰、橘、砧杵、散发、猿啸等，正是在千年的诗词书写中积淀而成的"世界"，"月"是"月"的世界，"雁"是"雁"的"世界"，"蝉"是"蝉"的世界，"镜"是"镜"的世界，因为千年书写的积淀，"月""雁""蝉""镜"的世界，已经在"月""雁""蝉""镜"的词语之中，吾人一见"月""雁""蝉""镜"，"月""雁""蝉""镜"的"世界"，吾人的世界就豁然"敞开"了。

当诗人流连于这些语词，在"咏物诗"的研究意图之后，定然有语词还乡的冲动。让我们再一次重温海德格尔的语言沉思：

唯有词语才能把一种关系赋予给一物。

词语把自身允诺给诗人，作为这样一个词语，它持有并保持一物在其存在中。

唯当表示物的词语已被发现之际，物才是一物。唯有这样物才存在（ist）。

诗人必须创建持存的东西，从而使之持留和存在。

万物向着词语聚拢。

词语破碎处，无物存在（ist）。

月、雁、蝉、镜、冰、橘、砧杵、散发、猿啸，在千年书写赋予这些语词以约定俗成的意义之后，中国人的月、雁、蝉、镜、冰、橘、砧杵、

---

[1]［德］海德格尔著、孙周兴选编：《海德格尔选集》，生活·读书·新知上海三联书店1996年版，第1080页。

[2]［德］海德格尔著、孙周兴选编：《海德格尔选集》，生活·读书·新知上海三联书店1996年版，第1061—1120页。

散发、猿啸已不是原来的某物，就在这些语词中存在了，这些语词把一种约定的关系赋予这些物，持有并保持"世界"的存在。吾人之"世界"向着吾人之语词聚拢，当吾人之语词被发现时，"物"才被召唤出来。吾人之"世界"在语词中持存，诗人的职责和荣耀，是通过语词的命名和书写，创建并呵护"持存的东西"。

在这个意义上，语词即是故乡。

文化母体同一，然山河远隔，台湾的文化归属更本质地借由语词想象之路，如同台北"故宫"保存着精致的文化宝藏，我们也常在台湾文人心中看到精致的"'故宫'情结"，还乡意识使他们对沉淀在汉语语词中的世界更为敏感，思乡情结常诉诸语词的还乡。

渡也无疑具有深厚的中国文化情结，其咏史、咏物诗寄托着浓厚的历史文化情怀，涉及晚清历史题材的诗作尤多，关注晚清，原因就在它是中华民族传统到现代的转型交点，于此寄托诗人深重的历史反思。诗人的咏物诗研究，非常看重诗歌物象背后的文化内涵，强调这些物象"无不根源于中华民族思想、中国浓厚的文化。换句话说，这些动植物均显露出几千年来中华民族共通共有的理念"[1]。在《花落·导论》中，诗人引导师黄永武先生对"咏物诗的评价标准"的四点界定，对第四点"咏物诗自然会触及民族思想及文化理想"尤为重视，认为是"黄师永武潜心钻研咏物诗的重大发现"[2]，盛赞黄氏观点："任何一件艺术品，都不能孤立在民族文化之外，所以任一首咏物的诗，也都是民族思想最佳的映像。中国人所说的'诗教'，也就是最早发现诗歌中寓有伟大的文化理想。"[3]

山河既隔，语词更为真实，借由语词，吾人尚可还乡。于是，考物释词、追问象征之举，遂成徜徉语词的返乡之行。

在《月：银汉无声转玉盘》中，诗人如此考释"月"的物象象征与原型内涵：从任昉《述异记》等典籍中祖述"月"之神话原型——嫦娥奔月、白兔捣药、吴刚伐桂，到"月"的种种代称"望舒""婵娟""青螺""金饼""玉盘""宝镜""玉钩""团扇""蟾蜍"等，再到"月"的种种象征意义：思乡怀人、德被天下（大公无私）、高洁不染，遍引屈原、庾信、唐太宗、李白、杜甫、李商隐、张正见、方干、张乔、王建、李东阳等咏月

---

[1] 陈启佑：《花落又关情》，月房子出版社1994年版，第202页。
[2] 陈启佑：《花落又关情》，月房子出版社1994年版，第23页。
[3] 黄永武：《咏物诗的评价标准》，载《古典文学》第1集，转引自陈启佑：《花落又关情》，月房子出版社1994年版，第209页。

诗作，可谓"月"之语词的巡礼。

正是基于几千年"月"的命名与书写，形成中国人心目中的"月"。吾人心目中的"月"，固然已不是自然界中的实体，而且与异域文化的理解甚异，中国人看到有关"月"的语词，必然想到"举头望明月，低头思故乡""但愿人长久，千里共婵娟""天上一轮才捧出，人间万姓仰头看"，油然思乡怀人，或联想到高洁不染的品格。而在西方人看来，月亮与人的精神错乱、发狂有关，英语的"狂人"lunatic 和法语的"狂气"lunatique，其词根都来自 lunar（月的），月亮对于西方人，并非鉴赏和移情的对象，而是与冥想、反省、感悟甚至中邪、发狂有关，在贝多芬和德彪西的《月光》中，都潜伏着难以掩抑以至狂乱的热情。这是有一定科学根据的，现代精神病理学已经证实，精神病患者发病的周期与月亮引起地球潮汐的周期有一定的自然联系。鲁迅《狂人日记》的"日记"正文，即以"今天晚上，很好的月光"一句开始，说明在鲁迅那里，"月光"的意象开始打破中国传统，将其与现代精神病理学联系起来。

《蝉：杨柳秋风两岸蝉》从蝉的出身、躯体、叫声、居处、天敌、出现季节及其饮食习惯的介绍，推出蝉的四种象征意义：乡愁、高洁、悲苦、生命短促。

《雁：不知烟雾里，几只道衡阳》起于对雁的博物学意义上的介绍，终于"秋雁"在文学作品中流浪和作为乡愁的象征。

《镜：铸为明镜绝尘埃》从古时临溪而立，到陶盆盛水的"鉴"，到青铜器的"镜"，再到"镜"的形状与图文，古人以月喻镜，终于"镜"的几种象征：自性洁净，青春已逝、容颜老去的感伤，相思。

《冰：清如玉壶水》从"冰"的洁净、素白、寒冷的特性，到文人以冰象征清介贞节、人格崇高、人性良善以及精诚之心。冰亦象征心境清虚、无牵无挂。

《散发：明朝散发弄扁舟》由中国礼仪之邦视发为根本，谈到脱帽拔簪后"散发"的象征：解官隐居、闲适、荒放狂诞，饶有趣味。

"砧杵"，是古诗中常见的字眼，每与悲秋及羁旅之愁相关。《砧：嘹亮清砧声》一篇详述"砧"与"杵"的由来，从古代"男耕女织"的分工，到古时妇女捣练制衣、熨衣和洗衣的介绍，对于制衣之"缫丝—捣练—熨平—裁制"[1]过程介绍尤细。古人制衣与浣衣皆离不开"砧"与"杵"，

---

[1] 陈启佑：《花落又关情》，月房子出版社 1994 年版，第 132 页。

语词还乡：渡也咏物诗研究的别一"诗意" | 203

遂详介"砧""杵"的样式与用法，再言及"砧""杵"相击而发出的"砧声"，强调"砧声"见于古诗，皆悲切之音。何人"闻砧"而悲从心来？一为流浪在外的游子，一为丈夫征戍在外的闺妇。"砧声"一闻于秋末冬初，一闻于夜晚，因秋末冬初是预备寒衣的时节，无论是制衣还是浣衣，皆于此为盛。深夜月明，砧声阵阵，游子闻之，声声入耳，阵阵动心。从日常生民日用，到诗词中"闻砧"的情感内涵，渡也娓娓道来，如数家珍，其书写平易、省净、节制，但盎然诗意萦绕于字里行间。

且看诗人如何言说：

> 秋末冬初，天气已转寒，妇女便忙着捣洗生丝使之成陈帛，作为制寒衣之需，制成之冬衣非独可供在家的人御寒，尚可寄给流浪在外的游子以便抵抗冬寒。而旧寒衣穿用之前，亦得洗涤一番。不论是捣练或洗衣，砧杵在此时正可发挥其最大的功效。职是之故，秋末冬初之际，砧声处处，此起彼落，真如唐人杜荀鹤"秋夜闻砧"一诗所云："砧杵家家弄明月"，又如李太白"子夜吴歌第三首"所言："万户捣衣声"，及金人郦权"闻砧"次句所说："处处砧声捣衣阑"。可以这么说，砧声不失为秋天的特色之一。古诗中砧声即泰半伴随秋天的意象展现，举例言之，明人沐昂"和逯先生闻砧韵"首四句：
> 秋高万木脱林坞，与子庭前开绿醑。
> 忽闻别院动砧声，西风吹断萧萧雨。
> 唐人沈佺期的"独不见"亦云：
> 九月寒砧催木叶。
> 再如梁人费昶"华观省中夜听城外捣衣"一诗第三、四两句所示：
> 秋气城中冷，秋砧城外发。
> 其他如明人田汝来"御苑秋砧"、北周庾信"题画屏风"、宋人谢惠连"捣衣"、唐人白居易"江楼闻砧"、元人张端"捣衣"等等，咸为佳例，限于篇幅，无法一一引录诗句。秋天万物萧条，真是愁煞人也，是最令文人伤感哀叹的季节，而在这季节里，听闻哀伤而又拔尖的丁东砧声，愈发使人悲愁欲泣，不能自已。[1]

---

[1] 陈启佑：《花落又关情》，月房子出版社1994年版，第137—138页。

"砧杵"来自制衣与浣衣,"砧声"与季节的关系,捣衣声响,寒冬将至,思乡的游子不禁"闻砧"而落泪。渡也在这里的书写,不由让我想到日本民歌《北国之春》里的一句:"妈妈尤在寄来包裹,送来寒衣御严冬。"

这是学术,但更是诗!当诗人自由穿梭于千年诗词之林,与其说在研究,不如说是在流连、徜徉与感受,因为这是语词的还乡。我以为,渡也在《花落》的书写中,无意间流露了诗人最深刻的诗意。

四、语词破碎,无物留存

晚清以降,西学东来,中国被动进入现代转型,现代转型本质上是东、西两大文明的碰撞与交融,区域性文明开始借由交融走向全球化。中华文明面向全球化与现代化,是文明发展的必由之路。

几千年自成系统的固有"世界"被打开了,面对一个崭新的"世界"。现代过程伴随着器物、制度、文化、语言层面的变动、重整与转型,这是文明发展的大趋势,但是,在作为根基的语言层面,现代转型遭遇最深层的疼痛。

固有的"世界"是在固有的语言中生成的,"世界"改变,语言必然遭遇变革,"五四"时期对文言和汉语的改造,正是这一趋势的显现,势所必然。"五四"的语言变革,促进了古代汉语向现代汉语的转型,汉语的现代转型,让我们获得了面对新世界的新语言,应合了现代知识与现代生活的需要,艰难地创建了新的自我与世界。在这个意义上,"五四"的语言变革功不可没。

但转型未免带来断裂,最深层的断裂,当在情感与意义层面。转型的危机感与迫切感已然度过,吾人得以察看最深层的伤疤。

作为中国人思维、想象与表达的方式,几千年的汉语言说与书写已经铸成了我们的内在"世界",在现代转型过程中,随着汉语固有表达方式的遗失,以及现代生活与古典文本的生疏,我们的感知与表达已渐渐远离曾经传承千年的意义世界。

同样基于汉字,但今人的感知、言说与书写,与古人已迥乎异样。在现代生活中,已很难望"月"怀远,揽"镜"自伤,闻"砧"落泪,听"雁"惊心。今天在网络上通行的语言,通俗易行,不拘格套,大概已接近曾经的"言文合一""吾手写吾口"的理想了吧,但回眸重思,我们也丢掉了基于汉字本性的书写优势。不是说今人必须延续古人的思维与情感,然而在语词的断裂处,"世界"飘零,无物留存。为了那些值得持存的东西,吾人须小心地呵护千年传承的语词。

历史纪录片的当代性[1]

邵雯艳

纪录片大师格里尔逊将是否使用自然素材（natural material）作为区别纪录片与故事片的关键标准。[2] 现场实录无疑是获得自然素材最主要的手段。就此而言，纪录片是此刻的讲述，是人物、场景、故事等要素原生态的再现。失却了物理意义上的实际存在，历史纪录片并非理想的纪录形态。然而，通过史料的挖掘、史实的梳理，纪录片承载着不同时代和境遇下主体对于历史的认知解读、价值判定甚至情感体验。尤其对于中国这样一个历史悠久、积淀丰厚的国家，历史为影视创作提供着取之不尽、用之不竭的源泉。我们有理由期待，如同剧情片领域的历史片一般，历史纪录片有可能成为中国纪录片创作中最有民族特色和传播影响力的类型。

克罗齐说"只有对现实生活产生兴趣才能进而促使人们去研究以往的事实。所以，这个以往的事实不是符合以往的兴趣，而是符合当前的兴趣，假如它与现实生活的兴趣结合在一起的话。"[3] 从这个意义上可以说，一切历史都是当代史。当代是历史的延续、活化和新的生成。寻找历史的当代意义和表现可能，几乎是一切关乎历史题材的艺术创作共同的追求。如何在当代创作中植入历史，复现历史碎片、重述历史故事？如何将历史的逻辑延伸到当代，令历史所蕴含的意义穿越过去、现在并继续投向未来？诸如此类，一直以来是纪录片研究和实践努力回答的问题。

---

[1] 本文是教育部人文社会科学研究青年基金项目"抗战纪录片影像叙事与抗战历史集体记忆建构"（项目编号：15YJCZH091）阶段性成果。

[2] [英] 约翰·格里尔逊：《纪录电影的首要原则》，见单万里主编：《纪录电影文献》，中国广播电视出版社2001年版，第500页。

[3] [意] 克罗齐：《历史和编年史》，见张文杰等编译：《现代西方历史哲学译文集》，上海译文出版社1984年版，第291页。

一、历史碎片的当代复现

历史纪录片尽可能从时间的长河中打捞起历史的碎片,使其在时过境迁的当下与观众见面。史迹、遗址、建筑、档案、书籍、日记、报刊、图片等资料弥足珍贵。对于一些濒临消逝的影像的抢救性拍摄更凸显了历史纪录片的文献价值。即便在情境再现、动画等手段不断创新的情况下,史料依然具有不可代替性,是如同过眼云烟的历史人物和事件的最有力的见证。《梅兰芳1930》是国内比较早的有意识采用情景再现方法来重现历史的代表作,其编导周兵在谈论这部纪录片时,强调了史料钩沉的重要性。他说:"找到了当年梅兰芳在美国访问时不到两分钟的影像资料的时候,这珍贵的画面我一秒钟都没有剪掉,因为它太重要了。"[1]《敦煌》中莫高窟发现者王圆箓道士现存的唯一一张相片的呈现,《复活的军团》中录有小官吏自传和士兵书信的湖北秦墓竹简,《大国崛起》中1493年签订的葡萄牙和西班牙划分世界的条约和地图、法国国家图书馆收藏的《人权与公民权宣言》的最早印刷本等,《我的留苏岁月》中泛黄的校友录和影集等……这些物质媒介裹挟着过往时代的浓郁气息,胜过千言万语的描绘,使历史由遥远变得可及,由抽象变得丰满,大大提升了历史纪录片的可信度和权威性。

资料的有限甚至匮乏是历史纪录片创作的瓶颈。近些年来,情境再现或数字技术的虚拟现实,可以复活历史人物,可以还原历史场景,可以重现历史氛围和情境。这种基于现代科技的物质现实的复原,是影像本体论的延展,更好地架构起历史与当代的关系,弥补了现场缺席的遗憾。再现带来了冰冷的史料所不具备的精美的视听效果、生动丰满的场景讯息,大大拉近了历史纪录片与当代受众的距离。情景再现、虚拟现实作为传统纪实手段的补充,目前已广泛运用在历史纪录片中。从《梅兰芳1930》等的初步尝试,到《故宫》《圆明园》《大明宫》的日渐圆熟;从片段式的视听化演绎,到通篇布局。如《外滩轶事》由职业演员完整表演了李香兰、杜月笙和周璇等历史人物的命运遭际和情感变化;又如《敦煌》第八集《舞梦敦煌》以全集的篇幅,在史料基础上编织了一个敦煌舞伎"程佛儿"从成长、练舞、出宫到终老的凄婉故事。从最初的争议,到当下的广泛接受,再现、虚拟几乎成为历史纪录

---

[1] 周兵:《在创作方法与受众的审美能力之间寻求一种张力——真实再现的探索》,《现代传播》,2003年第6期。

片不可或缺的手段。再现、虚拟是建立在历史基础上的当代映现，而非凭空捏造、随意想象，必须勾勒出历史与当代的逻辑联系。《大明宫》的数字虚拟以现存遗址遗物、历史文献的记载为参照，以中日考古队半个世纪以来的严谨科考和研究成果为依据，从史料及文物中探寻蛛丝马迹，大到总体布局，小到每一座宫殿的角角落落，努力做到有史可据、有章可循，尽可能真实还原了这座绝世宫殿曾有的辉煌风貌。纪录片《京剧》在使用再现手法时，则过于从表达效果考虑，出现了一些与历史不相符合的问题。如演员在皇家举行仪典的紫禁城三大殿前唱戏；又如《卖马》的演出中，舞台上牵来一匹真马，完全违背了京剧的写意原则。

朗兹曼的《证词》并没有大量采用犹太人被大屠杀的影像素材和各类资料，更没有使用再现手段，而主要依靠采访当事人，以口述的方式让历史再生。口述者富有个性色彩的语言、语气、语调，夹杂着口音，伴随着表情，鲜活地描述出对于历史的感知和理解，更富有真实的质感。遥远不可及的过往被自然生动地延伸到了当下具体可感的记忆和生命存在中。口述历史抛弃了全知全能的单一视角，提供了个人迥异的独特视点，其多重平行的叙述将全景式、远景式的宏大渲染变成近景式的局部描摹。同时，叙述者与受众对话关系的建立，使得历史的叙述和接受更为亲切、贴近，更容易生发认同和共鸣。纪录片《去大后方》寻访了国内外120多位事件亲历者，他们绝大多数已是80多岁高龄的老人，年纪最大的105岁。他们在抗日战争的战火纷飞中从各地集体奔向西南重镇重庆，在大后方独特的战场上，他们沉着面对艰难，不断积蓄着抗争的力量。娓娓叙说中，尘封已久的模糊印象慢慢清晰起来，个人的记忆碎片拼贴出一幅大后方的历史画卷。纪录片《海上传奇》中，口述对象所涉及的时间线和社会面如同它所展现的历史一般，更为悠远而辽阔。18位不同年代的上海人，既有曾国藩的曾外孙女张心漪、《小城之春》的主演韦伟、费穆的女儿费明仪、杜月笙的女儿杜美如这样的老上海，也有陈丹青、韩寒这样的新上海人；既有在政治、经济领域呼风唤雨的英雄领袖，也有在文化领域特立独行的艺术先锋。他们对各自生命历程和情感经历的陈述，以被时光遗忘的生命细节重构了上海这座繁华都市百年来的沧桑巨变。《国事亲历》《长征》《我的留苏岁月》《百年光影》《陈毅》《习仲勋》等纪录片中，亲历者、见证人、知情者的访谈也都成为还原历史的主流手法。

于史料、再现、口述之外，历史纪录片孜孜不断地寻找在历史与当代间穿越的种种可能。纪录片《郎世宁》在郎世宁没有留下一张自画像的窘况下,崇拜郎世宁而取中国名字为关世宁的意大利画家拉斐尔一笔一画描绘出心目中偶像的外貌、身形、眼神、肢体动作。其所再现的郎世宁的外形未必真切,但这种主观化的表现,使得当代人理解中的郎世宁跃然纸上。这种体验式呈现历史的方法正逐渐被采纳。

二、历史故事的当代讲述

新历史主义认为:"历史本身在任何意义上不是一个文本,也不是主导文本或主导叙事,但我们只能了解以文本形式或叙事模式体现出来的历史,换句话说,我们只能通过预先的文本或叙事建构才能接触历史……"[1]纪录片大师伊文思曾说过:"一部电影如果对基本的戏剧性冲突不予重视,这部影片就会缺乏光彩,而且更可悲的是缺乏说服力。有意背离戏剧冲突就是走向形式主义和神秘主义,对摄制组的每个成员的工作都有害。只有那种使题材与戏剧性的现实紧紧地联系起来的影片,才能成为一部好的纪录片。"[2]无论从历史讲述和接受抑或纪录片创作和传播的角度来看,历史纪录片的故事化都是必需的。故事化意味着在真实事件的历史重述中赋予一定的演绎和想象。《故宫》以史料文献等遗存为故事建构的缘由起点和脉络线索,通过情节的编排,把一系列呆滞的事件变成一个个生动的故事,经过逐次的展开,最终以一连串相似属性的小故事阐明历史事件和历程。如第一集《肇建紫禁城》,以"郑和下西洋""万木出山"等一个个小故事,串联起明成祖营建新都"北京"的大历史。

以叙事为主导的线性编织、悬念的设置、矛盾冲突的铺设等故事化叙事策略被普遍运用在历史题材纪录片中。如《晋商》围绕着几百年前山西商人如何致富的疑问,以宋霭龄的故事切入,进而到她的丈夫孔祥熙山西太谷县老家的富庶,完成了由点到面的推动,接着设置悬念:山西商人是做什么生意而聚敛起巨大的财富?然后层层揭谜,真相大白。单线的起承转合满足了当代观众对情节可看性、精彩性的期待。此外,主副线情节线索甚至多线情节线索相互交织、相辅相成的多重叙事技巧也逐渐被采纳。《敦煌》采用了双线结构模式——古今的交融与虚实的穿梭。全片以与敦煌

---

[1] [美]詹明信著、张旭东编:《晚期资本主义的文化逻辑 詹明信批评理论文选》,陈清侨等译,生活·读书·新知三联书店1997年版,第148页

[2] [荷]伊文思:《摄影机和我》,中国电影出版社1980年版,第196页。

历史发展相关的人物为叙事线索，辅之以当代敦煌学家探求敦煌的述说，历史人物和历史的流转与当下的探询相印证，彼时与此刻相交错。《我从汉朝来》第一集《家的记忆》中，东汉末年儒生武梁建造宗祠的事件再现与现今荷兰的自由作家余望安寻亲、考古学家蒋英炬团队制作武梁祠模型、牌匾收集者杨芳的故事交互进行，多线并进，建构起时空交错的网络。

海登·怀特提出："新历史主义者尤其表现出对历史记载中的零散插曲、逸闻趣事、偶然事件、异乎寻常的外来事物、卑微甚或是不可思议的情形等许多方面的特别兴趣。"[1] 以琐碎的、零落的、微小的细节拼缀来筑成可感可触的历史血肉、重建历史图景的生态体系，细节化叙事也是历史故事当代讲述的重要策略。《百年中国》在全方位展现20世纪中国百年历史的长卷时，充分依靠大量细节来铺陈故事。如在第25集《和平之光》中，马歇尔调停失败回国，影像选用了当时新闻影片中的一个细节：机场工作人员正在飞机上除雪。此时，画外音解说词如此道来："1947年1月8日，雪后的南京格外寒冷，机场的工作人员正费力地清除着机翼上的积雪，在行政院院长宋子文的陪同下，神色凝重的马歇尔登上了飞机，无限感慨地离开了中国。对于战功显赫的马歇尔来说，中国之行也许是他一生中最为痛心也是唯一的一次失败。"局部细节的渲染并不依循情节的因果链，往往使得完整叙事减缓或暂停，削弱戏剧性的紧张激烈，更细致、精确地指向文本中人物的心理情感和意识闪念，将重心投注于蕴藉其中的情绪渲染和跃然情节之上的生命况味、历史沧桑。

历史纪录片的当代讲述在宏大叙事之外，于民生史、家族史、个人史等领域重新划定历史单位，由各种不同声音、从各个不同角度，呈现出历史的不同质感和内涵。众多小历史的复线展开，勾画出大历史的不同面向。《一个时代的侧影》从社会史、民生史的角度来大规模地叙述抗战。它没有任何人物采访，没有专家，也没有亲历者出镜，甚至没有风景式的遗址、遗迹，大量地运用当时新闻影片的原生态历史影像，突出了生活史、社会史的内容，重大事件仅仅成为叙事的背景。受众从中可以看到当年老百姓的衣食住行和婚丧嫁娶，听到当年的流行音乐和不同阶层的人物留下的声音，感受到社会风尚的点滴变化，体会普通历史生活的超验性还原。《客从何处来》中，易中天、马未都等名人踏上了慎终追远的行程，寻觅祖辈的生命轨迹，一次次遭遇惊喜、感慨、悲恸。血亲家族的秘密追溯从新的角度折射出家国史、民族

---

[1] 张京媛：《新历史主义与文学批判》，北京大学出版社1993年版，第106页。

史的光影。历史不仅包含了社会形态、国家、民族的重大事件，个人生活的喜怒哀乐也是历史进程中不可忽略的部分。《台北"故宫"》中，在一批知识分子用生命来保护文物的故事讲述中，他们的人生抉择、命运沉浮被放大，透视出史无前例的文物大迁徙的历史事件和当时特殊的社会图景。

三、历史意义的当代生成

历史作为当代的由来，一方面是指人类曾经经历的一切，即人类的过去；另一方面则是人类对过去的回忆、认知、思考和评价。前者是一种本体界定，后者才是作为艺术表现对象的历史意义。不同于科学领域的叙述，任何艺术视阈中的历史话语都是一种本质上的语言虚构。历史本体是客观的，但对历史的纪录却是在客观基础上的主观选择、表述与解释，不可避免地会受到创作者的个人偏见、兴趣爱好、意识形态、价值观念等复杂的主观因素的影响和制约。历史的意义是被赋予的，即使针对同一历史客体，不同主体对历史意义的解读、归纳和判定，是多元而多变的。历史纪录片的当代性不仅在于珍贵史料的当代呈现、逼真影像的当代复现，也不仅仅是过往人情故事的当代讲述，而且在于伴随着有意识的主观意图的介入，以当代眼光观照历史，在历史文本和当代语境的互文中生成历史意义。

民族国家的意识形态认同需要征用和转换传统资源。法国社会学家莫里·哈布瓦赫认为集体记忆是一个特定社会群体成员共享往事的过程和结果，保证集体记忆传承的条件是社会交往及群体意识需要提取该记忆的延续性。[1] 美国社会学家保罗·康纳顿进一步提出"任何社会秩序下的参与者必须具有一个共同的记忆"，"我们对现在的体验，大多取决于我们对过去的了解；我们有关过去的形象，通常服务于现存社会秩序的合法化"。[2] 历史纪录片镌刻着民族国家的旧时光影，承载着深厚的历史文化底蕴，让当代人在应事观物中突破认知的限囿，了解历史历程，反思历史经验，形成共同的历史意识，促成社会群体的联合与团结，在最广泛的意义上确立当代权力结构的历史合法性。并且，无论是对历史事件、历史人物或历史文化的纪录，从主流意识形态角度的积极疏导和解读，能够帮助个体在全

---

[1] [法] 莫里斯·哈布瓦赫：《论集体记忆》，毕然、郭金华译，上海人民出版社 2002 年版，第 58 页。

[2] [法] 保罗·唐纳顿：《社会如何记忆》，纳日碧力戈译，上海人民出版社 2000 版，导论第 3—4 页。

球化的大背景下重新找到精神归宿，整合不同的话语形态，引领历史文化传统的认同，唤起群体的集体记忆，塑造民族精神的内聚性和同一性。如戏曲纪录片《昆曲六百年》《京剧》不惜篇幅颂扬祁彪佳不屈服清朝招降而自杀殉国、梅兰芳蓄须以示抗日决心等行为，塑造与呈现了中国自古以来以"礼乐"为核心的独特生存文化、以传统美德为核心的思想行为准则。

海登·怀特认为可以以视觉的影像和影片的论述来传达历史及我们对历史的见解，将历史文本的研究范围从传统的文献资料扩展到了影像领域，提出了"影视史学"（historiophoty）的崭新概念。[1] 纷繁复杂的历史信息蕴含着历史人物的观念、时代历史的情境、历史事件的因果、历史变迁的普适性规律和法则，历史纪录片应该站在史学研究的高度努力挖掘和阐释，表述当代人的独特观察与思考，达到司马迁所谓的"究天人之际，通古今之变，成一家之言"。《徽商》的总撰稿人杨晓民，本身就是安徽大学的徽学研究教授。在纪录片的创作中，他先后采访了48位相关学科领域的专家学者。强大的学术团队保证了作品的学术素养和专业精神。《徽商》将徽州商帮集团的盛衰置于诡谲变幻的政治经济大环境中予以探讨，以徽州、徽商为起点深入中国传统社会体制、历史传统和意识形态中考察。《1405：郑和下西洋》中，郑和为什么下西洋？是什么吸引他在28年间7次前往？面对诸如此类的疑问，纪录片罗列了不同史料和专家的不同观点，随着拍摄过程的展开去验证史料、检验观点，显示了对于历史问题的当代思考、理解和阐释。历史贯穿着"过去"、"现在"与"未来"。"历史可以满足我们的幻想，可以满足我们急切或闲散的好奇心……但是历史还有一件应做而尚未做的事情，那就是它可以帮助我们了解我们自己、我们同类，以及人类的种种问题和前景。这是历史最主要的功用……"[2] 历史是今天的映现、解释、补偿，阐述现状常常是历史研究的潜在动机。回首过往并与其展开对话的企图，很大程度上是为了以史为镜，更好地确认我们自身以及更有智慧地面对现实、规划未来。《我从汉朝来》在汉画石像的追寻和解读中，牵引现实的交集和思索，探寻古今共通的议题：在生活方式和价值观念的剧烈变更中，家依然是维系情感的根本吗？男性和女性应该如何担当家庭和社会责任？如何辩证地看待生与死？……以当代视角来感知传统文化，以历史经验来思考当代生活。

---

[1] 参见周梁楷：《影视史学：理论基础及课程主旨的反思》，《台大历史学报》，1999年第23期。
[2] [美] 詹姆斯·哈威·鲁滨孙：《新史学》，齐思和等译，商务印书馆1964年版，第15页。

米兰·昆德拉说:"描写历史本身我一点不感兴趣。您在我的小说里也找不到。"[1] 同样,在大仲马看来,历史仅仅是悬挂他小说的钉子。艺术家从来不愿做史家式的历史纪录。历史是科学的、抽象的、概括的、精确的,艺术则要求生动、形象、具体、感性,历史学作用于人的理智,艺术则陶冶情操、干预灵魂。如果纪录片可以并应该在艺术领域有一席之地,那么历史纪录片应当具备意识形态的引导与凝聚、认知思辨的普及与启发之外的其他意义。托尔斯泰认为艺术就是通过使用诸如色彩、声音和行动等手段,向其观众传达一种艺术家曾经经历的感受或情绪。[2] 艺术终归是艺术而非历史,必须借助形象来获得美学品格。出之贵实,用之贵虚。历史纪录片可以借助修辞、想象等手段对史料和史实进行诗性重构,让历史在艺术中再生。《昆曲六百年》的片头,用 3D 电脑动画技术合成了美轮美奂的水墨动画:荷花盛放,大雁南飞,层峦叠嶂,楼阁错落间戏曲人物粉墨登场,伴随悠扬激荡的乐声,营造出如诗如画的古典意境。《京剧》的语言典丽华美而不失厚重雄浑之气,如第一集《定军山·溯源》中的一段解说词:"京剧是国粹,这是中国人由来已久的共识。然而,当'国粹'写入'遗产',一则以喜,一则以忧,我们无从回答。历史的晨钟暮鼓送走了这座城市弦歌相伴的遥远岁月,而京剧舞台上的这份热闹与绚丽,其实,从来就没有在这座城市真正离去。"艺术的意义更在于艺术家用自己的心灵赋予所创作的形象以情感。艺术形象的主体应该是人。历史纪录片应该在历史事件和历史时空中凸显人,通过复述史实来描绘人物,表现时代潮流中的人格成长、人情流转、人性塑造,并且借暂时的人表现永久的人,对人类存在本质、灵魂归宿、生命尊严等有所探讨。人性的终极关怀穿透了历史和当代的时间阻隔,作为永恒的艺术主题,一直延伸到无尽的将来。以建筑学家梁思成与林徽因为题材的纪录片《梁思成与林徽因》没有刻意通过技术再现和渲染去生成中国古今建筑的辉煌。梁、林二人坚持人生理想,与学术须臾不可分离,无论身处何种沧桑环境,依然不忘初心,令人动容。生命的厚重和挚诚让历史之外的当代受众心灵相惜。在道德的精神满足和科学的知性愉悦之外,提供不可替代的情感和审美体验,这是历史纪录片尤为重要而时常被忽略的当代意义。

---

[1] [捷]米兰·昆德拉:《关于小说艺术的谈话》,见米兰·昆德拉:《小说的艺术》,孟湄译,生活·读书·新知三联书店 1992 年版,第 35—36 页。

[2] [美]沃特伯格:《什么是艺术》,李奉栖等译,重庆大学出版社 2011 年版,第 103 页。

戏曲文本的影视重写及其现代阐释[1]

邵雯艳

中国戏曲的许多作品构建在神话传说、宗教故事、民间演义、文学文本的基础上。这些故事在历史的沉积中显露光华，或具有深远的受众基础，或保有丰赡的文化内涵，为戏曲作者慧眼相识，在润色或改编后更符合受众趣味，同时更适合承载创作者的主观意念，并以戏曲为载体获得更广阔空间和长久时间的传播。中国戏曲也不乏源自现实生活灵感或丰富想象的原创经典，以娴熟的编剧技巧和斐然的文采编织的丰满情节深入人心。戏曲故事可谓集合了民族叙事的精华，历经漫长历史和广阔空间的传播，为受众喜闻乐见、耳熟能详，成为影视叙事浩渺的题材来源。

1913年拍摄的电影《庄子试妻》被认为"揭开了中国叙事电影的序幕"。该片取材于明代传奇剧本《蝴蝶梦》中的"扇坟"，叙述庄周诈死，化作楚国王孙，以试探妻子是否守节的故事。自此，大量的戏曲故事被搬上了电影银幕。这些作品将中国戏曲故事原型的主要构成因素，如情节设计、叙事结构、人物关系、人物形象等较为完整地搬移挪用过来，大大拓展了当时电影贫瘠的叙事容量。在各种戏曲舞台上反复上演的故事，经影视化的讲述后，带来了既新鲜又熟悉的观影体验，吸引了大批妇孺观众。戏曲题材的影视呈现并非戏曲素材的简单堆积、戏曲叙事的机械演绎，也非单纯指代怀旧，而是在具体时空的语境下，于历史与现实的映照中，对戏曲故事和戏曲人物重新思考、理解和表现，指涉着讲述者的情感与认知，折射出"当时当地"的浮光掠影。通过对戏曲故事的回忆、反省，现实创作获得了参照的文本和灵感的源泉。经过对戏曲故事审美化、有序化的选择、整理和重塑，各个时代的"现代"人的思想、情感与信仰得以昭示。就此意义而言，影视剧的戏曲故事选题本身处于开放的状态，不仅属于昨

---

[1] 本文为国家社科基金艺术学项目"当代中国影视创作与传播提升世界影响力研究"（项目批准号：14BC026）阶段性成果。

天，而且也属于今天和明天。

一、视觉奇观的展现

1958 年，上海京剧院根据小说《林海雪原》中"智取威虎山"的故事并参考同名话剧改编成京剧《智取威虎山》。该剧在"文革"期间被予以改造，成为京剧样板戏剧目之一。京剧《智取威虎山》在"全国山河一片红"的特殊年代广为传播，家喻户晓，"有井水处皆能唱"，留下了红色经典难以磨灭的文化印记。1960 年拍摄的电影《林海雪原》同样选取原小说中的"智取威虎山"的段落进行充分演绎，以革命乐观主义态度对人物进行理想化塑造。进入 21 世纪后，《林海雪原》的影视改编呈现出多姿多彩的形态和类型。2004 年播映的电视剧《林海雪原》从"十七年"文艺的"英雄崇拜"蜕变为新世纪的"消费革命"，演化出东北莽莽林海、皑皑雪原上战争故事的经典戏说。杨子荣、老北风和槐花，少剑波与白茹的情感渲染，在红色革命的激情外生出柔媚的儿女情长。2011 年的动画电影《智取威虎山》则交汇了"历史故事""奇幻冒险"与"战争间谍"三种类型风格，在革命浪漫主义与英雄主义的表现之外，力求创造出动画片独特的"简单的快乐"。

2014 年徐克导演的 3D 电影《智取威虎山》，在京剧的基础上以逼真炫目的科技手段和扣人心弦的表现方式，阐述了消费时代语境中的英雄主义，塑造出崭新的偶像级的英雄群体形象。据徐克说，20 世纪 70 年代他在纽约读书期间就曾被京剧《智取威虎山》所吸引。[1] 因为这一情结，他直接选取京剧《智取威虎山》作为片名。在此部影片的开头，身处美国灯红酒绿中的姜磊蓦然看到《智取威虎山》"打虎上山"的片段，顿生感慨，由回忆牵引出故事的主体，并以杨子荣战胜座山雕的京剧片段作为回忆的结束，同时也是影片的终结。历史与现实在京剧的影像中勾连起来。影片对京剧的借鉴和移植还体现为台词的照搬，如杨子荣初到威虎山智取时对答如流的土匪暗语就来自京剧中的经典台词。扮演杨子荣的演员张涵予妆面上浓重的黑色眼影，以黑色象征刚正不阿的性格特征；小白鸽扮演者佟丽娅两颊绯红、面若桃花，正如其内心的美丽善良；匪徒们漫画般的夸张面

---

[1] 刘嫣：《徐克拍〈智取威虎山〉最初受京剧版本吸引》，中国新闻网 2013 年 12 月 20 日。http：//www.chinanews.com/yl/2013/12-20/5642386.shtml。

貌……这些都流露出京剧人物脸谱的遗风。

商业化带来对影视奇观性消费的后现代文化特征充分体现在2014年版的《智取威虎山》中。影片以3D等众多技术营造出虚拟纵深的身临其境的幻觉，展现出血脉喷张的火爆场面和新颖震撼的奇幻景观。《智取威虎山》全片采纳3D技术。3D技术将传统电影2D时代的奇观类型，即动作奇观、身体奇观、速度奇观、场面奇观予以全方位立体化的延展。影片内容本身的奇观幻变延伸到观影者的感官与意识中，其空间维度的逼真性带来了观众前所未有的深度知觉的体察，感性刺激得到进一步张扬。此外，影片在新科技的支撑下，创设出诸多神奇的视觉效果。子弹飞行的定格凝固延长了子弹在空中的运行，突破了子弹瞬间击中对手的刻板模式，带给观众惊心动魄的心理体验；鹰眼透视下的威虎厅，以变形的方式全方位透视出阴森恐怖，异化了场景效果和氛围；航拍下银装素裹的林海雪原、奇崛陡峭的鹰嘴峰、气势宏伟的威虎山，呈现出一场场视觉盛宴。火车站遭遇战、杨子荣打虎战、夹皮沟保卫战、威虎厅百鸡宴大决战，接二连三的激烈战斗场面中，奇险的动作设计、迅疾的运动镜头、快速的剪辑浑然一体，酣畅淋漓，令人拍案惊奇。其中，杨子荣肉搏东北虎的2分钟镜头，由200人的专业特效团队耗时270天精心打造。在主干叙事完成后，片尾通过姜磊的想象浮现的地道暗战和飞机大战，更是彻底的技术炫耀。

如果说京剧《智取威虎山》作为特殊时代的政治符号，有效发挥了传声筒的作用，那么徐克导演的3D版《智取威虎山》则在亦真亦幻的技术表现中，通过超凡绝伦的奇观影像完成了英雄主义的主题叙事。

二、人物形象的重塑

《西厢记》是戏曲舞台上的经典剧目。传统戏曲中的主角通常被认为是崔莺莺或张君瑞。红娘的作用是为男女主角的爱情传奇牵线搭桥。但是因为红娘这一形象本身的积极意义和重要价值，其在戏曲舞台上的地位慢慢提升，逐渐与崔莺莺、张君瑞形成三足鼎立的情状。后来，甚至在京剧和地方戏中出现了《红娘》这样的剧目。这些剧目剔除了没有红娘的戏，将红娘捧成了绝对主角。影视剧版的《西厢记》及其相关作品中，主角也同样发生了偏移。如2000年电视剧版的《西厢传奇》中，红娘的地位凸显出来，拥有更为丰满立体的性格和情感，其重要性几乎和崔莺莺、张君瑞等同。2004年香港电视剧《西厢奇缘》同样着重刻画了红娘这一形象，其地位与崔莺莺不相上下。

1998年黄健中导演创作了电影《红娘》。顾名思义，红娘作为第一主角的地位不可撼动，敢作敢当、义薄云天的红娘光彩熠熠。为了突出表现红娘这一形象，电影不惜情节上的增添删改。《西厢记》中本是张生暂退了孙飞虎的贼军，而电影中增加了红娘大义凛然以言辞劝退孙飞虎的一幕，表现其勇敢与机智；千古流传的"张生跳粉墙"的桥段也改成了"红娘跳粉墙"，表现其热心与侠义。为了突出红娘这一形象，电影不惜大动干戈地调整结构。原本，崔莺莺和张君瑞的爱情是通篇的主线，红娘和崔夫人在崔张爱情漩涡中的矛盾作为副线，时隐时现。电影《红娘》围绕"拷红"这一冲突焦点，有意识地渲染了红娘和崔夫人的对抗性矛盾，将其引申为全剧的中心。

如果说《西厢奇缘》中红娘最后还和崔莺莺一样找到了爱人，勾画了完整的人生轨迹，强化了原作"有情人终成眷属"的主题。那么，电影《红娘》则改写了这一主题，另辟蹊径，肯定了促成有情人成眷属的红娘身上所散发出的人格魅力，并且为她设计了摆脱奴才身份，返乡于自然天地间的人生结局，寄予美好的祝福。

三、戏剧风格的置换

明传奇《狮吼记》由戏曲家汪廷讷根据佛教经典与文人轶事创作而成。这个男子惧内的"河东狮吼"的故事，情节跌宕起伏、令人忍俊不禁，装点出热闹欢乐的演出景观，演绎出"一幅绝好的浮世绘"，历来深受大众的青睐。取自其中的经典折子戏《梳妆》《游春》《跪池》《三怕》至今上演于昆剧舞台。京剧、粤剧、越剧等剧种也均有取材自这一题材的作品。在影视屏幕上，这个故事同样被不断搬演。如1959年，香港桃源电影企业公司拍摄的粤剧电影《狮吼记》。1996年香港TVB拍摄的电视剧《狮吼记》着手对原著剧情进行现代改编。2002年由张柏芝、古天乐领衔主演的电影《河东狮吼》突破了戏谑之笔写高台教化的窠臼，深刻挖掘喜剧色彩背后的悲剧性，将女权意识、现代爱情观念演绎得更为淋漓尽致。2012年的《狮吼记2》则完全原创，与传奇作品《狮吼记》并无直接关联。

《狮吼记》的故事本事大概是这样的：柳氏凶悍、好妒忌，几次三番阻止丈夫陈季常出游结友、寻欢作乐，甚至予以体罚。陈季常的好朋友苏轼将家姬嫁给陈季常做妾，柳氏大闹，不可收拾。最后，佛印禅师降伏了号为河东狮吼的柳氏。柳氏幡然悔悟，尽改前非，脱胎换骨，嫉妒与刚性荡然无存，对丈夫言听计从，变成一个彻头彻尾的贤妻，从此一家和睦。故事的喜剧因子寄生于人物行为心理的滑稽性。《狮吼记》中的柳氏性格暴躁、一意孤行、盛气凌人，完全不把丈夫放在眼里。陈季常既怨恨妻子处处约束自己的活动自由，又软弱无能，不敢反抗，而且很爱面子，百般掩饰。陈季常性格中的矛盾性纵容了柳氏的大胆妄为。中国封建社会，遵循的是"三纲五常"，男尊女卑，夫为妇纲，要求妇女做到"三从四德"。妻子对丈夫寻欢而产生的妒性心理，不仅关系到家庭中两性关系的位阶，也涉及丈夫在社会中的尊严与认同，因此男子惧内便会遭到世人的嘲笑。这对欢喜冤家的喜怒纠葛在社会大背景的烘托下，达到了传奇所谓的"无奇不传""事不奇不足以乐人"的一反常态的喜剧效果。

2002年的电影《河东狮吼》对原剧内容重新进行了整合与创新，摒弃了原剧中纳妾、谈禅、游冥等情节，在喜剧之外发掘悲剧内涵，赋予作品现代意义和时代内涵。

电影的悲剧在于有情人不能长相厮守的无奈。柳月娥敢作敢为、说一不二，甚至有一身武艺，一把将从树干掉下来的陈季常揽在怀中，上演了美女救英雄的好戏。除此之外，影片努力表现柳月娥用情之深切之专一。她坚定地去追寻爱情，又竭尽一切地去守护，不容一丝一毫的损害。对于丈夫的迷恋声色，她用自己的方式促使其改邪归正。所有的野蛮暴力行径在爱情的解释下，都变得合理起来。陈季常个性风流又怯懦，活化出一幕幕滑稽可笑的场景。但是这个陈季常对妻子一往情深、坚贞不二，只愿同生共死。在传统的婚姻关系中浮现出现代的情爱观念。然而，这一对浓情蜜意的爱人在阴差阳错下，因为郡主的介入而生芥蒂，不得不分开，令人唏嘘。

社会强大和陈腐观念外力的压制是电影《河东狮吼》悲剧性的重要构成。皇后面对三人的感情纠纷，说出了"男人三妻四妾自古以来都是平常之事"时，柳月娥正气凛然地质问道："为什么女人可以做到从一而终，而男人却要三妻四妾？就不能和一个女人长相厮守吗？"这正是对几千年来封建思想观念的颠覆和否定。然而，正义并不能战胜权威。最后，柳月娥必须屈服于以男权为中心的至高无上的皇权的统治，不愿妥协却不得不喝下忘情水，与自己心爱的人恩断义绝。

影片的终结维护了团圆美满。柳月娥和陈季常凭借彼此坚韧的信念和对爱情的执着不悔，最终突破了层层阻碍，在泪与笑中相濡以沫。

"不关风化体，纵好也徒然"，《狮吼记》对"夫为妻纲"的封建道德准则的维护、"疗妒劝顺"的世风主张，随着喜剧风格的解构，被相亲相爱、平等互信的现代精神和人文内涵所改写。

四、传统主题的颠覆

关于赵氏孤儿的故事在《左传》和《史记·赵世家》中都有记载。而真正使其广为流传的无疑是纪君祥创作的元杂剧《赵氏孤儿》。元杂剧《赵氏孤儿》以程婴、公孙杵臼、韩厥三位义士的"救孤"为全剧之叙事主线，通过正义与奸邪的曲折斗争，宣扬了"善有善报、恶有恶报"的复仇主题。其紧张激烈的戏剧冲突、个性鲜明的人物形象、磅礴高昂的浩然正气、慷慨激越的悲剧美感，感动了一代又一代观众。王国维评价："即列于世界大悲剧之中，亦无愧也。"1735年，伏尔泰将其改编为五幕剧本并正式出版，是中国最早传至欧洲的戏曲作品。此后，英国剧作家威廉·赫察特又将其改编为《中国孤儿》，在英国文化界引起重大反响。他在献词中说："其中有些合理的东西，英国名剧也比不上。"

在元杂剧基础上，改编而成的京剧、潮剧、秦腔、豫剧、越剧、晋剧等剧目基本上保持了原来的故事框架，延续了复仇主题，包括2013年拍摄的电视剧《赵氏孤儿案》。故事大致如此：春秋时，晋国上卿赵盾遭到大将军屠岸贾诬陷，全家300余口被杀，只有一个婴儿赵武为门客程婴救出，即赵氏孤儿。为了救护孤儿，公孙杵臼等人献出了生命。最后程婴用自己的儿子作替换，保全了赵氏孤儿。20年后，孤儿长大成人，程婴将赵家冤案始末绘成图卷，对他述说了往事，赵氏孤儿遂决意擒杀屠岸贾报仇。

2010年陈凯歌导演的《赵氏孤儿》对戏曲文本进行了大刀阔斧的改编。程婴不再是赵氏的门客，不再是大忠大义的仁人义士，只是一位苟且安生的民间医生。他老实忠厚，老来得子，想要的只是普通人的生活，却不由自主地被卷入权臣争斗的政治漩涡中。戏曲故事中献子的壮举，在电影中被改写成了阴差阳错、事与愿违的情非得已和无奈悲苦。每到生死抉择的关头，程婴都在道德良知和恐惧本能之间纠结，在各种因素的作用下他不得做出艰难的选择。在命运的捉弄下，程婴放弃了自己的儿子，守护着赵氏孤儿，忍辱负重投靠在屠岸贾门下，最后舍生忘死完成了复仇的使命，成就了一本民间传奇。生命本无高低贵贱之分，牺牲自己的孩子去救别人的孩子，虽然伟大，却有悖于人情。陈凯歌完全抛弃了传统戏曲中"士为知己者死"或报恩而舍弃亲子的价值观念,更人性化地解释了程婴为何会用亲生儿子替换赵氏孤儿,并努力使故事的改编符合逻辑。小人物一不小心升华为大英雄。程婴成为一个既忠实于普遍的人性,同时又体现出强烈个人感情的人物。屠岸贾,本来罪大恶极的反派角色也被赋予了更为丰满的人性内涵。昏君的暗中作梗为屠岸贾残杀赵氏父子铺垫了合理的背景;与自己门客孩子打闹嬉戏,甚至在阳光明媚的草地上享受自然时袒露了内心的纯真;策马横刀于危急时刻拯救敌人的孩子,演绎出善与恶的交糅。正反形象和忠与奸的鸿沟不再那么泾渭分明。屠岸贾和程婴似乎位于对立的两端,却同样在命运的拨弄下,经历着内心的煎熬。

传统戏曲中,《赵氏孤儿》的血海深仇被现代电影的爱与人性的温情脉脉所化解。毁灭一个生命同时拯救一个生命的故事,被改写为个体生命彼此之间的尊重与珍惜。

影片《赵氏孤儿》上映后,褒贬不一。程婴和屠岸贾这两位主角的塑造,弱化了善与恶、忠与奸的对立色彩,同时削弱了人物的行为冲突和情节的戏剧性,违背了商业片的游戏规则。程婴和屠岸贾共同死去的大结局,挑战了传统的道德标准和伦理法则,善有善报、恶有恶报、赏罚公正又符合大众爱憎心理的价值体系也随之崩塌。这些也许是电影人文精神追寻中必须付出的代价。当然,电影有着难以掩饰的叙事断裂和逻辑硬伤,尤其电影的后半部分,如赵氏孤儿对义父屠岸贾由爱而恨的转变缺少足够的演绎。

英国戏剧理论家彼得·布鲁克在界定戏剧时说:"戏剧是一种人类根本性的需要,而剧场和戏剧的形式、风格等等只是些暂时的盒子,完全可以被取代。"[1] 戏曲文本的内核正不断被现代人安置在影视的盒子中,焕发出崭新的时代之光。

---

[1] [英]彼得·布鲁克:《敞开的门:谈表演和戏剧》,于东田译,新星出版社2007年版,封面。

斯皮瓦克的读法和写法

——以《乳房供给者》评论为例

张春晓

一、"教学性格"的读与写

阅读过斯皮瓦克文章的人大概都会有眼花缭乱不知所云之感,就连同样有名气的同行伊格尔顿也无法忍受她零乱的写作风格,斥之为"开杂货铺的"。然而,通过反思自己的阅读体验和参考相关研究,笔者认为斯皮瓦克的文章不会让人一无所获,而是有些"文不对题"。换言之,我们不难从阅读中发现一个又一个闪光点,但很难形成一个综合连贯的、符合这篇文章起初的题目和立意的知识整体。而关于斯皮瓦克的二手资料大都比她本人的写作容易阅读得多(想想那些康德、黑格尔、胡塞尔的研究资料吧),都能清晰准确地传达她的主要观点。伊格尔顿、德里克、穆尔-吉尔伯特等批评者,其反对意见多是集中在斯皮瓦克的写作方式和风格上,诸如从知识—权力的角度批评斯皮瓦克有以"炫技"博取学术名望之嫌,或过于抽象缺乏现实作用,等等[1];但很少有人像处理那些"晦涩"的正统哲学家那样处理斯皮瓦克的文本——怀着崇敬之心抱怨文字的晦涩却又不辞辛劳地为其逐字解说。

由此,我们大概可以得出这样的结论:斯皮瓦克的"晦涩"主要表现为论述方式的零散自由,而不完全等于思想内容本身的艰难深奥。毕竟,她更多的是一位批评家、一名"女性主义—马克思主义—解构主义者",而非哲学家。张君玫将斯皮瓦克的写作方式归结为"教学性格":

---

[1] 参见 [英] Robert. J. C. Young:《后殖民主义——历史的导引》,周素凤、陈巨擘译,巨流图书有限公司 2006 年版。

斯皮瓦克的读法和写法
——以《乳房供给者》评论为例

史碧华克这本书的"可读性"正在于她的教学性格。——想象你正在哥伦比亚大学参加史碧华克教授的研讨课程,今天这堂课谈的是黑格尔对印度经典《薄伽梵歌》略显粗糙的辩证性解读,关于如何以欧洲目的论的规范性去贬抑印度心理传记中特有的"例外主义";但在课堂上,教授或许会随时提到联合国的"发展"政策,或是德希达对西方形而上学的解构计划,或是印度的现代民族主义者,或是女性的身体书写,只要那是在这个脉络当中切题的,并出现在她不加回避的思路上的;偶尔,她还会穿插一则不算短的注脚,比如,关于梵文的 darsana 一般被译为 philosophy 的不恰当性,或是《薄伽梵歌》当中"酬偿人性弱点"的惯常主题,诸如此类。[1]

理解了这种"教学性格",读者便无须对斯皮瓦克的驳杂繁复望而生畏,也不必因抓不住一套系统连贯的论述而沮丧不已——因为她原本就不是那样的。如果以标准化的学院论文的样式来看,斯皮瓦克的确令人摸不着头脑——譬如她的许多文章都缺乏一个总结性的结尾,仿佛草草收工甚至突然中断似的;但换一个角度,想象她的论文仿佛是一篇课堂实录,我们或许就能够容忍她天马行空、枝蔓丛生的风格。假如我们是研讨班上的一员,那么,能够大致把握讨论的主题,能够捕捉到自己有兴趣的要点,就算有所收获;由此我们也有资格展开分析、批评,与她对话——因为她的文章本来就是一种松散的敞开状态,读者未必非要理解出一个系统连贯的整体才算读懂了斯皮瓦克。

二、解构主义

在这种松散纷繁的文字背后,解构精神一以贯之。作为德里达的知音,斯皮瓦克并没有像那些正统的"××研究专家"一样成为德里达文本的注疏者、阐释者或批评者,她的文章中甚至很少直接引用德里达的言说;但如果你真的理解延异逻辑,就不难发现触目皆是解构的精神。

---

[1] [美] Gayatri Chakravorty Spivak:《后殖民理性批判——迈向消逝当下的历史》,张君玫译,"国立"编译馆 2006 年版,译者序第 4—5 页。

德里达思想容易被粗糙地理解为：对二元对立的拆解，对等级的颠倒，沉迷于符号游戏的虚无主义……。然而，解构与其说是"拆解""颠倒"，不如说是对"中心/边缘""能指/所指"之类的二元对立重新加以解释，服务于具体的批评，调整两项的权力关系。举例来说，"与亲属发生性关系"这种行为存在，这种行为的实际发生，即乱伦禁忌被打破也存在，但乱伦的概念，即它作为一种禁忌是否"存在"却是可疑而微妙的。在乱伦被规定为禁忌之前，它已然存在但不是禁忌，只是一种普通的性行为。然后它被规定为一种禁忌，但这就意味着：如果人们彻底臣服于禁忌的效力，则乱伦永不发生，也就无所谓禁忌；一旦发生，禁忌又被打破，被破坏了的禁忌当然也算不上存在。矛盾就在于，禁忌必须以违禁的可能性来界定自身，它必须永远处于紧张的临界点上，时时受到挑战。"禁令与违反禁令一同出现（本应出现）：这种事不断发生，（但）从未以本义发生。"[1] 所指的地位也可以照此理解。语言学转向后，"意在言先""意在言外"的说法已经被"解构"了，所指的优先性似乎也被彻底打倒了；然而，真正的解构并不是将所指、将稳定的意义贬得一文不值，仅沉浸在能指符号中。能指有一种指引和启发作用，循着它，人们仿佛觉得在它背后、在它之外、在它所导向的另一方应该有种实在的、稳定的东西，于是便出现形而上学的幻觉——将所指看成了一种先验绝对的东西，而忘记了它是指代机制所建立的东西，是人们在能指的启发和引导下所想象的东西；反过来讲，这种虚化的所指也使能指得以存在，控制着能指链或能指网络的蔓延，使能指不至于成为一堆无意义的声音、图案等物质。换言之，所指仍然是优先的、占据中心地位的，是能指存在的依据；但它又不以本义存在，不像形而上学所理解的那么"优先"，而是由能指启示出来的缺席中心。

由此可见，解构主义所谓"拆解"二元对立，实际上是澄清二元结构的诞生和运作机制。解构同时肯定两项的合理存在，特别是"中心""本质"等概念不可取消；但又指出，它们不像我们原以为的那么牢不可破、自然而然。至于何时颠覆中心、如何颠覆，则要在具体情境中讨论。斯皮瓦克深谙解构之道："本质主义和反本质主义之间的争论实际上并非至关重要的争论。想成为非本质主义者是不可能的……真正的争论是这两种代表

---

[1] [法] 雅克·德里达：《论文字学》，汪堂家译，上海译文出版社 2005 年版，第 389 页。括号内为德里达的原文。

【亦是"再现"】方式的争论。"[1] 一味颠覆,不仅实际上没有颠覆,而且还有忽视自己立足点,陷于另一种本质主义的危险。斯皮瓦克提出的应对办法是"策略本质主义"(strategic essentialism)。她坚持二元结构的张力,又挑战旧有的格局;她揭露霸权话语,试图再现底层,又认为底层终究不可能发声;她既反对本质化的中心,也反对本质化的他者;她不否认自己的立场和局限,又不放弃对自己的反思和批判——这也正是斯皮瓦克除了"教学性格"之外的另一个"晦涩"的原因:像德里达一样,为了贯彻策略本质主义,她总是坚持着解构的(不)可能性,同时自我指涉自我批判,不断提醒自己和读者语言的不透明性,避免堕入另一种本质主义。[2]

三、"相互拆台"的批评

正是出于对二元结构的清醒认识,斯皮瓦克并不简单地以边缘者(底层人、印度人、第三世界被压迫者)主体性颠覆帝国主义霸权,并不以他者的独特性(印度、东方、本土特色)颠覆"普世价值",而是致力于批判各类话语中对他者的再现/遮蔽,尤其是——批判帝国主义话语的研究已经够多了——那些声称为底层发声的解放话语。底层就是那种被关于它的话语所展示、所引导,却始终无法彻底再现的东西。对于已有的底层话语,斯皮瓦克的处理方式是,交叉引入不同的批评维度,"彼此把对方引入有积极意义的危机之中"[3],由此解构这些话语所编织的美梦:有某种理想的话语可以代言底层或让底层自己说话,这样他们就可以建构自己的主体性了。

---

[1] Spivak, Gayatri. *The Post-Colonial Critic: Interviews, Strategies, Dialogues*. Ed. by Sarah Harasym. New York and London: Routledge, 1990, p. 109. 转引自曹莉:《史碧娃克》,生智文化事业有限公司1999年版,第140页。

[2] Morton, Stephen. *Gayatri Chakravorty Spivak*. London and New York: Routledge, 2003, p. 6. "(不)可能性"的提法类似德里达的"抹除",下文将有进一步的解释。不过我们或许可以追问:是否一定要以晦涩表达晦涩,通过阻断正常的阅读理解来表达二元结构的紧张?如果二元结构是不可取消的,为什么不能暂时安于"透明"易懂的语言去表达具有紧张和矛盾的内容?

[3] [英]巴特·穆尔—吉尔伯特:《后殖民理论——语境 实践 政治》,陈仲丹译,南京大学出版社2001年版,第126页。

接下来我将介绍斯皮瓦克对 Mahasweta Devi 的小说《乳房供给者》（Breast Giver）[1] 的分析，这个精致的例子集中体现了斯皮瓦克式的批评理路。

《乳房供给者》讲述了这样的故事：女主人公 Jashoda 的丈夫被一个大地主大资本家的儿子开车压断了腿，失去劳动能力。Jashoda 便承担起家庭的重担，成为地主资本家家族中六个女儿和六个儿媳的奶妈。由于工作的特殊性，Jashoda 不得不与丈夫连续生养孩子以保持奶水充足。30 年间她自己生下 20 个孩子，更哺育了自己和贵族家数十人。她获得了丰厚的报酬、良好的社会声誉以及自我肯定和自我满足——在印度传统文化中，作为旺盛生殖力的象征、备受尊敬的伟大母亲。直到 Jashoda 年老体衰，罹患乳腺癌，丈夫另结新欢，孩子们亦对她不管不顾，她带着深深的迷茫和幻灭，孤寂地死去。

众所周知，民族（国族）、阶级、性别是文化研究中不可或缺的三大维度，也是批评中屡试不爽的进路。但斯皮瓦克显然不满足于偏执一端，也不是漠不相关地并置两种以上维度，更不打算通过几个维度立体地建构一个底层女性主体。相反，她使三个维度相互拆台。民族主义、阶级斗争、性别平等原本都是支持某类底层的理论资源，各有其经典。但斯皮瓦克要证明：这些理论在支持底层的同时也遮蔽了另一些底层，因而不能理所应当地成为底层发声的路径甚至建构主体的依据；如果毫无反思地运用它们，只会将无产阶级、被殖民者、女性等概念本质化，而永远还剩余另一些底层被剥夺了发言的机会。

A. 阶级 VS 民族国家（精英的民族主义）

作者 Devi 将《乳房供给者》看作解殖后印度状况的寓言："正如主人公 Jashoda 一样，印度也是一个被雇佣的母亲。所有的阶级——战后暴发户、空想理论家、本土官僚、离散者——所有发誓维护这个新国家的人们，都在摧残和剥削她。"然而斯皮瓦克指出，这种将印度理想化，比作一位底层受难母亲的思路，恰恰也是民族主义者们惯用手法，而无益于底层研究本身。喻体往往是一个中介物，引导着人们去把握本体。如此一来，底层作为喻体便失去了自身的分量，仅仅作为手段引导读者去想象一个同质而

---

[1] 这是斯皮瓦克亲自从孟加拉语翻译成英语的短篇小说。若按意译，题目或许可以译成"乳娘"或"奶妈"，但斯皮瓦克偏偏生造这样一个突兀的词语，为的就是提醒读者语言的不透明性，通过陌生化唤起读者的警醒，引发人们思考这个题目蕴含的政治、经济、文化方面的含义。所以笔者也不愿将这个英文新词译成熟悉的中文，而是按鲁迅先生所谓"硬译"，直接按字面译为"乳房供给者"。

空洞的"祖国母亲"[1]——我们可以追问：如果整个印度是一个受难的母亲，谁是施暴者呢？如果印度所有子民都在摧残她，谁又在受难呢？

第三世界国家共同存在的问题就是：殖民地人民赢得独立，建立自己的民族国家之后，却发现自己在政治上仍然复制殖民地的组织结构，经济上仍间接受到帝国主义的挟制，只不过领导者由殖民者换成了民族精英（甚至可能有帝国主义代理人之嫌）——此之谓新殖民主义。精英知识分子在反抗斗争中为了动员群众，往往要建构想象的共同体，以民族概念团结被殖民者来对抗帝国主义。但如果转换到阶级的视角，原本貌似统一的印度民族就分崩离析了：印度的复杂性几乎是第三世界诸国之最，不仅有政治经济学意义上的阶级，而且有更复杂的种姓制度，还要考虑基督教、伊斯兰教、佛教、印度教及其他多种教派这一宗教维度。一种单一的民族主义话语不仅掩盖了印度的复杂性，而且这些话语也没有很好地"再现"它自称所"代表"（represent）的广大民众。从现实状况来看，印度政治复制了英国的议会民主的外壳，却在处理国内的宗教纷争、封建经济、等级制度、性别歧视时束手无策，造成社会动荡。从知识话语上看，根据查特吉对印度民族主义话语的考察，从立足一个虚构统一的印度教思想、倡导精英统治的班吉姆·钱德拉，到"挪用民意"的甘地[2]，都没有正视底层的问题；至于对底层的历史记载，在底层研究兴起之前更是付诸阙如，而马克思主义在印度政治和文化上始终流落边缘。[3]

实际上，根据20世纪60年代兴起的底层研究的成果，底层起义往往是碎片化的，以一些村落、种姓、教派为单位，无法形成大规模的阶级团结[4]；

---

[1] Spivak, G. C. A literary representation of the Subaltern. *In Other Worlds: Essays in Cultural Politics*. London: Methuen, 1987, pp. 244-245.

[2] 甘地对印度市民社会的批评"并不是出自从市民社会内部观察后得到的，对它本身的历史性矛盾的思考"，"甘地主义如同俄国民粹主义一样，并不是农民意识形态的直接表述。作为一种意识形态，它被理解成一种对当时精英—民族主义话语的干涉，并作为一种特定的民族运动所塑造成型。……它为完成一项事业提供了可能性……那就是一个志在新的民族国家里取得政权的资产阶级，在政治上借用所有从属（即底层）阶级"。[印度] 帕尔塔·查特吉：《民族主义思想与殖民地世界：一种衍生的话语？》，范慕尤、杨曦译，译林出版社2007年版，第135—136页。

[3] 参见陈义华：《后殖民知识界的起义 庶民学派研究》，中央编译出版社2009年版，第24页。

[4] 参见陈义华：《后殖民知识界的起义 庶民学派研究》，中央编译出版社2009年版，第50—52页。

造反的理由也千奇百怪，譬如依据不知所起的谣言甚至声称神灵附体[1]。总之，与那种清晰的"作为印度人反抗殖民者"的民族主义意识相去甚远。一种简单的民族视角不仅不能解决，反而可能增加印度追求现代性途中遇到的困难。杰姆逊"第三世界文学作为民族寓言"的说法并不总是正确的。斯皮瓦克批判作者 Devi 对《乳房供给者》做那种民族寓言的解读，正是在批判民族主义神话掩盖阶级差异的过程。不过从另一个角度看，如果我们关注小说故事本身，它同时也是对民族神话无效性的讽刺：那据说代表全体印度人民的民族主义理想实现之后，印度的广大底层仍然在受苦受难。

B. 性别（女性主义）VS 阶级（马克思主义）[2]

斯皮瓦克以阶级维度解构了民族主义的神话，但并不驻足于此，因为阶级同样不是建构底层主体的完美路径。马克思主义政治经济学通过考察剩余价值、批判资本运作的秘密，来揭示无产阶级劳动者受剥削的状况，从而为反抗提供理论支撑。不过，这个"无产阶级"却是貌似中性，实则不言而喻为男性的——这么说并不是要计较马克思的文本里有没有出现"她""女性"这样的字眼，而是因为马克思在讨论劳动时仅仅局限在资本主义大规模工业化的背景下，只关注发生在工厂里的劳动生产（当然也有女工、童工）。那么，女性"天然"的生育能力和文化中仿佛理所应当的家务劳动又处于什么位置呢？我们是否应该将其纳入异化劳动的范围，从而思考女性所受的剥削和压抑呢？

在马克思的经典理论中，家庭生活——吃饭、休息、繁衍后代被划为人类自身再生产的范畴。一方面，它们属于某种前—劳动，即劳动者积蓄力量准备进入劳动的前一环节，从而与马克思关注的异化劳动有所区别；另一方面，原本这一环节是手段，为了使人更好地展现本质力量、达到自我实现的目的，而异化劳动使人们疲于奔命只为一日三餐，陷入"积蓄力量—再次出卖劳动力"的恶性循环，被剥夺了自我实现的可能性而沦为资本主义机器的人肉电池。"结果，人（劳动者）只是在执行自己的动物机能时，亦即在饮食男女时，至多还在居家打扮等等时，才觉得自己是自由地

---

[1] 古哈研究1855年山塔尔人反抗英国人的起义，起义首领被捕时，声称自己的行为是神的旨意。无论此言是真是假，我们至少可以确信一点：他们的动机绝对不是追求民主、公民权利或社会主义之类。参见陈义华：《后殖民知识界的起义 庶民学派研究》，中央编译出版社2009年版，第104—105页。

[2] 本小节的观点参见 Gayatri Chakravorty Spivak. In Other Worlds: Essays in Cultural Politics. London: Methuen, 1987. pp. 247-252. 即 "A Literary Representation of the Subaltern" 一文第4部分。

活动的；而在执行自己的人的机能时，却觉得自己不过是动物，动物的东西成为人的东西，人的东西成为动物的东西。"[1]

马克思的批评固然深刻，但同样明显的是，他在家庭/社会两类劳动之间有所区分并倾向于压抑、排斥前者。当马克思为工人们所受的剥削鸣不平时，女性的劳动则被湮没在家庭领域，成为（男性）劳动者自身再生产的一部分、一个前—劳动的准备环节，仿佛从来不曾"异化"过。Jashoda 的故事正挑战了这一点。长久以来，女性生养和哺育孩子的能力被视作自然本能和家庭事务。但这篇小说让我们看到，在资本主义高度发达的时代，Jashoda 哺乳和抚养小孩的能力已然被卷入（再）生产—消费的流程。更有趣的是，这个故事展示出两种劳动、两性地位的奇妙颠倒。在经典理论中，家庭生活是为进入劳动做准备，这也隐含着另一种性别上的观点：女性劳动从属于男性劳动。而在这个故事里，丈夫失去了劳动能力和家庭地位，Jashoda 则进入社会化劳动成为家里的顶梁柱。丈夫还能承担的"劳动"就成了发挥自己的性能力，使 Jashoda 保持在哺乳期。如此一来，女人的生育哺乳能力从家庭领域进入社会劳动，而男人的工作则退缩到家庭，服务女人，成为女人积蓄劳动力的准备环节。

斯皮瓦克并不是在说，只有在资本主义高度发达的阶段，女人自然本能和家务劳动才被异化，而是席卷一切的资本主义只是将女性原本就具有的困境突出了：无论男女，人都能够将自己内在力量外化为劳动成果，都能够将自身力量转化为超出自身所需、超出生产成本的剩余价值，从而外化、异化自身成为明码标价的商品；而马克思只看到了男性为主的社会劳动中的不公不义，却把女性的家庭劳动划到不予考虑，甚至理当支持男性劳动的范围内。实际上，"妇女是源源不断地为那个拥有她的男人带来剩余价值的一大源泉，或者说，是被那个拥有她的男人劳动力的资本家从中榨取剩余价值的一大源泉"[2]。如果只局限于经典的劳动价值理论，即使实现共产主义，消灭阶级剥削，另一种劳动和性别的不平等仍然存在；更严重的是它们还被忽视和遗忘了，甚至成为支持无产阶级劳动和抗争的合理手段。当有一天无产阶级为实现主体性而庆祝时，另一个群体（女性）、另一个空间（家庭）却被永远封闭了，这一部分底层正是被那种据说为他们谋

---

[1] 参见马克思：《1844 年经济学哲学手稿》，中共中央马克思恩格斯列宁斯大林著作编译局编译，人民出版社 2000 年版，"异化劳动"一节。

[2] Spivak, Gayatir. *The Spivak Reader*. Eds. Landry, Donna and Gerald Maclean. New York: Routledge, 1996, p. 54. 转引自曹莉：《史碧娃克》，生智文化事业有限公司 1999 年版，第 109-110 页。

福祉的斗争理论压抑了声音。

由此可见，斯皮瓦克用性别视角使马克思的阶级视角"陷入危机"。这不意味着，将女性主义和马克思主义一结合就能马上解决女性和无产阶级两方面难题；相反，用女性视角拆马克思的台，这意味着任何理论都不能完美再现底层主体而同时不压制另一些他者。理论家首先要承认难题永远存在，然后引入不同的维度相互拆台去暴露难题，而不是假装代表底层，或轻易认定底层已经诉尽自己的心声。斯皮瓦克的分析更多是在展示一种暴露问题的方式，而不是给出一个肯定性的结果。

C. 民族+阶级+性别（第三世界女性主义）VS 性别（第一世界女性主义）[1]

斯皮瓦克虽然最常运用女性主义展开批评，但她对这一理论保持着相当的警惕，尤其是不满于名为"国际女权主义"的"白人/宗主国女性主义"。"女性"与"被殖民者""无产阶级"一样，与其说是一个实体，不如说是一种既反抗霸权话语，又不将自身本质化的"存在和叙述方式。"[2] 第一世界的女性主义往往将自己的理论视为放之四海而皆准的斗争利器热切地向第三世界推广，然而这种乐善好施的恩主姿态和对具体情境的无视不经意间已经造成了一种大国沙文主义对第三世界的压制，亦是白人女性对有色人种女性的压制。

《乳房供给者》同样是一个揭示印度女性处境复杂性的文本。Jashoda 哺乳的受益者都有谁呢？除了她直接养育的孩子，间接受益的就是地主家的女人们。地主的妻子、家庭的女主人认为有了 Jashoda，整个大家族就不会在抚育小孩方面产生矛盾。儿子们认为，自己的妻子也可以免去哺育之苦，保持苗条的身材。更不用说这个家中的姑娘儿媳全都以保持身材、追逐西方服装为时尚——而这些，正是印度上流社会对所谓西方先进文化的一般理解。或许西方女性主义者们怀着解放第三世界女性同胞的美好愿望，教导她们要走出封闭的家庭领域、挣脱繁重的家务劳动、做自己身体的主人、发展自己的爱好和事业等。然而，如果不了解印度的具体情况，她们就不会知道，在一个等级森严、经济落后的国家，性别维度并不比其他维度更根本，女性所受的压迫并不比农民、贱民更深重。Jashoda 作为无产阶级穷

---

[1] 本小节的观点参见：Spivak, G. C. In *Other Worlds: Essays in Cultural Politics*. London: Methuen, 1987, pp. 253-258. 即 "A Literary Representation of the Subaltern" 一文第 5 部分。

[2] 曹莉：《史碧娃克》，生智文化事业有限公司 1999 年版，第 116 页。

人的身份不得解脱，作为女性的独立恐怕也无从谈起。像她这样的"第三世界（曾经的）被殖民者+穷人+女性"，身负着多重枷锁，根本不可能有任何言说的空间，"进步女性"甩下的担子不知不觉就转嫁到这些更卑微的女性身上。

如果仅仅考虑性别，我们当然可以根据西方那种"自由主义的女性主义"（Liberal Feminism）去争取印度妇女的解放，那些摆脱了印度传统思想束缚、接受了西方理念的妇女正是斗争胜利的成果和值得称颂的榜样。然而，上流社会的女性解放已初显成效，底层妇女却还在苦难中挣扎，个中问题并不只是"性别平等的思想还有待于继续推进"这么简单。这两类妇女的差距不在于思想接受上的快慢，如果其他因素不改变，这差距不会随着女性主义思想的推广而自然抹平。Jashoda 的故事让我们看到，真正的情况并不是：女性主义先解放上流社会，再解放底层妇女；而是：上流社会女性的解放恰恰是以剥削和压迫底层妇女为代价的。西方女性主义教导女性向男权中心争平等，却无法解答 Jashoda 何以摆脱平民和无产者的卑下地位。一些妇女在争取解放时，另一些还在争取"争取解放"的资格而不得。

永远没有一种单一而普世的女性主义，第一世界与第三世界的女性有差异，第三世界内部也存在着不同女性群体的差异。故事本身展示了印度上流社会妇女对底层妇女的剥削。这种剥削不完全是印度传统的高种姓对低种姓、地主资本家对平民无产者的剥削，而是结合了西方女性主义思想的因素——即是说，上流社会妇女通过剥削要达到的是（在非常粗糙的意义上）西方式的女性独立，她们可以被看作西方女性主义代言人，因此这篇小说同时又是"第一世界女性主义压迫第三世界妇女"的隐喻：不同情境下女性受压迫的状态不同，解放的策略也不同；用第一世界女性主义去硬套印度，或许能"像解放西方女性"那样解放一部分人，但脱离了印度的实际，知识精英们只会对眼前这部分解放心满意足，却永远发现不了"像"背后的真正代价是什么。而正因为这套理论，底层妇女不再是"有待解放"的，相反，她们作为解放那一部分人所必需的环节被彻底抹除。这样一来，单纯的女性主义又像上一小节单纯的马克思主义一样，在再现底层时暴露了自己的缺陷：一种声称解放女性的理论不仅无力再现某部分底层女性，而且将她们作为解放的必然环节进一步剥夺了她们的声音。

四、底层不能说话

我们从上述批评案例可知,斯皮瓦克擅长引入不同的批评维度,使彼此陷入危机,从而揭示每一种建构底层主体性的话语的断裂和失语之处。底层就在这些话语的裂隙中忽隐忽现,被触及又被遮蔽,永远不会是一个清晰、连续、立体的主体。综观斯皮瓦克的批评事业,她总是致力于"揭示底层是如何无法说话的",而不是"证明底层可以自己说话"或"代表底层说话"。作为解构主义者,斯皮瓦克认为一个纯然的"底层意识"根本不存在。她赞同"底层"概念,除了因其含义宽泛,更重要的原因在于:"女性""农民""无产阶级"等概念在长期反抗活动中往往不自觉地将自己本质化,忘记了世上本没有一种清晰明确的"女性""农民""无产阶级";而"底层"概念不仅是它们的集合,更意味着一种抽象含义——总是边缘的、非主体的、难以确定的一方,"对于'真正的'底层阶级来说,其同一性就是差异"[1]。"底层不能说话"这一争议性命题陈述的不仅仅是一个实际问题,更是一个逻辑问题;它的语义重点不在于"能否说话",而在于如何理解"底层"含义。

在《底层人能说话吗?》一文中,斯皮瓦克分析了"萨蒂"(sati, sattee,自焚殉夫的寡妇)现象。英国殖民者立足于普世价值,废除了这一残忍的陋习,正所谓"白人正从褐色男人那里救出褐色女人"。而在印度本土主义者看来,这并非一个简单的杀害寡妇的行为,它可以通过《吠陀诗篇》《达摩经》等印度教经典而得到恰当理解。殉葬可能是出于对丈夫真爱以及宗教上的某种超脱和升华;重要的是,它并非强制,寡妇拥有自由选择,按照印度教传统,如果"她想要那样去死",这种选择就更值得钦佩。相反,英国人禁止"萨蒂"才是对印度文化的无知,对妇女自由的干涉。两种话语都声称是对"萨蒂"现象的正确再现,但将寡妇如此织入政治话语,与其说再现了寡妇的生活和意识,不如说是寡妇成了帝国主义和本土主义的意识形态战场。我们听不到寡妇的声音,"这里不是资料缺乏的问题,而是争论的方式没有给妇女留下任何说话的余地"[2]。这也并不是要不要去采访寡妇的问题。一个印度人、印度的底层人、底层的女人当然可以

---

[1] [美]佳亚特里·斯皮瓦克著,陈永国、赖立里、郭英剑主编:《从解构到全球化批判:斯皮瓦克读本》,北京大学出版社2007年版,第104页。底层不是一个可以建构的主体,而是话语的界限。

[2] 陈义华:《后殖民知识界的起义 庶民学派研究》,中央编译出版社2009年版,第80页。

成为受访者（报道人），但在这种情况下她们仍然是精英、学者调查的客体，她们无法自己发声，而总是被纳入、被再现于主流话语之中。斯皮瓦克特别警惕的就是这种"土著报道人"（local informant），他容易将我们引向一种"对失落源头的怀旧情绪"、一种虚构的本土传统。我们发现，帝国主义、本土主义，甚至女性主义等都没能使底层发声，它们在建构底层话语时仍然屡屡失败。任何一种维度、任何一类话语，当它自称完整全面地再现底层时，实际上总是以遮蔽、牺牲一部分底层为代价。底层似乎永远是异质的、分散的、不连续的、逃避于话语再现之外的东西。

底层不能说话，这是因为："能否说话"不仅是一个经验问题，重点在于"底层"是一个特殊的逻辑位置，这一位置决定了它的经验不可能被充分再现而不以压抑其他经验为代价。底层"这一连贯的政治身份总是已经成为再现这些群体的主流话语的结果，而不是真正的工人、妇女的透明画像"[1]。"精英关于底层的话语/底层本身"这个区分诞生的时刻，即是话语的光芒在一片黑暗混沌中勾勒出底层的轮廓的时刻，底层已然被设定为"不能代表自己，总是需要有人来代表他们"（马克思语）的群体，"他们无法见容于市场、政治—法律的代表—再现，也没有成为社会统治阶层的正式成员的可能性，正是这些排斥机制塑造了属下这一特殊的类型"[2]。而这些代表底层的话语引导人们设想一个在话语秩序之先的底层，仿佛那是一切话语的原因，是有待于被再现的东西，这样就"合法化了律法本身的管控霸权"，即权力针对这个对象具有管理的合法性，被倒置了的"底层"看上去也就成了原因而不是结果。[3] ——写到这里，我必须要预防一种可能的误会，即认为：底层不能被再现，印度、西方都不能被再现，任何语词的所指都不能被充分再现。"底层"与"西方"位置绝不一样，不能以同一种解构的方式来描述。西方在二元结构中本来就是拥有主权和能动性、可以再现自身和他者的中心项，它的自我再现固然永远达不到完满的程度，但总是在充盈自身丰富自身。而底层的严重性则在于：它是在区分的时刻就成为话语的对立面、自身失语而只能被再现的一项，这种话语又试图掩

---

[1] Morton, Stephen. *Gayatri Chakravorty Spivak*. London and New York: Routledge, 2003, p. 35.

[2] Schwarz, Henry and Sangeeta Ray. Eds. *A Companion to Postcolonail Studies*. New Jersey, Blackwell Publishing, 2005, p. 20.

[3] 参见［美］朱迪斯·巴特勒：《性别麻烦：女性主义与身份的颠覆》，宋素凤译，上海三联书店 2009 年版。巴特勒的操演理论（Performativity）受斯皮瓦克的策略本质主义启发而来，参见 Morton, Stephen. *Gayatri Chakravorty Spivak*. London and New York: Routledge, 2003, p. 138. 巴特勒对女性的理解显然与斯皮瓦克对底层的理解可以类比。

盖自己的再现性质，试图绝对贴近底层，试图抹平两者之间永恒的鸿沟；当话语声称自己等同于底层，将其从失语的他者提升为主体时，这种区分并不能真正消失，即是说，无论关于底层的话语多么成功，话语和底层本身的区分仍然存在，如果贸然相信了话语的完全成功，就有一部分底层经验被永远关闭了。

因此，底层永远是关于底层的话语的极限："这样一种（关于底层的）重新铭写（re-inscription）有什么好处呢？它承认：底层持续不断地进入霸权话语、呈现自身，但底层这块地盘本身就是、且总是与历史学家们的努力保持异质性。历史学家在努力的同时必须意识到这一点：在历史被转为逻辑化的叙事时，底层必须构成绝对的极限。"[1] 这种极限提醒我们再现永远不能成功，但并不意味着底层应该被放弃再现、应该永远沉默失语——学者们不能说"我不是底层所以我不为底层说话，让他们自己去说吧"。底层类似我们前文所举的禁忌：在区分出现之前，它本身并不作为底层而存在，并不进入语言；而当底层成为底层之后，无论是压抑还是支持它的话语，它总是已经被卷入二元结构中，被触及、被再现而又永远相对于话语有所剩余。斯皮瓦克屡屡使用"解构的（不）可能性""底层的（不）可能性"也是此意：它们既存在又缺席，即是说，总是在被规定、被再现、被压抑中存在，而不能以自身的方式存在；它们既被指出被显现，又被压抑、被遮蔽。

学者们不应放弃再现底层，但必须有一种形而上学和伦理学的清醒意识，即把底层当作列维纳斯的"他者"。这不是黑格尔式的，不是最终被扬弃，并入自我、促成自我理解的丰盈的中间环节，也不是与自我一样、可以平等交流的"乐观的自由多元主义"所理解的他者[2]。这个他者与自我是一种绝对不平衡、不对等的关系，是自我总要去理解，但又无法通过理解活动而完全并入和穿透的绝对黑暗。"要解释人的存在就要设定一个他者（quite other）。作为在伦理关系中的存在者，这是人的存在的底线。从定义上，我们无法——也没有任何一个自我——能够达到这个他者。"[3] 一种他者的伦理学，就是在揭示他者的同时永远承担着错待他者的危险。

---

[1] Spivak, G. C. Subaltern studies: Deconstructing historiography. *In Other Worlds: Essays in Cultural Politics*. London: Methuen, 1987, p. 207.

[2] [美] Gayatri Chakravorty Spivak：《后殖民理性批判——迈向消逝当下的历史》，张君玫译，"国立"编译馆2006年版，第200页。

[3] Schwarz, Henry and Sangeeta Ray. Eds. *A Companion to Postcolonail Studies*. New Jersey, Blackwell Publishing, 2005, p. 20.

反写·立场·语境
——后殖民主义研究的知识社会学批判

张春晓

在萨义德《东方学》之后,知识分子们不仅继续批判西方霸权话语,同时也在批判萨义德的批判方式,试图在"东方主义"式的话语之外,寻求再现东方或东西关系的另类"反话语"或"反写"(counter-discourse)的可能性。在这条道路上,美国学者J.J.克拉克与中国学者周宁的研究,构成了一组值得关注的对比,表现出第一世界与第三世界知识分子后殖民主义文化批判的不同的知识社会学意义。

J.J.克拉克的《东方启蒙:东西方思想的遭遇》与周宁的《天朝遥远:西方的中国形象研究》[1]的比较,具有某种典型意义:前者立足解释学研究东西方思想交流史,后者运用福柯、萨义德、曼海姆的理论研究西方的中国形象;前者肯定东方思想文化对于西方至关重要的影响,甚至成为西方现代性的有机成分,后者发现西方的中国形象折射着西方的欲望和恐惧,乃是西方建构现代性的参照物;前者谨慎而乐观地再现东西交流和彼此形塑的过程,后者"中国形象与中国无关而与西方有关"的结论则可疑地与民族主义和虚无主义情绪联系在一起。有趣的是:如果保留两人著作自陈方法论的首章和最后的结论,调换中间史料部分的介绍和分析,这样重新拼装的作品似乎也可以成立。换言之,相似的史料和相似的评析,却可以安在不同的理论基础上,导向不同的结论,在各自的圈子中产生不同的影响,这其中的同与异不能不令人深思。

---

[1] [美]J.J.克拉克:《东方启蒙:东西方思想的遭遇》,于闽梅、曾祥波译,上海人民出版社2011年版;周宁:《天朝遥远——西方的中国形象研究(上卷·下卷)》,北京大学出版社2006年版;周宁:《跨文化研究:以中国形象为方法》,商务印书馆2011年版。

一、"东方启蒙"思想史与跨文化形象学

J. J. 克拉克是英国金斯顿大学教授,致力于跨文化思想史研究,《东方启蒙:东西方思想的遭遇》(1997)是他的代表作之一。他对萨义德的反写主要是反对西方对东方单向度阐释。这里的"单向度"指两个方面:一是关系的单一,即西方一味地研究东方,为的是控制东方,而在这研究的过程中,完全看不到东方对西方的反作用,看不到东方对西方的影响和改变,仿佛西方在研究东方的过程中自己仍然纯洁无瑕——萨义德批评东方学把东方本质化了,然而他对东方学这种单向度的描述也隐含着对一个本质的西方的预设。二是结论的单一,即在从18世纪到20世纪的漫长岁月中,虽然有一些对异国情调的描述和浪漫的、非理性的向往,但西方对东方的印象大体没有变化:始终沉默、被动、停滞、落后,无法自我言说、自我管理、自我更新、自发进入现代化进程。然而,克拉克注意到,西方对东方不切实际的赞颂与萨义德所说的那种过于夸张的诋毁同样引人注目,它们构成了明显的两个极端。萨义德的权力分析固然是一柄犀利的解剖刀,克拉克亦不否认这种研究方法的正当性,但他指出,萨义德《东方学》的研究对象的范围和他的研究角度过于狭隘,得出的结论却过于广阔而简约;他认为萨义德执此一端,便忽略了东方的能动作用,忽略了东西方双向互动的阐释关系,导向对于一切知识话语的相对主义和怀疑主义的立场。因此,克拉克立足于伽达默尔的阐释学理论,希望在更广阔的东西交流的图景下,展示一幅兼有光明与黑暗的画卷,以此纠正萨义德过于黯淡的叙事。

与萨义德不同,克拉克把研究对象即他自己定义的"东方主义"确定为"西方对于东亚和南亚宗教和哲学观念的系统的态度范围"[1],从全书内容来看,他的东方主要涉及印度、中国、日本,这些国家的"宗教和哲学观念"主要是儒、道、佛的思想,对伊斯兰世界则没有太多论述。克拉克认为,在以往的多数研究中,"欧洲中心主义要么是对于西方曾经从东方借鉴过的一些重要事物的史实持根深蒂固的怀疑态度,要么就是贬低东方思想在西方传统内的地位,认为东方的影响只是晚近事件,东方的影响在智力层面难以与西方相抗衡,而且容易消散,东方的影响至多算是世界现代

---

[1] [美] J. J. 克拉克:《东方启蒙:东西方思想的遭遇》,于闽梅、曾祥波译,上海人民出版社2011年版,第10页。

化进程中文化相互呼应的一个微不足道的组成部分",而他的目的是要证明,"自文艺复兴以来东方对西方思想表现出了强大的魅力,并以各种途径进入到西方文化和知识分子生活当中,东方思想在西方观念史中所具有的重要性绝不是短暂的和偶然的"[1]。

在启蒙时期到20世纪的历史长河中,克拉克逐一剖析了东方各种思想学说、东方主义的各个面向的沉浮兴衰。他的叙述大体按时间顺序,而在不同的历史时期,西方世界中流行的东方思想的门类是不同的,他对各个时段的研究重点也就集中这个主潮上。17世纪后半叶是"中国热"的阶段,中国的特产、器物、艺术、文化随着商船和耶稣会士的报告传回了欧洲。对于正在激烈地自我批判并寻求精神重建的启蒙思想家来说,质朴、清明、合乎自然、合乎理性的儒教中国正是批判欧洲文明的最佳标尺。但这股中国热随着欧洲的强大和启蒙运动的式微,不久便销声匿迹了,而对于中国的负面描述开始大量出现。18世纪,另一股思潮与启蒙主义并行,且逐渐压过了启蒙的风头,这就是浪漫主义。此时,印度教成了最受欧洲青睐的思想文化资源,歌德、赫尔德、谢林、施莱格尔、黑格尔等一众德国思想家都在不同程度上受到印度哲学的浸染。浪漫主义、绝对唯心主义哲学在西方哲学史上堪称最为华丽的篇章之一,但就是在如此经典的西方理论思想中,也已经微妙地织入了东方哲学的纤维,甚至有学者认为"欧洲的大陆传统已经生成的哲学术语中有着更多的亚洲血缘,而不是英美哲学的血缘"[2]。19世纪是佛教的世纪,值得注意的是,浪漫主义退潮后,佛教不仅作为一种宗教信仰,同时也作为一种科学唯物的精神被欧洲所接受。叔本华、尼采、瓦格纳受佛教的影响自不必说,克拉克的目光还转向美国,描述了超验主义、灵智学会、"垮掉的一代"与佛教的联姻。进入20世纪,再谈一家一派的主潮已经不太合适,因为东西方的接触和交流已然如此全面、普遍和深入。比较文学、比较哲学、比较宗教学等学科陆续建立起来,人们也对交流中的理论前提有了更多反思,东方的宗教哲学与现代物理学遥相呼应,其宗教实践对现代心理学、脑科学有着巨大的启发意义,东方思想在女性主义、生态主义中也扮演着积极的角色。概言之,东方对西方的影响是不容否认的,无论是正见还是误读,无论在东西交流中有着怎样

---

[1] [美]J.J.克拉克:《东方启蒙:东西方思想的遭遇》,于闽梅、曾祥波译,上海人民出版社2011年版,第8页。

[2] Graham Parkes,转引自[美]J.J.克拉克:《东方启蒙:东西方思想的遭遇》,于闽梅、曾祥波译,上海人民出版社2011年版,第168页。

的猎奇、朝圣、真心求教、权力控制、意识形态等各种因素的影响，东方文化绝不只是西方人浮光掠影般撷取的碎片，也不只是西方文明的点缀和噱头，而是实实在在地参与到西方世界的现代化进程中，成为西方文化难以剥离、难以割弃的一部分。

周宁先生的跨文化形象学研究代表作为《天朝遥远：西方的中国形象研究》，与克拉克相似，周宁也不满于萨义德单面的结论，也发现西方的中国论述有好有坏，且在各个历史阶段呈现出有规律的起伏，他敏锐地将这一点与曼海姆的《意识形态与乌托邦》理论相结合，从而建构起自己的反话语。

"形象"意指在具体文本中有关中国的无数表述，可以被归纳为"类型"这一基本单位。西方对中国较为明确系统的表述首先出现在以《马可·波罗游记》为代表的一系列或真或假的作品中，共同组成了"大汗的大陆"类型，主要是称颂元代中国发达的物质文明。而传教士门多萨的《大中华帝国志》代表了第二阶段的"大中华帝国"类型，他在盛赞中华文化器物层面的成就的同时，也已经将注意力延伸到制度层面，将明王朝理解为一个制度成熟、政治昌明的帝国。到了18世纪西方启蒙运动时期，学者们纷纷将中国视为"孔教乌托邦"：沃尔夫认为中国的儒者治国是开明君主制的典范，甚至恢复了柏拉图的哲人王的理想；莱布尼茨将儒家思想视作调和了理性和宗教的某种"自然神学"，中国的语言文字也预示着一种普遍的"人工语言"的可能性；魁奈的重农主义经济学显然在中国得到了最好的回应。然而，以1750年为界，情况开始变化。政治经济上的"孔教乌托邦"衰落后，审美上的中国乌托邦——那种神秘情调、田园乡愁以及东方优越的精神性等观念伴随反现代的浪漫主义思潮流行了一阵；不过，在西方自由、民主、进步的现代观念的映照下，中国形象更多的是黑格尔体系中"停滞的帝国"、坚信自由就是历史终点的福山的眼中"专制的帝国"以及强调文明冲突的亨廷顿笔下的"野蛮的帝国"。这六种类型只是某一历史阶段的主导性取向，实际上它们往往是并行的，在正面表述占上风的时期，负面内容也从未消失；而且这些类型的交替延续至今未完，譬如20世纪60年代西方左翼知识分子对红色中国的想象，可以看作"孔教乌托邦"的复兴，而近年来的中国威胁论也呼应着古老的"黄祸论"。

这六种类型可以归纳为两大原型，很简单，就是正面的和负面的。但不那么简单的是，这正面和负面的形象恰恰意味着作为乌托邦和作为意识形态的中国。根据曼海姆的说法，乌托邦是一种"与它所处的现实状况不一致"的思想状况,是一种超越性的思想,因而也是异见者和反对派批判现实的理想尺度和武器;而意识形态在狭义上指维护现状的思想,通常用于某个共同体的自我肯定。[1] 不难发现,在1750年之前,西方主要是利用中国形象完成现代性的自我奠基。元明时期中国令人称羡的器物和财富,对照的是刚刚走出中世纪、物质贫弱的欧洲。启蒙思想家们热情赞美政治清明、道德高尚、学术思想富于理性的中国,是为了批判腐朽的教会和专制的王权。1750年之后西方现代性建构已基本完成,他们当然也没停止自我批判,但更需要通过落后的他者来进行自我肯定,这时,除了审美乌托邦被用来批判单向度的工具理性之外,负面的中国形象就成为一种维护现代秩序的意识形态。由此看来,西方的中国形象不仅是幻想和知识,更是西方用来确证自身的镜子;与其说和中国相关,不如说折射了西方的欲望与恐惧。

二、解释学与后现代理论

不难发现,克拉克与周宁所援引的史料和分析有颇多相似之处,譬如都提到了17—18世纪启蒙时期西方知识分子对中国由推崇到厌弃。然而,在克拉克看来,儒家思想实实在在地扮演了启蒙运动推动者的角色,深刻影响了西方文明的进程;而周宁则认为这一切与中国无关,仅仅是西方文化善于寻找和扬弃他者、丰富自身的强大生命力的体现。结论的差异是在开始就注定的,是立意和方法论的区别。克拉克立足于解释学开展一场双向互动、视域融合的交流讨论,周宁则运用福柯的后现代理论,试图由批判西方话语而拯救中国文化主体性。

克拉克选择解释学作为自己的工具,乃是有感于普遍主义和特殊主义的困境。普遍主义者往往对交流有着过于乐观的期待,然而对于交流理解中的前理解的问题、传统的问题、权力关系等难题却估计不足;特殊主义则走向另一个极端,他们所看到的全都是语言文化的差异、双方的误解和

---

[1] 意识形态是一个复杂的概念,这里的狭义不是马克思的原意或者某学者的说法,而是相对乌托邦而言。曼海姆在第二章详细考察了意识形态这个概念的复杂含义和历史脉络,从马克思所说的"错误观念"发展到一个总体性的观念。在总体意义上,乌托邦当然也是一种意识形态,所以曼汉姆在行文中有"意识形态(乌托邦)"的用法。但两者并置时,我们就要将意识形态理解为狭义的、与乌托邦相对立的东西。详见[德]曼海姆:《意识形态与乌托邦》,黎鸣、李书崇译,上海三联书店2011年版,第二章"意识形态和乌托邦"、第四章"乌托邦思想"。

偏见、有意识或无意识的动机不纯、无处不在的权力支配，无论是对对象的赞美还是贬低、拒斥还是接纳，阐释永远是主体隔着对象的面纱的"自恋行为"。然而把特殊主义的观点推至极端，"如果跨文化界限的交流是不可能的，那么任何形式的交流都是不可能的"[1]，甚至连个人与个人之间的沟通都因此取消。如果文化与文化——"文化"亦可以换作"范式""传统""语言"之间绝对地"不可通约"，那么这个"不可通约论"又是如何得出的呢？难道不是通过比较各个范式、各种语言文化才能得出的吗？谁能把自己悬在超然于所有范式之外的天勾（sky hook）上来进行这种比较、得出这一判断呢？彻底的相对主义和怀疑主义仍是不可能的。所以必须承认交流的可能性，必须在普遍主义和特殊主义的两极之间取得中道。

然而，中道说说容易——甚至这么说都是一种肤浅的乐观，在具体批评中则不免失去平衡。解释学哲学固然在本体论高度积极地论证了交流的合理性，但缺乏具体的批评原理、方法和标准。而克拉克也不时流露出身陷逻辑两难的困惑。他在每一章中都并举正反观点，仿佛自己与自己在左右互搏，却无法得出一个清晰结论。[2] 譬如：东方主义话语既可以是帝国对东方的控制，也可以反过来批判和对抗帝国主义事业；既会扭曲甚至毁灭东方古典知识，同时也是对东方知识的扶植和复兴；既能导致道德冷漠和法西斯主义，也有积极入世的一面，例如作为生态主义、女性主义等思想的资源……最后不得不承认，"这些中庸的结论，和后现代主义有时令人沮丧的怀疑精神结合在一起，也许会留给读者以遗憾"[3]。他也知道，极端的特殊主义和不可通约论虽然不可取，但其"无论如何还是西方中心论"的危险始终存在，单纯依靠解释学而不考虑权力关系是行不通的："通过文明的对话而达成的伽达默尔所谓的'视域融合'，也许是一个幻象乃至压迫，因为在这个过程中西方仍然占有话语权，规定着交流的术语概念。在某个层次上我们可以说，全球化表现为对旧式的'西方VS非西方'二元对立的后现代式的超越，对东方主义话语的超越——这种话语曾经是西方帝国主义建构世界的语汇和制度框架。但在另一个层次上，全球化也可被看

---

[1] [美] J. J. 克拉克：《东方启蒙：东西方思想的遭遇》，于闽梅、曾祥波译，上海人民出版社2011年版，第267页。

[2] 参见：Halbfass, Wilhelm. Book review on Oriental enlightenment: The encounter between Asian and Western Thought. *The Journal of Asian Studies*, Vol. 57, No. 2 (May, 1998), pp. 461-462.

[3] [美] J. J. 克拉克：《东方启蒙：东西方思想的遭遇》，于闽梅、曾祥波译，上海人民出版社2011年版，第313页。

作欧洲文化霸权的现代扩张的晚期。"[1]

周宁旨在思考中国文化主体性,但却首先批评西方有关中国的话语,这样绕了一个大圈是因为:无论主动还是被动地加入现代世界秩序中,中国已不可能脱离与众多他者的关联而确立自身,特别是那个掌握着现代性主导话语的西方"大他者";而"后发"现代性国家的困境是,无论"学西方"还是"做自己",无论接纳还是抵制西方思想,现代中国都难以不在西方现代性框架内思考自身,都无法摆脱西方现代性范畴而赢得"真正"的主体性。既然单纯的"西方的"和"反西方的/革命的/传统的"的思想都不可靠,那么不妨进入西方内部来考察它可能存在的异质性、解构现代性话语霸权,先证明这套叙事——尽管我们可能离不开它,不是一个自足、自然、必然、价值中立的神话,并在中西互动中理解西方也理解自我,而后再谋求中国主体性的出路,后殖民主义显然就成了打破僵局的可能路径。

我们既要有选择地考察某一类西方话语,又要始终坚持中国文化自觉的问题意识,这同时也是中国的自我理解和自我表述的问题,那么,"西方如何看中国"正好是联结起批判和建构的关键,"西方的中国形象"正是理想的研究对象,一个恰到好处的切入点。从另一个角度看,周宁也认同主奴辩证法的基本逻辑,即:主体总是参照他者的镜像而建构自我,总是根据他者的身份而确证自身。那么在现代世界体系和秩序中,我们要寻找自己的身份地位,不能仅依靠发掘自身的历史,更要了解"别人如何看我"。这样一来,我们就得到了有关中国形象的三组连续问题:(1)西方的中国形象作为一种知识和想象体系在西方文化语境中生成、传播,以一种话语力量控制相关话题并参与到西方现代性实践的问题。(2)世界的中国形象与全球化的中国形象网络形成,与此相关的是西方的中国形象的跨文化霸权以及不同国家地区的中国形象中流露的"自我东方化""自我西方化"的问题。(3)域外的中国形象,主要是西方的中国形象,影响或塑造现代中国的自我形象或自我想象,中国的自我形象认同的"自我东方化""自我西方化",如何影响中国现代文化自觉与文化重建的问题。[2]

《天朝遥远:西方的中国形象研究》正是对第一组问题的回应。在这本书的理论工具箱中,首先是福柯"知识即权力"的后现代主义预设,亦即

---

[1] [美] Clarke, J. J.. *The Tao of the West: Western Transformations for Taoist Thought*. London and New York: Routledge, 2000, p. 198.

[2] 周宁:《跨文化研究:以中国形象为方法》,商务印书馆2011年版,前言第5页。

语言的不透明性、知识的非中立性；而萨义德《东方学》作为一个写作范本，则启发周宁组织起"跨文化形象学"的体系；最后如上文所说，曼海姆关于意识形态和乌托邦的论述有助于他解释中国形象的历史变迁。然而，这三位一体秉承着后学犀利的批判性，也同时带来后学的困境。西方和中国具体而言是西方自身的现代叙事和西方的中国叙事构成了两极，而中国的主体性仍然失落在"做西方"还是"做自己"的两难中，甚至第二组问题"世界的中国形象"[1]也不过是对第一组的重复，这样的反写恐怕不能说是成功，自萨义德就一直存在的困境仍然没有解决。周宁本人也意识到这个问题，在最近发表的一篇带有自我批判意味的文章中，他认为后殖民理论并没有成功解构西方霸权，"要批驳黑格尔……很容易……然而他是对的"[2]，这句话也可以用在西方现代性话语上面，各种反抗的理论都在批判西方，然而非但没有批倒，还印证了西方的高明。西方仿佛黑格尔的绝对精神，一个吸纳一切异质性的黑洞，连它的自我批判都是具有活力的表现，而东方、中国或他者的特性都是西方表述的对象，甚至自己去追求特性都已然是对西方中心的最大在意。

3. 立场与语境

写到这里，我们不难发现，一切还是同与异的辩证法游戏，是后现代哲学与黑格尔持续不断的斗争。[3]它也是克拉克和周宁的反写事业的成败所系。他们毫无疑问推动了后殖民学术的发展，但反掉萨义德的描述和结论，仍反不掉其哲学框架的僵局。本文无法解决这一哲学难题，但我们可以关注：这一共同的深层次的困境在两位学者身上的表现却不同；换言之，他们的著作在各自的学术共同体、各国的知识界所引发的反响不同，他们本人的学术—政治的身份和位置不同，面对的困境级别也不同。

克拉克的著作是矛盾也是洞见，是遗憾也是贡献。就像哈布法斯刚刚才说他没有自己的结论，但又赞赏他"没有落入意识形态或简单的流行套话中。甚至试图在一种本真的或富有责任感的意义上，重建'东方主义'

---

[1] 详见周宁：《跨文化研究：以中国形象为方法》，商务印书馆2011年版。
[2] 转引自周宁：《跨文化研究：以中国形象为方法》，商务印书馆2011年版，第78页。
[3] 参见[法]文森特·德贡布：《当代法国哲学》，王寅丽译，新星出版社2007年版。这本书法文标题是"同者与他者"，英文版为"当代法国哲学"。显然，法文版题目更能体现德贡布对法国哲学总体面貌的概括和理解。

这个概念"[1]。这么说是因为东西方之间总有不可还原的差异,因为它们总是已经处于那种逻辑的、认知的、权力的二元结构中。学者们有责任去阐释它们已然存在的主体性和交流过程,但这些存在的东西却并不容易被一劳永逸地揭示,无论对于西方还是东方,我们都无法提供一种价值上绝对中立的、认识上绝对正确的关于主体性的阐释,一种描述双方交流融合过程的标准答案。这样的学术工作既是遮蔽也是祛蔽,是主体性和阐释的(不)可能性。正如克拉克自己对西方道家研究的矛盾评价:"东方学学者们常常致力于保护传统文化,尽管他们往往将其博物馆化;东方学的做法既是在杀死它所珍爱的东西,但也是在保存它,既是让道文化失语,也是在放大它的声音。"[2] 我们不能苛求克拉克提供一种完美无瑕的真理,"归根结底,本书对'东方主义'的叙述和解剖本身也是一种建构,是无数谎言中的一种'谎言',因而也是赋予世界意义的众多可能的方式之一,是众多可能的思想史图景之一……它所建构的也不过是逻辑意义上众多历史经验的排列中的一种,和诸多其他排列一样,都有义务使得整个世界'具有意义',哪怕这种意义是被'发明'的而非被'发现'的"[3]。

重点在于,作为一个西方人,克拉克有自己的传统、前见和立场,他无须担心被人指为西方中心主义,因为他已经站定了西方中心——不是对东方颐指气使、居高临下的"西方中心主义",而是在这种意义上:承认西方主体的开放性和异质性,考察东方思想如何参与了西方主体的建构,并因东方对西方的贡献而肯定东方。这是他能所做到的最高程度的反思和最大的善意。根据解释学的原则,他本就应该如此,也只能如此。克拉克是如此恪守本分,他的立场使他的研究在理论前提上安全、正当,无可指摘。

克拉克可以代表西方谦虚地承认他者文化的滋养,而周宁则因西方这种无比强大的包容性而倍感焦虑。这种焦虑来自第三世界知识分子为自身文化身份的操心。一方面,中国无法脱离西方而思想;另一方面,"中国近代以来,在各种文化思潮中,从未丧失过文化主体的自我意识。不管是师夷长技、中体西用、全盘西化,还是发扬国故、民族自新、中国模式,所

---

[1] 参见:Halbfass, Wilhelm. Book review on Oriental Enlightenment: The encounter between Asian and Western Thought. *The Journal of Asian Studies*, Vol. 57, No. 2 (May, 1998), pp. 461-462.

[2] Clarke, J. J.. *The Tao of the West: Western Transformations for Taoist Thought*. London and New York: Routledge, 2000, p. 201.

[3] [美] J. J. 克拉克:《东方启蒙:东西方思想的遭遇》,于闽梅、曾祥波译,上海人民出版社 2011 年版,第 14 页。

有这些选择都是手段，唯一的目的是中国现代化。现代化是一种文明类型，而实现这种文明类型的主体是中国。……在现代中国，中国思想的主体意识从未失落过，问题在中国思想或中国思想的能力上"，然而"进入现代化历史以来，中国传统思想结构在西方现代性冲击下解体，只留下没有思想唯有激情的主体意识，支持这种主体意识的唯一力量，就是……民族主义"。[1] 这样一来，我们在研究"思想"时找不到可信的主体依据，而叫嚣"主体"时又陷于思想的虚无，要么是"没有思想的主体"，要么是"没有主体的思想"，思想主体两两失落，中国文化自觉又何以可能？

20 世纪 80 年代的新启蒙和 90 年代的思想转型都可以看作是在"思想"和"主体"之间的求索，周宁的学术关怀也正是呼应着这样的思想史语境。有趣的是，基于上述两节的分析，我们发现，由于对西方文化霸权和同质性的过分强调，他的研究反倒成了"为西方的"，他的思考起始于为中国的文化身份操心，却吊诡地结束在为西方，甚至为印度、日本、俄罗斯而操心。试想《天朝遥远：西方的中国形象研究》若冠上一个西方学者的名字出版于西方学界，几乎就是一部标准的西方文化自我批判的著作；而在中国知识界引起的反响，则集中在"西方的中国形象与中国无关而与西方有关"这样的论断上：这句话可以是积极的、"为西方的"——假如由西方学者在西方学界提出，可以是中性的，也可以成为"中国不高兴"的论据——既然西方的启蒙现代性叙事和有关中国的表述都是谎言，那么真实的只有丛林斗争，而中国自我表述的权力才是最重要的，无论什么内容。同样的研究，在西方语境中是安全的、黑格尔式的"通过自我否定完成自我肯定，但移植到非西方思想中，它就成为否定排斥他者、肯定自我的偏执方法了"。[2] 周宁因此怀疑后殖民理论在中国的适用性（不是基于"中国不是殖民地"这样的理由），担心它与盲目的民族主义合谋，非但无法拯救，反而陷害了中国的文化主体性。

对于我们中国读者，对于更多的东方的、第三世界的读者和学人来说，克拉克的模式是不能照搬的，即使搬过来也变成了周宁。许多知名的后殖民学者，如萨义德、斯皮瓦克、霍米·巴巴都出身东方，受西方教育，进入西方学术体系并能够在这个知识共同体中发出自己的声音，他们的后殖

---

[1] 周宁：《跨文化形象学：问题与方法的困境》，《厦门大学学报（哲学社会科学版）》，2012 年第 5 期，第 5—6 页。

[2] 周宁：《跨文化形象学：问题与方法的困境》，《厦门大学学报（哲学社会科学版）》，2012 年第 5 期，第 7 页。

民主义研究在西方世界正好成了西方人自我反思、自我批判的清泻剂，而在东方则可能与民族主义合流，成为东方人自我确证的理论资源，甚至是反西方、反普遍主义的理论武器。克拉克作为西方人，他的东方主义研究意在对西方学界证明东方的影响。他的研究虽然与萨义德们不同，但所有这些人的共同点在于：他们的立场都是稳固的，发言是有着明确的隐含读者的，研究是有着明晰的意义和指向的。而第三世界内部的后殖民主义研究者立场又在哪里？话又说给谁听呢？克拉克与周宁、《东方启蒙：东西方思想的遭遇》与《天朝遥远：西方的中国形象研究》互为镜像，就好像有着双重生活的维罗妮卡，有着在假想世界可以交换的命运。然而在现实中，第三世界知识分子领取了一份不可交换的沉重宿命，它又有可能被改变吗？

（本文原载《东南学术》2014 年第 1 期）

耽美小说和女性阅读空间

刘芊玥

亨利·列斐伏尔在 1974 年出版的《空间的生产》一书中提出空间生产的三个维度。他认为空间一向是政治性的和策略性的，并认为我们关注的空间可以分为三种：物理、精神和社会。"我们所关注的领域是，其一，物理的，包括自然和宇宙。其二，精神的，包括逻辑抽象和形式抽象。其三，社会的，就是我们关心的逻辑认识论空间、社会实践空间、感觉现象占用的空间，包括想象的产物，譬如设计、象征、乌托邦等等。"[1] 在这里，空间被分为了"空间的实践"、"空间的再现"和"再现的空间"三个维度。"空间的实践"是指空间性的产生，包括人类在空间里的行动，这是传统空间研究中的核心焦点，"空间总是现在的空间，一个目前的整体，而且与行动相互扣连衔接"[2]；"空间的再现"则是指符号化的空间，以及人们呈现它的方式，比如城市规划师规划着城市的空间，很多领域的专家控制着他们领域的语言和文本；"再现的空间"则是指潜意识、欲望、梦想、幻想、身体狂欢、很多难以言说的感觉的空间，这是一个彻底想象的空间。如果说"同人女"们在"同人祭"上的贩卖和 cos-play 属于"空间的实践"的范畴；如果说她们在网络上、论坛里的合作互动属于"空间的再现"的话，那么她们的文本呈现出来的便是一种"再现的空间"——承载她们荣光、幻想和梦想的空间。耽美小说的女性阅读空间的阐释和意义也在这一层面上，得以生成。

与 19 世纪一直纠缠于与时间相关的话题、迷恋历史、排斥空间不同的是，从 20 世纪开始，空间问题开始变成了我们日常思维和生活经验不可或缺的组成部分。福柯在 1976 年发表的《权力的地理学》中说："我们时代

---

[1] [美] 索杰：《第三空间——去往洛杉矶和其他真实和想象地方的旅程》，陆扬等译，上海教育出版社 2005 年版，第 78 页。

[2] [法] 亨利·列斐伏尔：《空间：社会产物与使用价值》，见包亚明主编：《现代性与空间的生产》，上海教育出版社 2003 年版，第 48 页。

的焦虑与空间有着根本的关系，比之前关系更甚。"[1] 在列斐伏尔和福柯迷恋政治性空间和置身于权力网中的空间的同时，法国哲学家和诗人加斯东·巴什拉提供了另一种有关空间研究的思路，即作为"梦想"的空间。在《空间的诗学》里，他开宗明义地说："我的探索目标是确定所拥有的空间的人性价值，这一空间就是抵御敌对力量的空间，也是受人喜爱的空间。出于多种理由，它们还成了受到赞美的空间，并由于诗意上的微妙差别而各不相同。它们不仅有实证方面的保护价值，还有与此相连的想象的价值，而后者很快就成为主导价值。"[2] 经由巴什拉的转换，空间这个概念由列斐伏尔的公共的政治的空间转入内在的私人领域，以一种现象学的视角来探讨空间的问题，从而进一步追寻人类有关幸福的意识。

对于当下的"同人女"们来说，耽美小说便是那充满梦幻和想象力的空间，也是她们的幸福所在。

一、何为耽美小说？

"耽美"一词最先来源于日本近代文学中，本义是唯美的意思，指包含一切美丽事物，能让人触动的，最无瑕的美。它是为了反对暴露人性的丑恶面为主的自然主义，并想找出官能美进而陶醉其中追求文学的意义而呈现的一种文学写作风格。耽美派最早出现在20世纪三四十年代的日本文坛，并在六七十年代深刻影响了日本漫画的发展风格，"耽美"这个词也逐渐从它的原意脱离出来，成为漫画中衍生产物的统称——Boys' Love，简称BL。[3] 在"耽美同人漫画"逐渐被女读者认可的时候，大量的原创耽美开始盛行，女性创作者开始摆脱对原文本进行再创造的形式，独立直接地创作男男恋作品。在此耽美环境下，耽美小说是指伴随耽美文化而兴起的一种文学产物，通常是以女性为接受群体、以男同性恋情为主题的根据原文本创作出的或原创出的虚构文本。

但需要强调的是，"耽美"文学不等同于同性恋文学。因为"就创作者和受众来看，耽美的参与者主要是异性恋的女性，而同性恋文学的参与者

---

[1] [法]福柯：《不同空间的正文与上下文》，见包亚明主编：《后现代性与地理学的政治》，上海教育出版社2001年版，第20页。

[2] [法]加斯东·巴什拉：《空间的诗学》，张逸婧译，上海译文出版社2013年版，第27页。

[3] 指男性与男性之间不涉及繁殖的恋爱感情。但BL并不完全等同于现实中的男同性恋，在网络和漫画文化中更倾向于指异性恋女性依照自己的想象或期待而创作出来的男同性恋作品。

则多为同性恋;就内容而言,耽美虽然描绘的是男同性恋,但却是一种经过理想化和美化的男同性恋"[1]。因此,在一定意义上而言,耽美文学文本是一种"类同性恋文本"的书写:从书写对象的群体而言,耽美小说文本把作为社会边缘的群体放到了最耀眼和核心的位置;从性别关系来看,耽美小说文本几乎隐蔽掉了现实生活中女性的存在。男人和男人在情感,尤其是爱情和性欲方面的关系,在耽美小说文本中得到了一种极大的彰显,然而,却始终没有逃脱异性恋标准对于它们的规训。

斯图亚特·霍尔和托尼·杰弗逊1976年主编的文集《仪式抵抗:战后英国的青年亚文化》,宗旨之一就是认为青年亚文化最能够反映社会变化的本质特征。直到今天,这种在多元文化交映下形成的青年文化仍在影响和震撼着我们每一个人。亚文化更多的是和弱势群体、边缘文化对主流文化和权力的抵抗有关,惊世骇俗的亚文化依然常常成为文化研究的焦点。然而,女性作为这个青年群体的二分之一,在很大程度上受到了忽略。早在30年前,默克罗比就曾说过:"在对青年文化群体的专属中,女孩似乎很少被提及。在传统的亚文化民族志研究,大众文化历史、个人记事和新闻调查等领域,她们都是缺席的。"[2] 直到今天,面对中国本土的文化和文学研究,这种情况也没有改变多少。女孩们不是作为边缘存在,就是作为背景来反衬男孩子,一种典型的"心不在焉"的方式。"重要的可能不是在男性文化中出现或者缺席,而是女孩们自身之间互相影响并构成一种她们自己独特文化的不同方式,这种方式可以在女孩漫画周刊和女孩杂志里找到,并被充分表现出来。"[3] "同人女",便是这样一个群体。在中国,这个语词更多的是和日本动漫的传入有关,同人女们喜欢看动漫和漫画,除了自己欣赏以外,还会在余闲时间进行创作和交流,她们创造出来的作品被称为"耽美小说",这群创作耽美小说的人,除了在论坛里贴出他们的故事之外,还会自费出版自己的作品,将自己创作的故事印刷成册,同很多动漫周边产品一起,在特定的场合公开贩售。

同人女在中国已经有20年的历史,随之发展起来的耽美小说也经历了十数载的风风雨雨,有了今日的蔚然成风。但是,当下学术界对耽美小说

---

[1] 王铮:《同人的世界——对一种网络小众文化的研究》,新华出版社2008年版,第53页。

[2] [英]安吉拉·默克罗比:《女性主义与青年文化》,张岩冰、彭薇译,河南大学出版社2011年版,第12页。

[3] [英]安吉拉·默克罗比:《女性主义与青年文化》,张岩冰、彭薇译,河南大学出版社2011年版,第12页。

的研究依然匮乏。青年群体的大力追捧与学院批评的冷寂形成了最为鲜明的对比。我们依然不了解这个群体的文学创作情况，比如，我们对同人女在日常生活中创作小说的各种方式就了解得很少；我们对小说中所显示的多种多样的喜爱、眷恋、情感和兴趣的性质以及可能性则知道得很少；我们对她们所选择的特定人物和形式是否和自我的其他方面有关联、情感是如何运作的所知也很有限。

本文把耽美小说界定为一种"实验性文化文本"，尤其是一种含有"性别文化寓意"的实验性文本，以应对传统文学研究中的缺失。"实验性"既指耽美小说文本呈现出来的种种区别于传统文学的属性，同时也指这种书写本身的"实验性"意味。具体来说，从文本本身而言，耽美文学的实验性主要体现在耽美小说浪漫性、狂欢性和想象性上面。比如在叙述题材和风格上，耽美小说相较于传统言情小说而言，更多的是涉及两个美貌男子的罗曼史的愉悦：外貌的姣好是耽美小说之所以称之为"美"在视觉想象上的第一要义；在精神上，耽美小说要求纯粹而平等的爱情；在身体上，它以欲望作为叙事的核心；在审美心理上，更是力求达到一种"萌"，即形容"怦然心动"的心理状态。耽美小说的狂欢性主要体现在文本接受的层面上，就这一点而言，耽美小说也与传统文学和其他网络文学有很大的不同，即它主要倾向于一种隐秘的表达，它主要是在网络裂缝中进行交流和传播，比如有着严密认证程序的俱乐部、论坛、QQ群、微博、微群等。此外，耽美小说的出版渠道和传统文学以及其他网络文学有所不同，它的流通路径除了在互联网上以电子文本获取以外，其纸质文本的印刷出版主要有两条途径：一是"同人祭"上的贩卖；二是耽美变言情、同人变原创的发行方式。不论是网络上互动，还是"同人祭"上的嘉年华，对于她们而言，都犹如一场场狂欢。而想象性则体现在耽美文本对同性恋这个群体的幻想和改写上面，她们试图用同性恋这样的题材来验证这样的爱情真理——爱情的纯粹和伟大，在她们看来，正是因为同性之间的恋情是不涉及繁殖后代的，因而更加没有功利性，是为了爱情而爱的，爱情是唯一目的和最终目的，是任何社会阻力和现实都无法拆散和阻挡的永恒真谛。因此，耽美小说的一个价值在于它模糊了性别的界限，不再以生理结构来判断一个人的性别。同人女们把同性恋这个群体放到了最耀眼和核心的位置，几乎隐蔽掉了女性的存在，男人和男人的情感性欲的关系得到了一种极大的彰显。除了文本本身的实验性，文本的书写方式也呈现出强烈的"实验性"。英国文化地理学家多琳·玛赛曾在她的《空间、地方与性别》一书中，强调空间是社会关系的再延伸，也是充斥着权力和隐喻的几何学。更重要的是，她在这本书的序言里详尽地阐释了一个很重要的观点，即空间是流动的，它和社会关系一样，不是静止不动的，而是充满活力的。[1] 在她看来，空间与社会关系同时发生，而且是其动力系统的一部分。在此基础上，她给予"地方性研究"（locality studies）以激烈的批评，在她看来，这种研究路径是把空间当作静止的物来研究，随着全球化不断地被地方化，多种关系的集合展示的独特性绝不仅仅指地方本身，而是具有多重交叉、彼此联系的独特性。这一视野可以解释何以"耽美小说""同人女""同人祭"这类最早源于日本的文化文本或者说文化现象，在本土衰落以后反而在美国发扬光大，不断得到美国女性受众的持久喜爱和学院派热情洋溢的参与，并随着美国动画片和漫画的风靡"反攻"回日本，且在20世纪90年代末期从日本经由中国台湾传入中国大陆。这个"空间"，不仅指物理意义上的空间，也不仅指网络空间，它还包括耽美小说文本的空间、阅读者的空间和生产者的空间之间的互动。在这个意义上，空间便成为一个复杂而又模糊的概念。跨文化的流动使耽美文化处于一种杂交而又不断更新和变化的状态之中。这构成了我们论述展开的时代背景和理论背景。其实，不断生成和流动的空间本身，便是一种实验性写作的范本，我们的实验性写作也是这样一个不断地在被书写的情境中展开的。

二、耽美文本在异性恋标准下的自我规训

耽美小说在一定程度上而言，是当代女性焦虑的一种隐喻。女性的"性"往往会和生殖联系在一起，在中国尤其是如此。在中国当下较大比例的言情小说中，一般对性都是轻描淡写，有些女性写手表示，如果涉及了生殖的问题，会破坏小说的美感，因此，BG（Boy and Girl）的言情小说是努力通过淡化性来避免把女性和生殖器联系在一起，比如像桐华的《步步惊心》、唐七公子的《三生三世，十里桃花》这两本分别在2006年和2008年最畅销的言情小说中，对"性"的描写几乎没有，连亲密的肢体接触都少之又少；而在耽美小说中，几乎没有不带"性"描写的文本，"性"往往是作为耽美小说的叙事核心和推动故事发展的原动力而存在，所以耽美小

---

[1] Massey, Doreen. *Space, Place, and Gender*. Minneapolis: University of Minnesota Press, 1994, p. 2.

说中的性大多和快感、愉悦相联系。然而，在现实生活中，女性的"性"却没有那么幸运，女性和男性发生性行为，或多或少都要考虑生殖问题，而男性在这个问题上却要自由很多。这里会引出关于避孕套和避孕药能否消除女性关于性和生殖的焦虑的问题，答案是不能，避孕套是戴在男性身体上的，女性并没有自主权，只能通过协商，而避孕药对身体的伤害让女性无所适从。所以，耽美小说在一定程度上表达了女性对所谓男性的安全、愉悦、没有负担、与生殖无关的"性"的向往，同时又是对男性的这种性征的想象。

作为一种"异性恋"变体的耽美小说，文本在展现"平等"的过程中，依然伴随着种种无法克服的性别上的矛盾。如众多耽美写手虽然竭力在笔下展示两个主角的男性特征，但仍然没有逃脱过身为女性在塑造笔下男性时在男性身上留下来的种种女性气质，如对男主人公在容貌上的女性化的处理，小说《天神右翼》在形容一个男主人公米迦勒时用"雪肤，花貌，皓齿，星眸，一头碎乱的卷发，短短的，有些还顽皮地翘起"这样的词汇，在描写另外一个男主人公路西法时选择"钻石雕的鼻梁，流波化作眼，玉玲珑做的皮肤，耀眼，惊艳，照彻了伊撒尔的眸"这样的语词进行雕琢，美则美矣，却俨然将笔下的两个男主人公画成了古代倾城又倾国的美女。而且，在描写两个男主人公在容貌、才能、战斗力及生育力各方面都要求"平等"的同时，仍在两个主人公的内心独白里，暗含了其中一方渴望被照顾、被呵护、被拥抱和被占有的潜意识状态和另一方无时无刻不渴望给予保护和占有的强烈愿望。这样的一种对平等关系和性别矛盾的普遍关注是耽美小说和欧美 slash 小说共同分享的一种特质，正如美国电影和媒介研究学者康斯坦斯·潘黎所说，这是一种包含了"每个角色的两性兼备性"、"身份认同和对象关系的多样性"和"文本侵入中的政治暗示"等元素的特质的文本。[1]

在耽美小说中，还出现了"强迫文"这样一种有别于传统文学的新的写作类型。所谓"强迫文"，是指一个男主对另一个主角并非倾心，但后者却对前者产生狂热的感情和欲望，强迫前者与之发生性行为，在多次强迫的过程中，被强迫者逐渐爱上了强迫者。这种类型文在耽美小说中长盛不衰，如在易人北的《马夫》中，马夫把陆弃从小养大，教他武功，为了疼

---

[1] [美]康斯坦斯·潘黎：《女性主义、精神分析及大众文化研究》，见陶东风主编：《粉丝文化读本》，北京大学出版社2009年版，第268页。

他，连自己身体也给了他，但是陆弃为了仕途的发展抛弃了替他顶罪在牢狱里的马夫，马夫出狱后找到已娶了宰相的女儿、改名为陆奉天的陆弃，死缠烂打、无怨无悔地赖着他，用各种手段逼迫陆奉天爱他、与他发生性关系。他为了留在陆奉天身边甚至不惜扮演丑角，成为众人的笑柄，他甚至不在意陆奉天打他骂他，马夫在极度自虐中逼着陆奉天认定自己。在经历千辛万苦以后，在以自己的性命为陆奉天解毒以后，在对陆奉天千好万好以后，马夫以拼尽血肉极致的悲苦最终缚住了那人的心。再比如《激情缠斗》里，蓝勖的到来打破了程洛在迪安学院一枝独秀的局面，蓝勖的高傲和不屑触怒了一直被众星拱月般包围的程洛；加之因为女朋友罗珊珊主动勾引蓝勖的事情在全校传开让程洛的颜面扫地。于是，他愤怒地去风云会向蓝勖下了战书，并且在被蓝勖打败以后仍然不断以恶劣的语言激怒和挑衅蓝勖，终于让蓝勖决定以最残酷的方式——强迫其与之发生性关系——惩罚他。一方坚决不低头屈服，另一方不断地对之实施肉体惩罚，日日夜夜里强暴他。在以后的日子里，虽然有对彼此的恨意，但加深了更多对彼此的理解、敬佩与爱意。两个人在经历了大大小小的各种磨难以后，终于得以在未来的道路上携手同行。耽美小说的强迫文，在一方强迫另一方的过程中，两人不管最初多么憎恨对方，最后总会彼此相爱，以"大团圆"作为故事的美好结局。

耽美小说中强迫文的流行提供了一条很有意思的思路，即一个男主角对另一个主角并非倾心，但后者却对前者产生狂热的感情和欲望，强迫前者与之发生性行为，在多次强迫的过程中，被强迫者逐渐爱上了强迫者。这里就牵涉到一个问题，即针对性器官的暴力和针对身体其他部位的暴力伤害的不同。福柯曾经讨论过应该取消强奸罪，他在一次访谈中说："在任何情况下，性都不应该成为惩罚的对象，如果我们惩罚强奸，我们只能是在惩罚身体的暴力，而不是其他。这不过是身体侵犯的一种：用拳头击打某人的脸和把阴茎插到他人的……这两者之间没有什么原则性的差别。"[1]因为都是身体的部位，针对性器官的伤害的量刑不应该比身体其他部位伤害重。福柯的意思是，在人类（至少西方）文化中，性器官或者性征的意义被放大了。女性的性器官和性征更是过度承载了意义，在中国文化和西方文化中都是如此。其实也就是说，女性在遭受性暴力、性伤害时完全是无助和无力的，无法向国家、社会求助，甚至自己没有办法报复男性，因

---

[1]［法］福柯：《权力的眼睛——福柯访谈录》，严锋译，上海人民出版社1997年版，第75页。

为女性根本不可能像男性一样实施强奸。耽美小说中强迫的性爱模式在一定程度上回应了福柯的观点，这种男性对男性的性伤害，不过是一种身体部位的伤害，而不是对性器官的伤害，所以这种关系反映的并非性权力上的不平等，而是经济、政治、体质等方面的不平等。因此，耽美小说其实反映女性在性暴力、性伤害中面临的困境——女性对自己的身体是没有自主权的，她完全不能根据男性对她性器官的伤害程度来决定对男性实施何种惩罚，她的性器官是社会的。在具体性行为中，男性的"菊花"的确可以行使女性阴道的作用，但男性的"菊花"终究不是一个性器官，因而在性别权力关系上，完全不具有女性阴道所承载的那种意义。耽美小说的写手们未必会意识到这个问题，但她们的文本却再现了这个问题，这些写手或许并不认为一个男性对另一男性的"菊花"的伤害，其性质可以等同于男性对女性的强奸行为。女性想像男性一样去爱男人，其中一个重要的内容也就包括消除自己的身体所承载的这些意义。

在这个环境和语境中，喜爱耽美小说的女性并非是为了要去推翻性别模式，她们尝试使用已然存在于异性恋世界中的素材去重建一种有尊严的爱的形式。耽美小说只是女性的一种想象和渴望，和同性恋无关，尤其最为突出的一个特点是，它追求"一对一"的关系。比较来看，真实的男同性恋的性并非独占的，而是多样的，其实也就是不讲究从一而终，可以同时展开多个关系，而异性恋，尤其是以现代一夫一妻制为标准的异性恋推崇的是独占性，限制多样的欲望。耽美小说文本体现的是这种现代一夫一妻制异性恋在性征上的标准，算是这种异性恋的变体（类似中国传统社会的异性恋）。在我看来，耽美小说的写手其实是按照异性恋的性征的标准进行了自我规训，渴求的是性的专一和独占，而非多样，所以成就了像男性一样去爱一个男人。

三、耽美小说的女性阅读空间

"作为一个女人，我没有祖国。作为一个女人，我不需要祖国。作为一个女人，我的祖国是全世界"[1]，尽管弗吉尼亚·伍尔夫笔下的女性和平主义者为了追求国际主义精神不惜抛弃民族意义上的祖国概念，但是，她仍然需要为自己寻找到一个立足点——全世界。这是一个相对来说比较抽象

---

[1] 陈顺馨、戴锦华选编：《妇女、民族与女性主义》，中央编译出版社2004年版，第85页。

的概念，但却表明空间问题对女性来说是至关重要的。空间从来不是中性的，也不是中立存在的，它和性别向来有着千丝万缕的关系。这是空间女性主义批评的逻辑起点。空间女性主义批评是一种运用空间视角来考察性别文化的批评实践。对于女性而言，空间问题是十分重要的。对以西方女权主义理论为主要来源的中国女性文学批评而言，空间问题的重要性也是不言而喻的。无论是早期的女权主义运动，抑或是晚期的差异化理论，空间问题始终贯穿其中。在文学和文化领域，还是伍尔夫这个西方女权主义文学理论的先驱，首先在自己著名的《一间自己的屋子》里阐明了空间对于女性写作的重要意义："一个女人如果要写小说一定要有钱，还要有一间自己的屋子。"[1]

一定程度上，耽美小说弥补了我们对性别空间问题思考的匮乏。从前文的探讨我们可以看出，耽美小说为女性提供了一个"家宅"，在这里，她们可以热烈地讨论和探索那些无法公开表达的关于身份认同，以及欲望和渴求的话题。这个阅读空间里充满了男男罗曼史的愉悦，悄悄地在专属于她们的隐秘网络里和嘉年华般的"同人祭"中流传着；这个阅读空间是她们对同性恋这个群体有意识或无意识地充满深情的狂想、幻想和改写，这一切都营造出一个浪漫的、温情脉脉的、适合女性的想象力"居住"的阅读空间，尤其是其第一人称写作及其主观化抒情的方式，更是为进入这个女性的阅读空间提供了一个入口和契机。耽美小说作为一种想象的建构在阐释着我们的生活和文化，因为耽美小说深刻探究的正是有关愉悦、幻想和身份等错综复杂的问题，这些问题对女性来说尤为重要。

我们在前面的章节中阐释过，耽美小说首先涉及的是同性爱的疑惑和兴奋。这是主流社会一开始就视之有问题的社会关系。同人女以决然的姿态把这个命题作为耽美小说展开的背景，她们笔下所有的故事都是对男男恋生活的想象。作为幻想作品，作为欲望的探索和生产，耽美小说对这些欲望的探讨也许超越社会，可能不会被人接受……

从这个意义上来说，耽美小说是一种表示对异性恋深为不满的方式，同样，也是表示对社会和传统中所认可的女性的顺从和温柔所不满的一种方式。同人女们更渴望的是两个男人之间生死与共、洒脱豪迈、"比朋友多一点但比情人少一点"的感情。但是，现实生活中由于存在着各种烦琐、

---

[1] [英] 弗吉尼亚·伍尔夫：《一间自己的屋子》，王还译，上海人民出版社2008年版，第2页。

不安全和艰难,使这种感情只能变为一种美好的理想。因此,就女性生活的这一情境而言,耽美小说更趋向于不满的标志和生存的艺术。它是一个非常理想化的产品,但是它的理想不仅在于给女性一个充满浪漫幻想的爱情的世界,还在于一个平等交互的爱的境界——不再因为女性的身份在社会上拥有着微薄的资源,也不再因为身为女性而不能给予情感的另一方以力量和庇护。所以,男男爱其实比"琼瑶式"的爱情更理想,因为这种平等是同性之间的,两性之间绝大多数情况下达不到这种平等。男男爱提供给女性一个空间,在其中逃避男性的凝视并且协调两性的不平等。在现实如此严酷的情况下,女性能有一个这样自由幻想的空间,已经非常不容易了。

所以,虽然男女平等的精神层面的交往是一个梦想,虽然她们的同性恋爱模式不断地在重复异性恋爱模式,但是并不妨碍女性去追求它,也不妨碍她们想像一个男人那样去爱另一个男人的心愿。这是一种对现实的不满与无奈,宁可沉浸在虚拟中躲避。这也是一种怯懦和退回,因为她们无力改变列斐伏尔揭示的现实——社会的权力结构壁垒森严,不论哪种社会类型,只要构成它的核心遥不可及,饱经社会权力机制和性别机制双重压迫、满怀跻身都市中心希望的女性们最终都将感到异常残酷的绝望。因此,她们只是想用文字涂抹去一切不幸,在不改变现实的情况下让自己接受另一种光线。她们渴求家宅,渴求巴什拉揭示的家宅的三种隐喻意义上的形象:"鸟巢""贝壳"与"角落"。因为鸟巢虽然"是临时性的,但它却在我们心中激起关于安全的梦想"[1];贝壳是独居者的"要塞城市","他是一位伟大的孤独者,懂得用简单的形象来自我防卫和自我保护。不需要栅栏,不需要铁门:别人会害怕进来"[2];"角落首先是一个避难所,它为我们确保了存在一个基本性质:稳定性"[3]。这也是为什么同人女们一方面唤起一种同性恋想象,一方面又抹去或搁置这一想象的最急切的动机——这些动机不仅指社会、政治事件,也包括文学/语言的媒介。她们抛去了同性恋生活的沉重和困惑,转为自己拼贴爱情游戏的想象,以颠覆的姿态完成对古老命题的回归,让原本压抑的主题在一片愉悦里滑向轻盈,也让现实和梦境中所有的孤独感在虚无中滑向轻盈。

---

[1] [法]加斯东·巴什拉:《空间的诗学》,张逸婧译,上海译文出版社 2013 年版,第 130 页。
[2] [法]加斯东·巴什拉:《空间的诗学》,张逸婧译,上海译文出版社 2013 年版,第 168 页。
[3] [法]加斯东·巴什拉:《空间的诗学》,张逸婧译,上海译文出版社 2013 年版,第 174 页。

卡尔维诺在讨论"轻"这个命题的时候，曾经说过，小说家如果不把日常生活俗务变作某种无限探索的不可企及的对象，就难以用实例表现他关于轻的观念。他借助米兰·昆德拉的小说《生命中不可承受之轻》来显明一种对生活中"无法躲避的沉重"的"苦涩"的认可。从而告诉我们，生活中因其轻快而选取和珍重的一切，在刹那间都会显示出其令人无法忍受的沉重的本来面目。因此，凭借"轻"这种"智慧的灵活"和"机动性"，我们才能闪避这种判决，飞入另外一种时空，以免人性受到"沉重造成的奴役"。这种品质"不是逃进梦景或者非理性中去"，它属于"与我们生活于其中的世界截然不同的世界"[1]。这是改变方法，从不同的角度来看待世界，启用的是不同的逻辑和面目—新的认知和检验方式。

所以，也不用担心耽美文学只是娱乐、激情及消遣这一事实。因为它玩味、取代和重置其他小说，因为我们需要一种语言在谈论现实和政治的同时又不摒弃消遣娱乐的那些种类。说耽美文学是对现实世界的闪躲和对想象空间的需求，并非低估它作为文学话语的作用，而是试图使这些作用处于意义派生和文化文本的一部分的广阔范围内。与其说传统意义上的"文学"必须排除某些文学形式，还不如说是产生它们的那些条件发生了变化。

作为一种实验性的文化文本，作为一种为女性提供"窥视"男性身体和情感的文学样态，作为一种女性想象情感和心灵世界的空间，耽美小说凭借自己无与伦比的浪漫性、狂欢性和想象性为女性开拓了一片自由的天地。她们在耽美小说中寻到了较为安全、稳定、自由、适宜的私密空间。但是，这个空间同样也是列斐伏尔的空间政治学与巴什拉的空间诗学相互作用而共同生成的空间。

最后，如果笔者对耽美小说的见解有何缺憾的话，那是因为没有其他任何东西以同样的方式对女性说话。促进小说富于同情心地理解女性生活，敞开文化和心理愉悦的空间，同时重新改变它们潜藏的种种不满，这在笔者看来应是回归耽美文学的意义了。

(本文原载《文化研究》2014年第3期)

---

[1] [意]伊塔洛·卡尔维诺：《新千年文学备忘录》，黄灿然译，译林出版社2009年版，第8页。